古典文學研究輯刊

二 編

曾永義 主編

第20冊

明代傳奇丑腳研究

林麗紅 著

國家圖書館出版品預行編目資料

明代傳奇丑腳研究／林麗紅 著 — 初版 — 新北市：花木蘭文化出版社，2011〔民100〕

目 4+288 面；19×26 公分

(古典文學研究輯刊 二編；第 20 冊)

ISBN：978-986-254-507-2（精裝）

1. 明代傳奇 2. 角色 3. 戲曲評論

820.8 100001060

ISBN-978-986-254-507-2

古典文學研究輯刊

二 編 第二十冊 ISBN：978-986-254-507-2

明代傳奇丑腳研究

作 者 林麗紅

主 編 曾永義

總 編 輯 杜潔祥

出 版 花木蘭文化出版社

發 行 所 花木蘭文化出版社

發 行 人 高小娟

聯絡地址 新北市永和區中正路五九五號七樓之三

電話：02-2923-1455／傳眞：02-2923-1452

網 址 http://www.huamulan.tw 信箱 sut81518@ms59.hinet.net

印 刷 普羅文化出版廣告事業

初 版 2011 年 3 月

定 價 二編 30 冊（精裝）新台幣 48,000 元

明代傳奇丑腳研究

林麗紅　著

作者簡介

林麗紅，台灣彰化縣人，中央大學中文所碩士、高雄師範大學國文所博士。目前擔任崑山科技大學通識教育中心副教授。專長為古典戲曲，著有：台灣高甲戲的發展。研究路向從田野調查為起點，以資料的整理與分析開啟學術研究之路，後為拓展學術領域，乃將觸角轉往史料探討，並以腳色行當為研究主題。

提　　要

戲劇人物是戲劇文學中最基本的元素，情節、曲詞、賓白等都以人物為中心，符合人物形象塑造，才能稱得上是好的劇作。古典戲曲中，劇中的人物被類型化，因而形成行當，簡言之，腳色行當是創造舞台形象的基礎，也因此腳色行當如何被運用？如何呈現人物的特質？也就是劇本動不動人的一個課題。今日以丑腳為論述的對象的著作，包括專著、期刊論文、學位論文中，對明代傳奇中丑腳的演化，似乎是比較忽略的，雖說丑行建構腳色藝術，產生流派，要在清代之後，但之前的蘊釀期，卻是被忽略了，對明代傳奇丑腳做一整體探究，正合彌補這個空白。

從倡優的即興演出，參軍、蒼鶻的插科打諢，踏謠娘的醜扮、戲謔到了宋元南戲的副淨、副末，再到宋元南戲、明傳奇的丑角有了更為豐富的內涵，不管是長篇的唸白，舖敘的賦體，後世的丑腳都見沿用。清代舞台丑腳以蘇白為戲白，也早在明傳奇中即可見到。今日舞台淨丑功能涇渭分明，但在明傳奇中，淨丑的關係，始終無法清楚釐清，無論是其功能、妝扮都時見混淆，而淨丑扮飾性格化的人物在明傳奇均可見之，但其後丑腳不再飾演這個類型的人物，淨腳卻發揚光大，以飾演性格化人物為主流發展。明代傳奇對丑腳的創造，我們依然可以在舞台上見到蹤跡，《明珠記》中機智的塞鴻、《浣紗》中卑鄙猥瑣的伯嚭、《鳴鳳記》中寡廉無恥的趙文華、《鮫綃記》中惺惺作態的賈主文、《繡襦記》中忠貞的來興，《義俠記》中五短身材的武大郎、《偷甲記》中妙手盜寶的時遷，《灌園記》中詼諧逗趣的臧兒、《還魂記》中搞笑耍寶的疙童等為後代的舞台提供了豐富的表演素材。從明傳奇到今日的舞台，丑腳從來都不是劇中最重要的腳色，卻一直都是劇中最真實、最有血有肉的一個行當。

目次

緒　論

一、研究動機及文獻探討

戲劇人物是戲劇文學中最基本的元素，情節、曲詞、賓白等都以人物爲中心，符合人物形象塑造，才能稱得上是好的劇作。古典戲曲中，劇中的人物被類型化，因而形成行當，簡言之，腳色行當是創造舞台形象的基礎，也因此腳色行當如何被運用？如何呈現人物的特質？也就是劇本動不動人的一個課題。對於腳色行當的研究，可以說是比較晚出的，李漁的《閒情偶寄》被認爲是對腳色行當有比較深入討論的著作，李漁之後，下開王國維的《古劇腳色考》，之後到了吳梅的《顧曲塵談》，對行當的形成、創作手法有比較縝密的分析。時至今日，對古典戲曲的研究仍然還是以劇論、曲論或者劇本文學的討論爲大宗。但由於戲曲離不開表演，研究焦點也漸漸轉移到了劇場的實際演出，所以屬於表演藝術的主體——腳色行當的討論也慢慢增多。

丑腳可以說是古典戲曲中最早形成的一個行當，在所有的戲曲行當中，丑腳受程式性的影響最小，最具有動態創造的可能，它可以摒除其他行當的束縛，或者插科打諢、或者滑稽可笑，以貼近生活的面貌，活靈活現的出現在觀眾面前，因此丑腳的產生及發展，也最令人好奇。

今日以丑腳爲專書的論著，大致有王傳淞《丑中美——王傳淞談藝錄》、郭晉秀《丑角生涯》、李殿魁《中國傳統戲劇中的丑腳》等，三本著作偏重在丑腳的表演藝術。而以腳色行當爲專題的期刊論文，海峽兩岸的論述頗爲豐富，內容十分多元，從行當的原始命義、分類，到行當意識、表演技巧均見探究，國內的學位論文，則有：

1、于復華《宋元南戲「張協狀元」之淨丑腳色研究》文大藝研所碩士論文，1980 年。

2、林璋儀《元雜劇和南戲之丑腳研究》文大藝研所碩士論文，1987 年。

3、廖藤葉《中國傳統戲曲旦腳演化之考述》師大國文所碩士論文，1980 年。

4、鄭黛瓊《中國戲劇之淨腳研究》文大藝研究所碩士論文，1988 年。

5、林黛琿《中國古典戲曲之末腳與外腳研究》清大中語所碩士論文，1998 年。

6、古嘉齡《江湖十二腳色探》政大中文所碩士論文，1998 年。

7、陳郁菁《台灣野台歌仔戲丑角研究——以台南市秀琴歌劇團爲例》成大藝研所碩士論文，2002 年。

8、吳淑華《從中國戲曲丑的歷代變遷看丑角表演的傳承與創新》逢大中研所碩士論文，2005 年。

以上的論著爲行當的發展及表演藝術提出了可貴的見解。于復華《宋元南戲「張協狀元」之淨丑腳色研究》一書，從《張協狀元》一劇來看淨丑的功能和發展，並探討淨丑腳色製造滑稽的方法及唱曲的形式與內容，書中對早期淨丑的腳色功能及對後世的影響，提出了可貴的意見。但只以一個劇本爲對象，在立論上顯得薄弱，對於丑腳發展的全貌，似嫌不足；林璋儀《元雜劇和南戲之丑腳研究》，將丑腳的誕生與宋雜劇的散段做了連結，並探討了丑腳在元雜劇和南戲中的衍化，將元雜劇和南戲中丑腳的表演及傳承分別加以介紹，對丑腳的表演特色有進一步的闡發，尤其比較了元雜劇的七個刊本，證明丑腳晚出於元雜劇，論據頗爲翔實。可惜的是忽略了元雜劇中的丑腳既是晚出，豈能與南戲中的丑腳相提並論，在立論上比較站不住腳；陳郁菁《台灣野台歌仔戲丑角研究——以台南市秀琴歌劇團爲例》，則實際記錄了劇團中丑腳的演出，並從劇本、演員、表演生態三方面進行分析，以此歸納出丑行與其他演員間的搭配，以及丑角五種推動劇情的情節模式。然一地一團中的丑腳展現的是丑腳的共相或個相？還須更多的論據加以證明；吳淑華《從中國戲曲丑的歷代變遷看丑角表演的傳承與創新》，將歷代丑腳的發展做了概括性的介紹，資料搜羅十分詳盡，通過表格分析、統計等方法，歸納出各時代丑角的表演特質及其藝術特徵，對丑行的進化與演變，有全面性的觀照，論文內容雖是歷代丑腳史，其重點其實擺在清代之後，加上多半引用二手資料，對於丑腳演出的實際內容著眼較少，是比較可惜之處。

上述以丑腳爲論述的對象的著作，包括專著、期刊論文、學位論文中，對明代傳奇中丑腳的演化，似乎是比較忽略的，雖說丑行建構腳色藝術，產生流派，要在清代之後，但之前的蘊釀期，卻是被忽略了。因此，對明代傳奇丑腳做一整體探究，正可彌補這個空白。

提及丑腳，則不能忽略淨腳，事實上淨丑常被合在一起看，其出現的時機、擔任的功能常見重疊，但因討論兩個行當恐怕失焦，因此本書以丑腳爲主，淨腳爲輔，來看丑腳在明傳奇劇本中的刻畫。

二、研究範圍

在研究範疇上，本書以明代傳奇爲討論主體，以全本戲做爲研究範疇，折子戲或單齣選本僅列參考之用。今日所見明代傳奇劇本選輯中，最完整、數量最多的有明毛晉所編《六十種曲》及今人林侑蒔所編《全明傳奇》。其中《全明傳奇》即是以《古本戲曲叢刊》〔註1〕初、二、三集爲底本，選錄了多達二百多種的明代傳奇劇本，是國內所見數量最多的劇本總集。本書採用的明傳奇版本即是以《全明傳奇》爲主，再以汲古閣《六十種曲》爲輔，若有今人新刊的善本，則另外加注說明。關於本書所引劇本的版本，詳見附錄一。

本書設定的論述對象乃是明代傳奇劇本中的丑腳，但因丑腳乃自南戲而來，明傳奇又受到南戲的影響頗爲深刻，因此除了將重點放在明代傳奇劇本之外，也把丑腳放入歷史的脈絡裡，看丑腳的誕生及其定義。莊一拂《古典戲曲存目彙考》中所列明代現存傳奇有 221 種、戲文 19 種，宋元戲文 15 種，則本書涵蓋的劇本便有二百多種之多，故文中劇本選取重點有二，一是劇論、曲論中所列具有代表性的作家作品。如梁辰魚、張鳳冀、屠隆、沈璟、湯顯祖、汪廷訥、徐復祚、許自昌、馮夢龍、孟稱舜、阮大鋮、吳炳等人的作品。二是丑腳戲分較多的劇本。有些明傳奇作家的作品在劇論、曲論中不被重視，但其作品在丑腳史上有舉足輕重的位置。如《五倫記》、《千金記》、《金蓮記》、《蕉帕記》、《鴛鴦絛》等，也列入研究範圍。

〔註 1〕「《古本戲曲叢刊》爲古文戲曲叢刊編輯委員會編。本叢刊目前出版一、二、三、四、五、九集。初集於 1954 年出版，收西廂記及元明兩代戲文、傳奇共一百種。二集於 1955 年出版，收明代傳奇一百種，三集出版於 1958 年，收明清易代之際劇作一百種，此時期流傳下來的刻本極少，此集所收，除明刻本吳炳粲花五種及崇禎、順治間刻李玉的『一笠庵新編傳奇』七種外，基本上爲梨園傳抄本」引自李惠綿編著：《戲曲要籍解題》(台北：正中書局，1991 年初版)，頁 15。

明代傳奇劇本涉及明代傳奇的定義及分期的問題，說明如下：

（一）明代傳奇的定義

南戲與傳奇的界限，一直是學界爭議不休的話題，目前大致有幾種意見：

1、傅惜華主張：以時代先後劃分，宋元爲南戲，明清爲傳奇。〔註2〕

2、莊一拂主張：凡屬「崑山腔」以前稱爲「舊傳奇」的，在風格上、內容上，確可考其爲明初作品者，姑且劃爲戲文。〔註3〕

3、吳新雷主張：明清傳奇的狹義概念是指從《浣紗記》開始的崑曲劇本，廣義概念則指明代開國以後包括明清兩代南曲系統各種聲腔長篇劇本（但不包括元末南戲）。〔註4〕

4、徐朔方主張：南戲爲民間藝人集體創作，傳奇爲文人學士所作。〔註5〕

5、孫崇濤主張：南戲與傳奇之間有一個南戲（向傳奇）的演進期，即明人改本戲文，不同於宋元南戲，也異於後來的傳奇。〔註6〕

6、曾永義主張：從南戲到傳奇有三特徵，即是文士化、北曲化、崑劇化。〔註7〕

7、郭英德主張：相對於雜劇，傳奇是一種長篇戲曲劇本（通例由二十齣至五十齣）；相對於戲文，傳奇具有文學體制的規範化和音樂體制的格律化的特徵。因此，就內涵而言，傳奇是一種文學體制規範化和音樂格律化的長篇戲曲劇本。〔註8〕

8、林鶴宜主張：當戲文發生內在質變，脫胎換骨，便是傳奇誕生的時刻。〔註9〕

吾人以爲，「戲文」與「傳奇」一向被混淆著使用，而一個名詞在使用之

〔註 2〕 傅惜華：〈例言〉，《明代傳奇全目》（北京：人民文學出版社，1959 年）。

〔註 3〕 莊一拂此處所說「崑山腔」，實際是以梁辰魚作《浣紗記》爲界限。在此之前，爲戲文，其後方爲傳奇。見莊一拂：〈例言〉，《古典戲曲存目彙考》（台北：木鐸出版社，1986 年）。

〔註 4〕 吳新雷：《中國戲曲史論》（南京：江蘇教育出版社，1996 年）頁 44。

〔註 5〕 徐朔方：《南戲論集》（北京：中國戲劇出版社，1988 年）頁 21。

〔註 6〕 孫崇濤：〈明代改本戲文通論〉，《明清戲曲國際研討會論文集》（台北：中央研究院中國文哲研究所編，2002 年二刷）。

〔註 7〕 曾永義：〈論說「戲曲劇種」〉，《論說戲曲》（台北：聯經出版社，1997 年）頁 239～285。

〔註 8〕 郭英德：《明清文人傳奇》（台北：文津出版社，1991 年）頁 3。

〔註 9〕 林鶴宜：《明清戲曲學辨疑》（台北：里仁書局，2003 年）頁 35。

初，未必已有明確的範圍，所以想要明確求得傳奇的定義，乃緣木求魚之舉。以上講法，看起來似乎歧異很大，其實有共同點，即是認定《浣紗記》的出現是傳奇發展的重要指標。明初到《浣紗記》之間的作品，是傳奇的「準備期」，《浣紗記》以後是傳奇的發展期與成熟期。對傳奇與南戲界限的各種說法既無是非，更難定出高下，本書既是建構明代丑腳史，不妨以時代做爲界定，綜合各家說法，把傳奇定位在：明代之後產生，由文人染指，體製朝向規範化、格律化的南曲系統的長篇劇本。

（二）明代傳奇的分期

南戲與傳奇的界限，向來有許多爭議，但傳奇作品的分期卻頗爲一致。一般說來，《浣紗記》的誕生是一個分水嶺，接著湯沈之爭是一個階段，從馮夢龍之後到明末又是一個階段。本文綜合張敬《明清傳奇導論》、莊一拂《古典戲曲存目彙考》、張庚、郭漢城《中國戲曲通史》、許子漢《明傳奇排場三要素發展歷程之研究》中的看法，將傳奇作品細分爲三期：

第一期：成化、弘治、正德以迄嘉靖中葉之前（1465～1543），〔註10〕亦即從明朝初年至浣紗記誕生之前的劇作，代表作家有邱濬，邵璨、姚茂良、沈采、李開先、鄭若庸、陸采等。

第二期：嘉靖中葉、隆慶以迄萬曆中葉之前（1543～1598），〔註11〕即浣紗記誕生之後，以崑山腔的崛起做爲一個分界點，代表作家有梁辰魚、王世貞、張鳳翼、沈鯨、屠隆等。

第三期：以湯沈之爭爲界，即萬曆中葉至明末之際（1598～1644），代表作家有沈璟、湯顯祖、陳與郊、汪廷訥、單本、陳汝元、徐復祚、許自昌、馮夢龍、阮大鋮、吳炳等。

時間分期容易，但要爲作品做分期的工作，卻是相當困難的事情，因爲隨著舞台的上演，傳奇劇本被後人竄改、易動的現象頗多，再加上某些作家、

〔註10〕徐朔方《晚明曲家年譜》第一卷〈梁辰魚年譜〉以爲《浣紗記》約作於嘉靖二十二年（1543）。

〔註11〕徐朔方《晚明曲家年譜》第一卷〈沈璟年譜〉以爲沈璟第一部作品《紅蕖記》作於萬曆十七年（1589），而第三卷〈湯顯祖年譜〉則以爲，除《紫簫記》爲早期之作外，《紫釵》、《還魂》、《南柯》、《邯鄲》分別成於萬曆十五年（1587）、萬曆二十六年（1598）、萬曆二十八年（1600）、萬曆二十九年（1601）。湯沈之爭起於沈璟更易《還魂記》曲詞，則本期擬以《還魂記》的寫成作爲時間標的。

作品的時間很難確定，所以分期的確有實質上的困難。但以丑腳史而言，沒有做時代分期，也就難以展現其發展的歷程，也許資料有些瑕疵，但我們也確信，在不十分完美的資料當中，應該也可以尋找到丑腳發展的蛛絲螞跡，做爲明代丑腳史的註腳。

三、研究方法

雖然目前沒有以明代丑腳史做爲專書的學術著作，但有關明代傳奇的著作爲數甚夥，關於丑腳的討論篇章也爲數眾多，本書擬以前人著述做爲線索，進而追查明丑腳發展的軌跡。

但歸根究底還是以劇本爲主體，爬梳史料，整理劇作進行歸納，讓史料自己發聲，證據自己說話。在架構上，以時間爲骨架縱向架構，以劇本內容爲血肉橫向舖陳。本文除緒論及附錄外，共分六章：

第一章　丑腳的誕生與丑腳的定義

第二章　丑腳的先聲——南戲丑腳的發展

第三章　明代前期劇本中的丑腳

第四章　嘉靖至萬曆中葉傳奇中的丑腳

第五章　萬曆中葉——明末傳奇中的丑腳

第六章　從南戲到明傳奇看丑腳的塑造及演變

章節安排依循以下原則：同一時期的劇本，丑腳的塑造會呈現整體的風格，歸納爲當期「丑期發展特色」。但，某些劇本展現了整體劇風外的特殊風格，對丑腳發展史別具意義，甚而對後代丑腳產生影響，則個別舉出其特色，爲「劇作中丑腳的演出」。淨末丑的關係，在戲曲腳色發展史上，有著密不可分的關連，因此，每一章中，也會闢出一節，專門討論當期淨末丑的關係。透過「求同存異」的章節安排，進而看待明代各個時期丑腳的發展概況。

四、研究限制

本書的寫作，希望達到以下幾個目的：

（一）丑腳於明代傳奇中的功能

丑腳在明代傳奇中，佔有什麼位置，相較於其他的腳色，丑腳的功能何在？

（二）初步釐清淨丑功能的分野

淨丑是常被合在一塊討論，而淨丑之間有何差異性呢？

（三）明代丑腳對前代之承襲與對後代之引領

明代傳奇中的丑腳對前代丑腳的表演有何承繼？對後代丑腳的發展，產生了何種影響？今日的舞台還有明代丑腳的痕跡嗎？以及明代傳奇之丑腳承先啓後的功效。

（四）探究明代傳奇插科打諢的方法、效果

丑腳的任務，一直被定位在插科打諢，而插科打諢的方式，有無古今之變，產生了何種效果？明傳奇中的丑腳插科打諢的手法是如何應用的，效果爲何？後人之見爲何？

以上四點是本書希冀完成的目標。

第一章　丑腳的誕生與定義

腳色行當是中國戲曲特有的表演體制，或作角色行當，史稱腳色、部色，崑曲稱家門，通稱行當，簡稱行。〔註1〕所謂的「腳色」指的是戲劇腳色的名目，包含人物的性別、性格、品性及年齡和身分，亦即演員所扮演的一切人物以腳色的面目當場，由幾個確定的腳色，來表現戲劇中所需要呈現的人、物、事，就是腳色制。「腳色體制的成熟與定型，是戲曲成熟的一個重要標誌。」〔註2〕「傳統戲劇藝術是由腳色、並通過腳色制構成的，當腳色和腳色制完成之日，眞正的戲劇也於焉形成。」〔註3〕腳色制所包括的各個行當，實際上是由生活提煉出來的，它是各類人物外形、年齡性別以及社會地位在戲劇舞台上的表徵。〔註4〕而腳色分類的意義，也必須從演員和劇中人之中不同的關係做考量。「就腳色與演員之間的關係而論，腳色代表演各自表演藝術的專精；就腳色和劇中人關係而言，不同的腳色象徵著不同的人物類型。」〔註5〕有了腳色行當明顯的分工，演員可以按各人先天的條件、後天的努力應腳色演出

〔註 1〕見「腳色行當」條《中國大百科全書・戲曲曲藝卷》（北京：中國大百科全書出版社，1992 年三刷），頁 170。

〔註 2〕俞爲民：〈《張協狀元》與早期南戲的形式特徵〉《上海戲劇學院學報》2003 年第 4 期，頁 66。

〔註 3〕見洛地：《戲曲與浙江》（杭州：浙江人民出版社，1991 年），頁 7。

〔註 4〕正如《牟尼合》康廷傳題詞云：「三千大千，盡弄情鬼，往古來今，都爲識死。以悲歡離合，膠柱冤親，致生旦淨丑，塗抹本來。」見阮大鋮著，徐凌雲、胡金望點校《阮大鋮戲曲四種》（合肥：黃山書社，1993 年），頁 310。

〔註 5〕王安祈：〈兼扮、雙演、代角、反串——關於演員、腳色和劇中人三者關係的幾點考察〉，《明清國際研討會論文集》（臺北：中研院文哲所籌備處，1998 年），頁 627。

劇中人物，從而發揮自身特長，提昇表演藝術；對劇作家而言，針對各腳色不同的表演特長，在安排場次及劇情的緊鬆上作良好的調整；對劇團管理而言，腳色制有助於人事成本的控制；在實際演出上，也兼有調節演員體力、控制劇場氣氛、掌控觀眾情緒的作用。關於腳色行當制的形成與作用，黃克保的見解頗是：

> 行當是從創造具體形象起步的。由於戲曲表演在人物形象的塑造上，不僅要求性格刻畫的眞實和鮮明，要突出人物的內在特徵，還要把這些內在特徵加以外化，並從程式上對其外部特徵進行提煉和規範。〔註6〕

中國戲曲的腳色行當制成形於宋金之際，經過了幾百年的興迭變易，到了清集大成。歷經幾百年的構成與發展，腳色行當大致有二大階段，一是生、旦、淨、丑四大行當的確立。二是生、旦、淨、丑行當的細部分化與發展。〔註7〕在這樣的發展下，本書所要討論的丑腳，也從先秦時期的「主角」，慢慢變成宋元南戲時的「副角」，再慢慢變成明清傳奇的「配角」。不過儘管時代有了變遷，丑腳的地位也有了更易，但丑腳是傳統戲曲是最早誕生的一個行當，〔註8〕也是不可缺少的「綠葉」，卻是不爭的事實，所謂「無丑不成戲」，便如實的反映了丑腳在戲曲腳色制的重要位置。

第一節　戲曲腳色的出現

「腳色」實與戲曲表演的專業分工術語「行當」同義，因而腳色行當亦可簡稱「行當」或「行」，在現今「腳色」也常以「角色」〔註9〕代之。「腳色」

〔註6〕黃克保：《戲曲表演研究》（北京：中國戲劇出版社，1992年），頁102～103。

〔註7〕同註6，頁103。

〔註8〕如徐珂便以爲：「丑角以優孟曼倩爲先聲，開幕最早，伶界以此爲最貴，無論扮唱與否，均可任情談笑，隨意起坐，不爲格律所拘。」《清稗類鈔》（台北：臺灣商務，1983年）（十）卷七十九「優伶類」，頁9。

〔註9〕腳色和角色，實際上是有些區別的，根據周企旭在〈川劇丑角的主體精神〉一文的說明：「角色的涵義甚廣，包括行當（生、旦、淨、末、丑）而不限於行當，並且大多指藝術創造的客體方面，即由一定行當的演員所扮演（本工、應工、反串）的舞台形象（包括表示劇中角色地位的主角、配角、次角、群角和以劇中人物的社會地位、年齡、性格、穿戴、化妝等爲根據而劃分的種種角色類型。）大都不具有專業分工的性質，所以角色行當則不能簡稱行當或行。」亦即腳色只有是生旦淨末丑的行當意，而角色卻包括這個行當在劇

一詞始見於《資治通鑑》。《資治通鑑》卷一百八十隋紀四載有「然與奪之筆，虞世基獨專之，受納賄賂，多者超越等倫，無者注色而已」「注色」二字其下有註云：「注其入仕所歷之色也。宋末參選者具腳色狀，今謂之根腳。」〔註 10〕這是「腳色」一詞最早的一段史料記載。隋煬帝之時虞世基執掌考核銓選官吏的大權，史載其「受納賄賂，多者超越等倫，無者注色而已。」罔顧公平公正的原則收授賄賂，只要與之財物金錢往往給以提拔，反之，沒有進行賄賂的，只在其名冊表格上「注上入仕所歷之色」，這「入仕所歷之色」到了宋就稱爲「腳色」。

腳色一詞在宋代的用法，如同履歷之意，南宋趙升《朝野類要》卷三入仕十二事中的「腳色」條云：「初入仕，必具鄉貫、戶頭、三代名銜、家口年齒、出身履歷。若注授轉官，則又加舉主、有無過犯。」〔註 11〕宋代腳色所要填報的項目和內容，係朝廷統一規定。首先是個人及家庭的基本情況，有鄉貫、戶頭、三代名銜（即祖宗三代的功名官銜）、家口、年齒、出身履歷等項目。如此說來，腳色可說是古代的履歷表。

至於腳色一詞在何時成爲戲曲表演分工的專業術語呢？腳色一詞出現成爲戲曲表演的術語始於南戲，南戲戲文《張協狀元》第一齣末腳的結尾語：「似恁唱說諸宮調，何如把此話文敷演。後行腳色，力齊鼓兒，饒個攛掇，末泥色饒個踏場。」據錢南揚先生的註解：「後行腳色，指戲班中的樂隊，後世稱爲『後場』、『場面』」〔註 12〕亦即南戲所指稱的後行腳色，指的就是今日的文武場，或者叫後場，這裡的「腳色」已然有成員之意，不過還看不出有指稱行當之意。

以往稱腳色也常以「色」或「部色」來代表，如《都城紀勝》中所記：「正雜劇通名爲兩段，末泥色主張，引戲色主分付，副淨色發喬，副末色打諢，又或添一人裝孤，其吹曲破斷送者謂之把色。」〔註 13〕《都城紀勝》記載宋雜劇的行當有以末泥色、引戲色、副淨色、副末色、裝孤、把色幾種，此處

中扮演的人物形象，比如丑腳演的花心大少，媒婆，混混之類的人物。《四川戲劇》1999 年第四期，頁 33。

〔註 10〕司馬光著，胡三省注：《資治通鑑》（北京：中華書局，1956 年一版，1996 年六刷）卷一百八十「隋紀四」，頁 5624。

〔註 11〕趙升：《朝野類要》（台北：商務書局，1966 年），頁 33。

〔註 12〕錢南揚：《永樂大典戲文三種校注》（台北：華正書局，1980 年），頁 12。

〔註 13〕耐得翁：《都城紀勝》王雲五主編《四庫全書》珍本第九集（台北：商務書局，1979 年）「瓦舍眾伎」條。

「色」已有腳色行當之意。又如朱權《太和正音譜》引：「丹丘先生曰：『雜劇院本，皆有正末、副末、狚、孤、靚、鴇、猱、捷譏、引戲九色之名。』孰不知其名，亦有所出。予今書於譜內，以遺後之好事焉。」〔註 14〕《太和正音譜》介紹了雜劇院本有正末、副末、狚、孤、靚、鴇、猱、捷譏、引戲九個腳色，九「色」即九個行當之意。王驥德《曲律》介紹了《夢遊錄》、《輟耕錄》、《太和正音譜》等書對腳色行當的劃分和記錄，把此單元歸類在〈論部色第三十七〉，可知部色即「腳色」之意。

而首先將「腳」單獨作爲傳統戲曲行當稱謂的，始見於夏庭芝《青樓集》：「雜劇則有旦、末。旦本女人爲之，名粧旦色；末本男子爲之，名末泥。其餘供觀者，悉爲之外腳。」〔註 15〕《青樓集》中把「色」和「腳」都用來指稱行當，後人乾脆將之合稱爲「腳色」。

「腳色」後來被用來做爲指稱戲劇行當的術語，李漁《閒情偶寄》詞曲部中提及「出腳色」的要點「本傳中有名腳色，不宜出之太遲。如生爲一家，旦爲一家，……即淨丑之腳色之關乎全部者，亦不宜出之太遲。」〔註 16〕李漁所言「腳色」即是行當之意。另李斗在《揚州畫舫錄》卷五〈新城北錄下〉提出了「江湖十二腳色」：

> 梨園以副末開場，爲領班。副末以下老生、正生、老外、大面、二面、三面七人，謂之男腳色；老旦、正旦、小旦、貼旦四人，謂之女腳色；打諢一人，謂之雜。此江湖十二腳色，元院本舊制也。〔註 17〕

腳色做爲行當之意，便更加明確了，後王國維《古劇腳色考》付梓，可知「腳色」已成了戲劇中指稱各門行當的慣用語了。

第二節　腳色行當的劃分依據

承上所言，腳色行當制的形成，是傳統戲曲成熟的一個表徵，劇作家編寫劇本時，必須要按腳色來思考劇本的結構布局，使劇場的排場得以順利進

〔註 14〕朱權：《太和正音譜》《中國古典戲曲論著集成》（北京：中國戲劇出版社，1982 年一版四刷）第三輯，頁 53。

〔註 15〕夏庭芝：《青樓集》，《中國古典戲曲論著集成》（北京：中國戲劇出版社，1982 年一版四刷）第二輯，頁 7。

〔註 16〕李漁：《閒情偶寄》（台北：長安出版社，1990 年），「詞曲部」〈格局第六〉，頁 63。

〔註 17〕李斗：《揚州畫舫錄》（台北：世界書局，1963 年 5 月初版），頁 122。

展，那麼腳色行當劃分的依據是什麼呢？芸芸眾生如何以寥寥的幾個行當來呈現？爲數有限的行當又要如何呈現各式各樣的人物呢？比較可行的方法是將人物類型化成幾個行當。而類型化的標準何在呢？

最初步的分類是根據腳色自身的條件，如以性別來分類，生、末、外通常指男性，貼、旦通常指女性。接著是以在劇中的地位而定，如元雜劇以唱或不唱訂定此人的地位，開唱的必然是正旦、正末，其品階、社會地位、人格則不列入討論，如《包待制陳州糶米雜劇》第一折就以莊稼老漢爲正末，非以之在現實生活的品階，而是以他在劇情的重要性來訂定。到了南戲、傳奇，情節開展都以生旦爲主，則一劇的主角人物不管年紀老少、身分高低必是生旦。第三，才是依據腳色的社會地位來劃分，包括階級地位、忠奸、性格和教養等。對此，王國維有以下的看法：

> 元明以後戲劇之主人翁率以末旦或生旦爲之，而主人之中多美鮮惡，下流之歸悉在淨丑，由是腳色之分亦大有表示善惡之意。國朝以後如孔尚任之《桃花扇》於描寫人物尤所措意其定腳色也，不以品性之善惡而以氣質之陰陽剛柔，故柳敬亭、蘇崑生之人物在此劇中當在復社諸賢之上，而以丑淨扮之，豈不以柳素滑稽，蘇頗倔強，自氣質上言之，當如是耶？自元迄今，腳色之命意不外此三者，而漸有自地位而品性，自品性而氣質之勢，此其進步變化之大略也。
>
> 〔註18〕

王國維認爲行當的劃分標準大致有三：

1、依據其地位之高低

以人物在劇中地位之高低來決定行當，地位較高爲生旦，地位較低爲淨丑。

2、依據其品性之善惡

決定行當的方式是以腳色的品格來劃分善惡，如「影戲公忠者雕以正貌，奸邪者刻以醜形，用以寓褒貶在其間。因此，主人翁都以末旦或生旦爲之，鮮惡下流之屬就由淨丑來擔任。」以劇中角色的品格來劃分行當，屬於正面良善的角色便用生、旦、末、外，屬於負面醜惡的角色便用淨丑，藉此也寓有褒貶之意。

〔註18〕王國維：《古劇腳色考》，《論曲五種》（台北：藝文印書館，1975年），頁112～113。

3、依據其氣質之剛柔

有時劇作家在安排腳色行當時、定腳色時，還會用氣質的陰陽剛柔來訂立，像孔尚任的《桃花扇》中柳敬亭、蘇崑生等，是復社中的領導人物，但因柳素滑稽而蘇頗爲倔強，被劃歸到丑行裡頭。

王國維接著又補充說「腳色最終意義實在於此以品性必觀其人之言行而後見，而氣質則可於容貌聲音舉止間一覽而得教也。」據此，則行當發展到後來，決定行當之因慢慢由從地位到品性，到人物氣質之勢。不過這標準也不是不變的。劇作者還要配合劇情需要、排場的繁簡、劇班組織、演員的專長以及作品的象徵意義來作適當的安排。

以上是創作劇本時分配行當的原則，至於劇團中擔任丑腳的演員要如何選定呢？李漁《閑情偶寄》中提及：

> 喉音清越而氣長者，正生、小生之料也；喉音嬌婉而氣足者，正旦、貼旦之料也；稍次則充老旦。喉音清亮而帶質樸者，外末之料也；喉音悲壯而略近噍殺者，大淨之料也。至於丑和副淨，則不論喉音，止取性情之活潑，口齒之便捷而已，然此等腳色，似易實難。〔註19〕

李漁強調要重視淨丑腳色，指出以下選充任淨丑的辦法是錯誤的。由於丑腳在劇中的任務，以插科打諢〔註20〕爲主要的目的，所以丑的選用最重要在於個性活潑，口齒伶俐，嗓音是否清越或低沈就不是那麼重要了。淨丑的腳色，看起來容易，眞正要找到合適的人選卻不容易，其中女丑又較男丑爲難。當然決定腳色的行當標準是後來歸納而來的，在行當發展的初期，規律沒這麼清楚，特別在劇團組織規模不大的狀況下，常以兼演的方式來呈現劇中各個腳色。以明傳奇而言，常爲調濟人力，有時生旦會兼演一些與行當屬性不同的腳色，如以生兼演皀隸、頭目，以旦兼嘍囉、百姓、宮女等。到了後代，戲劇的發展越來越細致，劇團組織越來越龐大，分工也越來越細密了。

第三節　丑腳名稱的出現及其類別

傳統戲曲行當制的成形，始於宋雜劇，根據《都城紀勝》的記載：「正雜

〔註19〕同註16，「聲容部」〈習技第四〉，頁160。

〔註20〕根據《中國大百全書・戲曲曲藝卷》「科諢」條之解釋，「科諢」，又稱插科打諢，「科」是指滑稽動作（與一般劇本中代表舞台指示的「科」的意義不同），「諢」是指滑稽語言。

劇通名爲兩段，末泥色主張，引戲色主分付，副淨色發喬，副末色打諢，又或添一人裝孤，其吹曲破斷送者謂之把色。」〔註 21〕宋雜劇中的角色劃分有「末泥色、引戲色、副淨色、副末色、裝孤（把色）。」等行當，每個角色各司其職，其中末泥色主張，引戲色分付，副淨色發喬，副末色打諢。嚴格講來，只有副淨和副末是以代言爲主的腳色，而末泥、引戲比較近於說戲者。

宋雜劇以滑稽諧趣，插科打諢的逗笑演出爲主，雖然在宋雜劇中並無丑腳一行，但因副淨和副末的功能和後代的丑腳近似，所以也有學者認爲丑腳、副淨、副末有密不可分的關係：

1、參軍即是副淨，就是後世之淨，蒼鶻即是副末，就是後世之丑。

《今樂考證》中以爲：「宋時末，則今日之丑也。」〔註 22〕

2、副淨就是丑

（1）《今樂考證》引胡應麟的說法

宋之戲頭，即生也；引戲，即末也；副末即外也；次淨，即丑。〔註 23〕

按：胡應麟的原文如下：「所謂戲頭即生也，引戲即末也，副末即外也，副淨裝旦。即與今淨旦同。」〔註 24〕並未說明副淨即丑。「次淨即丑」是姚燮的見解。

（2）汲古閣刊本《琵琶記》第十七齣〈義倉賑濟〉中：

（丑）……小人也不是都官，小人也不是里正，休得錯打了平民。（內問）你是誰？（丑）猜我是誰？——我是搬戲的副淨。

（3）《博笑記》第六齣

（淨）：嗄，請老爹前廳請坐，家主穿了大衣服出來。（小丑）：曉得了，從容些。（坐介打盹介）（小丑）：我是尹字少半撇，他是也字少一豎，若逢副末拿磕瓜，兩個大家沒躲處，請了。

根據陶宗儀《輟耕錄》二十五院本名條中云：「院本則五人：一曰副淨，古謂之參軍。一曰副末，古謂之蒼鶻。鶻能擊禽鳥。末可打副淨，故云。」〔註 25〕在參軍戲時期蒼鶻打參軍，演變到後來成了副末打副淨。從《琵琶記》、《博

〔註 21〕同註 13。

〔註 22〕姚燮：《今樂考證》《中國古典戲曲論著集成》（北京：中國戲劇出版社，1982 年一版四刷）第三輯，頁 53。

〔註 23〕同註 22，頁 10。

〔註 24〕胡應麟：《莊嶽委談》（下）《少室山房筆叢》（台北：世界書局，1963 年）卷四十一，頁 557。

〔註 25〕陶宗儀：《輟耕錄》《四部叢刊續編》（台北：臺灣商務，1966 年），卷二十五。

笑記》的內容看來，淨和丑都是由宋金院本的副淨演變而來，至於副末就是丑的說法，證據比較薄弱，只能從後世丑的任務來看二者的相似度。丑腳主要任務在插科打諢，所以功能和內涵近似宋金雜劇的副淨、副末，但若是直接將副淨和副末與丑腳劃上等號，恐怕窄化了丑腳自宋南戲以來的發展。要認識丑腳，還是應該從宋南戲之後說起。

「丑腳」行當的出現則要在宋元南戲的《張協狀元》，《張協狀元》一劇中腳色行當分爲生、旦、外、后、丑、淨、末七行。徐渭《南詞敘錄》記載了南戲的腳色行當分爲生、旦、外、貼、丑、淨、末七個行當，其中在「丑」這一行底下云：「丑，以墨粉面，其形甚醜，今省文作『丑』。」〔註 26〕可知在宋南戲時期，丑腳便正式成立了。其後腳色行當的發展簡述如下：

《太和正音譜》將腳色分爲正末、副末、狚、孤、靚、鴇、猱、捷譏、引戲九色，其中付末下註「古謂『蒼鶻』，故可以扑『靚』者，『靚』謂狐也；如鶻之可以擊狐，故『付末』執榼瓜以扑『靚』是也」，捷譏下註「古謂『滑稽』。院本中便捷譏謔者是也。俳優稱爲『樂官』」。〔註 27〕以《太和正音譜》的說法來看，則丑腳與捷譏這個腳色的功能近似。

明代初期成化本《白兔記》在「外」這一行當，又分出了「小外」，影鈔本《荊釵記》在「貼」這一行當，分出了「夫」。到了明代前期的傳奇則以《寶劍記》使用十四個行當最多，分別是生、外、老外、小外、旦、貼、老旦、老貼旦、末、淨、貼淨、淨旦、丑、貼丑。崑劇早期的劇本《浣紗記》，也在南戲七行之外，增設了小生、小外、小旦、副末、副淨五行。腳色的運用到了《浣紗記》大爲增多，有生、小生、旦、小旦、貼、外、小外、末、副末、淨、副淨、丑等十二種角色。

王驥德《曲律》論部色三十七則記載：「今之南戲，則有正生、貼生（或小生）、正旦、貼旦、老旦、小旦、外、末、淨、丑（即中淨）、小丑（即小淨），共十二人，或十一人，與古小異。」〔註 28〕《曲律》一書原刻於明天啓四年（1624），由此，最遲在萬曆、天啓年間，在淨、丑行中初步形成了淨、

〔註 26〕徐渭：《南詞敘錄》《中國古典戲曲論著集成》（北京：中國戲劇出版社 1982 年一版四刷）第十輯，頁 14。

〔註 27〕朱權：《太和正音譜》《中國古典戲曲論著集成》（北京：中國戲劇出版社，1982 年一版四刷）第三輯頁 53。

〔註 28〕王驥德：《曲律》《中國古典戲曲論著集成》（北京：中國戲劇出版社，1982 年一版四刷）第四輯，頁 142。

中淨（丑）、小淨（小丑）三種類型。〔註29〕

後李斗的「江湖十二腳色」及《梨園原》所列腳色名目，即據此孳乳衍生。另外清乾嘉時期的《梨園原》則記載：

> 謝阿蠻論戲始末：戲者，以虛中生戈。漢陳平刻木人禦城退白登事，後為之效，名曰：「傀儡」。至唐明皇，選良家子弟，於梨園中演習戲文，分為「生」、「旦」、「淨」、「末」、「丑」、「外」、「小旦」、「小生」，此八名為正，而後增「付淨」、「作旦」、「貼旦」、「老旦」，共十二人為全角，餘皆供侍從者。〔註30〕

在清代傳奇《長生殿》中所見的，在十五腳色以上。《戲劇月刊》黃南丁回憶光緒時的崑班有生、巾生、黑衣、老生、老外、正旦、花旦、作旦、刺旦、大面、白面等；〔註31〕明末民初王季烈《螾廬曲談・卷二》談及崑曲之腳色言：

> 崑曲角色總稱之曰生、旦、淨、丑，然生有老生、冠生、小生；旦有老旦、正旦、刺殺旦、作旦、閨門旦、貼旦；淨有正淨、白淨、副淨，惟丑則一也。〔註32〕

以上是自南戲至民初，腳色發展的大概狀況。今日所見行當，各劇種分法不同，以丑腳為例，大致是以人物在劇中的地位、功能做劃分，在京劇中分成袍帶丑、方巾丑、褶子丑、茶衣丑、老丑、武丑等；今日崑劇的丑行分成副（付）和丑兩種，副為二花臉，又分冷二面及油二面，丑為三花臉或小花臉，分醜扮和俊扮兩種，分為文丑（紗帽丑和方巾丑）、武丑、小丑三種；川劇的丑腳則分成袍帶丑（又分蟒袍丑、官衣丑）、龍箭丑、方巾丑、烟子丑、襟襟丑、老丑、丑旦等；福建高甲戲的丑行則更為豐富，分文丑、武丑、女丑三種，文丑中包括公子丑、破衫丑、長衫丑、袍帶丑、憨丑、童丑，武丑中包括長甲、短甲，女丑中包括家婆丑等。〔註33〕

由以上的行當分化，我們發現，丑行大致的演變如下：宋雜劇中的副淨，

〔註29〕王驥德以為中淨就是丑，小淨就是小丑，可能是就其在劇中的功能來看，明傳奇劇本中，便有劇本小淨和小丑就同時並存，如《修文記》和《彩毫記》小淨、小丑區分為二個行當。

〔註30〕黃幡綽等：《梨園原》《中國古典戲曲論著集成》（北京：中國戲劇出版社，1982年一版四刷）第九輯，頁10。

〔註31〕黃南丁：〈吹弄漫談〉《戲劇月刊》第一卷第十期收錄於《俗文學叢刊》（台北，新文豐出版社，2001年）第十集。

〔註32〕王季烈：《螾廬曲談》（台北：商務，1971年）卷二「論作曲」，頁27。

〔註33〕沈鴻鑫：〈中國喜劇與丑角藝術〉《戲劇、戲曲研究》，1994年第十期，頁15。

發展到了南戲，成了南戲中的丑腳；到了明傳奇，則分化爲丑和小丑，丑又稱中淨，小丑又稱小淨；清傳奇階段的丑行，將淨行與插科打諢的任務稍作分離，專事插科打諢任務的腳色交由丑行，偶或有插科打諢的副淨，便歸到丑行來。以丑腳而言，雖其分類日趨細密，但始終以插科打諢爲能事，以飾演劇中的甘草人物逗樂觀眾爲主要任務，在全本戲中雖未躍居上主腳的位置，卻也是不可缺少的綠葉角色。

第四節　丑腳命名之異說

最早以丑腳做爲腳色專稱始於宋元南戲的《張協狀元》。丑腳行當起源和原始意義，歷來說法眾多，有謂從禽獸名而來、有謂從音義中求之、有謂從省文得來。曾永義在〈前賢「腳色論」述評〉〔註 34〕中將腳色命名的由來，分爲幾個類型：如一以禽獸名釋腳色；二以腳色名義乃顛倒而無實；三以爲腳色名本市井口語，不必深求；四是從腳色名目的義予以探求；五是從古籍探其根源。本文以這五個類型爲基礎，針對各家對丑腳由來的討論，稍作整理，羅列如下：

一、腳色名義「本自禽獸名」說

即用禽獸名字來詮釋腳色行當的內涵。《太和正音譜》裡頭引：

> 丹丘先生曰：雜劇、院本，皆有正末、副末、狚、孤、鴇、猱、捷譏、引戲九色之名。孰不知其名亦有所出。予今書於譜內，以遺後之好事焉。……
>
> 正末：當場男子，謂之「末」。指俗爲之「末泥」。
>
> 付末：古謂蒼鶻，故可以扑「靚」者。「靚」，謂狐也。如鶻之可以擊狐，故「付末」執榼瓜以扑靚是也。
>
> 狚：當場之妓曰「狚」。狚，猿之雌也，名曰：「猵狚」，其性好淫。俗呼「旦」非也。
>
> 靚：付粉墨者謂之靚，獻笑供諂者也。古謂「參軍」。書語稱狐爲「田參軍」，故付末稱蒼鶻者，以能擊狐也。〔註 35〕

〔註 34〕曾永義：《說俗文學》（台北：聯經出版社，1980 年），頁 299。

〔註 35〕同註 14。

其實《太和正音譜》所列舉的九個腳色是雜揉院本和雜劇的腳色而來，九個腳色之中，只有正末、付末、狚、靚四色是腳色專稱，其餘孤、鴇、猱、捷譏、引戲，皆爲俗稱。〔註 36〕雖然有九個角色，其實只有正末、付末、狚、靚是腳色名稱，其中靚和付末被視爲淨腳、丑腳的前身。付末和靚的演出是一搭一唱的形式，如同蒼鶻追捕狐狸。此處以蒼鶻作爲付末的代稱，乃是因其腳色演出的方式而得，而非從丑腳原始命名而來。姚燮在《今樂考證》〈部色〉中引崔灝之說云：

> 《堅瓠集》謂：「《樂記》注：『優俳雜戲，如獮猴之狀。』乃知生，狌也；旦，狚也，——《莊子》：『猨猵狚以爲雌』；淨，狰也——《廣韻》云：『似豹，一角，五尾』；丑，狃也——《廣韻》：『犬性驕』。謂俳優如獸，所謂『獶雜子女』也。」〔註 37〕

《堅瓠集》的推測很大膽也很有創意，把「生」腳視爲獮猴，把「旦」腳視爲母獮猴，「淨」腳視爲豹子，「丑」腳視爲狗。分析其說之由，乃以《樂記》所引：「優俳雜戲，如獮猴之狀」爲靈感，得出的結論。論點要成立，必須具備三個條件，一是「生、旦、淨、丑」由同一人命名，二是「生、旦、淨、丑」的名義是同時出現。三是除了生旦淨丑之外，其餘的腳色，如末、外等也能從《廣韻》中找到相應的禽獸名的訓詁。否則難免讓人懷疑此說有強加附會之嫌。

二、腳色名義「顛倒無實」說

即腳色名義與其實顛倒而成名。胡應麟以爲：

> 凡傳奇以戲文爲稱也，亡往而非戲也。故其事欲謬悠而亡根也，其名欲顛倒而亡實也。反是而欲求其當焉，非戲也。故曲欲熟而命以生也；婦宜夜而命以旦也；開場始事而命以末也；塗汙不潔而命以淨也，凡此咸以顛倒其名也。〔註 38〕

〔註 36〕關於《太和正音譜》所引腳色的討論，可參考曾永義在〈前賢「腳色論」述評〉一文的看法：「《正音譜》述腳色有院本、雜劇揉雜之現象，所紀九色，只有正末、付末、狚（旦）、靚（淨）四色是腳色專稱，其餘孤、鴇、猱、捷譏、引戲，皆爲俗稱，並未發展成爲正式腳色。因爲我國古典戲劇皆腳色專稱與俗稱並用，自宋雜劇以迄清皮黃莫不如此。」出處同註 34。

〔註 37〕同注 21，頁 14。

〔註 38〕胡應麟：《莊嶽委談》（下）《少室山房筆叢》（台北：世界書局，1963 年）卷四十一，頁 556。

胡應麟未舉丑腳爲例，所以又在小注云：「古無外與丑，蓋丑即副淨，外即副末也。」可見明知丑腳無法適用其說法，所以閃躲過去，避而不談，因此王國維反駁胡應麟的說法：

> 此說可以解釋明腳色而不足以釋宋元之腳色，元明南戲始有副末開場之例，元北劇已不然，而末泥之名則南宋已有之矣，淨之傅粉墨，明代則然，元代已不可考，而副靖之名則北宋已有之矣。此皆不可通者矣。〔註39〕

此種說法除了不適用於「丑」腳之外，末腳亦僅能釋南戲傳奇之現象，不能適用元雜劇上頭。

三、腳色名義「直從音義求之」說

亦即腳色名義直接從其音義去求。這種講法恰和前一種講法是相反的。《梨園原》在「王大梁詳論角色」中提及：

> 角色者，言其本角之物色也。生者，主也，凡一劇由主而起，一軼之事在其主終始，故曰生。旦者，乃於寅刻之先，以男扮女，是男非男，似女非女，見時不能分，因其扮粧時在天甫黎明，故曰旦。丑者，即醜字，言其醜陋匪人所及，撮科打諢，醜態百出，故曰丑。〔註40〕

《梨園原》引用的看法，結合丑腳形象和丑腳的演出形式，頗爲有理，至於「生、旦、淨」三腳的解釋，恐怕不盡合理。其實結合丑腳形象和演出形式早在徐渭的《南詞敘錄》便有了以下的記載：「丑：以粉墨塗面，其形甚醜。今省文作丑。淨：此字不可解，或曰：『其面不淨，故反言之』予意：即古『參軍』二字，合而訛之耳。優中最尊。其手皮帽，有兩手形，因明皇奉黃旛綽首而起。」〔註41〕丑腳既有醜陋的外表，又插科打諢，做出種種醜態，丑有可能即「醜」之義。在民間劇本裡頭，藝人們常把筆劃多，難寫的字用同音假借的方式取代，「醜」省文而爲「丑」，再成爲慣例通行。

另外，康保成認爲丑本於醜義，並將丑的起源上推至儺神方相氏：

> 我們曾經指出，古劇腳色「淨」源於驅儺者巫，其名稱來自佛教；

〔註39〕同註18，頁95～96。
〔註40〕同註30，頁10。
〔註41〕同註26，頁245～246。

而「丑」與「淨」同源。即如此，則丑亦必源於巫。只不過，「淨」在名稱上受了佛教的影響，而「丑」則一直是漢族的世俗名稱。可以說，從名稱來講，丑與巫的聯繫更直接更密切。具體而言，丑腳源於最早的儺神方相氏。〔註 42〕

康保成提出來的理由有：

1、方相之稱，得義於醜。方相氏是儺神，丑腳是戲神。儺神乃戲神之源，方相氏爲丑腳之源。

2、荊楚地區的人戴「胡公頭」逐除邪魔，江淮地區也有「嗔拳」、「笑面」的雜技，胡公頭、嗔拳、笑面，既醜陋又有滑稽可笑的成份，丑腳便呼之欲出了。

3、唐代驅儺者的面具和塗面，與後世「淨」、「丑」的化妝，十分接近，後世戲劇中，判官、鍾馗之類多數是由「淨」或「丑」來裝扮。

4、丑腳表演中的獨特舞步商羊步，來自巫的商羊舞。民間儺儀中稱「跳踉」，宋元和明初的戲劇中稱「趨蹌」，「跳梁小丑」一詞即由此衍生。

面對這樣的推論，我們不禁要懷疑：其一，丑腳的某些演出方式和儺戲的表演方式近似，是丑腳成形後參考儺戲的表演，或是丑腳保留了儺戲的演出方式，恐怕尚待釐清？其二，因儺醜，丑也醜，就將二者劃上等號，不免太過跳躍。且除了第四點之外，淨這一行當也同樣符合康保成提出的特徵，可否說淨也是源於方相氏呢？由以上論據，我們只能產生「丑醜，方相氏亦醜，丑的演出從儺舞之中取材」的觀點，而不能產生「丑源於方相氏」這樣的結論。

四、腳色名義外來說

即腳色之名爲外來之說。民國初年王國維《古劇角色考》中言：

丑之名，雖見元曲選，然元以前諸書，絕不經見，或係明人羼入，余疑丑或由五花爨弄出。《輟耕錄》云：院本又謂之五花爨弄，或曰，宋徽宗見爨國人來朝，衣裝鞋履、巾裹、傅粉墨，舉動皆如此，使優人效之以爲戲，而宋官本雜劇，金院本名目以爨名者，不可勝數，爨與丑本雙聲子，又爨筆畫甚繁，故省作丑或疑爲宋雜劇、金院本的「爨」的演變。〔註 43〕

〔註 42〕康保成：〈古劇腳色「丑」與儺神方相氏〉《戲劇藝術》1999 年第四期，頁 98。
〔註 43〕同註 18，頁 110～111。

丑之名雖在元雜劇中沒有出現。〔註 44〕但宋元南戲已有丑腳之名，在此王國維以爨、丑是雙聲字來解釋丑和爨的關連，不僅如此，還與其演出形式做結合討論丑腳的由來。宋時「爨」已從「爨國」。變成「簡短的歌舞段子」之意。宋雜劇的演出有五個腳色，以調笑逗弄的歌舞為主要內容，王國維將之做結合，拈出丑即爨的省字，說明丑腳之出與宋雜劇的關係，而「爨」即丑的原始。只是吾人不免懷疑，爨的雙聲字何其之多，何以天外飛來一個丑字做為省字？

除了王國維的說法，衛聚賢也有丑腳是來自國號的說法，他以為：

〔註 44〕元雜劇沒有丑行的主張，在張庚、郭漢城《中國戲曲通史》（見第六章北雜劇與南戲的舞台藝術第三節雜劇的腳色行當）及徐扶明《元代雜劇藝術》二書中均有這種主張，其中徐扶明對元雜劇無丑行提出了以下的論據：
第一，元刊本《古今雜劇》，本來無「丑」。
第二，除《元曲選》外，明代其他版本的元雜劇劇本，只有個別劇本中有丑。如古名家雜劇本《野猿聽經》，而大多數的劇本都沒有丑。
第三，同一劇作中同一角色，在不同版本裡，或由淨扮，或由丑扮，特別是《元曲選》中丑扮角色，在其他版本裡，大都由淨扮。如《蝴蝶夢》中的王三，《元曲選》由丑扮，而古名家雜劇本由末扮；《單鞭奪槊》中的段志賢，《元曲選》由丑扮，而明鈔本由淨扮；《㑳梅香》中的山人，《元曲選》、柳枝集本由丑扮，而顧曲齋本由淨扮；《城南柳》中的柳樹精，柳枝集本由丑扮，而《元曲選》倒是由淨扮。
第四，《金貂記》附刻《不伏老》，將劇中人物鐵肋金牙標作丑，而《流星馬》亦有鐵肋金牙，卻由淨扮。況且此劇中的房玄齡，在第一折標作「房」，到第三折卻標作「生」。生、丑，都是南戲角色的名稱。可見，元雜劇劇本中有丑，乃是後來受到南戲的影響。
第五，孤本元明雜劇收有一百多種劇本，其中僅《蘇九淫奔》、《萬國來朝》兩劇中有丑。前者題目正名：「嘉靖朝辛丑年事，濮陽邵風月場中戲。」顯然，它是明代嘉靖二十年（1541）以後作品，後者有唱詞中有「端的是大明一統錦華夷」，也是明代作品，因此，更可以證實，元雜劇劇本中有丑，確實是很晚的事了。《元代雜劇藝術》（台北：學海出版社，1997 年）頁 387～388。
另外，解玉峰在〈說北曲雜劇的丑〉更提出補充，理由如下：
第一，明代雜劇家朱有燉及劉兌的雜劇中，都未出現「丑」行；
第二，明脈望館抄本雜劇亦無丑行，可見在明萬曆年間，明內府演出的元人雜劇還沒有出現丑行；
第三，除元曲選外，僅有六種明刊元人雜劇有丑，分明是《改定元賢傳奇》——《青衫淚》；《古名家雜劇本》——《青衫淚》、《聽猿經》、《勘頭巾》、《竇娥冤》，《富春堂》刊《金貂記》所附《不伏老》雜劇。
第四，《元曲選》淨丑的身分特徵、搭配形態已系統化，與元雜劇不盡相同，卻與南戲相同，可見受到南戲的影響。
解玉峰原文發表於《中國文化報》出版年不詳，載於 http://www.dongdongqiang.com/xqew/086.htm

淨與晉同音，漢代演戲，扮晉人均以墨塗面，故黑頭稱淨，丑與楚同音，漢代演戲用丑扮楚人，故滑稽腳色稱丑，生、宋同意，周代尊宋人爲客，故漢代扮演主角用生，旦燕同音，戰國時代燕國女子多倡優，漢代以燕人演女子，故女稱旦。〔註45〕

此說要成立，亦要有幾個條件：一、傳統戲曲在漢代即已成形，並有今日之演出型態。二、在漢代已有「生、旦、淨、丑」四個完整的行當出現。〔註46〕然從戲曲的發展史看來，這兩個條件在漢代都未能相符，因此衛聚賢的說法，只能說是臆測之詞。

另外，也有學者以爲腳色名義是由外國傳入。這種說法是李星可在《南洋與中國戲》一書提出的見解，他以爲：

小花臉的丑，其名稱來源應該是印度的丑舞（Chow Dance），丑舞是印度西北奧里薩省（Orissa，在孟加拉省西南）的地方舞，至今每年春季，祭神賽會之時，丑舞還是在流行。「丑」的本意是「面具」，目前流行的丑舞，演者已經大抵不再戴用面具。……我認爲中國戲中丑腳的名稱是由印度的丑舞來的，是因爲印度丑舞中的面具臉譜，剛好與中國戲中的「加官面」完全相似，中國戲裡的「跳加官」是從印度舞開幕時的「祭神戲」（Puja）來的，而「跳加官」又差不多一向是由丑角扮演，所以猜想這大約正是印度丑舞在中國戲中的餘風遺韻。〔註47〕

李星可以爲丑腳的名稱來自印度的丑舞，丑的本意是面具之意，又將跳加官與丑舞做聯想，得知跳加官是丑舞在中國戲中的餘風遺韻。接著又提到：

末角分爲素臉的生與勾臉的淨，丑角試圖取消面具而改用勾臉的時候，他已經不能像淨腳那樣勾大臉，只好另爲他圖，僅勾鼻間的一部分，但這鼻間一部分仍是「加官臉」（即印度丑舞面具）的原來黑白紅三色，而沒有其他顏色，我相信，這個假設絕不是胡亂瞎猜，因爲中國戲中的丑腳的另一稱謂正是「開口跳」；這三個字向來大家

〔註45〕衛聚賢：〈戲劇中脚色——淨丑生旦的起源〉，《說文月刊》第一卷第七冊，頁65～66。

〔註46〕于復華：《宋元南戲「張協狀元」之淨丑腳色研究》（文大學藝研所碩士論文，1980年），頁6。

〔註47〕李星可：〈中國戲中的小丑篇〉，《南洋與中國戲》（新加坡：南洋學會，1962年）頁143～144。

都不明白它們的意義，我看法是認爲「開口跳」即需要開口說白歌唱的跳加官角色，所以這是丑的別稱。這正是中國戲中的丑角來自印度的丑舞的另一證明。〔註 48〕

印度劇和中國戲劇的關係，周貽白亦有討論，他認爲：「印度劇的內容和外形，與中國戲劇——尤其是南戲——相同之點甚多，中國戲劇雖不完全來自西域，其所受影響亦必深切。」〔註 49〕周氏之說比較含蓄，然李氏因二者妝扮表演相似，直接了當說明丑來自印度的丑舞，又缺乏相關的論證過程，實令人難以信服。首先跳加官並不一定都由丑腳來扮演；其次，根據淨丑的發展看來，淨丑的妝扮很難區分，淨腳臉譜的豐富性是慢慢發展而來的，並非一朝一夕形成的；再者，若據其邏輯，吾人亦可反證印度丑舞受中國丑腳之影響。不過李氏的說法，也並非一無可取，若能再詳加考查，或許可以釐清中國戲曲和印度戲曲的關係。

五、腳色名義本自俗語俗稱說

亦即腳色的名稱來自俗語俗稱。祝允明在《猥談》中言：

生淨旦末等名有謂反其事而稱，又或託之唐莊宗：皆謬云也。此本金元闤闠談吐，所謂鶻伶聲嗽，今所謂市語也。生即男子，旦曰粧旦色，淨曰淨兒，末曰末尼，孤乃官人。即其土音，何義理之有？《太和譜》略言之，詞曲中用土語何限，亦有聚爲書者，一覽可知。〔註 50〕

「闤闠」即市場之意，「鶻伶聲嗽」一般被當作是南戲的別稱，〔註 51〕這裡指的就是「里巷街語」之意。徐扶明也主張腳色行當應該來自俗語俗稱，因爲「文學藝術本來源於社會生活，而又藝術地再現社會生活。戲曲各行角色，正是當時社會上各色人物的概括。」〔註 52〕

〔註 48〕同註 47，頁 144。

〔註 49〕周貽白：《中國戲劇發展史綱要》（台南：僶勉出版社，1978 年再版），頁 187。

〔註 50〕祝允明：《猥談》收錄於清陶珽纂《續說郛》（台北：新興書局，1964 年），卷四十六，頁 2015。

〔註 51〕明徐渭：《南詞敘錄・序》：「或云：宣和間已濫觴，其盛行則自南渡，號曰『永嘉雜劇』，又曰『鶻伶聲嗽』。」「鶻伶」，應該是由「參軍戲」中的「蒼鶻」演變而來，指的是滑稽表演；「聲嗽」則是浙、閩方言，意即「帶有表情的聲口」《中國古典戲曲論著集成》同註 25，頁 239。

〔註 52〕同註 44，頁 367。
至於丑腳的本義，徐扶明認爲醜簡寫作丑，和元代俗語有關，如雜劇中有「醜焦循在《劇說》卷一引《懷鉛錄》云：「今之丑腳，蓋『鈕元子』之省文。《古杭夢遊錄》作『雜班』、『扭元子』、『拔和』。」〔註53〕明白的說明丑腳是從鈕元子而來，而所謂的鈕元子意即當時的「闤闠談唾」、「鶻伶聲嗽」。按《都城紀勝》「瓦舍眾伎條」云：

> 雜扮，或名雜旺（班），又名紐元子，又名技（拔）和，乃雜劇之散段，在京師時，村人罕得入城，遂撰此端，多是借裝爲山東、河北村人以資笑，今之打和鼓、撚梢子、散耍，皆是也。〔註54〕

又《夢粱錄》卷二十「伎樂條」云：

> 又有雜扮，或曰雜班，又名紐元子，又謂之拔和，即雜劇之後散段也。頃在汴京時，村落野夫，罕得入城，遂撰此端。是借裝爲山東、河北村叟，以資笑端。今士庶多以從省，筵會或社會，皆用融和坊、新街及下瓦子等處散樂家，女童裝末，加以弦索賺曲，祇應而已。〔註55〕

從這兩段資料中我們可以歸結：

紐元子＝雜扮（雜班、雜旺）＝拔和（拔禾）＝散段

首先看雜扮的意義爲何？雜扮有雜旺與雜班之稱，雜旺應是俗寫，雜班則有非正式組織之意，胡忌在《宋金雜劇考》中以爲：

> 假如我們肯定了宋代演出技藝已有組班的情形，那麼「雜班」作爲雜亂的戲班，倒是十分貼切的。像《夢粱錄》所說，它是「村落野夫」所撰，「借裝爲山東河叟，以資笑端的」，原不是正式的演出組織，……以通行的寫法「雜扮」而論，它應是扮演各色人物的稱謂。〔註56〕

至於「紐元子」和「拔和」的解釋呢？胡忌採用李嘯倉的說法：

> 「紐元子」一名很難解釋，李嘯倉先生《宋元伎藝雜考》說：「紐即舞蹈之意。元子大約就是團子；現在稱湯團，也還有叫做湯元的。所謂扭元子也恐怕就是扭成一團的意思，再不然就是如前舉之例，

生」（《老生兒》）、「醜太醫」（《三戰呂布》）的講法，又王驥德《西廂記》註云：「北人方語，謂牛爲丑生。」所以謂醜爲丑。但丑腳的誕生應該早於元代，所以此說不足以說明丑腳產生的原始命義。

〔註53〕清焦循：《劇說》《中國古典戲曲論著集成》（北京：中國戲劇出版社，1982年）第八輯頁100。

〔註54〕同註13。

〔註55〕南宋吳自牧：《夢粱錄》（北京：中華書店，1985年），卷二十，頁190。

〔註56〕胡忌：《宋金雜劇考》（上海：中華書局，1959年二刷）頁293。

> 有扭捏作態的意味，許多人湊在一起來裝腔做勢的扭動。」我以爲有「扭捏作態」的意味這個推論很可取，「許多人湊在一起」來表演卻不見得每每如是，以元子譬作團子，不如作圓子更爲貼切。……，「拔禾」正是「土老兒」的宋代鄉語，其地位猶相當於雜劇中的「孛老」。〔註57〕

「紐元子」就是「扭捏作態」之意，在高安道〈淡行院〉：「青哥兒怎地彈，白鶴子怎地謳，燥軀老第四如何紐」及《水滸傳》第三十三回：「那跳鮑老的身軀紐得村村勢勢」〔註58〕二段的記載中，也可呼應這種說法。至於拔和就是「土老兒」，也就是今日所稱的「土老頭」、「鄉巴老」之意。除了胡忌、李嘯倉的看法之外，對於紐元子的解釋，還可以參酌《夢粱錄》「閒人條」的講法：「舊有百業皆通者，如紐元子：學象生、叫聲、教蟲蟻、動音樂、雜手藝、唱詞、白話、打令、商謎、弄水、使拳及善能取覆供過，傳言送語」〔註59〕由這段記載看來，所謂的「紐元子」指的就是弄雜耍的藝人，說學逗唱樣樣都來，口技，魔術、猜誺、打拳也難不倒，可說十八般武藝，樣樣精通。

由這些討論，我們可以得到一個結論，在正雜劇之後，有散段的演出，散段的功能便是要逗樂娛樂觀眾，雜扮的雜耍藝人，說學逗笑，或者一段雜耍，或者一段小戲，演出形形色色的人物。其中常見的橋段是扮演鄉巴佬進城扭捏作態的可笑狀，來博取眾人一粲，因其特有的演出形態爲「扭捏作態」，所以被稱爲「紐元子」。「紐元子」亦可視爲「扭元子」，後來「扭」省去偏旁，就成了丑，這也是丑腳的由來。以紐元子做爲丑腳命名的由來，歷來得到眾多學者的支持，如焦循、胡忌、曾永義、黃天驥等，除其符合丑腳具有的特質——「以資笑端」、「扭捏作態」外，紐——扭——丑字形的演變也符合經驗法則，是可以令人信服的一種推論。

承上所言，關於丑腳命義的由來，吾人比較認同的有徐渭「醜形醜狀」及焦循「鈕元子」的說法，而二者都因「省文」而成「丑」，正如清徐珂的見解：

> 戲中角色，都凡生、旦、淨、末、丑、貼、副、外、雜九種，後人求其解而不得。有謂皆反言者，如生有鬚，是老而將死，故反言生；旦爲婦人，昏夜所用，故反言旦；末本用以開場，故反言末；淨本

〔註57〕同註56，頁294。

〔註58〕施耐庵：《水滸》（台北：華正書局，1980年），頁383。

〔註59〕同註55，卷十九，頁181。

大污不潔；外充院子，日常在內，故反言外；丑皆街猾，雞鳴不起，故反言丑。此說亦自有致，然非本義。其本義蓋皆以人色分定其名，間以標誌符號。特伶人粗傖，識字無多，始而減筆，繼而誤寫，久之一種流傳，遂爲專門之名詞，明知其誤而不可改矣。〔註 60〕

戲曲來自民間，而民間的文人及藝人多半識字不多，爲了記錄方便，常會以同音字替代。丑是醜的同音字，省文減筆，「醜」省成同音的「丑」，「扭」減筆成「丑」可能性頗高。

小　結

古典戲曲第一個產生的行當是丑腳。丑腳的先聲，可上推至西周時期的「優」，傳統戲曲正式產生「丑腳」在南宋之後，傳統戲曲中少有以丑腳爲主角的劇本，但丑腳卻是不可或缺的「四大柱」之一，少了丑腳，戲就不成戲了。

丑腳的誕生在歷史上是一段漫長的過程，丑腳是戲曲舞台上第一個出現在文獻中的角色，但在舞台上卻是不起眼的角色，儘管不起眼，但自文獻上我們找到了丑腳諸多的貢獻，或者因言犯上，或者取笑逗樂，位小權卑，卻總是引人注意。在漫長的丑腳發展歷史中，丑腳在今日的舞台更受到青睞，許許多多關於丑腳的表演討論也更多更豐富。

丑腳的命名，可能來自宋金雜劇的散段雜扮（紐元子）。元雜劇和宋金雜劇的體制是一脈相傳，但在腳色行當上，卻沒有「丑」行的存在，丑腳卻在宋南戲《張協狀元》中出現。林瑋儀在《元雜劇和南戲之丑腳研究》〔註 61〕一書中特闢專章加以討論，並解釋其因是南戲始於民間，受民間二小戲、三小戲的影響，因而丑腳一行才會出現。而北曲雜劇則因產生之初即受文人的積極參與，因而民間性較爲不足，所以丑行不見於雜劇。然而依此邏輯，我們發現元雜劇在形成的過程中，雖有文人的參與，但亦有若干程度受到民間小戲的影響，加之於它是宋金雜劇的嫡系劇種，應該也吸收了散段、雜扮的表演方式才是，卻沒有出現丑行。那麼丑行的名義和產生，雖有其歷史淵源、

〔註 60〕同註 8，頁 6～7。

〔註 61〕林瑋儀：《元雜劇與南戲之丑腳研究》（文大：藝研所碩士論文，1987 年），頁 19。

時空背景，應該也有偶然性才是，這是我們追溯丑行的誕生時，不可忽略的一種可能。

關於丑腳原始命名，比較合理的推論有「醜形醜狀」及「紐元子」二種說法，既符合丑腳的形象，也符合丑腳的演出特質。雖然如此吾人仍不敢妄下定論，何者就是丑腳的原始意義！命義的產生，有時充滿巧合和機緣，丑腳的命義何者最貼近原始意義？除了合理的推論之外，怕還要有更多的史料爲之佐證，才能找到眞正的答案。

第二章　丑腳的先聲——南戲丑腳的發展

南戲是傳奇的前身，傳奇是南戲的衍變，南戲和傳奇之間有著密不可分的臍帶關係。介紹傳奇中的丑腳，絕不可忽視的是南戲的丑腳對傳奇的影響，所以本書先討論南戲對明傳奇丑腳的啓發。

宋雜劇在北方廣爲流行之際，南方也有一種新興的戲劇正在萌芽，這種戲劇誕生於永嘉地區，所以又叫做溫州雜劇，後人統稱叫南戲。〔註1〕南戲在宋朝早已出現，產生時代，在元雜劇之前。元周德清《中原音韻》云：「南宋都杭，吳興與切鄰，故其戲文如《樂昌分鏡》等，唱念呼吸，皆如（沈）約韻。」〔註2〕又元劉一清《錢塘遺事》卷六「戲文誨淫」條云：「至戊辰己巳間，《王煥戲文》盛行於都下，始自太學有黃可道者爲之。」〔註3〕度宗咸淳四五年間，戲文便已盛行多年，可知南戲起於宋，到了南宋末年，已經由民間盛行於杭州了。祝允明於《猥談》中也說道：「南戲出於宣和以後，南渡之際，謂之溫州雜劇。予見舊牒，其時有趙閎夫榜禁，頗述名目，如《趙貞女蔡二郎》等亦不甚多。」〔註4〕明初葉子奇的《草木子》也說：「俳優戲文，始於《王魁》，永嘉之人作之」〔註5〕這幾段史料，說法略有不同，但南戲興起於永嘉地區，盛行於南宋，卻是共同的看法。徐渭《南詞敘錄》中記載得

〔註1〕「南戲」之名乃是與「北劇」做爲對稱，首見於《青樓集》一書。

〔註2〕周德清：《中原音韻》《中國古典戲曲論著集成》（北京：中國戲劇出版社，1982年一版四刷）第一輯，頁219。

〔註3〕劉一清：《錢塘遺事》收錄於《中國野史集成》（成都：巴蜀書社，1993年出版）第十冊，頁225。

〔註4〕祝允明：《猥談》收錄於清陶珽纂《舊說郛》（台北：新興書局，1964年），卷四十六，頁2014。

〔註5〕李調元：《劇話》《中國古典戲曲論著集成》（北京：中國戲劇出版社，1982年一版四刷）第八輯，頁39。

更為詳盡：

> 南戲始於宋光宗朝，永嘉人所作《趙貞女》、《王魁》二種實首之，故劉后（後）村有「死（身）後是非誰管得，滿村聽唱蔡中郎」之句。或云：「宣和間已濫觴，其盛行則自南渡，號曰：『永嘉雜劇』，又曰『鶻伶聲嗽』」其曲，則宋人詞而益之里巷歌謠，不叶宮調，故士夫罕有留意者。又云：永嘉雜劇興，則又即村坊小曲而為之，本無宮調，亦罕節奏，徒取其畸農、士女順口可歌而已，諺所謂「隨心令」者，即其技歟？〔註6〕

根據徐渭的說法，大概在北宋徽宗時，南戲已經開始發展了，而盛行則要在南宋之後，光宗時期《趙貞女》、《王魁》二種劇本已在民間流傳。南戲在形成初期有「溫州雜劇」、「永嘉雜劇」之稱，除了證實「雜劇」一詞的多義性外，南戲和宋雜劇之間也有密切的關連。因此，俞為民便推論，南戲的表演形式和藝術體制，是直承宋雜劇而來。〔註7〕南戲以宋雜劇的表演基礎再結合南方的民間小戲，又與來自北方的北曲雜劇加以融和，形成別樹一格的表演風格，一時在南方蔚為風潮，而有「死（身）後是非誰管得，滿村聽唱蔡中郎」之盛況。

明傳奇是由南戲衍化而來，但南戲和傳奇的斷限究竟為何？戲文與傳奇在早期是混用的，如成化本的《白兔記》在第一齣中末上場和後房就有這樣的對話：

> （末）：今日利家子弟搬演一本傳奇，不插科不打問（諢），不為之傳奇，倘或中間，字藉差訛，馬音等字，香談別字，其腔列調，中間有同名同字，万望眾位做一床錦被遮蓋，天色非早，而即（既）晚了，也不須多道撒說，借問後行子弟，戲文搬下不（否）？計（既）然搬下，搬的那本傳奇，何家故事？搬的是李三娘麻地捧印劉知遠衣錦還鄉白兔記好本傳奇。〔註8〕

末腳自問自答的賓白中，把《白兔記》稱戲文，又稱傳奇。

《永樂大典戲文三種》顯然是宋元時期的作品，但明代的南戲和傳奇界

〔註6〕徐渭：《南詞敘錄》《中國古典戲曲論著集成》（北京：中國戲劇出版社，1982年一版四刷）第三輯，頁240～241。

〔註7〕俞為民：《宋元南戲考論》（台北：商務印書館，1994年初版），頁4～14。

〔註8〕《白兔記》《明成化說唱詞話叢刊》（台北：偉文出版社，1979年）（下），頁705。

限在那裡呢？學界對此有頗多歧義，〔註9〕時至今日，還是很難產生共識，所以孫玫以爲：

> 南戲和傳奇之間沒有一個歷史的臨界點，南戲是由元代末期至明代嘉靖末年這一相當長的歷史階段中逐漸完成了它向傳奇的轉型。〔註10〕

「戲文」和「傳奇」之稱一直是混淆的，南戲是漸進式的化變爲傳奇的，期間二者有一大段的磨合階段，所以要劃清南戲和傳奇的界限，是件困難而艱辛的工作。本文的重點在南戲的丑腳塑造對於傳奇創作的影響，若能清楚分割二者的界限，自然更可看到丑腳演變的痕跡，但還有一個問題必須要去關注的是，現今看到的南戲的本子都經過明人的改編，所以要清楚分割二者的界限，根本是不可能的，所以只能退而求其次，採取一般學者的看法，以便有個清楚的標的，可以做爲觀察的對象，即：南戲是民間藝人的作品而傳奇是文人之作，而文人染指的《荊釵記》、《白兔記》、《殺狗記》、《拜月記》、《琵琶記》五部劇作，是南戲轉型質變爲傳奇的分界點。〔註11〕在此把它們視爲

〔註9〕林鶴宜〈從內涵的質變論戲文、傳奇的界說問題——兼論湯顯祖戲曲的腔調〉一文歸納了學者對戲文、傳奇的界定：
起碼就有四種不同的認定：如青木正兒將戲文、傳奇混稱；王季烈、張敬等則以爲傳奇始於明初，以《琵琶記》或「荊、劉、拜、殺」爲始；錢南揚、孫崇濤、曾永義則以爲戲文、傳奇判然二分，關鍵在崑劇的興起；張庚、徐扶明、郭英德、廖奔、劉彥君等則將傳奇時代的開展，以崑山腔和弋陽腔戲劇的興盛爲標誌。《明清戲曲學辨疑》（台北：里仁出版社，2003年），頁17～53。

〔註10〕孫玫：〈關於南戲和傳奇歷史斷限問題的再認識〉《明清戲曲國際研討會論文集》（台北：中研院文哲所，2002年二刷），頁295。

〔註11〕張敬以爲：「除了這些專人（指范居中、沈和、蕭德祥、王世貞等人）的盡力改良，還有官吏文士的提倡和嘗試，也是促使南戲興盛的原因，因之南戲在藝術上才得到進步，形體才趨於完成。到了明初，《拜月》、《琵琶》各戲便應運而生，於是走上了前人所謂的傳奇時代。戲文也由低級趣味的民眾文學，變爲貴族學人欣賞喜好的藝事了。《殺狗》、《白兔》、《拜月》、《琵琶》、《荊釵》五大傳奇就是這一期的產物。」《明清傳奇導論》（台北：華正書局，1986年），頁11。
朱承樸、曾慶全以爲：「南戲和傳奇的分界點，是以《琵琶記》和《白兔》、《荊釵》、《拜月》、《殺狗》這『四大院本』的寫定傳世爲標誌的。五本戲都在元末寫成，現在通行的本子如《六十種曲》本，是經過明代文人潤色過的。」《明清傳奇概說》（台北：龍泉書屋，1987年），頁11。
徐朔方以爲「南戲或戲文限於世代累積型的民間藝人集體創作，而以明清作家的個人創作作爲傳奇。」《南戲論集》（北京：中國戲劇出版社，1988年），頁21。

南戲過渡到傳奇的劇作，從中去看丑行的塑造。

傳統戲曲正式產生丑腳，要從宋南戲的《張協狀元》談起。《張協狀元》中的丑腳專司插科打諢，其舞台的表現手法幾乎爲後來的南戲所繼承，而《荊、劉、拜、殺》、《琵琶記》是元明之際富有盛名的五部作品，從《張協狀元》到《荊、劉、拜、殺》可以說是丑腳正式形成之後的發展期，在這段成長期之中，丑腳的演出內涵不僅有了些變化和開創，淨末丑三者之間的消長也相當值得關注，記錄這些演變正好可以看出丑腳發展的軌跡，更能了解南戲丑腳對於明傳奇丑腳產生的影響。

第一節　《張協狀元》與五大南戲

在目前可考的劇本中，最早使用丑腳一行的爲《張協狀元》。《張協狀元》的年代，應該在南宋中期之後。〔註 12〕《張協狀元》將腳色分爲生、旦、淨、末、丑、外、貼等七種。這七個腳色基本上是由宋雜劇的腳色承傳而來。孫崇濤、徐宏圖以爲：

> 戲文子弟在腳色行當扮演方面，吸收宋雜劇腳色行當體制的經驗，發展成爲「生旦淨丑外末貼」的七種腳色體制，爲明傳奇腳色行當〔按：當，原誤作「旦」〕所繼承。南戲中的生、旦，相應於宋雜劇的末泥和裝旦；它們均爲正劇腳色，在南戲中並列爲一劇中的男女主人公，如《張協狀元》中的生扮張協，旦扮貧女。淨，相應於宋雜劇的副淨；末，相應於宋雜劇的副末。在宋雜劇中這是兩個滑稽角色，入南戲之後，淨伴之從淨腳分化出來的「丑」，發展成爲淨、丑配對的喜劇腳色，與生、旦等正劇腳色適成鮮明的對比腳色。〔註 13〕

在宋雜劇的演出中，因爲是「務在滑稽」，所以插科打諢是主要的內容，「副淨」、「副末」也就成爲最重要的腳色。但到了宋南戲，情況有了些改變，雖然在《張協狀元》、《小孫屠》、《宦門子弟錯立身》三齣戲之中，末、淨、丑三個腳色表演的場次在劇中仍有相當大的比重，但生旦已逐步取代「副淨」、「副末」成爲主要腳色，同時因末淨丑合場的場次大都游離於主要情節之外，

〔註 12〕錢南揚在《戲文概論》中以爲《張協狀元》產生於南宋，孫崇濤《南戲論叢》則主張《張協狀元》產生的時代，應在南宋中後期。

〔註 13〕孫崇濤、徐宏圖：〈戲文子弟的創造〉《戲曲優伶史》（北京：文化藝術出版社，1995 年）頁 165。

所以就算刪去這些場次，也不會影響主要劇情的發展，其後的五大南戲淨末丑的合場，慢慢又歸回主要情節，和早期南戲的路線有些不同。

在今日所得見的宋元南戲之中，《張協狀元》一劇中用了生、末、外、旦、后、淨、丑七個腳色，《小孫屠》則未使用丑腳、《宦門弟子錯立身》〔註 14〕丑腳未有發揮之處，因此要看宋南戲的丑腳，只能由《張協狀元》一劇來看待。而《荊釵記》、《白兔記》、《拜月亭》、《殺狗記》是元明之際南戲中四部優秀的劇本，在戲曲史上素來享有盛譽，《曲海總目提要》在《白兔》條下云：

> 元明以來，相傳院本上乘，皆曰：《荊》、《劉》、《拜》、《殺》，《荊》謂《荊釵》，《劉》謂《白兔》，《拜》謂《幽閨》，《殺》謂《殺狗》。……樂府家推此數種，以爲高壓群流。李開先、王世貞輩議論，亦大略如此。〔註 15〕

這四部劇作與早期南戲已有不同，不僅有了完整的劇情，同時在戲劇性和文學性也達到了較爲成熟的地步。《琵琶記》更是南戲過渡到傳奇的重要劇作，也因此本文擬由《張協狀元》與這五部劇作來認識南戲的丑腳。

《荊釵記》，描寫了書生王十朋和千金小姐錢玉蓮之間悲歡離合的故事。徐渭《南詞敘錄·宋元舊編》下題爲《王十朋荊釵記》，清張大復《寒山堂九宮十三攝南曲譜》注云：「吳門學究敬先書會柯丹邱著。」吳門即蘇州，書會是宋元時期編撰戲文、雜劇的團體，柯丹邱應該是宋元時書會中的才人，此戲現存版本，以影鈔士禮居舊藏明姑蘇葉氏刻本《王狀元荊釵記》較古，收錄於今《古本戲曲叢刊》初集。

《白兔記》描寫五代後漢君王劉知遠和李三娘的故事。徐渭《南詞敘錄·宋元舊編》下題爲《劉知遠白兔記》。宋代話本《五代史評話》中就有一段劉知遠和李三娘的故事，金時又有《劉知遠諸宮調》，元劉唐卿著有《李三娘麻地捧印》雜劇，僅爲《白兔》故事中的一段，今已佚，《白兔記》可能根據以上的材料編撰而成。《白兔記》的作者，一直不可考，直到成化本的《白兔記》被發現，根據其中副末開場的念白，才知道是永嘉書會才人所作。

〔註 14〕《宦門子弟錯立身》中有（末白））：「既然如此，且教它回，去後日別作道理。正是萬事不由人計較，算來都是命安排。」下有「淨、末、丑吊場下」可知《宦門子弟錯立身》中可能有丑行。《《永樂大典》戲文三種》（台北：長安出版社，1978 年），頁 59。

〔註 15〕黃文暘：《曲海總目提要》（天津：天津古籍書店出版，1992 年），卷四《白兔》下，頁 139。

> 這本傳奇虧了誰，虧了永嘉書會才人在此灯窓之下，磨得墨濃，蘸得筆飽，編成此一本上等孝義故事。

至今全本流存的有毛氏汲古閣諸刊本、富春堂本、成化本三種，但這些本子都經過明人的改動。

《拜月亭記》描寫的是蔣世隆和王瑞蘭巧遇因而締結良緣的愛情故事。徐渭《南詞敘錄・宋元舊編》下題爲《蔣世隆拜月亭》。拜月亭的作者，前人多以爲是元施惠，元《錄鬼簿》對施惠的生平有簡略的記載，但未提及其著有《拜月亭記》一書，因此呂天成的曲品就以爲：「云此記出施君美筆，亦無的據。」〔註 16〕根據現有資料可以確定《拜月亭記》的作者是元人。〔註 17〕一是徐渭《南詞敘錄》已將《拜月亭》列爲「宋元舊篇」，二根據世德堂本的曲白中，稱蒙古爲「大朝」，顯然是元朝人的口吻。《拜月亭記》戲文原文已失傳，所存明人改本，又改稱《幽閨記》，現今留存的全本有七種，以明世德堂刻本最古，收錄於今《古本戲曲叢刊》初集。

《殺狗記》描寫的是孫華、孫榮兄弟因奸人柳龍卿、胡子傳挑撥，感情不睦，孫華妻楊月眞爲了撮合二人，殺狗假作人屍，因而揭穿了柳、胡的假面目，使孫華、孫榮兄弟重修舊好。《殺狗記》的作者，前人多以爲是明初徐畛，清張大復《寒山堂九宮十三攝南曲譜》卷首《楊德賢女殺狗勸記》下注云：「古本，淳安徐畛仲由著，今本，已由吳中情奴、沈興白、龍猶子三改矣！」《殺狗記》的版本在多人改編過，目前尙流存的僅一種，即毛氏汲古閣本，內署「龍猶子訂定」，龍猶子即馮夢龍。

《琵琶記》內容敘述蔡伯喈在父命難違的情況下，勉強赴京趕考，到了京城一舉狀元及第，卻被迫入贅牛府。就在此時，家鄉父母在饑荒之下難以度日，又錯怪媳婦五娘，又痛又愧，二老棄世。五娘背上琵琶，一路乞討到洛陽，終於找到夫君，一家團圓。作者高明生卒年不詳，約生於元大德年間，卒於明初。高明原作已不傳，現存版本，僅明刊本就有近二十種，以清陸貽典鈔本（傳爲元刊本）最接近原本，最流行的爲毛氏汲古閣本。

本文擬以《張協狀元》與五部劇作爲代表，進而觀察南戲中丑腳的演出

〔註 16〕呂天成：《曲品》《中國古典戲曲論著集成》（北京：中國戲劇出版社，1982年一版四刷）第六輯，頁 224。

〔註 17〕俞爲民：《宋元四大戲文讀本》（南京：江蘇古籍出版社，1988 年），頁 271～272。

及發展。由於現存南戲的劇本都經過明人的潤色，因此，今日劇本中所見的丑腳的舞台特質或者插科打諢的手段，可能都有明人的影子在？〔註 18〕但由於這幾部劇本，尤其是《荊、劉、拜、殺》、《琵琶記》在元末明初上演的機會頗多，而各版本間在丑腳形象的塑造上差異不大，我們亦有理由相信，這些劇本仍應保留了原本南戲的面貌。雖然劇本條件有所缺憾，但仍不失做為從宋元南戲到明傳奇，丑腳發展的一條重要線索。五部南戲本文擬以最通行的汲古閣本為底本，並參酌其他版本以為佐證，來看待南戲中的丑腳。

第二節　從《張協狀元》到五大南戲中的丑腳

五大南戲中的丑腳演出，基本上是繼承《張協狀元》丑腳插科打諢的方式而來，除了繼承之外，又有所發揮。劇作家配合劇情需求及人物身分地位，安排的插科打諢或者表演的型態也不同，劇情不以插科打諢為主體，插科打諢成了調劑劇場人力及調劑劇場氣氛的功能，像《張協狀元》隨意便插入一段插科打諢的狀況明顯減少了許多。丑腳的出場數，越來越少，且因為丑腳並非只飾演一個腳色，常常飾演手下、傳令、門子之類無關緊要的腳色，所以看似出場數仍多，但實際上在整個演出的重要性上，分量越來越輕了。

雖然丑腳演出的場次減少了，但對丑腳的刻劃及演出，五大南戲仍扮演承先啓後的位置，從《張協狀元》到五大南戲的丑腳，基本上有以下的演出特色：

一、扮相醜陋

徐渭的《南詞敘錄》記載：「丑：以粉墨塗面，其形甚醜。今省文作丑。」認為丑腳的原始命義是因其有醜陋的外表，又做出種種醜態。在《張協狀元》之中，我們看到丑腳的扮相的確如同徐渭所語，醜形醜狀，極為滑稽。如第五齣丑扮張協妹的舞台扮相：

> （丑白）：亞哥，亞哥，狗胆梳千万買歸，頭鬚千万買歸，亞哥。（末）：稱你嬌臉兒。（丑）：亞哥，有好膏藥買一個歸。（生）：作甚用？（丑）：與妹妹貼個龜腦馳背。（末）：再生個華佗。

〔註 18〕孫崇濤在〈明代改本戲文通論〉一文中認為這些經由明代文人潤飾的劇本，不應視為宋元南戲，應該正名為「明人改本戲文」。〈明代改本戲文通論〉收錄於《明清戲曲國際研討會論文集》（台北：中研院文哲所編，2002 年二刷）。

又從第十一齣、第二十七齣也可知丑腳以化妝來醜化自己：

（丑）：我恁地白白淨淨底。（末）：只是嘴烏。（第十一齣）

（丑）：鈞候萬福，願我捉得一盞粉，一鋌墨，把墨來畫烏觜，把粉去門上畫個白鹿。（第二十七齣）

這幾個例子都可以做爲丑腳源出「醜義」的好例證。到了五大南戲丑的扮相依然是以醜形醜樣出現，如《白兔記》第二齣〈訪友〉丑扮史弘肇妻出場唱道：

（小生）：大嫂快來。**（丑）忽聽老公叫，慌忙便來到。**那個一個兩個，三四五六七八九十來個。（小生）：眼見虛花了。（丑）：密蜂見我臉上花斑斑的，在我臉上採花。

《白兔記》第四齣〈祭賽〉丑腳出場：

（丑）：還有我在此。（淨）：叫道人快把十王殿門關了。（丑）：怎麼說？（淨）：我見你這鬼婆婆都走出來了。

《荊釵記》第七齣〈遐契〉錢姑出場自唱：

【秋夜月】（丑）：**蒙見招，打扮十份悄（俏），走到門前人都道，道奴奴臉上胭脂少，搽些又好，抹些又稍（俏）。**（末）：搽多了，好與關大王作對。

丑腳是醜扮，臉塗得黑黑的，而關大王是紅臉，所以說作成一對。只見丑腳明明扮醜卻常常誇耀自己的「美色」「體兒多嬝娜，嫦娥也賽奴不過。」〔註 19〕「奴奴生得如花貌，言語又波俏。」〔註 20〕更增添喜劇效果。在《琵琶記》也可得知丑腳亦是扮相醜陋的，如在第八齣〈文場選士〉中，淨腳所飾演考官，出了三個考題，並言明「唱得曲好，就取他頭名狀元，插金花、飲御酒、遊街兒耍子。若是對得不好，猜得不著，唱得不好，就將他黑墨搽臉，亂棒打出去。」只見丑腳連連出糗，窘狀百出，到最後就被塗上黑墨攆了出去。可見在此時丑腳塗黑墨於臉上，而且妝扮以醜形醜樣出現。

二、跳脫劇情的演出漸少

南戲的插科打諢的一向比較自由，尤其在《張協狀元》的時代，每隔一二齣戲，就會有詼諧人物出場，以致無關劇情的插科打諢，時常會打斷主情節線，甚或喧賓奪主。如：張協尋求圓夢先生解夢一段，生反而成了配角，

〔註 19〕《荊釵記》第三齣〈慶誕〉。

〔註 20〕《白兔記》第二齣〈訪友〉。

淨與末無視生的存在，自顧自的插科打諢，解夢反成了次要目的。到了五大南戲，亦常有游離劇情的演出，但慢慢擺脫《張協狀元》那種散漫自由的插科打諢，漸漸有了規範化的整頓，至少插科打諢不能混亂主情節的進行，插科打諢常是適可而止，不只是調節劇場氣氛而已，有時也和劇情做了聯結，成了有機的組合。如《殺狗記》〈喬人算帳〉一齣，其中有精彩的插科打諢，但從也凸顯了孫榮的二名損友柳龍卿、胡子傳唯利是圖、痴人說夢的卑劣樣貌。〔註 21〕另外《荊釵記》第七齣、二十三齣、二十九齣中錢姑和孫汝權你來我往、互不相讓的插科打諢，除了逗弄觀眾，也看出了錢媽貪圖錢財，孫汝權貪慕美色、不學無術的痞子性格。

三、漸漸朝向多種面向的演出

丑腳的基本功能就是插科打諢、逗人歡笑。但除此功能之外，能否從丑腳的演出中，找到其特殊的性格來呢？就《張協狀元》中的丑腳而言，除了張協妹、圓夢先生之外，又有惡人、王德用等，腳色擇選的標準不一，並且也很難從其表演與台詞對白之中看出相較於他人的特殊性。到了五大南戲，丑腳插科打諢之餘，我們也發現，在幽默詼諧外，丑腳也展現自己的特殊性。如《白兔記》的丑腳李洪一之妻，既有兇狠，也知羞愧。第七齣〈成婚〉中李洪一之妻知道李三娘要嫁劉智遠，憤而毆打掌禮人，卻被掌禮人反將一軍：

> （丑打淨介，淨）：怎麼打我？（丑）：你是何人，敢來多嘴。（淨）：大娘子，我是認得你的。（丑）：你認得我甚麼？我拳頭上走得馬，臂膊上立得人，清清白白的，你說甚麼？（淨）：阿呀，假乖甚的，我手裏嫁了你七八遭了，虧你不羞？（丑作羞下介）

掌禮人揭露了丑腳不爲人知的過去，讓原本氣焰高張的丑腳頓時紅了臉。除了憤怒羞愧的表現，又有荒唐詼諧的一面，第十齣〈逼書〉：

> （生）：權歇三年。（丑）：丈夫權歇三年，第四年老婆元是他的。休書要五指著實。（淨）：我是男子漢，不曉得。你是女人家，曉得許多事體。（丑）：老公，實與你說了罷！連你十七個老公了。（淨）：阿呀！

〔註 21〕柳龍卿、胡子傳後來就成爲明傳奇劇本中爲嘲諷的對象。如《金雀記》第十齣〈守貞〉：

（小丑）：天不生無祿之人，地不長無根之草，家有廿四層樺皮臉，羞也不怕你，罵也不怕你。（丑）：那個古人？（小丑）：柳龍卿不如你，胡子傳不如你。

心肝，千離萬離，不要離了我。（淨看休書介，旦上扯破休書介。）

聽見劉智遠立誓報仇，爲了設計劉智遠，又有能屈能伸的一面，如第十一齣〈說計〉：

（淨）：妹丈，且不要慌，喫些酒兒去有興，大娘子看酒來。（丑上）：三盃和萬事，一醉解千愁，酒在此。（見介，丑）：姑夫，昨日沖撞你，休怪休怪。

後李三娘生產，除了麻木不仁，又有謀害嬰兒的殘忍想法。第二十二齣〈送子〉：

（丑）：不好，待我改一個名，叫他希奇，此兒實希奇，大窮養下小窮兒，留在家中有後患，不如撇在荷花池。

另外，《荊釵記》中的錢姑既有孤芳自賞的一面（第七齣），膽怯怕事的一面（第十齣），又有尖酸刻薄、語出傷人的一面（第十二齣）〈合巹〉：

（丑）此間是那個？（末）：就是新官人。（丑）：你不曉得，這是瓊林之瓊，親家面上爲何能黃？（老旦）：生成的。（丑）：這房子爲何都是曲的？（老旦）：這是舊房。（丑）：不是舊房，正是喬木之家。（末淨）：這話纔說得好。（丑）：親家裡面有什麼冰窖？（老旦）：沒有什麼冰窖。（丑）：爲何冷氣直沖。

錢姑話說得尖酸刻薄，甚而在第二十九齣〈搶親〉中潑辣的與孫汝權大打出手，我們可看到《荊釵記》除了生旦的主情節線之外，錢姑的形象十分搶眼，不輸淨腳孫汝權，是劇本中不可或缺的腳色。另外，《殺狗記》中的淨丑柳龍卿、胡子傳在描寫刻劃上，也有不錯的成績，令人看到這些人物在詼諧風趣之外的特殊性格。

四、說白開四六駢體之端

以賦體作爲道白，製造趣味，可以說是戲文的特色，青木正兒提出進一步的說明：

就白之文體言之，雜劇例用純粹之口語體。而戲文中常用近於文語之口語，且一至稍長之獨白，往往有雜用四六駢體之句者，此風雖自明弘治時人邵文明之《香囊記》以來稱盛，而《張協狀元》中已有此風矣。〔註22〕

〔註22〕青木正兒：《中國近世戲曲史》（台北：商務印書館，1965年）上冊，頁59。

如《張協狀元》第八齣強人出場幾乎都是四六駢體之白：

但自家不務農桑，不忻砍伐。嫌殺拽犁使耙，懶能負重擔輕。又要賭錢，專欣吃酒。別無運智，風高時放火燒山；欲逞難容，月黑夜偷牛過水。販私鹽，賣私茶，是我時常道業；剝人牛，殺人犬，是我日逐營生。一條扁擔，敵得塞幕裏官兵；一柄樸刀，敢殺當巡底弓手。

《幽閨記》第十五齣〈番落回軍〉：

（丑扮老漢上）：天有不測風雲，人有旦夕禍福，只今番兵犯界，天子南遷，百官隨駕，盡離中都，萬姓逃生，交馳道路，正是相逢不下馬，各自奔前程，呀，前面烟塵擾攘，想又是番兵來了，不免在此石板橋下，暫躲片時，再作區處。

而這些用賦體描繪的段落，《琵琶記》中也頗多，由此可知在南戲已開啓明代傳奇琢句修詞之端。

第三節　南戲丑腳的演出特色

一、保留民間小戲的痕迹

南戲是由里巷歌謠發展而來，所以不免保留有民間小戲的風貌，今日觀察《張協狀元》的丑腳的表現，還保留有民間二小（旦、丑）戲、三小戲（生、旦、丑）的痕迹，如《張協狀元》第十二齣，〔註23〕旦丑的對話：

（丑）：我有些好事向你說。（笑）（旦）：小二哥，有甚事？（丑）：我有……（笑）（旦笑）：且說。（丑有介）（旦）：有甚事，如何不說？（丑笑）：我要說，又怕你打我。（旦）：我不打你，你自說。（丑）：我便說。（旦）：你說。（丑）：我爹和娘要教你與我做老婆。（旦）：教你與我？（丑）：教你與我做老婆。（旦唾）：打脊！不曉事底呆子，來傷觸人。打個貧胎！（打丑）（丑叫）：好也！保甲，打老公！老婆打老公！（旦）：作怪！我嫁你，看牛骨自不中，三分像人，七分像鬼。

二小戲的特徵便是旦、丑打情罵俏的劇情，此處丑想娶旦做爲老婆，卻被旦譏做是癩蝦蟆想吃天鵝肉，十足民間小戲的特色。另外從腳色行當唱的曲子

〔註23〕本文中《張協狀元》的齣數均依錢南揚《永樂大典三種校注》（台北：華正書局，1980年）一書的分齣。

中，也可看出《張協狀元》中保留小戲的演出風貌。以傳奇來說，淨丑唱的粗曲，生旦並不會使用，但在南戲中曲調用的比傳奇寬鬆，像【福馬郎】、【四邊靜】、【光光乍】、【吳小四】、【金錢花】、【水底魚兒】，在戲文中生旦也會使用，所以像第二十六齣：

> 【黃鶯兒】（旦出唱）：一去更無音耗，使雙雙孤令。未知甚日掛綠袍？使奴家稱心。它恁地我英俊，定必占魁名。早得個人往江陵，問及第是甚人？
>
> 【吳小四】（丑小二出唱）：一個大貧胎，稱秀才，教我阿娘來做媒，一去京城更不回，算它老婆眞是呆。指望平生一聲雷。……
>
> 【吳小四】（旦唱）：自從去京，奴淚鎮零。難禁離別情，日夜我尋思沒耗音，我門怎知你笑人，唱隻曲教奴仔細聽。

旦腳就唱了二支【吳小四】，第三十七齣旦又唱了二支【金錢花】，這便是民間小戲粗細曲調不分的特徵。南戲的民間性還表現在劇中使用的語言，《張協狀元》中的丑腳使用的語言，貼近民間生活，市井小民的俚俗語。如第五齣丑唱【犯櫻桃花】：

> 哥哥去也，妹妹來辭你。京都有甚，土宜則劇，買些歸家里，妹妹須待歸。哥哥，狗胆梳兒，花朵鞋面頭鬚。

第十二齣丑唱【麻婆子】：

> 一石兩石米和谷，也一擔擔，兩桶三桶臭物事，也一擔擔，四把五把大櫪柴，也一擔擔，豆腐一頭酒，也一擔擔。

這些俚俗的曲詞十分具有草根性，以自然的韻腳，令人朗朗上口，充滿了民間的活力。在《白兔記》、《幽閨記》中也可見到這種市井小民的俚俗語，如《白兔記》第二齣〈訪友〉〔註24〕丑一上場便唱：

> 【十棒鼓】奴奴生得如花貌，言語又波俏，丈夫叫做廿一郎，奴奴喚做三七嫂。方纔房中補衣補襖。

再看《幽閨記》第六齣〈圖形追捕〉：

> 【趙皮鞋】（丑上）：我是個巡警官，日夜差科千萬端，俸錢些少幾曾關，怎得三年官債滿。……
>
> 【恤刑兒】你十三，我十三，三個十三三十九，賽過東京白牡丹。

〔註24〕以下《荊、劉、拜、殺》《琵琶記》所引皆按汲古閣本毛晉所編《六十種曲》中之齣目，如引其他版本，則於文中作說明。

《荊釵記》第七齣〈遐契〉：

> （末）：搽多了，好與關大王作對。（丑）：你來我家何幹？（末）：孫官人要見。（丑）：呀！相公請了。（淨）：媽媽請了。（丑）：看茶。（淨）：媽媽請。（丑）：相公，接待不周，舂牛上宅，並無災厄。（淨）：我今閒走，特來看你這母狗。（末）：出言太毒，將人比畜。（淨）：怎麼屎口傷人。（丑）：慣有這毛病。

說白的內容就活脫脫像個民間的三姑六婆，出口不遜的直言傷人。南戲本就是自民間而來，當然在唱曲及曲詞方面和後來傳奇雅緻的曲白無法相比，南戲的民間性又特別在丑腳身上更爲顯現。

二、虛擬的舞台效果

虛擬的舞台是傳統戲曲的一大特質，在《張協狀元》中已多所運用，最特別是使用這些虛擬的舞台呈現，通常顯現在淨、末、丑三者之間的插科打諢上，以下分二個方面做爲敘述。首先以人物做砌末，製造笑料，在《張協狀元》中常見以人物做砌末，製造笑料的片段。而這些內容又常都表現在丑腳的插科打諢的劇情之中。如第十齣：

> （淨白）：狀元張協，因被賊劫。忽到此來，我心怏怏！外面門兒，破得蹺蹊。差你變作，不得稽遲！（丑）：獨自只作得一片門，那一片教誰做？（淨）：判官在左汝在右，各家縛了一隻手。有人到此忽扣門，兩人不得要開口。（末）：好似呆底。（丑）：告尊神，做殿門由閑，只怕人掇去做東司門。（末）：甚般薰頭！（淨）：來依貧女，縛住廟門。開時要響，閉時要迷。稍稍有違，各人十下鐵槌！（丑）：單是鐵槌，又著打釘。（末）：釘殺了你！（淨）：演一番看。（末丑做門）（有介）

淨扮的廟神，由於廟門殘破，所以叫末飾演的判官，和丑飾演的小鬼扮做門，並不許兩人出聲。但終究丑還是忍不住說話了：

> （生）：幸然解得廟門開，痛苦饑寒塞滿懷。今夜閉門屋裡坐，應沒禍從天上來。（生下）（丑）：你到無事，我到禍從天上來。（淨）：低聲！門也會說話。（丑）：低聲！神也會唱曲。（末）：兩個都合著口。（丑）：兩個和你，莫是三人。（末）：必有我師。……（旦叫）：開門！（打丑背）（丑）：蓬！蓬！蓬！（末）：恰好打著二更。（旦叫）：

開門！（重打丑背）（丑叫）：換手打那一邊也得！（末）：合口。

丑末喬裝做道具——門，旦腳貧女上場，大叫開門，丑還得做敲門的聲音「蓬！蓬！蓬！」接著旦又重重的捶門，三番兩次被捶的丑腳，覺得十分不公平，還自言自語的道出應該打另一邊。此處泥塑的神會唱曲，兩扇廟門由演員飾演，丑末裝作門，又彼此有對話，生旦上場，要將之當作門，所形成的舞台效果是既寫實又抽象的，也因此就創造了極富生命力的舞臺趣味。對此余秋雨在《中國戲劇文化史述》中，有很高的評價。〔註 25〕

其次《張協狀元》中已有初步「程式化」的身段演出，《張協狀元》丑腳有十分豐富的身段演出，這些身段演出爲後來的戲曲舞台的程式演出奠定了基礎，如《張協狀元》第四十四齣：

【三臺令】（末出唱）：**一聲鼓打鼕鼕，一棒鑼聲噹噹**。（丑出接）：**騎馬也匆匆**。（末）：**相公馬上意悠揚**。（白）：看馬王二齊和著。（丑）：馬蹄照。（末）：自炒自賣。（合）幫幫八，幫幫八幫幫。（丑）：申報，申報隨軍如何只有一面塔鼓？（末）：覆相公：一面塔鼓却有兩片皮。（丑）：兩片皮便如我口唇皮。（末）：眼前便見。

此處末丑二人騎馬，打鼓的聲音皆是用嘴巴模擬發出的，饒有趣味。又如第四十五齣也有相同的程式性演出：

（末出白）：覆夫人：前無旅店，後絕茅簷，村市人家難以安泊，古廟中可以少歇。（外）：相公來未？（末）：相公下馬來。（丑）：幫幫八幫幫。（叫）具報！（末）：具報甚人？（丑）：下官下馬多時，馬後樂只管幫幫八幫幫。

「幫幫八幫幫」應該是模擬馬匹跑步的聲音，此處看不出用砌末來代替馬匹，極有可能是以虛擬的方式來模擬騎馬，此處或者已出現「走方位」、「跑圓場」等突破地形、空間的舞台身段。他如第四十八齣以虛坐來假裝有椅子，第五十二齣以馬嘶虛擬馬匹，其中的馬和椅子都是虛擬的，只以演員的肢體動作

〔註 25〕余秋雨以爲：「這種滑稽片段還表現出一種突出的美學特色，那就是它們對正在形成過程中的中國戲劇舞台風格的有趣展示。簡約的舞台，演員和道具的互相轉換，構成了舞台的充分生命化。泥塑木雕也有生命，兩扇廟門也有生命，而且互相間的對話、交流又是那麼充滿情味，這造就了一個多麼活躍的生命天地！這種擬人擬物，又不是一整體化的象徵，而是具有很大的自由隨意性。兩扇門的對話，與張協、王姑娘進出廟門構成兩個世界，既有連繫又不一統。」：《中國戲劇文化史述》（台北：駱駝出版社，1987 年），頁 139。

來表現。虛擬舞台的表現手法，到了《荊、劉、拜、殺》中也都能配合劇情適時的運用，《殺狗記》第十四齣〈喬人算帳〉有這麼一段：

> （丑）：二哥，土地有在此，沒有鬼判，若是有人來時，一個做鬼，一個做判，遮掩片時。（淨）：那個做鬼？那個做判？（丑）：你做鬼，我做判。……（外末扮巡軍上）：上命遣差，蓋不由己，奉上司比捕，沒處捕獲，有人說有二個歹人，往土地廟裡去了，想是分贓，不免捕去。（進介，淨丑做介，外）：沒有人，夥計，今來雨水慢，不打鬼，只打判。（外末下）（丑諢介）：不停當，和你再換一個所在去。（淨）：前面碓坊里去算。（走介）如今人來，一個做碓，一個做打米的就是了。（丑）：那個在上打米？（淨）：我在上打米。（丑）：我做碓再算。……（外末又上）：人平不語，水平不流，什麼人在碓坊裡說話，去來看。（進介淨丑做介）（外末）：原來是打米的，方纔說話就是你麼？（淨做耳聾介）（末）：夥計，這個人耳朵生來背，不打人，只打碓。（打介丑）再往別處去。（外末下）（丑）：啊呀，入娘的，起初打的是我，方纔打的又是我。（淨）：如今在銷皮巷裡去。（丑）：二哥，如今那個做皮，那個做銷皮的？（淨）：我做銷皮的。（丑）：我做皮架子罷！……

這裡未細寫表演時科介的動作，但我們可以想像淨丑假扮鬼、判，又裝扮打米人、碓以及削皮的和皮架子的可笑貌。除了人物扮演砌末外，尚有以虛擬方式呈現空間感，如《殺狗記》第六齣〈牧牛〉：

> （淨）：這是要緊官場演，私場用，我和你演一演。（演介）：像，行行去去去。（丑）：去去行行，此間已是，大哥在家麼？

淨丑並沒有交代兩人相會的地點，但只在舞台行行去去，去去行行，便已到了孫華的家，已是後世舞台跑圓場、走方位以虛擬空間的具體演出手法。《琵琶記》中第三齣〈牛氏規奴〉淨末丑打鞦韆的表演，亦有異曲同工之妙：

> （淨丑）：恁地便打鞦韆，只是沒有架子？（末）：我這花園裡那討鞦韆架？一來相公不忻，二來娘子又不好，縱有也拆了。（丑）：院公，沒奈何，咱每三個在這裡，廝論做個鞦韆架，一人打，兩人抬。（做架介）末：誰先打？淨丑：我兩人抬，院公，你先打。（介）

淨丑二人裝作「鞦韆架」，讓末腳打秋千。第十齣〈杏園春宴〉丑腳騎馬，馬受到驚嚇，以致跌下馬：

【北叨叨令】**鬧炒炒街市上遊人亂**。（末）你馬驚了呵？（丑）：**惡頭口抵死要回身轉**。（末）：怎的不牽過一邊？（丑）：**我戰兢兢只怕韁繩斷**。（末）：爲甚不打他？（丑）**怯書生早已神魂散**。（末）：你不害事麼？（丑呻吟介）：**險些跌折了腿也麼哥，險些舂破了頭也麼哥，我好似小秦正三跳澗**。

舞台上不太可能安排一隻實際的馬受驚讓演員跌倒，如此做成本高，風險也增加，比較可行又能呈現肢體美感的做法，應該是透過虛擬的動作，來呈現馬匹驚嚇的過程。從其唱詞看來，必然也配合上虛擬的動作，一邊唱一邊演來描繪受驚的過程，甚至到了後代中「墜馬」的身段演出，也成了丑腳養成的第一齣啓蒙戲。〔註 26〕

三、誇張的舞台動作

在《張協狀元》之中，丑腳不僅醜形醜樣，連舞台動作也是極盡的誇張。第四齣中：

（丑白）：你也要員夢，還是夢見甚底？（末）：夜來夢見一條蛇兒，都（卻）是龍的頭角。（丑）：奇哉！蛇身龍頭，喚做蛇入龍窠格。來，來，你把我個絲當龍頭，這個當龍尾，仰著頭，開著腳。（末）：如何？（丑）：廊絣！（末）：草莽過！

可看到此處丑用誇張的動作，頭抬得高高的，雙腳張開。本是要做龍的樣子，但反而像罪犯被捆翻在地的樣子，以逗樂觀眾。另在第十六齣記載「安盤在丑背上、淨執盃、旦執瓶、丑偷吃、有介」第二十一齣「末起身、丑攧（末）：這回饒個跌大。」第二十三齣「（淨戲房作犬吠）（作雞叫）」第三十二齣「（丑坐唱）（丑氣咽喉倒）」第四十八齣「（淨丑相踢倒介）」等豐富的肢體語言，除了這些誇張的動作之外，丑腳也載歌又載舞，如第五十三齣：

（末把傘出白）：取火和烟得，擔泉帶月歸。誰知赫王相公又有一個女兒，今日日子好，相公出百萬貫粧奩，嫁取張狀元。畢竟是有福有分。正是：羅綺相隨羅綺去，布衣逐著布衣流。（丑拖花幞頭出）：綽開開，花幞頭來。（末）：好花幞頭！輕紅簇簇，魏紫間粧。姚黃開蘂，堆白天香。誚如雪兒，引得游蜂和粉蝶，雙雙飛過粉牆來。

〔註 26〕莊健蘭、劉乃崇在〈川劇名丑李笑非（二）〉一文中提及名丑李笑非學的第一齣戲便是《琵琶記》中的〈墜馬〉。見《中國戲劇》2000 年第十期。

（丑）：你是幹辦，不當抬傘。你把著花幞頭，我與你抬傘。（末）：方才是弟兄。（末拖幞頭、丑抬傘）（末）：正是打鼓弄琵琶，合著兩會家。（丑舞傘介、唱）

【鬥雙雞】**幞頭兒，幞頭兒，甚般價好。花兒鬧，花兒鬧，佐得恁巧。傘兒簇得絕妙，剌起恁地高，風兒又飄。**（末）：**好似傀儡棚前，一個鮑老。**

（末把傘出白）、（丑拖花幞頭出）、（末拖幞頭、丑抬傘）、（丑舞傘介、唱）藉用傘以及幞頭二個道具，配合上歌舞，在舞台上呈現優美動人的演出。由這些豐富的肢體語言的記載，可知劇作家在創作時，已注意到演員在劇場的實際表現。

四、演唱粗曲爲主

所謂的粗曲往往平唸，有板無眼，曲子的節奏快，不用贈板。《張協狀元》五十三齣中，丑腳演唱的曲子有【川鮑老】、【犯櫻桃花】、【五方鬼】、【忒忒令】、【字字雙】、【雙勸酒】、【朱奴兒】、【縷縷金】、【歇拍】、【賽紅娘】、【排歌】、【紅綉鞋】、【刮鼓令】、【窣地錦襠】、【麻郎】、【吳小四】、【十五郎】、【江頭送別】、【鬥虼麻】、【台州歌】、【上堂水陸】、【馬鞍兒】、【香柳娘】、【太子遊四門】、【鵝鴨滿渡船】、【夜游湖】、【五韻美】、【纏枝花】、【一枝花】、【引番子】、【漿水令】【鬥雙雞】、【迎仙客】、【和佛兒】、【越恁好】等。在此我們發現丑腳演唱的曲子，未重覆出現；其次丑腳獨唱的曲子都是粗曲，若演唱細曲，則因與生旦末合唱或輪唱。這種現象和後來明傳奇丑腳的發展頗爲一致，《螾廬曲談》談及崑曲爲腳色作曲之情形：

淨丑出場，均不用引子，而以短曲代之，如【光光乍】、【大齋郎】、【五方鬼】、【梨花兒】、【水底魚兒】、【趙皮鞋】、【吳小四】、【雁兒舞】、【普賢歌】、【字字雙】、【倒拖船】、【柳穿魚】、【雙勸酒】、【禿廝兒】之類是也，此等曲，大都乾唱成乾念，生旦所不可用也。〔註27〕

而《張協狀元》中丑腳使用的粗曲，五大南戲也都繼承使用，成爲淨丑普遍使用的曲子，後來也成爲明傳奇舞台上丑腳經常運用的曲目。

〔註27〕王季烈：《螾廬曲談》（台北：台灣商務出版社，1971年）卷二「論作曲」，頁18。

五、跳脫戲劇情境的演出

所謂的跳脫戲劇情境即是演員從劇中的身分跳躍出來，以自己的身分說話。如《荊釵記》第十齣〈逼嫁〉：

> （丑）：我爲你女兒親事，今後再不回來了。（淨哭）：我的姑娘（丑哭）：我的嫂子（外）：呸！好人好家，哭怎麼的？（丑）：耍戲有哭有笑。

《琵琶記》第三齣〈牛氏規奴〉：

> （貼旦扯丑耳科）：賤人，恁的爲人不尊重，只要閒嬉并閒哄。（丑驚科）：小姐，教人怎不去閒哄，你看麼，鞦韆架尚兀自走動哩。

在中國古典戲劇的特質中有一項是疏離性的表現手法，而這疏離性的表現以淨丑的演出最常見，因此王安祈認爲：

> 淨丑腳色在戲曲中的地位最堪回味，他們時而是劇中人物，有時又可跳出劇中而與觀眾直接溝通，這「雙面性格」使淨丑和觀眾最爲接近，他們時常以詼諧口吻提醒觀眾「戲即是戲！」劇場疏離感通常都是由他們所達成的，因此淨丑可以說是在象徵與寫實之分際上的人物。〔註 28〕

我們發現後代戲劇舞台疏離性的演出，幾乎以淨丑爲主，而淨丑腳疏離性的演出，在南戲就已經開其端了。這種疏離性的演出，讓劇場處於一種「變動不拘的狀態之中」〔註 29〕讓演員始終將台下的觀眾記在心裡，記得自己是在演戲，不時跳出劇中的情境之中，與觀眾進行交流，將觀眾的反應即時引入劇情之中。

由以上的討論我們可以發現，《張協狀元》、五大南戲中的丑腳，雖然還是丑腳的發展期，但已全面地運用了唱念做打舞台多種藝術表現手法，糅進了說唱、歌舞、雜技、滑稽表演之中，創造了豐富多彩的丑腳舞台。

六、插科打諢的方式

丑腳的存在，最大的功能便是插科打諢製造趣味，在《張協狀元》與《荊、劉、拜、殺》之中，丑腳插科打諢的段落十分多，尤其是《張協狀元》一劇，五十三齣戲就有二十齣用來插科打諢。這二十齣之中，我們看到了豐富的插

〔註 28〕王安祈：〈音樂與賓白〉，《明代傳奇之劇場及其藝術》（台北：學生書局，1986 年），頁 311。

〔註 29〕李雙芹：〈諧謔與游戲——試論宋元南戲諧謔表演的審美意義〉（樂山師範學院學報第十九卷第四期，2004 年 4 月），頁 5。

科打諢的手段，這些插科打諢的手段，幾乎都可以在後來的丑腳表演中看到，以下列舉《張協狀元》與五大南戲中插科打諢的方式，藉以了解南戲丑腳如何插科打諢。

（一）相互扑擊

利用腳色之間的互相擊打來進行插科打諢。如《張協狀元》第二十五齣丑扮的窮秀才爲積欠貨款與淨扮的店主相互毆打：

（淨）：賊獼猴。（丑）：雌獼猴。（生）：看我面一起住休。（丑）：我只是不還這貨錢。（淨）：趕出去橋亭上眠。（生）：著取同人勸您。（末）：休要出言恁偏。（丑）：你弄拳。（淨）：我弄拳。

在《荊釵記》第二十九齣〈搶親〉當錢姑假扮玉蓮被孫汝權發現時，二人互毆。

【恁麻郎】（末）：**算從來男不和女敵，自古道窮不共富理**（丑）：**打你嘴**（淨）：**踢你的腿**（末）：**須虧了中間相勸的**（丑）：**這事情天知地知**（淨）：**這見識心黑又意黑**（末）：**怎辨別他虛你實，也難明他非你是**（淨）：**不放你。**（丑）：**不放你。**

丑腳與淨腳互毆，末腳在旁邊好言相勸，但淨丑仍是廝打在一塊。又《幽閨記》第六齣〈圖形追捕〉：

（淨打科，丑）：我曉得人人如此，個個一般，你打得他三下，也就哄我說打了十三，你每欺我老爺不識數，左右的如今拿坊正下去打，打一下我老爺記一根籤，難道也哄得我不成。（末打淨，淨打丑諢科）

【恤刑兒】（丑）：**你十三，我十三，三個十三，三十九，賽過東京白牡丹。**

《琵琶記》第六齣〈丞相教女〉也有類似的插科打諢：

（淨）：告相公得知，我的新郎，術人算他命，道他今年定做狀元。（丑）：告相公得知，他的新郎命不好，只有奴家這個新郎，人算他命，今科必定得中狀元。（淨丑相打介，外）：，這兩個婆子到我跟前無禮，左右，不揀有甚麼庚帖，都與我扯破，把那兩個弔起，各打十八（末扯打介）

成化本《白兔記》：

（淨白）：老婆，他怎麼打你來。（丑白）：左手哄我一哄，右手一巴掌，右手哄我哄，踢我一左腳，踢的老娘尿順屁眼流。（淨白）：老婆打來。（丑）：打不打來。（淨白）：眞個打來。（丑）：可不眞個打來。

李弘一妻子誣賴李三娘打他，要李弘一出來評理，李弘一要打婆示範三娘如何打的，沒想妻子眞的打了下去。用此來製造舞台的效果。

扑擊以誇張的動作製造效果，進而產生趣味。以扑擊做爲逗笑的橋段，早見於五代的優戲，〔註 30〕宋雜劇繼承了這種插科打諢的方式，到了南戲中仍舊時而看到「淨丑」以扑擊做爲笑樂的手段。

（二）俗　諺

即是利用民間流傳有固定式的格言式短句來打諢。如《張協狀元》第三十二齣：「（后叫倒、淨扶）（丑白）苦！孩兒。快把火艾丸炙腳後根。」后所扮演的勝花遞絲鞭予張協，無奈張協拒受，禁不起這一侮辱，勝花就病倒了，看著女兒病倒，丑扮的王德用依然不忘打諢一番，因女膝穴在足後根，所以俗話說「丈母腹痛，炙女壻腳後跟。」這裡舛而成女兒病倒，是因女壻故，所以要用艾丸炙腳後跟。又《殺狗記》第十九齣〈計倩王老〉：

> （丑內應）誰叫？（貼）：院君喚你。（丑上）：來了。有福之人人伏侍，無福之人伏侍人。不知院君有何使令？

又《荊釵記》第八齣〈受釵〉用了幾次：

> （外）：妹子來遲了，女兒許了王秀才，聘禮受了，就是王景春之子王十朋。（丑）：那個做媒的？千百擔柴煮不爛的老狗，這是女人家勾當。那王家朝無呼雞之食，夜無引鼠之糧，若是嫁了他，餓斷了絲腸。若餓死我家女兒，要與老許討命。

同一齣：

> （丑）：世間無難事，只怕歪絲纏，一個老官人，被你一纏就纏壞了，玉蓮就比我小時節，只要有得喫有得著，這等人家不嫁，倒去嫁窮鬼，好計，計就月中擒玉兔，謀成日裡捉金烏。

成化本《白兔記》：

> （淨）：〔註 31〕老公好計，將來做事：計就月中擒玉兔，謀成日裡捉金烏。好老婆，好漢子。

〔註 30〕廖奔、劉彥君以爲：從宋代孔平仲《續世說》卷六李存勖被鏡新磨借機打了一個嘴巴的資料看來，五代優戲的表演手法已由單純運用便捷語言制造喜劇效果，發展到利用角色之間的互相擊打來進行插科打諢。《中國戲曲發展史》（第一卷）（太原：山西教育出版社，2000 年初版），頁 107。

〔註 31〕此處「淨」即李弘一妻，有時做「丑」。

「有福之人人伏侍，無福之人伏侍人」是僕役們自我寬慰之詞，「朝無呼雞之食，夜無引鼠之糧。」則用來來形容王十朋之貧。「計就月中擒玉兔，謀成日裡捉金烏。」則是甕中捉鱉，穩操勝算之意，以上皆使用熟語俗諺，加強印象，引發共鳴。

（三）諧　音

因音讀相近或相同，產生意義上的轉移，造成的語言趣味，叫做諧音。戲劇舞台上利用諧音來插科打諢是常見的手段，如《張協狀元》第二十四齣：

> （丑）：弓邊長，尉遲敬德器械。（末）：單雄信見你膽寒。（生）：尊兄盛表？（丑）：子祿。（末）：只好著著名紙。（丑）：子祿因前番不弟，改作祿子。（末）：甚年得你兩角崢嶸？（生）：高姓？（丑）：姓華。便喚做華祿子。（末）：華祿子，只會污人門户。

弓邊長，諧音為「恭鞭長」，故云「尉遲敬德器械。」以子祿諧音「紙簏」故云「只好著著名紙」，以祿子諧音「鹿子」，故云「甚年得你兩角崢嶸？」此語用意雙關，因鹿子未有角，問他何年能把角長起來。而頭角崢嶸，本作才具特出，不同尋常解，此處譏諷他毫無才學。華祿子，只會污入門戶。華祿子諧音「畫鹿子」蓋因當時有此門上畫鹿的習氣，所以笑他只會污人門戶。第二十六齣也有使用諧音的打諢：

> （丑）：我有個無緣老婆，有個老公去赴試，寄我三文買個科記。（末）：買登科記？（丑）：買登科記，忘了個「登」。（末）：借條蠟燭來。（丑）：買登記。（末）：登科記。（丑）：又忘個「科」。（末）：失路狗兒。

登，諧音「燈」，因為忘了燈，所以末扮的賣登科記者，就接著說，忘了燈，就必須借條蠟燭來，丑傻頭傻腦的，接著又忘了科，科諧音作「窠」，忘了窠穴，就是找不到自己的家，所以末就接著說，忘了窠，也就是失路狗兒，一條迷路的狗。《殺狗記》第十四齣〈喬人算帳〉也諧音「撞」為「狀」

> （丑）：便是，皂靴一穿穿齊整了，東也撞，西也撞。（淨）：兄弟，怎麼只管撞？（丑）：阿哥，如今的人，有了銀子就無狀起來了。

諧音考驗劇作家對語言的熟悉及活用度，也考驗著觀眾的臨場反應，最好是簡而明之，日常中常見，也同時是生活熟語，舞台效果才會好。當然還要因時因地制宜，如上述《張協狀元》中兩個利用諧音的例子，對今人而言要透過解釋才能體會，可是在過去，就是尋常生活中即可聽到的慣用話。

（四）歇後語

歇後語是常用語的一種。相對於成語、諺語來說，歇後語用字比較通俗、口語化，有時語帶相關，具有幽默感，可以引起人的興味，在插科打諢上也可製造趣味，如同文字遊戲一般。如《張協狀元》第二十八齣：

> （丑）：買記。（末）：買記？（丑氣喘）：我是鄉下人，都說不出。（末）：啞兒得夢。啞兒得夢就是「說不出」。

《殺狗記》第六齣〈喬人行譖〉：

> （淨丑）：上下使用，弄了出來，可不枉費錢財，分明蜻蜓喫尾，自喫自。

《幽閨記》第九齣〈綠林寄跡〉：

> （外）：好皇家氣象！（丑）：好，你看耀日爭光，這紅帽兒不用了，賜與你們罷，且住，還要早晨夜晚戴戴，拿那雌雄寶插在我楊柳細邊。（末）：這怎麼說？（丑）：雌雄寶劍，楊柳細腰。（淨）：皇帝也打歇後語，頒行天下，都要打歇後語哩！

三個例子全是運用歇後語，增加賓白的趣味性。

（五）反　語

正話反說，反話正說，以上下顛倒違背，做爲插科打諢的手段。如《張協狀元》第二十八齣：

> （末）：三打不回頭，狀元那裡人？姓甚名誰？（淨）：姓成，名都府。（末）：住在那裡？（淨）：住在張州協縣。（末）：你胡說！莫是成都府人，姓張名協？

《荊釵記》第七齣〈遐契〉中譏諷孫汝權連話都說不好，竟然妄想要娶錢玉蓮：

> （丑）：相公今年高壽了？（淨）：一百八十歲。（末）：一十八歲。（淨）：看一十八歲。（丑）：好少年老，成要取（娶）那家女兒？（淨）：朱吉，怎麼回他？（末）：便說令兄宅上有個令愛（嬡）要娶他做娘子。（淨）：媽媽，聞知令愛宅上，有個令兄，取他做個掌家娘子。（丑）：我哥哥六十歲了，還饒他不過。（淨）：都是你只管令令令，都令差了，巧言不如直道，便說你哥哥家裡有個丫頭，我要他做老婆便了。（末）：是令兄宅上有個令愛，財主取他做掌家娘子。

以故意說倒反的方式，來製造諧趣，令人發噱。

（六）跳脫劇情

毫無頭緒可言，天外飛來一筆，亦是丑腳插科打諢使用的方式之一。如《張協狀元》第八齣：

> （丑）：你要好時，留下金珠買路，我便饒你去。（淨）：你抵得我一條棒過時，便把與你去。（丑）：莫要走！（淨）：我不走。一個來我不怕你！（丑）：兩個來我也不怕你。（淨）：三個來我也不怕你！（丑）：四個來也不怕你。（淨）：五個來我也不怕你！（末）：都說得一合。

又如《張協狀元》第四齣，原本是張協做了個夢，要請丑扮的員夢先生解夢。不想，員夢先生卻開始和末說起相聲來了，兩人一搭一唱，竟忘了當事人張協的存在了，這段劇情純爲「扯淡」之嫌。《幽閨記》第九齣〈綠林寄跡〉也有這種扯淡式的插科打諢：

> （丑反戴科，末）：反了。（丑）：一日皇帝也不曾做，怎麼就反了。（末）：盔反戴了。（丑）：你那曉得，我是個沒面目的大王，卻要垂簾聽政哩！（歪戴科，末）：歪了。（丑）：這叫做耳不聞。（作跌推末科）（末）：怎麼推我一交。（丑）：這叫做推位讓國。（搖科）（末）：不要搖。（丑）：是堯舜之道。（末）：怎麼這等抖。（丑）：劉備兒子叫做阿斗。（末）：怎麼坐在地上？（丑）：地主明王也要坐朝問道，阿呀，盔內有鬼。（末）：無鬼不成魁。（丑）：快備龍床，寡人要駕崩了，大家且來濟弱扶傾。

在《荊釵記》第三十七齣〈民戴〉吉安太守離任，民眾送行，太守離開了，主要情節已進行完畢，但淨丑還要打諢一下：

> （淨）：如今老爺去了，我和你眾人們出銀三分，教木匠做靴匣。漆好了，釘在儀門上，也見我和你一點心。（丑）那個管工？（淨）是我管。（丑）木梢我要一根。（淨）你要木梢怎麼？（丑）我要他做灰扒柄。（淨）你做老人，思量幹這樣。也罷，我有個使舊的與你罷。

這種天外飛來一筆的無厘頭，提醒著觀眾戲就是戲，並非眞實的人生，以此來調劑劇場的氣氛。

（七）荒謬乖張

丑腳常以誇張不實的方法來插科打諢，企圖誇大事實，來引人注意，有時還利用荒謬讓自己發窘出醜，以引來觀眾的訕笑。如《荊釵記》第八齣〈受釵〉

（淨）：正是他家，不知富貴發積何如？（丑）：就是孤老院裡趕出跎子來，窮斷了他的脊觔，風掃地，月點燈。

錢媽得知玉蓮許配給了王十朋，特別詢問王十朋家境何如，錢姑打了個誇大的譬喻來形容王十朋之貧，接著爲了突顯孫汝權的條件，將孫家中的豪富，又格外誇大了一番。

（淨）：姑娘，你說的是那家？（丑）：我說得是孫半州，前門進去一百條水牛，有老許大。（淨）：就嫁這水牛。（丑）：後門進去一百條黃牛，不要說他珍珠財寶，只道象牙屏風底下，冰乾也有一千担。

淨丑的對話，眞叫人絕倒，見錢眼開的錢媽，一聽孫汝權產業那麼多，竟脫口說「就嫁這水牛。」這荒誕不經的對話，頗具戲劇效果。其後玉蓮出嫁，王家的家境不佳，錢姑酸溜溜的譏諷王家，除了言詞的誇大之外，有時也要出現荒謬不實的對話，凸顯丑腳愚昧不經大腦思考的行徑。在《殺狗記》第二十二齣〈孫榮糞墓〉：

（淨偷酒喫介，生）：兄弟你方纔篩的酒，怎麼不見了。（丑）：想是孫阿伯喫了。（淨）：待我來斟酒。（丑偷酒喫介，生）：兄弟，你斟的酒，怎麼又不見了。（淨）：想是孫阿姆喫了。

淨丑兩個人明明受孫榮之邀去祭墳，偷吃酒還要睜眼說瞎話把責任推給去世的人，令人哭笑不得。二人在劇中壞事做盡，等到眞相大白之際，明明已死到臨頭，爲了推諉責任，還死鴨子嘴硬的胡謅。第三十五齣〈斷明殺狗〉：

（末帶淨丑介，外）：柳龍卿、胡子傳，如今掘出尸骸分明是狗，你二人有何訴說？（淨丑）：老爺，委實是人埋在土中，長久出了毛。

此處以荒誕不經的對話，顯出丑腳的貪婪和可笑。在《琵琶記》第十七齣〈義倉賑濟〉中的里正污了公糧，事情敗露，猶且有歪理：

（丑）：相公不要打，小人情願招了。（讀招介）招伏人姓貓名狸；見年三十有餘。身上並無疾病，只有白帶不除。今與短狀招伏，因爲官粮久虧。說到義倉情弊，中間無甚蹺蹊。稻熟排門收斂，斂了各自將歸。並無倉廩盛貯，那有帳目收支？縱然有得些小，胡亂寄在民居。官司差人點視，便糴些穀支持。上下得錢便罷，不問倉實倉虛。假饒清官廉吏，被我影射片時。東家借得十扛，西家借得五箕。但見倉中有穀，其間就裏怎知？年年把當常事，番番一似耍嬉。不道今年荒旱，不道今年民饑。不因分俵賑濟，如何會泄天機？假

> 鐃奏到三十三天，我里正無甚罪過。

除了污了糧不認帳，在上司的催逼下只得無奈交出，內心著實不甘，竟又半路攔刧，搶走了旦腳的糧米，害得旦飾的趙五娘差點投井。透過丑腳荒謬乖張的對白，作者藉著丑腳卑劣的行徑，譏諷貪得無厭的小衙吏。

（八）打油詩、順口溜

打油詩是利用內容俚俗諧謔、格律也不太講究的詩體，來進行插科打諢。順口溜則是民間流行的一種口頭韻語，純用口語，句子長短不一，念來極爲順口流利。打油詩、順口溜都是利用語言的叶韻製造趣味的方式，二者的差異是打油詩的句型較爲齊整，順口溜的句子長短不一。在南戲中常見打油詩和順口溜的方式打諢，如《白兔記》第十五齣〈投軍〉：

> （外）：那個姓甚名誰？（丑）：小人湖州人氏，叫我是張興。（外）：有甚本事？（丑）：曉得使弓。（外）：怎見得？（丑）：此弓實堪誇，猴猿精藝加，算來無用處，只好不楞不楞彈綿花。

又如《荊釵記》第八齣〈受釵〉：

> （丑）：哥哥嫂嫂，此是那個，狗也養不出我來，我到人一般敬他，他到驢了眼看我，我到深深拜一拜，他到直了腰哈人。

同一齣：

> （外）：你那婆子，曉得什麼？一家女子百家求，求了一家便甘休。（淨）：唦了嘴，一家女子百家求，九十九家不罷休。（丑）：只有一家不求得，扒在屋上打磚頭，一失手打了老許的頭。

《琵琶記》第十齣〈杏園春宴〉也出現丑腳胡亂謅詩，以逗弄觀眾的情節。

> （丑）：有，有，列位做律詩，都把那赴試的事爲題，恐是熟套。小子如今另立一題。（末）：你把甚麼爲題？（丑）：便把小子方纔墜馬爲題，胡做古風一篇，以紀其事，如何？（眾）：尤妙，尤妙。（丑）：君不見去年騎馬張狀元，跌了左腿不相聯。又不見前年跨馬李試官，跌了窟臀沒半邊。世上三般拚命事，行船、走馬、打鞦韆。小子今年大拚命，也來隨趁跨金鞍。跨金鞍，災怎躲？叵耐畜生侮弄我。大叫三聲不肯行，連擲兩擲不是耍。便把轡繩緊緊拿，縱有長鞭怎敢打？須臾之間掉下來，一似狂風吹片瓦。昨日行過樞密院，三個軍人來唱喏。小子慌忙走將歸。

又如陸貽典鈔本《琵琶記》〈三〉

（末）：你有些欠尊重。（丑）：便是西村有個張太婆，年六十九歲，一個公公見他生得好，只是要取（娶）他。這婆子道：你做得四句詩。做得好。（末）：如何說？（丑）：道是：青春年少莫蹉跎，床公尚自討床婆，紅羅帳裏做夫婦，枕頭上安著兩個大西瓜。

這些打油詩老嫗能解，又有順口易誦，自然韻協的美感在，所以自然能為舞台帶來不少趣味。

（九）賣弄古籍，開古人玩笑

南戲裡頭，也有以利用古籍典故來插科打諢的，其中又以《琵琶記》使用最多，如《琵琶記》第十齣〈杏園春宴〉：

（末）：這馬如今那里去了？（丑）：知他那裏去。傷人乎？不問馬。（末）：咳，你兀自文縐縐的。我且就這裏人家借一個馬與你騎。（丑）：你靜辦，若借馬與我騎，便索死。（末）：呀！怎的便死？（丑）：你不聞孔夫子說：有馬者，借人乘之，今亡矣夫！（末）：一口胡柴。

第十二齣〈奉旨招婿〉：

（丑）：這是斧頭。（外）：要他何用？（丑）：這是媒婆的招牌。（丑）：告相公得知，毛詩有云：析薪如之何，匪斧弗克，娶妻如之何，匪媒不得，以此將他為招牌。（末）：休在班門弄斧。

第十七齣〈義倉賑濟〉：

（丑瞎子上）（作錯跪介）：相公可憐見。（末）：相公在這裡。（外）：老的姓甚？名誰？家裏有幾口？（丑）：老的姓丘，名乙已；家住上大村；有三千七十口。（外）：胡說！那裏有許多口。（丑）：告相公得知：上大人，丘乙已，化三千，七十士。（末）一口胡柴。

這三段內容中運用了《論語》、《詩經》、《上大人》這些書籍的內容，所幸這些內容都是民眾耳熟能詳的典故，否則不免要掉書袋的迂態。

（十）長篇唸誦

舖敘的賦體韻白是南戲的一大特色，到了明代初年，形成淨末丑腳演出不可或缺的特徵之一。長篇賦體唸白在《荊、劉、拜、殺》及《琵琶記》經常使用，長篇唸誦有如小型的辭賦，經常以排比、類疊、誇飾的形式來舖敘，並講求音韻的美感，如《荊釵記》第七齣〈遐契〉：

（丑）：若說我姪女兒，只教你雪獅子向火，酥了一半，看我姪女兒，長不料料窕窈，短不跼跼促足，他眉灣新月，髻挽烏雲，臉襯朝霞，肌凝瑞雪，有沈魚落鴈之容，閉月羞花之貌，秋波滴瀝，雲鬢輕盈，淡掃蛾眉，薄施脂粉，舒翠袖，露玉指，春笋纖纖，下香堦，顯弓鞋，金蓮窄窄，這雙小腳，剛剛三寸三分。

富春堂本《白兔記》第三折：

（丑扮李洪信之妻）：自小多般乖覺，長來分外精神。生來不短不長，學得百伶百俐。甘美美幾句話兒真可聽，光油油一雙嬌眼會睃人。多情事事知聞，無病常常咳嗽。臉上白癜數點，不搽紅粉自風流；眉邊綠鬢雙彎，未貼翠鈿尤雅淡。雖無閉月羞花之貌，卻有翻雲覆雨之心。

《幽閨記》第二十二齣〈招商諧偶〉丑腳亦作長篇唸誦：

（丑）：好招商店，前臨官道，後靠野溪，幾株楊柳綠陰濃，一架薔薇清影亂。古壁上繪劉伶裸臥，小窗前畫李白醉眠，知味停舟，果是開埕香十里；聞香駐馬，真個隔壁醉三家，但有南北二京、福建、江西、湖廣、襄陽、山東、山西、雲南、貴州、廣東、廣西，客商都來買好酒喫，自古道：牙關不開，利市不來，不免把酒來嘗一嘗。好酒，一生喫不慣悶酒，得個朋友來同酌一杯纔好。

五大南戲之中，淨末丑都有詠物、詠景、詠人的唸誦，以淨末丑長篇的唸白相比，末的唸誦偏重單純的詠景、詠物，〔註 32〕淨丑的唸誦則誇張、逗趣。

〔註 32〕如《琵琶記》第十六齣〈丹陛陳情〉，末腳就是以詠景、詠物，進行賦體唸誦（内問）：怎見早朝時分？（末）：但見銀河清淺，珠斗斑斕。數聲角吹落殘星，三通鼓報傳清曙。銀箭銅壺，點點滴滴，尚有九門寒漏；瓊樓玉宇，聲聲隱隱，已聞萬井晨鐘。曈曈曚曚，蒼茫紅日映樓臺；拂拂霏霏，蔥蒨瑞煙浮禁苑。嵋嵋巍巍，千尋玉掌，幾點瀼瀼露未晞；澄澄湛湛，萬里璇空，一片團團月初墜。三唱天雞，咿咿喔喔，共傳紫陌更闌；百囀流鶯，間間關關，報道上林春曉。午門外碌碌剌剌，車兒碾得塵飛；六宮裏嘔嘔啞啞，樂聲奏如鼎沸。只見那建章宮、甘泉宮、未央宮、長楊宮、五柞宮、長秋宮、長信宮、長樂宮、重重疊疊，萬萬千千，盡開了玉關金鎖；又見那昭陽殿、金華殿、長生殿、披香殿、金鑾殿、麒麟殿、白虎殿，隱隱約約，三三兩兩，都卷上繡箔珠簾，半空中忽聽得一聲轟轟劃劃，如雷如霆，震耳的鳴梢響，合殿裏只聞得一陣氤氤氳氳，非煙非霧，撲鼻的御爐香。縹縹緲緲，紅雲裏雉尾扇遮著赭黃袍；深深沉沉，丹陛間龍鱗座覆著彤芝蓋。左列著森森嚴嚴，前前後後的羽林軍、期門軍、控鶴軍、神策軍，虎賁軍，花迎劍佩星初落；右列著濟濟鏘鏘，高高下下的金吾衛、龍虎衛、拱日衛、千牛衛、驃騎衛，柳拂旌旗露未乾。金間玉、玉間金，烱烱爍爍，燦燦爛爛的神仙儀從；紫映緋，緋映紫，行行列列，整整齊齊的文武官僚。螭頭陛下，立著一對妖妖嬈

〔註 33〕丑腳的長篇唸誦形成，已近似今日相聲的片段。相聲，以引人發笑爲特色，分說、學、逗、唱等表現手法。表演的形式有單口相聲、對口相聲、群口相聲等，其中單口相聲、對口相聲最常見，而它的淵源應該和淨丑的插科打諢脫不了關係。如《殺狗記》第十四齣〈喬人算帳〉，就是很典型的雙口相聲的段子，一爲主，一爲副，副腳引話頭，讓主腳充分發揮。

（丑）：我的受用，比你不同。（淨）：怎麼樣的？（丑）：我做了財主的時節，先討四個丫頭，按時景取名，春裡叫春香，夏裡叫夏蓮，秋裡叫秋菊，冬裡癩痢。（淨）：有了銀子，討那癩痢怎麼？（丑）：不是，口快說錯了，是臘梅，睡了一夜，早上坐在牀上叫春香，阿哥你便也應一聲。（淨）：有。（丑）：替我穿襪。（淨）：嘎。（丑）：一起起來了，叫夏蓮討臉水來刷牙來。（淨）：來了。（丑）：我便開了這張臭口，好像洗酒瓶的一般，吸嚇吸嚇，這等洗了臉，叫秋菊拿衣服來與我穿。（淨應介丑）：一穿穿衣服，叫臘梅拿白麂皮皂靴

嬈，花容月貌，繡鸞袍鴛鴦靴的奉引昭容；豹尾班中，擺著一對端端正正，鐵膽銅肝，白象簡獬豸冠的糾彈禦史。拜的拜，跪的跪，那一個敢挨挨撈撈縱喧嘩？升的升，下的下，那一個不欽欽敬敬依法禮？但願常瞻仙仗，聖德日新日新日日新；與群臣共拜天顏，聖壽萬歲萬歲萬萬歲。從來不信叔孫禮，今日方知天子尊。道猶未了，一個奏事官人早來。

〔註 33〕如在單口相聲方面，在《拜月亭記》第二十五齣〈抱恙離鸞〉中淨腳有一段很突出的演出：

（淨半上向內科）分付丁香奴、劉季奴，你每好生看著天門、麥門，我去探白頭翁、蔓荊子，趁些鬱金水銀，纔當歸。倘有使君子來看大麥、小麥，可回他說是張將軍、李國老家請去了。你蓯蓉把破故紙包那沒藥與他去。前者，因爲你每不細辛防風，卻被那夥木賊爬過天花粉牆，上了金線重樓，打開青箱，偷去珍珠、琥珀、金銀花子，丹砂裰子、茯苓裙子、昆布襪子、青皮靴子；那一個豆蔻又起狼毒之心，走入蓮房，摟定我的紅娘子，扯下裩襠。直弄得川芎血結。咳！苦腦子！苦腦子！如今可牽海馬到常山下吃些莽草，薄荷邊飲些無根水，傍晚看天南星出，即掛上馬兜鈴，將紅燈籠，點著白蠟燭，往人中白家來接我。你若懶薏苡來遲了，叫我黑牽牛茴香，惹得我急性子起，將玄剖索吊你在甘松樹上。四十蒺藜棍，打斷你的狗脊骨，碎補屁孛孛出華撥，饒你半夏分罰子了王不留行。

此處一連用了幾十個中藥的藥名，如丁香奴、劉季奴、天門、麥門、白頭翁、蔓荊子、鬱金、水銀、當歸、使君子、大麥、小麥，蓯蓉、沒藥、細辛、防風、木賊、天花粉、青箱、琥珀、金銀花子、丹砂、茯苓、昆布、青皮、豆蔻、蓮房、紅娘子、川芎、海馬、莽草、薄荷、天南星、馬兜鈴、人中白家、薏苡、黑牽牛、茴香、急性子、玄剖索、甘松樹、蒺藜、狗脊骨、半夏、王不留行等藥名。

來與我著。(淨)：白便白，皂便皂，什麼白鹿皮皂靴。(丑)：便是，皂靴一穿穿齊整了，東也撞，西也撞。

另外《琵琶記》第十齣〈杏園春宴〉，更是結合長篇唸誦和對口相聲的表演：

(末)：鞍馬備辦了未曾。(丑)：告相公得知，俺這裡在先有一萬匹好馬。(末)：怎見得好馬？(丑)但見耳批雙竹，鬃散五花，展開鳳臆龍鬐，昂起豹頭虎額。轡篤篤翠蹄削玉，點滴滴赤汗流珠，隅目青熒夾鏡懸，肉騣碨礧連錢動，一躍時尾捎雲漢，橫驀過玄圃崆峒。一霎時走遍神州，直趕上流星掣電。九方皐管教他稱賞，千金價不枉了追求。(末)：有甚顏色的？(丑)：布汗、論聖、虎刺、合里烏、赭哑兒、爺屈良、蘇盧、棗騮、栗色、燕色、兔黃、眞白、玉面、銀鬃、繡膊、青花。正見五花散作雲滿身，萬里方看汗流血。(末)：有甚麼好名兒？(丑)：飛龍、赤兔、騕褭、驊騮、紫燕、驌驦、嚙膝、踰暉、騏驎、山子、白義、絕塵、浮雲、赤電、絕群、逸驃、騄驪、龍子、驎駒、騰霜、驄皎、雪驄、凝露驄、照影驄、懸光驄、決波騟、飛霞驃、發電、赤流、金騧、翔麟、紫奔、虹赤、照夜白、一丈烏、九花虬、望雲騅、忽雷駁、拳毛蜥騧、獅子花、玉逍遙、紅叱撥、紫叱撥、金叱撥。正是：青海月氏生下，大宛越睒將來。(末)：有甚麼好廄？(丑)：飛龍、祥麟、吉良、龍媒、騊駼、駃騠、鵷鸞、出群、天花、鳳苑、奔星、內駒、左飛、右飛、左坊、右坊、東南內、西南內。正是：盡印三花飛鳳字，中藏萬匹好龍媒。(末)：卻怎的打扮？(丑)：錦韉燦爛披雲，銀鐙熒煌曜日。香羅帕深覆金鞍，紫游韁牽動玉勒。瑪瑙妝就轡頭，珊瑚做成鞍子。正是：紅纓紫鞚珊瑚鞭，玉鞍錦韉黃金勒。

丑腳如數家珍的將馬廄、馬的品類、騎馬的配備暢快淋漓的唸誦，以引起觀眾的歎服。

長篇唸白除了考驗作家的寫作功力，也考驗著演出者的背誦能力，演出者需要口齒伶俐，與對手搭配的默契也十分重要，在表演的過程中，會聚目光，配合身段與動作，既凸顯腳色，也是主要劇情之外的一場小型的個人秀。

以上所列舉的插科打諢的手段，可看出南戲丑腳演出內容的豐富性，而這些插科打諢的技巧也被後來的明清傳奇所繼承，繼續在舞台上發揮它引人發笑的效用。

第四節　南戲淨末丑的發展

從現存南戲的劇本看來，南戲在腳色行當的使用，除了生旦專演主要人物外，配角淨末丑都必須趕扮其他人物，即所謂的「以一趕幾」的情況。基本上同一齣戲不會出現二個丑腳或二個淨腳同時在場上的現象。如《張協狀元》第三十三齣亞婆與山神是同一淨所演：

> （淨白）：汝去由閑，我個廟裡，誰與我關門閉户。（末）：它不是孫敬。（旦）：乍別公公將息！奴家拜辭婆婆已畢。（淨）：不須去，我是亞婆。（末）：休說破。

第三十九齣中丑腳同時飾演腳夫又飾演李旺：

> （末）：領台旨。（叫）腳夫□勝。（丑出喏）（末）：陳吉。（淨出喏）（末）：李旺。丑喏）（末）：又是你！李旺。丑喏）（末）：又是你！

以下把《張協狀元》及五大南戲中淨末丑所扮演的人物列表說明：

《張協狀元》

腳色名	劇　中　飾　演　人　物
淨	張協學友、張協母、客商、神、李大婆）、店婆、賣登科記者、勝花婢女、門子、陳吉、柳屯田、譚節使
末	張協學友、張協家人、傳話人、客商、土地、判官、李大公、堂後官、考生、買登科記者、張協手下、門子
丑	員夢先生、張協妹、強人、小鬼、李小二、王德用、華祿子、腳夫

影鈔本《荊釵記》

腳色名	劇　中　飾　演　人　物
淨	王十朋學友、錢婆、孫汝權、考生、万俟卨、判官、漁翁、牌子、道士、苗良、鄧尚書、鋪兵、運糧官、老人
末	王十朋學友、李成、許文通、朱吉、禮部祇應、吏、隨從、親兵、堂候官、皂隸、承局
丑	錢姑、十朋學友、考官、稍公、王士宏、漂母、李成妻、三山巡椽、老人、隨從、梅香、驛丞

汲古閣本《荊釵記》

腳色名	劇　中　飾　演　人　物
淨	孫汝權、錢婆、賓人、万俟卨、隨從、苗良、三山巡檢、李違玉、鄧謙、道士

腳色名	劇　中　飾　演　人　物
末	王士宏、李成、學官、許文通、朱吉、禮部侍候、堂候官、承局、阿三、錢安撫隨從、親隨、禮部侍應
丑	錢姑、王十朋學友、稍公、隨從、梅香、陰陽生、丁社長、鄧興

成化本《白兔記》

腳色名	劇　中　飾　演　人　物
淨	史弘兆妻、道士、提點、李弘一、張先生（掌禮）、小王兒、小張兒、咬臍郎左右
末	開場、史弘兆、李成、岳節使手下、竇老
丑	李弘一妻、小張兒

汲古閣本《白兔記》

腳色名	劇　中　飾　演　人　物
淨	雜要演員、道士、廟官、李洪一、掌禮人、王旺、竇公、蘇林
末	李家管家、李三公、門子、旗牌兵
丑	史弘肇妻、春兒、李洪一妻、僧人、李三公家人、張興、賣酒婦、牧童

汲古閣本《幽閨記》

腳色名	劇　中　飾　演　人　物
淨	番將、聶賈列、嘍囉、使臣、和尚、店主人之妻、翁醫生、成何濟、蔣府下人、張都督、賓相
末	番軍、黃門、金帝、巡警官左右、中都路坊正、太白星、嘍囉、院子、店主人、驛丞
丑	金瓜武士、軍吏、巡警官、土地、嘍囉、六兒、老漢、婦人、酒保、梅香、官媒婆

汲古閣本《殺狗記》

腳色名	劇　中　飾　演　人　物
淨	柳龍卿、王婆
末	吳忠、酒店店主、巡軍、吏、使臣
丑	胡子傳、小二、安童

陸鈔本《琵琶記》

腳色名	劇　中　飾　演　人　物
淨	蔡婆、老姥姥、媒婆、蔡伯喈學友、令史、里正妻、里正孩兒、李社長、喬孤、書僮、拐兒、虎、遊寺舍人、長老、軍騎
末	老院子、張廣才、蔡伯喈學友、河南府首領官、陪宴官、小黃門、堂候官、小黃門、吏、五戒、站官
丑	惜春、媒婆、蔡伯喈學友、馬吏、里正、丐子、大比丘僧、書僮、猿、小二、李旺、遊寺舍人、牛府家人、縣官

汲古閣本《琵琶記》

腳色名	劇　中　飾　演　人　物
淨	蔡婆、老姥姥、媒婆、蔡伯喈學友、試官、驛丞、李社長、聾子、書僮、拐兒、白猿使者、風子
末	老院子、張廣才、蔡伯喈學友、禮部祗候、河南府首領官、小黃門、里正、瞎子、賑糧副官、賓人、五戒
丑	惜春、媒婆、蔡伯喈學友、令史、書僮、黑虎將軍、小二、李旺、風子、縣官

從劇本的內容及表格中，我們發現淨末丑三者的關係，有下列幾個特徵：

一、淨末丑飾演的人物錯雜

在《張協狀元》裡，腳色的職能分工比較錯雜，還未趨定型，如丑、淨扮演的人物類型顛倒錯亂，和後來明傳奇裡的淨與丑頗不相同。《張協狀元》一劇之中，第一個淨是張協的朋友，是一個插科打諢的角色；第二個淨是張協的母親；第三個淨是一位客商，他自誇是「浙東路處州人，相搥相打，刺槍使棒，天下有名人」但遇到強人時，卻出盡了醜，是一個喜劇腳色。《張協狀元》中第一個丑是圓夢先生，是說笑話的幫閒人物；第二個丑卻是一個強人，明人傳奇從不曾把丑作為這樣的一個用途。且看第八齣丑扮的強人：

> （丑做強人出）：……販私鹽、賣私茶，是我時常道業；剝人牛，殺人犬，是我日逐營生。一條扁擔，敵得過塞幕里官兵，一柄朴刀，敢殺當巡底弓手。假使官程擔仗，結隊火劫了均分，縱饒挑販客家，獨自個擔來做，已有沒道路，放七五隻獵犬，生擒底是麋鹿猱獐。有采時捉一兩個大蟲，且落得做袍搕腦，林浪裡，假粧做猛獸，山徑上潛等著客人。今日天寒，圖個大帳，懦弱底與它幾下刀背，頑

猾底與它一頓鐵查，十頭羅刹不相饒，八臂哪吒渾不怕。教你會使天上無窮計，難免目前眼下憂。（丑下）

這裡的強人展現的是佔山爲寇的大王行徑，一般說來在元雜劇或者明傳奇都由淨腳來擔綱，《張協狀元》卻用了丑行來擔任；第三個丑，卻上來了一個小二；最後一個丑成了顯赫的當朝宰相王德用，雖然王德用貴爲當朝宰相，但舉止行爲全沒有一個文人樣。如王德用死了女兒的唱詞，全然看不出有喪女之痛。

【台州歌】（丑）：**亞奴，是人道相公女子好做婦，弗比小人子女窮合窮。我個勝花娘子生得白蓬蓬，一個頭髻長長似盤龍，巧小身材子，常著個好千紅。**

在明傳奇中，雖然丑行亦擔任官吏的腳色，卻沒有到宰相這麼顯赫的位置。箇中原因，是腳色行當制在形成的過程，各個腳色的人物類型還沒有定型下來，於是會混亂的使用著。據成書於高麗末期，即元末的朝鮮漢語教科書《朴通事諺解》一書，在「叫教坊司十數箇樂工和做院本諸般雜技的」之下注解云：「曰淨：有男淨、女淨，亦做醜態，專一弄言，取人歡笑；曰丑，狂言戲弄，或粧酸漢、大醫、吏員、媒婆之類。」〔註34〕據此，則淨丑的功能極爲相似，即是玩笑逗弄，使觀眾開心，因爲此一時期的淨丑功能未被區分，所以有淨丑混用的狀況。淨末丑飾演人物的錯雜，還表現於行當的不統一。如明成化刻本《劉知遠還鄉白兔記》中李弘一的妻子這個腳色就有淨丑混用的情形，後來才固定爲丑扮。〔註35〕

（淨云）：起來，是五城兵馬發放總甲也只們快了。（淨云）：叫老娘出來有甚麼屁放？（淨云）：我叫（叫）你出來，那劉光棍把我娘、老子拜死了，我如今和你商量，定個計策趕這光棍出去。（淨云）：你叫（叫）他出來問他要個休書纔是了。

但之後，馬上成了丑扮：

（淨云）：你怎麼曉的（得）？（丑云）：我嫁老公嫁了四十九個了，死了你，我再嫁一個棲（湊）五十個。

〔註34〕《老乞大諺解、朴通事諺解》（台北：聯經出版社，1978年）《朴通事諺解》卷上，頁14。

〔註35〕成化刻本《白兔記》未分齣，以下引自《明成化說唱詞話叢刊》（台北：偉文出版社，1979年）頁736～752。

接著外飾的李文奎上場，勸李弘一夫婦必須給劉知遠機會時，李弘一妻又成了淨扮：

（淨唱）：**吽一箇老娘婆，落了他懷孕。**外白：他人後有發跡之時。（淨白）：他若得發跡，我發個大呀！（淨唱）：**他還發跡爲官後，黃河只得水澄清。**（淨唱）：**公公在日，不識人，山鷄怎比鳳凰群，到不如我家馬牛和羊犬，他還發跡爲官後。**（淨白）：奴家也發個大呪。（淨唱）：**奴做一條蠟燭照乾坤。**

待到劉知遠守瓜園與瓜精鬥，李弘一夫婦臆測劉知遠必死無疑，前往收屍時，李弘一妻又成了丑扮。

（淨白）：老婆拿褡褳來拾骨頭去也。（丑白）：爛刀剁的，你去，我不去，我有鷄眼孤拐病發了，我去不的（得）。（淨白）：你不去我去，老婆，我眼跳。（丑白）：你眼跳貼一個草棒兒。（淨白）：閻王注定三更死，誰敢留人到六更。

成化本中，淨演史弘肇妻、道士、李弘一、山人、軍漢等人物，到了汲古閣本，史弘肇妻改由丑來擔任。另外淨丑混淆還有一例，成化本《劉知遠白兔記》中寫劉知遠從軍時，與小王，小張同作更夫，王由淨扮，劇本作二淨上，但到了嶽節使夜失戰袍，喝令王張二人出場，就寫成了「（淨、丑上，嶽節使令問）：是誰打的三更？（淨）：是我打來，（丑）：是我打來。」在《琵琶記》中亦有相似的情形發生。陸鈔本十六：

【吳織機】（丑換扮上唱）：**歎連朝，饑怎忍？家中有八九人。前日老婆典了裙，今日慌忙典布裩，恰好官司來濟貧。**（淨）：你問他姓甚？名誰？有幾口？（末）：老的，你姓甚？名誰？有幾口？（丑）：小人姓大，名比丘僧。

汲古閣刊本：

【吳小四】（淨聾子上）：**歎連朝，饑怎忍？家中有五六人。前日老婆典了裙，今日慌忙典裩，恰好官司來濟貧。**相公可憐見。（外）：老的，你姓甚？名誰？有幾口？（淨作聾外復問介）：（淨）：小人姓大，名比丘僧。

陸鈔本的《琵琶記》十六中，糧官放糧，首先是由丑腳飾演的丐子上場討糧，接著又換扮大比丘僧上場。到了《琵琶記》汲古閣刊本第十七齣〈義倉賑濟〉時，討糧的老百姓，首先由丑飾演的瞎子上場，接著淨飾聾子上場，二個刊本唱詞道白幾無二致，由此可知，在南戲裡淨丑的腳色是可以互換的。

除了淨丑不分之外，末丑也有不分的情形。如《荊釵記》中的李成原由末腳扮成，但在萬曆刊本《摘錦奇音》所摘出的〈十朋拜母問妻〉和《玉谷新簧》所摘出的〈十朋母子相會〉散齣中皆改爲丑扮，影鈔本《荊釵記》中的王士宏原由丑扮，到了汲古閣本成了末扮，都是末丑不分的例子。影鈔本《荊釵記》第二十七齣：

> （丑扮王士宏白）：下官乃王士宏便是，已蒙聖恩除授潮陽僉判，只因狀元王十朋不就万俟丞相親事，將他陷在潮陽，卻把下官改任饒州僉判，今日起程，不免到王狀元下處告別則個。

汲古閣本第二齣〈會講〉：

> 【水底魚】（末上）**白屋書生，胸中醉六經。蛟騰風起，管登科，爲上卿。**自家府學生員王士宏，明日府尊堂試，已約朋友會講，不免到梅溪家去。迤邐行來，此間就是，梅溪有麼？

王士宏從丑腳被改爲末腳的原因，可能是王士宏是個正面腳色，且又不帶詼諧性格，後乾脆改由末腳來應工。

淨末丑在南戲未被清楚的劃分，是由於腳色行當制才剛剛形成，劇作家及表演者還未能確立行當的特質，加上淨丑的性質太過接近，因此才會發生這些混淆的現象。

二、淨丑爲插科打諢的主體，末角轉型

宋雜劇中負責插科打諢最重要的二個腳色爲「副淨、副末」，到了《張協狀元》時，副淨成了淨，副末成了末，仍然負責插科打諢，但此時又多了一個「丑腳」加入其中。淨末丑同場演出，雖然依舊是插科打諢，但末腳的喜感和分量，顯然大爲減少，因此張庚、郭漢城便以爲：

> （末腳）乃逐漸從喜劇腳色中分離出來，向正劇腳色的方向發展，扮演下層士大夫以及下層市民中的衙役、酒保、家院、中軍、旗牌、門官等人物。這類人物除在個別地方還保留了一點性格上的風趣之外，幾乎已看不到原來的那種喜劇色彩了。〔註36〕

末失去插科打諢的任務之後，創作者改以賦體長篇唸誦做爲其任務，遇到有

〔註36〕張庚、郭漢城：《中國戲曲通史》（台北：丹青出版社，1985年）第一冊，頁431。

介紹景物、軍隊陣容，就常讓末腳來擔任。如《琵琶記》第三齣〈牛氏規奴〉、《琵琶記》第十六齣〈丹陛陳情〉，末腳就是以說理、詠景、詠物，進行賦體唸誦。以下以表格顯示這六部南戲各行當的出場數：〔註37〕

出場數／腳色	生	旦	末	淨	丑	外	貼（占）
張協狀元五十三齣	26（49%）	23（43%）	38（72%）	29（55%）	29（55%）	14（25%）	11（20%）
荊釵記四十八齣	20（42%）	17（35%）	36（75%）	33（69%）	25（52%）	23（48%）	3（6%）
白兔記四十齣	22（55%）	17（55%）	12（30%）	19（48%）	16（40%）	9（22%）	3（8%）
拜月亭四十齣	17（43%）	16（40%）	23（58%）	16（40%）	17（43%）	14（35%）	13（33%）
殺狗記三十六齣	18（50%）	16（44%）	13（36%）	14（39%）	15（42%）	4（11%）	9（25%）
琵琶記四十二齣	20（48%）	19（45%）	26（62%）	21（50%）	13（31%）	18（43%）	13（31%）

由上面的表格可知，《張協狀元》中淨末丑的場次超越了生旦的出場次，但到了《荊》、《劉》、《拜》、《殺》、《琵琶記》生旦的出場數漸多，而淨末丑的出場數漸少。在南戲裡，正面人物的形象成爲戲劇的主人翁，如生、旦、成爲行當中的主體，以滑稽表演爲主的淨丑就逐漸的退居次要腳色了。南戲中負責滑稽嘲弄、插科打諢的是由淨、末、丑三者分工的，南戲中的末腳，是原宋雜劇中的「副末」，從《張協狀元》第五齣：「（淨白）嗷，叫副末底過來。（末出）：觸來勿與競，事過心清涼。」可知末從副末一行而來。

在淨丑的關係上，丑、淨上場，著重插科打諢、滑稽搞笑，講究各式做、打和雜耍。《張協狀元》之中，淨丑腳在插科打諢的功能上並駕齊驅，末腳場次雖多，但重要性不及淨丑。在五十三齣戲中，丑腳擔任主腳的場次有十六齣之多，淨腳有十四場，末腳只有八場，〔註38〕淨丑腳飾演的腳色在劇中擔任劇情轉折的重要工作，插科打諢的內容也較末爲多，末腳的插科打諢功能已慢慢被淨丑取代。到了五大南戲，淨末丑間的消長更加明顯，末腳插科打諢的功能漸漸喪失，腳色功能轉向正面的良善腳色。隨著丑行的加入，原本在宋雜劇中扮演的喜劇性被「丑」所替代，以《琵琶記》第三齣〈牛氏規奴〉爲例：

（末）：來，我且問你兩個，往常間不曾恁的快活，今日如何這般快

〔註37〕腳色行當出場數參考俞爲民：〈《張協狀元》與早期南戲的形式特徵〉一文的統計，〈戲劇藝術〉2003年第四期，頁67。

〔註38〕引自許子漢：《明傳奇排場三要素發展歷程之研究》（台北：台灣大學出版，1999年），頁163。

> 活？（丑）：院公，你那得知我喫小姐苦哩，並不許半步胡踹，又不要我說男兒那邊廂去，咳！苦也，你不要男兒，我須要哩！他也道我和他相似，笑也不許我笑一笑，今日天可憐見，喫我千方百計去說動他，只限我半個時辰，去後花園閒耍一遭，你道我如何不快活！（淨）：院公，便是我也千合萬不合，前生不曾種得福田，爹娘把我送在府堂中做個丫頭，到今年紀老了，不曾得一日眉頭舒展，今日天可憐見，老相公入朝，我纔得偷身來此閒耍一遭，你道我如何不快活！（末）：元來恁的，可知道你二人快活也。

末腳扮演的院公，在戲份、趣味性上與淨丑飾演的惜春與老姥姥相比，實略遜一疇。

三、淨丑聯演的趣味

在南戲中，我們也發現了淨丑聯手的現象。淨丑經常是連袂出現，或者插科打諢或者狼狽爲奸，如《荊釵記》錢姑與錢婆聯手逼迫錢玉蓮改嫁，《白兔記》中的李洪一夫婦連謀陷害劉知遠和李三娘，《殺狗記》中的柳龍卿、胡子傳合謀害人，如《殺狗記》第十八齣〈窰中拒奸〉：

> （淨）：今日刁唆孫二不從，明日孫大哥知道怎麼好。（丑）：便是，如今一不做，二不休，另使個計策來便好。（淨）：有計在此，只說孫二要告哥哥，我每兩人勸他不從。（丑）：這也說得有理。（淨丑轉介）：孫二，你怎麼要告哥哥。（小生）：是你每方纔在此攛掇我告哥哥，怎麼倒說我要告哥哥。（淨丑）：你方纔說哥哥佔了家私，要告他。（小生）：幾時說來。（淨丑叫介）：地方總甲，孫二要告哥哥，不干我每事。

除了行動上的一搭一唱之外，《琵琶記》第十七齣〈義倉賑濟〉有一段是唱詞對白的一搭一唱。

> （丑）：呀，陶眞怎的唱。（淨）：呀，到被你聽見了，也罷！我唱你打和。（丑）：使得。（淨）：**孝順還生孝順子**。（丑）：打打哈蓮花落。（淨）：**忤逆還生忤逆兒**。（丑）：打打哈蓮花落。（淨）：**不信但看簷前水**。（丑）：打打哈蓮花落。（淨）：**點點滴滴不差移**。（丑）：打打哈蓮花落。（淨）：住休。（丑）：你若不叫住，我直唱到天明。

在這段時期，淨丑聯手，還看不出明顯主副之別，《荊釵記》中錢媽和錢姑，錢媽貪財好利，錢姑愛慕虛榮，二人逼迫錢玉蓮改嫁孫汝權。第十齣〈逼嫁〉：

> 【四換頭】（淨）：賊潑賤閉嘴，數黑論黃講甚的？我是什麼人。（旦）：是娘。（淨）：恰又來。娘言語怎違，那裡是順父母顏情卻是你。……
>
> 【前腔】（丑）：呆蠢丫頭，出語汙人耳。恁推三阻四，話不投機。豪家求汝效于飛，他有甚相虧，出言抵撞，你好沒尊卑。

錢姑、錢媽兩人從好言相勸終至惡言恐嚇，一搭一唱，一吵一鬧，不分主副。《殺狗記》柳龍卿、胡子傳二人合謀設計，雖分淨丑，但根本沒什麼區別；《白兔記》中的李洪一夫婦都是凶惡之人，李洪一所飾的淨不一定站在主導位置，有時李洪一妻子飾演的丑也會幫忙出壞主意；《琵琶記》中淨飾的社長與丑扮的都管，都是負面角色，一個貪污受賄「原告許我銀子三錠五錠，被告送我豬腳十斤廿斤」（十七齣）、一個欺善怕惡「到官府百般下情，下鄉村十分豪興。」（十七齣），並沒有明顯的主副之別。這時期和後來明傳奇中經常淨丑聯手，淨為主而丑為副，丑小奸小惡，淨大奸大惡的特徵相較，顯然有所不同。雖然淨丑聯手，主從關係不明，但是在全齣戲的設計上，已有淨大惡，丑小惡的趨勢，如《荊釵記》中大惡人孫汝權、万俟卨，便全由淨腳擔任。

小　結

丑腳正式誕生於宋南戲，丑腳的誕生似乎專為插科打諢而來，但為插科而插科，為打諢而打諢，削弱了劇情營造的戲劇情境。到了五大南戲，插科打諢和劇情有了較為緊密的聯結，使得觀眾在欣賞逗笑嬉鬧的演出之餘，不致過於疏離情節。由於丑腳和淨腳的功能一致，慢慢二者也結合在一起，成了好搭檔，或者一搭一唱，或者連手使壞。雖然各懷鬼胎，行動上卻又相當一致，更因二者在劇場擔任的任務相近，所以在腳色的安排上常常出現錯雜的狀況，從《張協狀元》以來到五大南戲，均可見到此種現象。

《張協狀元》中的丑腳，幾乎成為了後世丑腳戲的範例，不僅為五大南戲所繼承，多樣的舞台表現風格，也影響了明傳奇的丑腳戲。正因《張協狀元》丑腳突出的表現，宋雜劇以來專司插科打諢的末腳，表現機會便被剝奪了，到了明傳奇之後，末腳不僅少有插科打諢的情節，甚至改變方向，專門飾演正面良善的腳色，把插科打諢的舞台，留給淨丑去馳騁了。

第三章　明代前期（1465～1523）

在《琵琶記》、《荊釵記》以後，劇本的創作，一時漸趨消沈，主要的原因還在朝廷對戲劇的箝制。明太祖朱元璋在統一全國之後，集軍政大權於一身，爲了加強中央集權統治，在文化思想上做了嚴格的控制，如《客座贅語》中便記載洪武二十二年太祖頒下聖旨「在京但有軍官軍人學唱的，割了舌頭」〔註1〕《大明律》卷二十六「搬做雜劇」條中也規定：

> 凡樂人搬做雜劇、戲文，不許粧扮歷代帝王、后妃、忠臣、烈士、先聖先賢神像，違者杖一百；官民之家，容令粧扮者與同罪。其神仙道扮及義夫節婦孝子順孫勸人爲善者，不在禁限。〔註2〕

在嚴苛的政治限令之下，劇作家噤若寒蟬，加上理學盛行，文人鄙視戲曲創作，戲劇創作於是沈寂長達數十年。首先打破消沈風氣的是成化、弘治間的邱濬，首開上層文人創作傳奇之風，所作傳奇有《投筆記》、《舉鼎記》、《羅囊記》和《五倫全備忠孝記》等四種，以《五倫全備記》最著稱。雖然邱濬的作品人物刻畫呆板，文字也顯得迂腐，但以一道學家的身分，能體認到戲曲的價值、肯定戲曲感人之力，在當時是頗爲難得的見解。邱濬的著作不離道學家本色，以傳揚禮教爲要旨，其《五倫記》第一齣副末開場便主張：

> 若是今世南北歌曲，雖是街市子弟，田里農夫，人人都曉得唱念。其在今日亦如古詩之在古時，其言語既易知，其感人尤易入。近世

〔註 1〕顧起元：「國初榜文」《客座贅語》《四庫全書存目叢書》（台南：莊嚴出版社，1995 年初版），頁 458。

〔註 2〕應檟：《大明律釋義》《續修四庫全書》（上海：上海古籍出版社，2002 年）卷二十六「刑律雜犯」，頁 204。

以來做成南北戲文，用人搬演，雖非古禮，然人人觀看皆能通曉，尤易感動人心，使人手舞足蹈，亦不自覺。

邱濬的劇作是沿著高明《琵琶記》「不關風化體，縱好也徒然」的軌道在發展，道德說教傾向卻更加明顯，他把戲劇當作宣揚禮教的工具。繼其緒者，則是邵璨的《香囊記》，邵璨期許自己「續取五倫新傳，標記紫香囊」因而在第一齣《家門》中便大力主張，傳奇的教化之功：「今即古，假爲眞，從教感起座間人，傳奇莫作尋常看，識義由來可立身。」自《香囊記》以下的著作，如《三元記》、《精忠記》、《千金記》、《雙忠記》、《寶劍記》莫不是以教化人心爲創作意圖，因此使明初劇作「以劇傳道」的主題意識格外明顯。

而在劇作風格上，明初自邱濬以來，開啓了文人士大夫編寫劇作之風，因此劇作風格較出自民間文人之手的南戲劇本，要典麗許多，因此明代前期的劇作有漸趨駢雅的傾向。從成祖到憲宗時期（1403～1487）是明代政治比較穩定的時期，文學上流行的是宰輔權臣領導倡行的「復古」之風，以擬古爲創作的要義，作品典雅工麗，喜用典故。因此時文日趨駢儷，這股風氣也影響到了劇本的創作，以《琵琶記》爲濫觴，而《香囊記》繼其緒，徐渭以爲邵璨「習詩經，專學杜詩，遂以二書語句，勻入曲中，賓白亦是文語，又好用故事，作對子」，〔註 3〕從《香囊記》以下，劇本內容喜用典故，好用四六駢文爲賓白，似乎變成了一種風氣。

在丑腳演出方面，基本上和生旦形成兩個系統的演出型態，生旦爲主爲首，曲白雅正；淨丑爲副爲輔，曲白俚俗。在插科打諢上，丑腳也繼承南戲以來的傳統，仍有信手打諢的習慣，並經常被劇作家用來作爲生旦的對照，以及正邪不兩立的負方代表。整體說來，丑腳在這個時期的表現，還保留嬉笑怒罵的逗鬧風格，在嬉笑逗鬧之外，丑腳性格化的傾向，已見端倪。另外，丑腳的塑造受整體劇作風格的影響，在某些劇作中如《香囊記》、《三元記》、《明珠記》、《南西廂記》等，連擔任配角的丑腳曲白也有漸漸趨向駢雅的傾向。

本章引用的劇本有《五倫記》、《金印記》、《香囊記》、《張巡許遠雙忠記》、《精忠記》、《千金記》、《馮京三元記》、《斷髮記》、《寶劍記》、《明珠記》、《南西廂記》等在丑腳塑造上比較有代表性的劇作，做爲論述的對象，藉以說明此一時期中的丑腳。以下列表說明這個時期腳色行當使用的概況：

〔註 3〕徐渭：《南詞敘錄》《中國古典戲曲論著集成》（北京：中國戲劇出版社，1982年一版四刷）第三輯頁243。

劇本／行當	生	外	旦	貼	淨	末	丑	其他
五倫記	生、小生	外	旦、夫	貼	淨	末	丑	
明珠記	生、小生	外	旦、老旦		淨	末、小末	丑	雜
南西廂	生	外	旦、老旦	貼	淨	末	丑	
金印記	生、小生	外	旦	貼	淨	末	丑	眾
香囊記	生	外	旦	貼	淨	末	丑	
雙忠記	生	外、小外	旦、夫	貼、占	淨	末	丑	
精忠記	生、小生	外、小外	旦、小旦、老旦		淨	末	丑	眾、雜
寶劍記	生	外、老外	旦、老旦	貼、老貼旦	淨、貼淨、淨旦	末	丑、貼丑	僧
千金記	生、小生	外	旦、小旦、老旦	貼	淨	末	丑	
馮京三元記	生、小生	外	旦、小旦	貼、小貼	淨	末、小末	丑	雜

在腳色塑造方面，明代劇壇的腳色接續南戲而來，有生、旦、淨、末、丑、外、貼七大門，與南戲時期的腳色相較，差距不大。生行分出小生，外行分出小外，旦行分出小旦、老旦（有時使用「夫」爲名）已經確立下來了，比較特別的是《馮京三元記》在貼行分出小貼、末行分出小末，《寶劍記》除有小外，又分出了老外，又有老貼旦、貼淨、淨旦，貼丑這些行當出來，小貼、老貼旦、貼淨、淨旦，貼丑這些行當，其後的劇作均無人使用，所以只能算是特例。

第一節　劇作中的丑腳演出

以下介紹本時期丑腳人物別具特色的幾個劇本，以之爲代表看丑腳人物的塑造。

一、《五倫記》

《五倫記》中的淨末丑

腳色名	劇中飾演人物
淨	安克和、丫頭媚春、犯人、？（第十齣）、？（第十六齣）、梅香、歌舞子弟、被告人（兄）、被告人（夫）、道人、百姓、卜卦人、妾、軍士、探子、番軍、番王妻、右司郎中、黃旛綽、軍士、樂女。
末	永安、左右、試吏、侍臣、小郎、隨從、強盜、神木寨吏、軍士、開門大使、奏事官、堂候官、軍將。

丑	醉漢、刑房令史、弓兵、孫氏、張媒婆、秀才（張打牛）、瞎子醫生、媒婆、廚下阿媽、歌舞子弟、告狀人之弟、告狀人之婦、和尚、農夫、瘸張三、女軍、番軍（張打牛）、東司郎中、軍士、妾、番官。

《五倫記》作者邱濬（1418～1495），字仲深，別署赤玉峰道人，廣東瓊山人，景泰五年（1454）進士。〔註4〕明代理學家，累官至禮部尚書兼文淵閣大學士。作有傳奇《五倫全備記》、《投筆記》、《舉鼎記》、《高漢卿羅囊記》四種，今存前三種。

《五倫記》開啓了明代文人涉足傳奇的濫觴，這部著作帶有濃厚的道學味，第一齣〈副末開場〉便說道：「亦有悲歡離合，始終開闔團圓，白多唱少，非干不會把腔填，要得看的，個上易知易見，不免插科打諢，粧成喬態狂言，戲場無笑不成歡，用此竦人觀看。」爲了要讓觀眾易知易見，所以以妝成喬態，口出狂言，博取觀眾歡笑，達到創作目的，於是《五倫記》創造了很多活潑生動的丑腳。當然其中也有說教條的丑腳，如第八齣〈哭親喪明〉裡請來的醫生。不過，《五倫記》不把丑腳當成宣揚三綱五常的要角，所以整體說來，相較於生、小生、旦、貼的呆板形象，人物刻劃就比較生動，丑腳則還能保持自南戲傳承以來的活潑與生動。

劇中最令人印象深刻的丑腳要屬張媒婆，張媒婆活似市井語的打諢，在道貌岸然的主角人物之中，反而給人深刻的印象。張媒婆憑著一張嘴，說黑道白，既風趣又幽默，如第六齣〈央媒議親〉中：

> （丑）：誰叫我媒婆是個風流兒，兩頭面來抹些嘴，一心只愛幾貫錢，兩眼專賤大羊腿，待我不好，富的說道貧，待得我好，醜的說道美，口唇薄薄說是非，鼻頭尖尖摳腦髓，誰人面前請我，你著我手休要悔。

在第十九齣〈取妾送夫〉時又表現了她諧趣的一面「（丑上）：【小蓬芽】**我一世爲人爽快，我生得實似胎孩，爲人說合，爲人做事不肯歪揣。**」把女兒送出門，唸的一段道白，也十分逗趣。（丑）：「揭下一個小蓋頭，露出一個粉頭，送與一個老頭，養下一介丫頭。」

另外，丑腳飾演的一些市井小民，把市井小民憨與痴活靈活現的顯現在眼前，叫人哭笑不得。如第十七齣〈問民疾苦〉中和尚與道士爭訟，丑腳本是受

〔註4〕莊一拂：《古典戲曲存目彙考》（台北：木鐸出版社，1986年）卷三，頁93～94。

害人，但在小生逼問之下，反倒把自己曝光不得的犯戒之事全攤在陽光之下：

> （丑）：小僧被這騷道士無理擅入方丈中，姦小僧的老小，被拿住反打小僧。（小）：原來你和尚也有老婆。（丑）：原不曾有，只因前夜在人家賭錢，贏得個小婆娘來，就剃頭出家佐（做）尼姑。（小）：緣（原）來這廝也會賭錢。（丑）：自來不曉得賭錢，只因與人每（們）吃酒醉后（後），被人哄了，學賭些錢。（小）：原來這廝也會吃酒。（丑）：自來不會吃酒，只因在屠家吃牛肉，被老婆央不過學吃幾鍾。（小）：原來這廝也吃牛肉。（丑）：未出家前果是吃葷，削髮后（後）方纔吃素，望相公大人詳情。

劇中丑腳到官府提告，在小生一步一步的逼問下，丑腳原形畢露，在不經意中露了餡，把自己不名譽的過去全抖了出來，讓人赫然發現原告和被告是五十步笑百步。又同一齣婦人狀告老公，也充滿了俚趣：

> （丑）：我狀在舌上，我的丈夫二十歲，娶我過門，今年四年了，生了七個兒。（小）：胡說，四年怎的生得七個兒。（末）：你敢是狗母！（丑）：不是，初來一年五個月生了一個，后（後）三年每年雙生兩個，以此湊成七個了。（小）：胡說，生了子，如何又告？（丑）：他又取（娶）一個小老婆，便把我趕逐出來，不要我。（小）：拘他丈夫來。（末）：領鈞旨，他丈夫到了。（小）：這婦人是你甚麼人？（淨）：我不識他。（小）：打。（淨）：我認得，他是我趕出去的老婆。……（小）：他七出中皆無，沒有可出之理，如何趕他出來？（淨）：他生得醜。（丑）：我不醜，我每日八更起來，搽上四兩粉，三個胭脂，龐兒不青不白似東（冬）瓜一般，如何是我醜？（淨）：醜得十分古怪。（小）：這廝無理，打。（末打介）（小）：必有緣故說來。（淨）：別無緣故，只是他沒用。（丑）：相公，大裁、小剪、鍋頭、竈腦、接人待客那一件不會？（淨）：相公他好一張嘴，他鍬一條布衫帶也不會安。

此處把個民間的家庭鬧劇搬到劇中來，活脫脫將日常生活人物重製，讓觀眾在似曾相識之餘，也能會心一笑。另外，張打牛、廚下阿媽、番軍、番官們也都有十分諧趣的表現，對照《五倫記》的說教味，這些人物的刻畫著實可愛多了。劇中寫了社會中各個階層的小人物，把其痴、其傻、其憨、其惡全都寫入了劇本之中，相較要角的一板一眼，這些小人物更為眞實可愛，實是《五倫記》酸腐的道學味外，令人能稍稍喘口氣的內容。

二、《香囊記》

《香囊記》中的淨末丑

腳色名	劇　中　飾　演　人　物
淨	呑三盃、趙舉子、漁翁、秦檜、將士、兀朮、軍士、乞兒、卜卦先生、老漢、湯思退、草寇、張九思隨從、周老嫗、趙丙、腳夫、蕭驥、道長、耆老
末	高八座、樊光遠、呂洞賓、首領官、黃門官、兵校、番兵、祇侯、王倫、宋江手下、難民、朱弁、驛卒、趙舍人左右、蹇倫、婁使臣、使者
丑	鄭五花、王鄰母、酒保、令史、堂候官、將士、番兵、難民、草寇、婦人、張媒婆、蹇母、謝提控、道士、經歷、張九成隨從、宜興縣尹

《香囊記》作者邵璨（生卒年均不詳），約明成化中前後在世。字文明，宜興（今屬江蘇）人。〔註5〕作品有《香囊記》及《樂善集》。

《五倫記》丑腳活潑生動的表現，到了《香囊記》顯然遜色不少。關於《香囊記》各家的評述不一，不過共同的評價皆是賣弄學問。明呂天成的《曲品》雖將《香囊記》放在妙品三，肯定其爲「前輩最佳傳奇也。」但也不得不承認其「盡填學問」。〔註 6〕基本上各家都對其詞藻的使用有意見，〔註 7〕而這麗語藻句以插科打諢見長的丑腳來言，更是減損了舞台呈現的效果。根據邵璨於《香囊記》第一齣〈家門〉中所揭示的主旨大義：

> 【沁園春】爲臣死忠，爲子死孝，死又何妨，自光嶽氣分，士無全節，觀省名行，有缺綱常，那勢利謀謨，屠沽事業，薄俗偷風更可傷，怎如那歲寒松柏，耐歷冰霜，閒披汗簡芸牕，謾把前修發否臧，

〔註 5〕同註 4，卷三，頁 95。

〔註 6〕呂天成：《曲品》《中國古典戲曲論著集成》（北京：中國戲劇出版社，1982 年一版四刷）第四輯，頁 224。

〔註 7〕徐渭評之：「以時文爲南曲，元末國初未有也，其弊起於香囊記，《香囊》乃宜興老生員邵文明作，習《詩經》，專學杜詩，遂以二書語句勻入曲中，賓白亦是文語，又好用故事作對子，最爲害事。夫曲本取於感發人心，歌之使奴童婦女皆喻，乃爲得體，經子之談，以之爲詩且不可，況此等耶？」《南詞敘錄》《中國古典戲曲論著集成》（北京：中國戲劇出版社，1982 年一版四刷）第三輯，頁 243。
徐復祚則評：「《香囊》以詩語作曲，處處如煙花風柳，如『花邊柳邊』、『殘星破暝』、『紅入仙』等大套，麗語藻句，刺眼奪魄，然愈藻愈遠本色。《龍泉記》、《五倫全備》，純是措大袋子語，陳腐臭爛，令人嘔穢，一蟹不如一蟹矣。」《曲論》《中國古典戲曲論著集成》（北京：中國戲劇出版社，1982 年一版四刷）第四輯，頁 236。

有伯奇孝行，左儒死友，受兄王覽，罵賊睢陽，孟母賢慈，共姜節義，萬古名垂有耿光，因續取五倫新傳，標記紫香囊。

由曲詞中可知《香囊記》的著作旨趣是接續《五倫記》而來，不過在寫作上卻和《五倫記》有些差異。《五倫記》在生旦主要人物的描寫上固然呆板，但在次要人物的書寫上，卻顯得活潑。但《香囊記》卻是各行人物都用故事典故，賓白幾乎是文語，尤以淨末爲甚，如第十一齣〈看策〉中的秦檜、第十五齣〈起兵〉中的兀朮、第十七齣〈拾囊〉中的軍士、第二十三齣〈問卜〉中的卜卦先生、三十二齣〈媾媒〉中的趙丙、第三十九齣〈祈禱〉中的道士，均由淨所飾，賓白使用大篇四六駢體形式。第七齣〈題詩〉中的呂洞賓、第十四齣〈點將〉中的兵校、第二十四〈設祭〉中的祗候、第四十二齣〈褒封〉中的使者，均由末所演，賓白亦使用了長段駢體的賓白。丑腳的戲份較淨末腳少，但文謅謅的賓白亦不遑多讓。丑腳擔任的幾個重要角色，說話、談吐全都文謅謅，不管其身分是媒人或者是草寇、難民，全都有駢雅的現象。如第五齣〈起程〉丑扮鄰母：

（丑）：秀才，自古道：遠親不如近鄰，老娘忝爲鄰舍，衣食稍爲贏餘，日後倘有欠缺，都是老娘應當。（生）：多謝鄰母。（外）：鄰母，哥哥才富力強，固當去取功名，卑人年紀未壯，才學未成，情願在家奉養，望鄰母一言，勸解則個。（丑）：秀才，老娘不識世事，但聞得俗語云：恭敬不如命，老安人便是差見，也索逆來順受，不可推拒，就此拜辭了起程去，老身有些小白銀，奉爲路費。

對話幾乎全是四六駢語，以鄰母的身分而言，談吐如此文雅，很難說服人。也由於語言太過駢雅，就限制了原本以插科打諢見長的丑腳在舞台上的發揮。不只是鄰母，就連媒婆出場也都是駢文儷句，第三十二齣〈媾媒〉：

（丑上見介）呀，貴公子怎到寒門？媒婆，媒婆，每日奔波，一身如轉轂，：兩腳似飛梭，議婚姻因針而引線，作生計執斧以伐柯，曾說配河間織女，曾問盟月裏嫦娥，遇著達官長者，乖張也要諧和，若是妝奩慳吝，好事也要多磨，近來星辰得利，上門買賣何多，儘得金銀鈔貫，黃受段疋紗羅。東村送我十瓶好酒，西家又送幾對肥鵝，今日運使宅相請，笑口便作呵呵。

南戲時期的插科打諢經常以俏皮話或是無厘頭的對話來進行，到了《香囊記》中插科打諢的段落明顯減少很多，就算是進行插科打諢，也常以吟誦詩詞或引經據典來呈現，以至出現極爲雅緻的插科打諢，和插科打諢的原始目的，出現不協調的狀況。其中以第三齣〈講學〉中的插科打諢最具代表：

> （末）：英才滿天下，偏你作狀元。（淨）：小子志量如此，老兄何故當面搶白。（末）：將軍手裡戟如霜，這便是當面搶白。（丑）：我便要一個足下白。（末）：人跡板橋霜，這就是足下白。（淨）：我要一個身上白。（末）：滿頭風雪卻回來，這就是身上白。（丑）：我又要一個白裡白。（末）：梨花院落溶溶月，這便是白裡白。（淨）：我要個白白白。（末）：諢不過三。今當大比之年，試期將近，且去尋訪幾個朋友，講習學問，多少是好。

這是一段以「白」爲題的令子，邵璨於劇中也好用典故：

> （淨）：鄭兄治何經？（丑）：小子治《禮記》。（末）：大義何如？（丑）：禮以敬爲主，經天緯地，本之則太一之初，原始要終，體之則人情之大。（淨）：這經義切體，今日朋友聚會，小子不曾學得禮數，請教道一番？（丑）：隨諸公要講那一篇？（末）：內則少儀鄉飲射義，隨意講了一篇。（丑）：不瞞老兄，說孔子問禮於老聃之時，學生年幼，不曾聞得，諸公若要問我經義，待我去問二戴老先生來。

插科打諢的對白中，大談《禮記》大義，雖然末了幽了一默，但內容實讓人感覺沈重嚴肅，酸腐味十足。劇中丑腳個個引經據典、咬文嚼字，雖提昇了插科打諢的境界，但從另一個角度看來卻不免有掉書袋之譏。況且區隔了欣賞者的身分，使能欣賞的觀眾無法遍及到一般大眾，也使得丑腳的俗民性格消失不見。《香囊記》的駢雅曲白，影響後世傳奇十分深刻，明王驥德以爲：

> 曲之始，止本色一家，觀元劇及《琵琶》、《拜月》二記可見。自《香囊記》以儒門手腳爲之，遂濫觴而有文詞家一體。近鄭若庸《玉玦記》作而益工修詞，質幾盡掩。〔註 8〕

當然這種駢雅之風，對丑腳的塑造也造成極大的影響，形成市井小民吟詠風月、好用典故之風，這種不符現實生活經驗的荒謬現象，在嘉靖之後更加明顯。

〔註 8〕王驥德：《曲律》《中國古典戲曲論著集成》（北京：中國戲劇出版社，1982 年一版四刷）第四輯，頁 121～122。

三、《精忠記》

《精忠記》中的淨末丑

腳色名	劇　中　飾　演　人　物
淨	金兀朮、貴裁縫、秦檜、父老、道人、獄卒
末	院子、番兵、王貴、秦府院子、田思忠、道月和尚、周三畏、万俟卨左右、徐寧、黃門官、玉帝使者
丑	岳雲左右、裁縫、報事的、番兵、万俟卨、胡朮、張胡、哈迷赤、父老、卜卦先生、道人、和尚、張保、船家、堂候官、棲霞土地神

《精忠記》作者爲姚茂良（生卒年均不詳），約明成化中前後在世。字靜山，生平事蹟，毫無考見，〔註9〕著有《合璧記》、《金丸記》、《雙忠記》、《精忠記》等劇，《合璧記》已佚，其他存。

《精忠記》使用的在腳色行當，在配角裡頭，可發現淨的身分較高，其次是丑、末，淨、丑以反面人物的姿態，來扮演身分高的奸臣賊子，成爲後來淨丑的另一條發展路線。本劇之中最令人印象深刻的丑腳，要算是丑腳扮演的万俟卨，万俟卨因運糧太遲的關係，被岳飛打了四十棍，因此結下樑子。万俟卨是個依附權貴的斗筲之輩，第十七齣〈調勘〉：

> （淨）：甚麼披麻問，剝皮拷？（丑）：把麻揉得粉碎，把魚膠熬的爛熟，帶岳飛出來，只說你部下王俊告你按兵不舉，虛運糧草，你招也不招？他若招了，帶他去了。他若不招，去了衣服，敷上一層魚膠，一層麻皮，一層魚膠，敷上六七層，叫帶去，一日不問，二日也不問，第三日帶岳飛出來，招也不招，是招了，將溫湯揉軟取去，若不招，叫牢子與我扯下來，扯一塊，去一塊皮，這叫做披麻問，剝皮拷。

這個負面角色，在第十八齣〈嚴刑〉大審問岳飛的過程中，表現的十分可笑，把個卑劣的小人性格表露無遺。當岳飛要求證人對質，万俟卨的理由竟是：

> （生）：你既要我招，何不叫那告人來對理。（丑）：那告人喫多了海蜇，停食而死了，不打不招。奉聖旨把岳飛好生打四十。

善惡終有報，万俟卨終將爲自己的作爲付出代價，在「最後審判」來臨時，万俟卨還一股腦將罪過推給別人，甚至還要攀關係，祈求原諒。第三十五齣〈表忠〉：

〔註9〕同註4，卷三，頁96。

（生）：万俟卨，你認得我四人麼？（丑）：元來都是我故人。岳將軍幾時高遷的，區區爲事在府裡，待事完之日謁誠來拜賀。（生）：哇，你這阿附權奸，屈陷忠良的奸賊，到此還要多說。（丑）：老將軍怎麼開口就罵，這都是秦檜主意，學生不過趕興而已，干我甚事？（生）：胡說，與我打。（打介，丑）：周老先生，我與你是同僚分上，討個方便何如？（生）：不要管，再打。（又打介丑）：願招，願招。

遇權上攀，遇事外推，善於投機，精於逢迎，便是《精忠記》中的万俟卨，這個万俟卨，也成爲了後代丑腳的典型。

《精忠記》的作者不僅花很多功夫在舖敘劇情，也花很多的精神去經營插科打諢，所以劇中詼諧風趣的語言處處可見，如「小道，小道，其實玄妙，善能步虛，又會佐醮，忽然興發，化道使鈔，被人拿住高弔，送到岳府問罪，料他今日又逃回，依舊與人做醮。」（第十三齣〈兆夢〉）「我們番將實是乖，慣喫牛肉不持齋，孩子都在馬上養，長大都叫虎喇孩」這類饒有趣味的賓白。

另外在《精忠記》第五齣〈爭裁〉中有一段與岳飛蒙冤受難完全無干的劇情，即安排兩個裁縫鬥嘴，這兩個裁縫，一個叫賤裁，一個叫貴裁，裁縫便是裁縫，何來的貴與賤，分明是作者以嬉笑怒罵的態度，來取笑這些的市井之徒。這兩個裁縫沒有職業道德，偷工減料同是一丘之貉。

（丑上）：誰叫，誰叫，來了。

【五方旗兒】：**我做針工，年來命運通，裁新換舊，人人盡敬重，直身員領高低樣範同，三針一寸挈來即便縫。**我做裁縫眞個非容易，裁長補短須教會，子弟衣服用袖寬，耆老衣衫用褶細，異樣踅摺費工夫，深衣直擺須拖地。綦盤員領不易做，單夾披風卻好裁。偷料之時手腳忙，主人來搜心膽碎，你道慌也不慌？（末）：這是做賊的了，怎麼不慌？

接著劇情安排貴裁、賤裁兩人吵架，這兩人眼中只有對方的不是，看不到自己的過失，不知反省自己，反而振振有詞指責別人，劇中用滑稽的手段凸顯其可笑之處，讓旁觀的觀眾莞爾一笑。

（淨）：賤裁，你是沒名私匠，也到岳府裡搖罷。做衣服何曾有熨斗，翦刀尺用根柴棒，裁胸翦壞了獸頭。裁補子差了花樣，只好縫些叉口布袋，也來與我師父看樣。饒你一頓拳頭，休得在此口強。(丑)：老貴，你休得說人沒興，誰不識你行徑，不說自家本事平常，到尋人毛病，你縫貼腰何曾齊整，上護領何曾端正，偷裙幅心驚膽喪，弄手脚何曾有定，今日撞著老賤，打教你難逃性命。

二個裁縫的對白不僅十分逗趣，還手來腳去的相互撲打，臨下場之際，「淨作抽腸法渾丑，丑作貓驚法渾淨，同下。」作者特別安排淨作出剖肚抽腸的滑稽動作，丑則做出貓兒嚇人的滑稽動作。可知在此時舞台上插科打諢之外，亦有滑稽的舞台科介，這裡用了「抽腸法」和「貓驚法」都是用誇大的動作來引起觀眾注意，從而逗樂觀眾，而且舞台上可能也形成了一套表演的技法，以誇張動作或模擬動物做爲表現重點，可惜，除了《精忠記》之外，別的劇本看不到相關的記載。

另外，本劇中的丑腳有個特色，即是同齣兼扮的狀況頗多，在劇中同樣擔任配角的淨末卻沒有這種現象。所謂的同齣兼扮即是在同一齣戲中，飾演兩個腳色。在同一齣戲中，一個演員要飾演二個人物，首先要設想上下場的時間點，再來便是人物扮相的問題、還有演員的體力調節等，所以一般劇作家的安排，比較少看到在一齣戲中演員飾演二個腳色，不過在《精忠記》例子比較多一些。

齣　數	扮演行當	扮演人物	戲　份	扮演行當	扮演人物	戲　份
第八齣	丑	万俟卨	副腳	丑	胡朮	副腳
第十三齣	丑	卜卦先生	副腳	丑	道士	副腳
第十四齣	丑	張保	副腳	丑	道月徒弟	副腳
第二十一齣	丑	張保	副腳	丑	万俟卨	副腳
第三十五齣	丑	万俟卨	副腳	丑	土地神	副腳

丑同齣兼扮，卻沒有利用其他腳色來兼扮，可能是戲班的組織固定，淨丑還未分出。另外腳色行當屬性概念慢慢建立了，每個角色的人物類型及具備的專業技巧不同，寧可在同一齣戲中，讓同一行當兼扮，一趕二，也不用屬性不合的行當來兼演。如在第八齣中，在場的腳色，有生、小生，末、小外，淨在場，第二個丑腳，可以外，或者旦行來兼扮，但作者利用兼扮，一人飾兩腳來解決，可見《精忠記》時已經有行當屬性的概念了。

四、《千金記》

《千金記》中的淨末丑

腳色名	劇　中　飾　演　人　物
淨	項羽、王一、惡少、老倉官、軍校、副將、齊邦父老、驛丞、里長
末	仙人、頭目、頭目（第十齣）、項羽手下、張良、報事人、周倉、韓信手下
丑	小廝、頭目、王二、張捉虎、項梁手下、惡少、曹無傷、樊噲、張良左右、蕭何左右、毛圃、小軍、左右、書童、漁翁、程不識、軍校、韓信手下、龍沮、高都總左右、武涉、軍士、田夫（閔將軍）、舖兵、王小二

《千金記》作者沈采，字鍊川，嘉定人，生卒年事蹟無考，約明成化中前後在世。〔註10〕《遠山堂曲品》云：「記楚、漢事甚豪暢，但所演皆英雄本色，閨閣處便覺寂寥。」〔註11〕肯定了沈采記載英雄豪傑的本領，但相對的兒女私情的描寫就少了許多。《千金記》中的丑腳一般來說還是與之前的劇作無異，都是飾演一些隨扈、伴從、小混混的角色，最特別的要算是樊噲、龍沮和程不識了，二個是將軍，一個是謀士，其言行表現和一般滑稽多辯的丑腳有些距離，可能是角色的安排，正如《桃花扇·凡例》中所言：「腳色所以分別君子小人，亦有時正色不足，借用丑淨者。」〔註12〕因爲劇場組織有限，人員有限，所以難免會有以丑腳飾演正色君子的現象發生。

《千金記》中的丑腳最令人印象深刻的莫過於樊噲了，樊噲在項羽面前，大口吃肉，大口喝酒，西楚霸王項羽面前慷慨陳詞，范增欲將之支開，被其識破，在第十三齣的〈會宴〉裡，樊噲護主心切，直闖鴻門宴的會場：

> （門軍）：啓大王爺爺，有一壯士，搶入鴻門。（淨問）：汝是何人？（丑）：臣是樊噲。（淨）：到此何幹？（丑）：聞知大王爺爺在此飲酒赴宴，特來討賞。（淨）：叫陳平取一斗酒一肩生彘與他喫。（丑喫介淨）：問那壯士復能飲乎？（丑）：臣死且不避，卮酒安足辭！（淨）：爲何說此話。（丑）：秦有虎狼之心，殺人如不能舉，刑人如恐不勝，天下叛之，懷王與諸侯約曰：先入關者王之，今沛公先破秦入函關，秋毫不敢犯，以待大王，勞苦功高如此，未能受封爵之賞，今聽細人

〔註10〕同註4，卷三，頁99。

〔註11〕祁彪佳：《遠山堂曲品》《中國古典戲曲論著集成》（北京：中國戲劇出版社，1982年一版四刷）第六輯，頁129。

〔註12〕孔尚任：《桃花扇》（台北：里仁出版社，1991年）〈桃花扇凡例〉，頁11。

之言，欲誅有功之臣，此亡秦之續耳，切爲大王不取焉。（外）：大王，今日又不在此廝殺，要那帶甲將軍來何用？可令他轅門外去纔是。（丑）：老亞夫，有你坐處，沒我站處，我主公在此，怎麼著我出去。

樊噲的出身雖是殺狗的屠夫，但卻粗中見細，豪中帶智，予人深刻的印象。樊噲富有形象力的刻畫，和之前丑腳給人的印象大異其趣。另外第三十一齣〈救齊〉中的龍沮，形象也頗爲突出，龍沮是個徒逞口舌，有勇無謀的匹夫：

【紅衲襖】（丑扮龍沮上）：**斬天關不愁他勢逞雄，撼地軸，怎當我心無恐，不怕他銅牆高數仞，𣢾不怕他鐵城關圍幾重，這裡人如虎馬如龍，倒輪鎗撞穿他心與胸。呀！可笑那韓信誇能也，他把趙魏燕齊欲併攻。**……（生）：你這廝恰是願降願死。（丑）：你這懦夫。我是一個大將，怎麼肯降你這樣小人，要殺殺了罷！

後因輕敵戰敗，不降而死，也算是個血性漢子。《千金記》的丑腳已有性格化的展現，但因戲份較少，未能像淨腳那般突出，丑腳個性化的突出描寫，有待於《浣紗記》的完成。

五、《明珠記》

《明珠記》中的淨末丑

腳色名	劇　中　飾　演　人　物
淨	盧杞、朱泚、守門軍士、張如花、王遂中夫人、廚夫、修橋工人、牢子）、守關人、張稍
末	院子、王將軍、姚令言、王遂中、田子奇、內官、李航
丑	塞鴻、源休、李似玉、修橋工人、守關人

陸采（1497～1537），字子元，號天池，江蘇吳縣人，年四十卒。〔註13〕著有傳奇作品《分鞋記》、《南西廂》、《明珠記》、《椒觴記》及《懷香記》，今存《明珠記》、《懷香記》，以《明珠記》最著名。

在明傳奇的舞台上，《明珠記》的名氣不算很大，但其丑腳的塑造卻頗有特色。在《明珠記》中的丑腳演出的有塞鴻、源休、李似玉、修橋工人、守關人等，其中塞鴻是王仙客的書僮，在《明珠記》四十二齣戲中，塞鴻出場

〔註13〕同註4，卷九，頁821。莊一拂編著的《古典戲曲存目彙考》將陸采放置於梁辰魚之後，其作也屬《浣紗記》之後的傳奇作品，但根據陸采的生卒年，則應放於《浣紗記》之前較爲適合。

的總場次有十七場之多。除了生、旦之外，塞鴻的戲份最多，是全劇中十分引人注目的一個角色；其次是源休，飾演的是節度使，是反派角色，雖然出場的場次不多，戲份也不多，但在劇中扮演的腳色，猶如後來的花面角色，雷同副淨，或二淨的角色，有別於之前的傳奇劇本，叫人眼睛一亮；李似玉則是皇宮中的一個宮女，和張如花二人聯合搞笑，是典型插科打諢的角色，二人或者說諢話，或者裝瘋賣傻，是整部戲的開心果；其他修橋工人、守關人則純粹是過場的角色，道白較爲一般，比較沒有特色可言。

在這部戲中，塞鴻的塑造頗有可觀之處，相較於《明珠記》之前的丑腳，塞鴻的形象鮮明，令人印象深刻，塞鴻的形象近似後之文丑，有諧趣的一面，亦有忠心耿耿、機靈巧智的性格表現。如第三十四齣〈僞勑〉中貼腳採蘋假扮內官僞傳詔書，外扮的勑差公公心生懷疑，特別試試眞假，情急之下，採蘋頻頻露出馬腳，所幸塞鴻能用急智化解。

> （外背介）：這後生俺不認得他，待盤問他一番，敢問天使是幾年上入宮，貴庚多少？（貼）：下官大曆十八年入宮，今年賤齒三十一歲。（外）：大曆只有十四年，那有十八年？（貼）：是十四年，下官說差了。（外）：此時下官在朝，怎生不相識？（貼不語，丑背云）：不好了，待我回話。（丑轉向外介）：老公公，宮禁中無數中貴，你怎認得？（外）：敢問天使，如今祇應那一宮？（貼）：下官上陽宮聽旨。（外）：天使差了，上陽宮乃宮女退居之地，天使怎生住得？（丑）：是俺公公說差了，正是昭陽殿。（外）：也罷，你認得今上皇帝，怎生模樣？（貼）：皇上龍顏，五短身才，三牙掩口細鬚。（外）：又差了，今上身長七尺，面若銀盆，那有髭髯？（丑）：是俺公公又說差了，他只道是先帝的模樣，因此誤容。（外）：這天使莫不有詐，爲何說話蹺蹊？（丑）：老公公休多心，俺小公公年紀小，一來路上辛苦，二來得了風病，因此語言顚倒。（外）：元來恁的。

生腳用了僞詔順利救出旦腳之後，爲了走避風頭，一群人計畫離開京城，正在猶豫要往那裡逃時，塞鴻明快的給主人出了主意。一行人浩浩蕩蕩欲過潼關，憑著塞鴻的老成世故，順利過了潼關，上了船。

一般說來，傳奇劇本在安排正面人物時，通常人物比較扁平，但是這麼一個護主愛主的塞鴻，作者卻也替他安排了人性化的一面，當王仙客與陳無雙二人得償宿願結爲夫婦，塞鴻心中不免也酸酸的，心中也有些微詞，同時也替飾演妾的採蘋抱不平。

> 【解袍歌】（丑上）：**我雖是個驢前廝養，論風月也滿臆思量，爲甚麼擔驚受怕相依傍，只圖個好時節拖帶風光，官人呵！你卻吃一看兩，我便食不下腸，你卻綉幃香暖，我便凍得半僵，思量情理忒無狀，衾兒薄，夜又長，怎生捱得這淒涼，俺猶自可他怎當，可憐熬殺小梅香。**

如此的塞鴻，展現的性格較有層次感，甚至比飾演生旦的兩位主腳豐富了許多。在唸白方面，作者也讓塞鴻有發揮的時候，第二十四齣〈驛迎〉：

> （丑）：告老爺，鋪陳已完備了。（生）：怎見得？（丑）：但見畫堂高聳，綉幕低垂，欄杆盡挂珠簾，遍地平鋪錦褥，紅羅幃四角金鈴倒綴，青綾被一團蘭麝薰香，珊瑚枕綉朵朵芙蓉，翡翠衾有重重春意，香爇龍涎，似嫦娥月下飛來，滿身雲霧，燭燒鳳蠟，如仙子山頭閒望。一派秋光，象牙牀、龍鬚席，睡時魂夢也通仙。金花粉、玉鏡臺，粧罷妖嬈增百倍，除非天上方才有，便是王家也不如，端的好鋪陳。（生）：委是好，你快去安排。（丑）：告相公，這是十年前的説話，如今那里有？（生）：怎的都沒有了？（丑）：都被前任驛官不用心，偷的偷，壞的壞，如今那里去尋？（生）：你且說如今的鋪陳如何？（丑）：但見破屋數間，頹垣幾堵，桌子上三寸灰塵，起盡人夫揩不淨，被兒底萬千補孔，拋將東海洗難清，四脚牀番身倒地，只把亂磚支，無頂帳仰面見天，權將蘆席蓋，破薦薦四五條，點點尿痕迎鼻臭，舊蒲枕兩三個，累累蝨子咬人多，板櫈從來無隻脚，與雞婆暫宿中間，胡牀一向不穿棕，被老鼠咬來零碎。東村借得個沒嘴茶壺，爭奈漏時無可塞，西市買得個半邊油盞，可憐黑夜沒些油，除非牢裡死囚徒，受得這般活地獄。

長篇的唸誦豐富了表演內容，使得塞鴻這個腳色在說、唸、唱、做方面都有表現的時機。《明珠記》又安排了一對專司插科打諢的宮女，由淨腳飾演張如花、丑腳飾演李似玉，他們一搭一唱，營造笑料，一個是假美女，一個是假才女，加之睜眼說瞎話，更逗人發笑。劇中的第十九齣、第二十三齣，由二人擔任主場。這二人平日仗勢欺人，又擅長見風轉舵。只見第十九齣〈宮怨〉中，老旦、旦落難到宮中當差，淨丑不僅不同情，還不放過欺負二人的好時機：

> （淨）：你兩個婆娘，托是大官的妻女，到這里兀是不跪我！（老）：

我是二十年宰相妻。(旦)：我是十二道節度使女，相門相種，不跪你這賤人。(淨)：阿也，倒罵老娘，好打。(丑打旦介)：賤人不得無禮，須有法度。(內云)：娘娘有旨，新來劉尚書家口二名，係是衣冠妻女，免他朝參，月支花粉錢十千。張如花、李似玉，兩個好生伏侍他。(淨丑慌云)：決撒了，娘娘分付，咱每伏事他。(丑扶介)：二位娘子請坐。(淨丑跪介)：好姐姐，好夫人，好奶奶，適來有眼不識泰山，甚是沖撞，不要記懷。(老旦、旦)：起來，我不計較。(丑)：老奶奶，我替你提了尿瓶去罷！(淨)：小奶奶，我替你解下臭果(裹)腳洗洗。

其中二人一逮到機會便插科說諢了起來，插科打諢的內容，有時是天外飛來一筆，有時翻臉如翻書，叫人啼笑皆非。二人在劇中的插科打諢的方式頗多，比較特別的是打了幾次的歇後語及使用山歌，頗有民間鄉野村夫的味道。如第二十五齣〈煎茶〉：

(丑)：呀，怎麼倒在地上，不好了，祖武符，孝順爹，草頭天，七顛八，上天入，十死九，菜重芥，周發殷，手精眼，南去北。(淨)：老妮子說甚麼？(丑)：劉娘子倒地，生薑湯，快來！(淨)：好也，人要死哩，你兀自打歇後語哩，有這等慢心腸的，待我叫。

第三十五齣〈飲藥〉：

(淨)：來來，我和你伏事他多年，也哭他一聲。(丑)：交(教)我怎的哭？(淨)：你先哭。(丑)：高山頭上一枝梅，含花蕊兒不曾開，一朝西風來吹倒，可惜妖嬈化作灰。(笑介)(淨)：哭得好，倒唱起山歌來。

除了塞鴻、李似玉之外，其他的丑腳都是些無關緊要的腳色，但偶有幾句對白，頗有警世意味，陸采在塑造丑腳的形象上，花不少心血，揣摩其言行，塑造劇中的形象。

在唱曲方面，一般來說丑腳不重演唱，所以不是輪唱就是合唱，單獨演唱的曲子都不多，但陸采的作品中丑腳唱曲的時機頗多，如《明珠記》中的塞鴻在劇中或獨唱或輪唱或接唱或合唱，唱的曲子分量頗多，出場的十七個場次中，塞鴻有十四個場次皆唱了曲子，尤其第二齣和第四齣唱的曲子分量尤重，第二齣中共用了六支曲子，塞鴻便唱了五支曲子，第四齣用了九支曲子，塞鴻也唱了四支曲子，塞鴻演唱的分量不比一般丑腳。

六、《南西廂記》

《南西廂記》中的淨末丑

腳色名	劇　中　飾　演　人　物
淨	法聰和尚、孫飛虎、歡郎、鄭恒、店主人
末	報事官、院子、法本、頭目
丑	琴童、惠明、顧廚

《南西廂記》作者李日華，字號、事蹟未詳，江蘇吳縣人，約明嘉靖元年前後在世。與浙江嘉興李日華同姓名，非一人也。〔註 14〕《南西廂記》最有發揮的腳色便是飾演紅娘的貼腳，其靈動活潑、慧黠聰穎的性格描寫，令人印象深刻，甚至搶走了旦腳的風采。也因此《南西廂記》中的淨丑腳，相形之下，就遜色許多了。《南西廂記》中的丑腳只有三個，分別是生腳張君瑞的書僮——琴僮，以及幫張生送信的小和尚惠明，另一位則是串場的一位廚師，這個劇本之中，出場最多的丑腳是琴僮，這琴僮口齒伶俐，愛開玩笑。如第七齣〈琴紅嘲謔〉調侃佛門：

> （丑）：俗人之色，與你出家人不同。（末）：如何不同？（丑）：我俗人吃些酒肉，風花雪月，耍樂之色；你出家人豆腐麵觔，粗茶淡飯，乃閉塞之塞。（末）：怎見得耍樂？（丑）：白玉盤中買快。（貼）：紫絨氈上鋪牌。

又愛逞口舌之辯，面對同樣伶牙俐嘴的紅娘，真是棋逢敵手，不分軒輊。

> （丑）：他若說得我過，我就輸與他做老公；若說我不過，他就輸與我做老婆。（貼）：煩老道做個明甫，他輸，與我做兒子；我輸，與他做娘。

其中第七齣〈琴紅嘲謔〉與紅娘鬥嘴的一段，最令人捧腹，頗有民間二小的遺風。

> （貼）：你官人像一個青蛙。（丑）：怎麼像青蛙？（貼）：你官人像青蛙。蛙兒平身站，未跳龍門先跳澗。蛇頭蛇腦得人憎，昨日你官人見俺小姐，光著眼兒看。（丑）：果然是你小姐豔驚人目。我官人像了青蛙，你小姐也像一件東西。（貼）：像一位夫人。（丑）：你家小姐像個蠶蛾。（貼）：怎麼像蠶蛾？（丑）：那蠶娥，那蠶娥紅紅口，

〔註 14〕同註 4，卷九，頁 823。

撲著粉兒眉畫柳。想他無對要尋頭，昨日俺的官人，只把屁股扭一扭。（貼）：果然是俺小姐灑落風流。

另一個令人印象深刻的是幫張生傳信的和尚，是個平生欺硬怕軟的腳色，在沒展行動之前，吹起牛皮，看似神勇：

（生）：倘賊兵不放你過去，如何是好？

【倘秀才】（丑）：**著幾個沙彌拿寶蓋擔，排陣勢把他來按，遠的破開步將鐵棒拴，近手的將刀來斬；小的提起來將腳尖擶，大的皮下來把髑髏鏟。**

但在遭到孫飛虎的手下拿著時，這種兇狠狀就不見了，反而以低姿態騙取通關。

另外，《南西廂記》第十三齣〈許親救厄〉中的惠明獨唱了九支曲子分別是【粉蝶兒】、【還孩兒】、【福馬郎】、【紅芍藥】、【耍孩兒】、【倘秀才】、【縷縷金】、【紅繡鞋】、【尾聲】。

（生）：看你言不出眾，貌不驚人，只好念經拜懺，有甚本事去得？

【還孩兒】（丑）：**不念法華經，不禮梁皇懺，丢了僧伽帽，撇了袒褊紅衫。殺人心逗起英雄膽，兩隻手將烏龍棍來搯，直殺入虎窟龍潭，非是我出尖貪婪。**（生）：你曾吃齋麼？

【福馬郎】（丑）：**吃菜饅頭委實口淡，五千人不索煎爛，腔子裡、熱血且、權消渴，生心解饞，五千人做一頓饅頭餡。**（生）：不信你吃得許多？

在這齣戲中，生腳張君瑞一首曲子都沒唱，與惠明演出對手戲時，還成了幫襯他唱曲的配腳，是頗為特殊的現象。

七、其他劇作

本期其他重要劇作補充如下：

劇　名	作　者	主要丑腳	說　　　明
金印記	蘇復之	唐二、秋香	淨腳較丑腳重要，丑無貫串全本的腳色，算命先生與唐二於第五齣、第十四齣有風趣的唸白與科諢。
雙忠記	姚茂良	醫士、雷海青	插科打諢的段落頗多，多用曲牌、長篇舖敘唸誦的形式。第十四折以丑腳飾演雷海青，較為特殊。
三元記	沈受先	喻鱄	丑腳打諢的段落其少，只在第二十六齣有皮匠歌及鬧孔子的段落，第二十七齣與淨腳有鬥嘴的段落。

寶劍記	李開先	倉官、小僧	曲白口語，但形式有駢雅的傾向，淨丑上場，總愛自曝其短。
斷髮記	李開先	丘懷義、書僮	淨比丑出色，插科打諢的段落不多，第二十九齣淨丑的打諢，較爲出色。粗細曲不分，第九齣旦腳演唱粗曲【光光乍】、丑腳演唱【雁過沙】、第十八齣小生演唱粗曲【普賢歌】，第二十九齣丑腳演唱細曲【山坡羊】都是少見的狀況。
玉玦記	鄭若庸	解幫閒、春英	曲辭之典麗，用韻之協，爲古今所豔絕。連丑腳亦然，第十四齣春英演唱的【馬啼花】可謂典麗至極。

第二節　本期丑腳發展特色

一、唱曲與說白

本期丑腳獨唱的曲子雖有演唱細曲之例，〔註15〕但基本上以粗曲居多，丑腳的曲白大致說來，頗爲自然生動。但在此同時，駢雅之風也正在慢慢開啓，所以丑腳的曲白，便呈現本色、駢雅二種路線同時並行。本期的劇本中，尙稱本色的有《五倫記》、《精忠記》、《千金記》等，所謂的本色，〔註16〕即腳色的

〔註15〕如《玉玦記》第十四齣丑唱【馬啼花】，《斷髮記》第二十九齣丑唱【山坡羊】。

〔註16〕所謂「本色」眾家學者說法紛歧，此處介紹幾家說法：

明呂天成《曲品》卷上：「當行兼論作法，本色只指填詞，當行不在組織餖飣學問，此中自有關節局概，一毫增損不得；若組織，正以蠹當行。本色不在摹勒家常語言，此中別有機神情趣，一毫妝點不來，若摹勒，正以蝕本色。今人不能融會此旨，傳奇之派，遂判而爲二」《中國古典戲曲論著集成》（北京：中國戲劇出版社，1982年一版四刷）第六輯，頁211。

清徐大椿《樂府傳聲》：「直必有至味，俚必有實情，顯必有深義，隨聽者之智愚高下，而各與其所能知，斯爲至境，必觀其所演何事，如演朝廷文墨之輩，則詞語仍不妨稍近藻繪，乃不失口氣，若演街巷村野之事，則鋪述竟作方言可也。總之，因人而設，口吻相似，正所謂本色之至也。」《中國古典戲曲論著集成》（北京：中國戲劇出版社，1982年一版四刷）第九輯，頁158。

郭紹虞於《中國歷代文論選》的說法：「所謂的本色，就是要求用質樸無華的語言準確眞切地描繪事物的本來面目。」

王季思的看法是：「填詞者必須人習其方言，事尚其本色，境無旁溢，語無外假」亦即對社會上的各種人物，模仿不同聲口說話，按照生活本來的面貌來描寫劇中的事件，不必再外加其他的東西來說明，就是境無旁溢，語無外假的道理了。

古之曲論家談到戲曲語言時，多主張語言本色淺顯，如黃周星在其《制曲枝語》中云：曲之體無他，不過八字盡之，曰：「少用聖籍，多發天然」而已！制曲之訣無他，不過四字盡之，曰：「雅俗共賞」而已！論曲之妙無他，不過三字盡之，曰：「能感人」而已。《中國古典戲曲論著集成》（北京：中國戲劇出版社，1982年一版四刷）第九輯，頁120。

道白唱詞以符合人物身分，地位，教養，所處環境來擬造，亦即透過語言或文詞傳達劇中人物的內在精神。《五倫記》丑腳的塑造，便使用了很多本色語，第二齣〈兄弟遊玩〉裡生及小生等人遇見了丑腳飾演的醉漢，這個醉漢十足本色語，不僅一副無賴樣，又出口成髒，顯現一個市井流氓的樣貌：

（丑扮醉漢上）：平生好酒與貪花，每日賭錢不顧家，誰家三個痴呆子，來此街頭口巴巴？（生）：俗語云：騎馬官人避醉漢。（小生）：這漢子醉了。（丑）：我醉？誰說？你家老婆請我來。（生）：莫惹他，走去了罷！（丑）：你走上天去。（淨）：怕他佐（做）甚的，他消得一拳一腳？（生）莫動手，等我問他。你是甚麼人？（丑）我是你家老子。（淨）：你是甚麼人，敢這等無禮？（丑）：我是你家七祖先靈。（小生）：這廝好無禮，傷人父母。（丑）：傷人父母不曾傷狗父母。（生）：父母之仇，不與共戴天，我們不曾惹你，如何便開口傷人？（丑）：傷人的？傷狗的？（淨）：這廝無禮好打。

劇中的醉漢仗勢著酒意，不僅言語上佔人便宜「我是你家老子。」、「我是你家七祖先靈。」更出言不遜的罵人是狗，還出言恐嚇。作者將人們周遭生活碰到的無賴，活脫脫的複製到劇本中，本色的演出格外引人入勝。《千金記》在八齣〈受辱〉中的兩個無賴也同樣出言不遜：

（丑）：韓信，今日與你對口也得，跌一交也得，捉鼻酸也得。（生）：二位，我平昔與你無仇，怎麼與我爭鬭？（淨）：不要閒話，你若捨得性命，把那劍來刺我兩個一劍，我兩個少不得刺你一刀，你若再不肯，在我胯下鑽過去，饒你性命。（丑淨）：哇，我兩個是下人，你是上人，不要閒話，快快趲過去。

這一起使惡的二個無賴，仗勢欺人，以口語化的生活語言來呈現現實生活中的流氓地痞樣。本時期也時而見到有很多歌舞調笑的場面，配合丑腳的身分，十分本色。《精忠記》第九齣臨湖中，船夫也唱道：

（丑）：我如今就把本事山歌，唱與大叔聽何如？（末）：最妙。（丑）：喫湖船，著湖船，祖宗三代靠湖船。造船並起屋，嫁女及婚男。逢子朋友也要哈酒，遇子娼妓也要使幾個銅錢，到春來泊船在桃花洞口，綠柳橋邊；到夏來鷄頭蓮子，更兼白藕新鮮；到秋來香橙黃蟹，

本文採用呂天成《曲品》、徐大椿在《樂府傳聲》的說法，亦即本色並未一味粗渾，而是配合其身分地位，而有適切的口吻。

新酒菊花天；到冬來三冬景雪漫漫，上鋪被，下鋪毡，三杯濁酒，一枕高眠。有時泊船錢塘門口，湧金門前，有時泊在吳山腳下，靜寺河邊，眼見青山綠水，耳聽急管繁絃，一任閒非不管，一日還我三餐，朝中宰相不如我，賽過蓬閬苑仙。（末）：妙妙，有勞了。（丑）：喫三杯，何如？（末）：不消了。（丑渾介並下。）

山歌描繪船夫雖無富貴功名，卻得自由，安於生活，安於所在，臨湖而居，依船爲生，享受著大自然帶來的饗宴，內心毫無羈絆，愛上那兒便上那兒，想做什麼，就做什麼，平淡無華，質樸自然，快樂似神仙。

曲白本色還有一個特徵，即肖似人物語，配合其身分地位，《五倫記》中如第二十四齣〈誠心感虜〉番兵們所操之語，便以蒙古語出現，十分本色。

（丑）：祖代原居土谷渾，生來不怕忒里溫，全心服命騰吉里，早早虜得個賽因哈嗷。（淨）：先來偏愛答喇□（眞），虜將漢兒人便要討蒙戎，若得蒙孤來入手，饒你迭孤放你阿布。（丑）：胡語：昝兩個兒都是納哥，見收拾帳房，同作吹喇叭，府候也克罕。（外）上（丑）：也克罕萬福。（外）：昝是漢朝匈奴墨特子后（後）代，烏孫公主便是他家祖婆，昝都是漢家的外孫，把阿禿禿兒今后（後）不説番話，都學漢人説。

賽因哈嗷是蒙古話的美婦人的意思。蒙戎（孤）指的是銀子，蒙古軍人以蒙古話來做道白，把個貪色好財的個性表露無遺。爲了怕台下觀眾無法理解，所以當上司也克罕上場時，就藉口他們都是漢人的外孫，所以要轉換語言開始講漢話，既要觀眾聽懂，又要凸顯蒙古人的身分，所以接著就漢語和蒙古話穿插使用：

（丑）：有蒙古（孤）麼？（小）：他説甚的？（末）：他問你有銀子沒有？（淨）：沒有。（丑）有按彈麼？（末）：問有金子沒有？（淨）：那里討？（丑）：你南邊來有禿魯寄按彈延迭麼？（末）：他問有叚子織金襖子沒有？（淨）：都沒有？（丑）：都沒有，你把甚麼來□你大夫？（小）：我把天理來。

丑飾演的蒙古兵抓住了小生，希望從小生處得到些油水，再由淨腳來翻譯。又如第《五倫記》二十五齣〈率夷歸降〉，生、小生以大義感召了蒙古軍士，所以爲了表彰皇恩之浩蕩，眾蒙古軍士們特以回回舞來慶賀此刻的來到：

（外淨丑）（回回舞）東里東來東里來，來邊諸國盡來從，盡來從。

扶桑日出海波紅，東夷歸化仰皇風，皇風萬國同，聖人德化先海東；西里西來西里西，西邊諸國盡來齊，盡來齊。崦嵫日落路淒迷，西戎歸化畏皇威，畏皇威，萬里馳，聖人化通海西；南里南來南里南，南邊諸國盡來恭。盡來恭，朱鳶臘月天炎炎，南蠻歸化荷恩覃，荷恩覃，樂且耽，聖人德化周海南；北里北來北里北，北邊諸國盡皆來，盡皆來。陰山六月雪皚皚，北狄歸化朝天街。朝天街，天門開，聖人德化沾海北。

但從《香囊記》以下的劇本，如《三元記》、《明珠記》、《雙忠記》、《斷髮記》，丑腳的曲白都有駢雅的傾向，如在《香囊記》中，第七齣〈題詩〉丑腳飾演店小二，上場詩之雅緻，很難令人相信是出自店小二之口。其中最引人讚歎的莫過於第十五齣〈起兵〉兩位頭目的賓白了：

（淨）：且說對陣本事？（末）：光爍爍旌旗蕩颺，氣騰騰戰馬咆哮，亂霍霍兩手舞金刀，撲碌碌人頭如刈草。（淨）：好勇漢。（丑）：昏慘慘冥迷天日，淅索索亂撒風沙，嗶栗栗前後奏胡笳，躑躅躅爭奔獵馬。（淨）：對陣時節？（丑）：只見忽喇喇箭鋒似雨，密蹡蹡戈戟如麻，黑瞳瞳雙眼亂飛花，戰兢兢怎當驚嚇。

末丑兩位頭目向元帥誇耀自家的本事時，全用排偶句，對偶之工整，排比之流暢，可見作者經營之用心，但也因過於特意，反而顯得雕琢，因此失去動人之力。《三元記》也有這種毛病，在第三齣〈博施〉淨丑飾演的乞者，談吐實不像一般印象中身著污衣，表情木然，處於骯髒環境的乞者的談吐。除了曲白內容太過書卷氣之外，本期的丑腳連賓白的形式也都是四六駢文的形式，如《雙忠記》中第六折：

（丑扮驛丞上）：下官白丁，幸然際遇文明，量才設官分職，眞個是鑑空衡平。除我濟通駟宰，果然責任非輕。船隻損壞修理，官長往來送迎，跪得肐膝青腫，走得腳根酸疼，不敢差夫責甲，恐妨害了前程。因此謹守法度，惟求補報朝廷，若得三年官滿，歸家吃素念經，死后（後）若兒閻羅天子，再三乞告哀求，來世再做這等辛苦職分，不如做個驢馬畜生。

裡頭的驛丞自述是個白丁，但道起話來，全是四六駢語。除了四六駢語也常使用詩賦體形式齊整的來道白，又如《寶劍記》第五齣：

（丑白）：家無立錐之地，日有百錢之費，舊布衫難得離身，破草鞋常餘幾對，曲膝兒軟似羊羔，巧舌頭甜如蜂蜜，打勤勞卻會逢迎，憑小心不過諂媚，光著手使人的錢財，刷著鍋等人家米麥，唱的們箇箇欽服，百姓每人人廻避。（淨白）：他怕你怎的？（丑白）：他怕我狐假虎威。（淨白）：他也怕我。（丑白）：他怕你怎的？（淨白）：他怕我狗仗人勢。

《寶劍記》的兩個混混，彼此逞口舌之能，誇耀自己游手好閒，狐假虎威的本能，淨丑之白用四六駢文及詩賦體的形式，但字句淺顯，所以內容顯豁易解。《斷髮記》第五齣〈懷義出首〉中無所事事，游手好閒的丘懷義，到城中去告狀，也都是四六駢體。

（丑上）：來到城中，果有榜文在此。（揭榜介）（末捉丑進介）（外問介）（丑）：小人名喚懷義，雍兵縣令□姪，只因李密謀反，向在我家躲避，近結王氏才秀，悄地將來轉寄。有人知情不首，卻就是老爹令婿。（末喝介）（丑）：小人特來首明，老爹作何處置？

《南西廂記》賓白大致說來十分顯豁，但駢雅的現象依然可從劇中找到如第七齣〈琴紅嘲謔〉：

（丑）：天地交泰，鍾馗抹額，八不就楚漢爭鋒。我官人正揎，你小姐拗揎。劍行十道，鞋弓窄窄。分廂合廂，火燒梅暖氣烘烘。揉碎梅花帳外，踏梯望月牆東。賣俏斜瞧格子眼，藏羞半掩錦屏風。孩兒十圍中作耍，二姑把蠶，你這丫頭忙裡纏。

到了《玉玦記》更是駢雅，丑腳出現的齣目，用辭典麗，好用典故，丑腳的曲白不管其身分背景，均猶如生旦。以第十一齣〈報信〉爲例：

（旦）：眉黛淺，只爲病多妝嬾。（丑）：寂莫鏡臺塵霧滿，額花餘半靨。（旦）：聞道長安天遠，幽夢曾尋幾遍。（丑）：紈素欲裁明月扇，玉纖和淚翦。（旦）：春英，官人出去，又是經年，怎麼不見個書信回來？（丑）：路途迢遞，人事差池，以此不能將寄。（旦）：恐功名不遂，留滯京華，干戈擾攘，田園荒蕪，如之奈何？（丑）：官人去了，終有歸時，目下干戈，久當平定，小姐且省愁煩。

主僕的對話，猶如文士間的對話。由上述的例子可知，這個時期從《香囊記》爲起端，曲詞、賓白漸趨駢雅，連一向以製造場面熱鬧爲務的丑腳也不例外。徐渭針對香囊記亦評論道：「夫曲本取於感發人心，歌之使奴、童、婦、女皆喻，乃爲得體；經、子之談，以之爲詩且不可，況此等耶？」接著徐渭強調：

「與其文而晦，曷若俗而鄙之易曉也？」〔註 17〕凌濛初則以爲不符劇中身分的曲白，實不足取「又可笑者：花面丫頭，長腳髯奴，無不命詞奧博，子史淹通，何彼時比屋皆康成之婢、方回之奴也？總來不解本色二字之義，故流弊至此耳。」〔註 18〕也因這些特意與用心，反而失去了自然流暢之美，把人物的個性都取消了，而變得不靈動了。

二、丑腳功能的擴張

本期的劇作，主要還是繼承南戲的傳統，將淨丑定位在逗弄觀眾的功能上頭，但因本期的作者都以道德教化爲主旨來創作劇作，所以在插科打諢的同時利用劇中的人物諷諭現實，諷刺的對象，有庸醫、卜卦先生，和尚，最多的就是吃人不吐骨頭的貪官污吏。如《五倫記》第八齣〈哭親喪明〉的瞎子醫生，一番話來譏諷世間的庸醫。醫病以醫心爲主，醫者本應望聞問切、仁心仁術，但偏偏世間庸醫一堆，不看病灶發生的眞正原因，只知頭痛醫頭，腳痛醫腳。

> （丑）：老漢不瞎，只是沒眼睛，眼睛雖瞎，心卻不瞎。我看世上行醫的，眼雖不瞎，個個心瞎，那當汗的，他反去下，當下的，他反去吐。大人科：傷風，錯認作傷寒陰證醫；小兒科：錯認羊顛作驚風醫；婦人科：錯認帶下作血崩；又有一種全無知的，見人撒尿，說是淋，見人阿屎說是嘔，見人番（翻）胃，說是飽，見人虛腫說是肥，這等人雖有兩眼光明的眼睛，他那心黑洞洞，也與那瞎了一般。

盲醫雖然眼盲，但心不盲，可見道理，但心盲，卻是不見道理，比眼盲更可怕。在《千金記》中，乾脆讓有眼無珠的丑腳眼睛睛了，第六齣〈推食〉中韓信接受了漂母的濟助，但面對母親的慷慨，漂母的兒子卻還懷疑韓信和自己的娘有了曖昧的關係：

> （丑）：又不是我家親，又不是我家眷，怎麼與他飯喫？（占）：兒子，我見他在淮河釣魚，故此留他家來喫飯。（丑）：這等清清白白一個人，叫他喫飯，快快出去。（占）：畜生，怎麼這等！（丑）：娘，我曉得了，你在河邊漂絮，他在河邊釣魚，敢是與娘兩個魚水相投

〔註 17〕同註 3，頁 243。

〔註 18〕凌濛初：《譚曲雜劄》《中國古典戲曲論著集成》（北京：中國戲劇出版社，1982 年一版四刷）第四輯，頁 259。

了，留他家來喫飯。(占)：哇，狗畜生，這等無理，快取飯出來。

丑腳飾演一個出言不遜的無賴，作者給他的懲罰便是安排他眼睛瞎了，只見到了第四十九齣〈報德〉「【金錢花】(丑上)：**青天白日難分，難分，終朝兩目昏昏，昏昏，摸壁走，枉爲人，打死我，沒雙睛。**」若不能審明善惡，明辨是非，有眼如同無眼，作者在這裡用丑腳的結局來進行嘲諷。另外不守清規的和尚，也是本期作者針砭的對象如《精忠記》第二十八齣〈誅心〉：

> 【光光乍】(丑上)：**做長老，事頭多，遇花酒，不空過，夜來抱著沙彌睡，這場快活誰似我。**

住持喝花酒又與小沙彌有不正常的關係，唱詞中毫不隱諱的揭露出來。《寶劍記》第四十一齣：

> 【誦子】(和尚上唱)：**師徒三人共一居，大家一樣畫葫蘆，終須有日閻君喚，一頭騾子兩頭驢。**(丑唱)：**跳過墻去遇住持，他領丫環我拐妻，色即是空空即色，從今葫蘆大家提。**

把佛門不清淨，不守戒規的現象都給道了出來，身處佛門淨地，卻酒色財氣樣樣來，淨丑直隱無爽的道出，正是對社會風氣的嘲諷。對僧侶的嘲弄之外，對於凡人表面將信佛掛在嘴巴，背地裡貪嗔痴的模樣，也用嬉笑怒罵的方式提出批判。

這一期對貪官污吏的嘲諷也毫不手軟，丑若當吏，多半目不識丁，不然就是貪官污吏。《寶劍記》的官吏就是一例，第十二齣：

> (丑上白)：原是學中秀士，自小讀書不濟，提學大人來考，行移權當文字，憐我十分人才，陞在軍司做吏，律令條法不知，只會瞞官作弊，官人案下一言，人命死生所繫，如今鬼病淹纏，早晚身歸泉世。

「律令條法不知，只會瞞官作弊」如此的官吏，可想而知在他手下，人民真是苦不堪言。又如《千金記》第四十七齣〈仰役〉擔任監送役夫的官吏，理應盡責把自己的任務完成，卻貪圖私利，企圖用自己掌握的一點權力，圖謀私利：

根據《大明律》卷四〈逃避差役〉中規定：「凡民户逃往鄰境州縣躲避差役者，杖一百，發還原籍當差。其親管里長、提調官吏故縱，及鄰境人户隱蔽在己者各與同罪。」〔註 19〕法令規定十分嚴格，而權力掌握在這些下層的

〔註 19〕應檟：《大明律釋義》，《續修四庫全書》(上海：上海古籍出版社，2002 年)

官差手裡，劇中把官差猙獰的嘴臉，用嬉笑怒罵的方式逼眞的呈現了出來，揭露了社會的眞實面目，里長厚顏無恥，宣稱「靠官喫官，靠神喫神」，之後又「你先送了東西與我，我就與你說方便」連個破帽子也不放過，更誇張的是面授機宜的要丑腳扮成啞子，在事情敗露之後，又全盤否定，一副事不關己的樣子。劇中使用的方式略顯誇張，但也可知這平時官差們逼得人民走投無路的餓狼樣，爲了一點小利益，這官差還上下相交奸的幫忙想矇騙上司的方法，事情敗露以後，卻又把事情推得一乾二淨：

（丑見作啞介，外）：里長好打，怎麼把這啞子塘塞官府，把壯丁隱匿了。（淨）：一身一口不會隱匿。（外）：把那人夫打上五板，另換一名。（丑說介，外）：元（原）來是有聲的，都是里長作弊買囑，戲弄官府，打這廝。

《寶劍記》中倉官和草大使兩人更是大言不慚談偷糧，第二十九齣：

（丑白）：你這廝誇言，取笑我倉官不如你草大使，你半夜偷了子擔草，不如懷揣一斗糧。場中有日遭天火，燒的你一家老小不還鄉。（淨白）：你做倉官有甚麼好處？（丑白）：我有好處，朝廷除我來管糧，一家老小會監倉，米中插土心腸巧，穀里挽砂手段強，小麥將來買肉喫，細米拿去換衣裳，攬頭是我供給户，買頭是我好爺娘，老婆穿的身子乍，孩子喫的肚皮光，俺一家穿的也是糧，喫的也是糧。

倉官「穿的也是糧，喫的也是糧。」，草大使「穿的也是草，喫的也是草。」作者藉由淨丑之口道出心中的無奈與不滿，如此的吏治，生靈怎不塗炭。

三、科諢方式的演進

（一）套用程式

本期插科打諢的方式常見雷同，或者在別的劇本中可以找到相同的段子，或者使用形式差不多的打諢內容，如《香囊記》便襲用了《琵琶記》的橋段。《香囊記》中的插科打諢不多，在爲數不多的段子中，卻有二段和《琵琶記》十分雷同，如第三十三齣〈說親〉：

（淨）：孺人，有人在外廂說話，待我出去一看呀！原來是張媒婆，你手裡拿著斧子做甚麼？（丑）：周媽媽，你不曉得，常言道：匪斧

八六三・史部・政書類，頁53。

不克，匪媒不得。這是做媒的行頭。

丑腳的對白雖出自《詩經》實則襲用《琵琶記》第十二齣〈奉旨招壻〉的段子：

（丑）：這是斧頭（外）：要他何用？（丑）：這是媒婆的招牌（丑）：告相公得知，《毛詩》有云：「析薪如之，何匪斧弗克，娶妻如之，匪媒不得。」，以此將他爲招牌（末）：休在班門弄斧。

又第十齣〈瓊林〉張氏兄弟登科後，遊街及排設筵席的盛況。

（末）：今日狀元遊街，鞍馬完備了未？（淨）：俱已完備了，且是好馬。（末）：怎見得是好馬？有多少名色？（淨）：【西江月】只見赤電超光越影，奔雷躡景踰輝，晨鳧挾翼絕塵飛，紫燕浮雲翻羽。（末）：更有甚麼？（淨）：更有騰霧驊騮叱撥，追風騄駬纖離，的盧一躍過檀溪，爭似烏騅千里。（末）怎生模樣？（淨）：〈臨江僊〉點點流珠凝赤汗，騰騰口吐紅光，駸駸龍尾棹雲長，竹批雙耳峻，花趁四蹄香。（末）：怎生妝扮？（淨）：金凳纖纖垂繡絡，雕鞍閃閃銀妝，文絲裊裊紫遊韁，錦韉花爛熳，朱鞚玉叮噹。（末）：既完備了，只在午門外伺候。（淨）：正是金勒馬嘶芳草地，玉樓人醉杏花天。（下，末）：排設的令史，筵席完備了未？（丑）：告大人，俱已完備了。（末）：什麼食品？（丑）：〈西江月〉翠釜駝峰骨聳，銀盤鱠縷絲飛，鳳胎虬脯素麟脂，犀筯從教厭飫。（末）：更有什麼？（丑）：異品朱櫻綠筍，香葅紫蕨青葵，五齏七醢與三羹，總是僊庖珍味。（末）：怎生鋪設？（丑）：只見馥郁沈烟噴瑞獸，氤氳酒滿金罍，綺羅繚繞玳筵開，人間眞福地，天上小蓬萊，繡褥金屏光燦爛，紅絲翠管喧豗，瓊林瀟灑絕纖埃，紛紛人簇擁，候取狀元來。

這一段和《琵琶記》中的〈杏園春宴〉也有異曲同工之妙，《琵琶記》中大談馬的顏色、種類、廄名、打扮，此處則盛讚馬的模樣、妝扮，及筵席之豐，兩段都是登科之後舉辦的宴會，均以馬作爲對象進行誦詠，所不同的是，《香囊記》多了對食物誦詠的舖敘罷了。到了《雙忠記》第十四折也出現以食物爲詠誦對象的段子，又增加了對樂器的誦詠，〔註 20〕但基本上來說，模式大

〔註 20〕原文如下：

（外云）：昨日分付你安排筵席，完備未曾？（淨云）：完備多時了？（外云）：怎見得完備？【西江月】鳳髓、龍肝、魚尾、豹胎、熊掌、駝蹄、猩唇美味、鶚胸肥，此是諸般珍味。（外云）有好酒嗎？（前調）（淨云）：王碗分來琥珀，小糟壓出珍珠，松花竹葉兩相宜，此時及當醉。……外云）：有甚麼好樂器好

致相同。又常見運用曲牌來製造趣味，如《明珠記》中第二十五齣〈煎茶〉中，淨腳聯綴曲牌名來打諢的內容。《精忠記》第十三齣〈兆夢〉中淨丑用了七十幾個曲牌名，組成頌詞：

（淨丑）：元來如此，小道宣揚，大叔禮拜。（淨丑介）

【頌】：爐間香遍滿，紅蓮花西河柳寄生草高插金瓶。金絡索對玉環八寶妝疊成御座，整肅三段子之壇場，莊嚴四邊靜之法界。一心奉請：鳳皇閣上二郎神，高陽臺中菩薩蠻，速駕風馬兒之雲程，暫班降黃龍之聖馭，供獻雙鸂鶒，鬬鵪鶉之珍羞，擺設紅林禽奈子花之異品，進梅花酒，獻玩仙燈，打三棒鼓，作五供養，稱人心願訴衷腸。今有虞美人，同女七娘子，壻劉潑帽，外甥耍孩兒等投誠。伏為張氏忽于今年十二月內月上海棠時分，在銷金帳中，夢見山下虎爭食山坡羊，思念不祥，因上小樓卜算子，聊施桂枝香十百二十炷，金字經五百五十卷，兼施十段錦一疋布一錠金等件，恭設小梁州內水仙子瑞鶴仙等，恭就家庭啓建四朝元道場一會，答酬前願，仍用祈保夫君出隊子在外，身中不犯胡兵之凶，早獲得勝令之喜，方解長相思之苦，得安望遠行之心。伏願普天樂，醉太平，家家雙勸酒、歸朝歡、人月圓，户户慶青春，熱盪沽美酒，辣煑水底魚。請到七兄弟和佛兒相隨，唱起洞仙歌，喫得醉扶歸，步步嬌難行，月兒高照亭前柳，謁金門催玉漏遲，撲番了油葫蘆，污了鬱金衣，情知不是路。杜韋娘早到，點起剔銀燈，手執引軍旗，將我打破點絳脣，血流滿江紅，痛到五更轉霜天曉角，貪口食天尊，不可私議功德。夫人請上香。〔註21〕

新詞說出來。（前調）（丑云）：□縷歌聲高繞，紅牙象板輕敲，銀絲撥動紫檀，簫玉管銀箏合調，黃鳥白鳩對舞，彩鸞丹鳳音嬌，霓裳一曲羽衣飄，櫻桃樊素口，楊柳小蠻腰，都是好的。

〔註21〕這一段誦詞，是一大段的文字遊戲，用了大量的曲牌嵌在文句之中，數量高達七十幾個，計有【西河】、【金絡索】、【寄生草】、【對玉環】、【八寶妝】、【三段子】、【四邊靜】、【鳳皇閣】、【二郎神】、【高陽臺】、【菩薩蠻】、【風馬兒】、【降黃龍】、【雙鸂鶒】、【鬬鵪鶉】、【紅林禽】、【柰子花】、【梅花酒】、【玩仙燈】、【三棒鼓】、【五供養】、【稱人心】、【虞美人】、【七娘子】、【劉潑帽】、【耍孩兒】、【月上海棠】、【銷金帳】、【山坡羊】、【卜算子】、【桂枝香】、【金字經】、【一疋布】、【小梁州】、【水仙子】、【瑞鶴仙】、【出隊子】、【犯胡兵】、【得勝令】、【長相思】、【望遠行】、【普天樂】、【醉太平】、【雙勸酒】、【歸朝歡】、【人月圓】、【慶青春】、【沽美酒】、【水底魚】、【洞仙歌】、【醉扶歸】、【步步嬌】、

《雙忠記》第十折中也有同樣的段子，小道士說起了自己的工作內容：

（淨云）：徒弟，我分付你打掃殿宇完備未曾？（丑云）：完備了。（淨云）：怎見得完備？（丑云）：小徒弟清早起來，捲起眞珠簾，擺開青玉案，（在）茶瓶兒插上一枝花，金盞兒添些江兒水，豎起五方旗，打起十棒鼓，左立著侍香金童，右立著傳言玉女，里邊設放得滿庭芳，外面打掃得四邊靜，那三仙臺有五供養，寶鼎兒燒著桂枝香，縹縹渺渺。瑞雲濃前前後後香滿遍，打的打，吹的吹，是齊天樂、碧玉簫；念的念，誦的誦是金字經，華筵贊；司香燭的，有大齋郎、小齋郎，司鍾（鐘）鼓的有麻郎兄、禿廝兒。一心奉請天仙子、水仙子，金娥神聖藥王，瑞鶴仙，小將軍，爾眾親自降黃龍。昨日有個行香子，乃是虞美人大姐、柳青娘二姐、香柳娘三姐，絡絲娘嫂嫂、六娘子、七娘子，姑姑鍾四姐、好姐姐身穿紅衲襖，頭戴女冠子，腳穿紅綉鞋，手裡拿著香帕兒，一個個點絳脣，耳上帶雙對玉環，胸前抹條玉胞肚，你看他眉兒灣、眼兒媚、臉兒紅，遠望行來步步嬌，走到而前端正好，意欲與我同入銷金帳，佐（做）個滾綉毬，他要與我養個耍孩兒，頭成雙。無奈鮑老催，不得好事近，眞個惱殺人，又被師父將我脫布衫，遊四門，將神仗兒打得我不可思議功德。〔註22〕

以上都是利用鑲嵌、離合、雙關的方式來做的文字遊戲。〔註23〕

【亭前柳】、【謁金門】、【玉漏遲】、【油葫蘆】、【不是路】、【杜韋娘】、【剔銀燈】、【引軍旗】、【點絳脣】、【滿江紅】、【五更轉】、【霜天曉角】等，或謂爐間香原爲【縷縷金】、紅蓮花爲【折紅蓮】、訴衷腸爲【訴衷情】、山下虎爲【下山虎】、一錠金爲【一秤金】、七兄弟爲【七弟兄】，若再加上則運用了七十五個曲牌。

〔註22〕【眞珠簾】、【青玉案】、【茶瓶兒】、【一枝花】、【金盞兒】、【江兒水】、【五方旗】、【十棒鼓】、【侍香金童】、【傳言玉女】、【滿庭芳】、【四邊靜】、【三仙臺】、【五供養】、【寶鼎兒】、【桂枝香】、【瑞雲濃】、【齊天樂】、【碧玉簫】、【金字經】、【大齋郎】、【小齋郎】、【麻郎】、【禿廝兒】、【天仙子】、【水仙子】、【聖藥王】、【降黃龍】、【瑞鶴仙】、【行香子】、【虞美人】、【柳青娘】、【香柳娘】、【絡絲娘】、【六娘子】、【七娘子】、【鍾四姐】、【好姐姐】、【紅衲襖】、【女冠子】、【紅綉鞋】、【香帕兒】、【點絳脣】、【對玉環】、【玉胞肚】、【望遠行】、【步步嬌】、【端正好】、【銷金帳】、【滾綉毬】、【耍孩兒】、【鮑老催】、【好事近】、【脫布衫】、【遊四門】、【神仗兒】。

〔註23〕這種嵌字格的文字遊戲，除了淨丑之外，《南西廂記》第十七齣〈排宴喚厨〉中，亦見將《千字文》嵌在賓白之中。

（二）時機雷同

丑腳存在劇中的目的，在調劑劇情的氣氛，爲了不干擾主情節線的進行，所以通常不在主場插科打諢，大概都是過場或弔場時打諢，而插科打諢的時機、人物、方式也常是固定的，如將軍點兵、和尚道士祈福、賊兒自剖、媒婆作媒、店家迎客、船家渡河、卜卦先生算命、醫生看病都是插科打諢常見的時機。以將軍點兵爲例，插科打諢時，常是將軍問兵士們有何本事，兵士們就趁機胡謅一番，如《伍倫記》中第二十齣〈倫全被虜〉中生點軍，丑腳胡言亂言：

> （末）：那軍士過來听點，都立在一邊，瘸張三。（丑）：有。（生）：你如何瘸了？（丑）：我不瘸，只是一腳彎些。（生）：你家有壯丁沒有？（丑）：有一個兄弟又壯，我壯，只瘸一隻腳，他壯，兩腳都瘸了？（生）：你甚麼手？（丑）：我有兩個短棒槌。（生）：棒槌如何殺得賊？（丑）：賊來這麼擂他。（生）：過去。

《精忠記》第七齣〈驕虜〉番將自誇本領：

> （淨上）：把都每（們）有本事的說上來。（眾隨意各說介，丑）：我有本事，論俺本事眞熟慣，上陣交鋒不懶慢，領兵只覺手腳慌，拿住便叫可憐見。（末）：你輸了。（丑）：不輸，他那裡點銀鎗，俺這裡狼牙箭，一來一往，戰三十合，被他左脅上去了一大片。（末）：你又輸了。（丑）：不輸，被我連人帶馬收，收拾勒馬跑回營，腰間取出針和線，連皮帶骨縫，跳上馬來又征戰。那入娘的換了家伙了。（末）：換了甚麼兵器？（丑）：換了丈八矛，俺這裡連珠箭，一來一往，戰了六十合，被他右脅上又去了一大片。

此段讓金兵自我嘲弄，表現了金兵的拙劣，也預言了岳軍能克敵制勝的徵兆。這麼長的一段賓白，讀來不僅不會索然無味，反而透過丑腳生動的語言，讀者也跟著好奇起來，究竟這個番兵會使出什麼本領，只見越來越是誇張的行

（丑）：不要誇口，且把千字文念一念。你家爲何擺筵席？（貼）：你聽道：我家曾做「府羅將相」，輔佐「有虞陶唐」，誰想「忠則盡命」，撇得一家「老少異糧」。雖然遺下些「尺璧非寶」，那裡去「秋收冬藏」？老夫人不能夠「晝眠夕寐」，不由人不「宇宙洪荒」。俺家有一小姐「女慕貞潔」，生得如「玉出崑岡」。眞個「形端表正」，又不「四大五長」。被人「鑑貌辨色」，剩處就「律呂調陽」。被孫飛虎圍住了寺門，如「晉楚更霸」，舉家「悚懼恐惶」。他不顧俺「世祿侈富」，只道「寓目囊箱」。小姐是「俯仰廊廟」，要他「侍巾帷房」。俺家曾做「高冠陪輦」，怎肯與他「露結爲霜」？

動，層層逼進，將讀者的情緒帶動高點，到了結尾揭露了眞相——一個出乎意料，無厘頭的結尾，笑點跟著爆出，直叫人拍案叫絕。又如《千金記》第十齣〈投闌〉：

（丑）：爺爺，小人磕頭。（外）：問他那裡？（丑）：小人路遠，不曾帶得人事。（末）：問你。（丑）：問米，五錢銀子一挑。（末）：問你仙鄉。（丑）：線香七釐銀子一把。（末）：問你土居。（丑）：土硃一兩銀子一百斤。（末）：啐。（丑）：啐的包換。（末）：爺爺問你家在那裡？（丑）：小人一生本分，不曾流在那裡。（末）：問你生在那裡？（丑）：生在牀面前。（末）：問你養在那裡？（丑）：養在馬桶裡。（末）：問你胞胎落在那裡？（丑）：我娘埋在床底下。（淨）：這花根子，我問你是那府那州那縣人氏。（丑）：嗄，原來還是那黑臉老官說得明白。

丑腳裝瘋賣傻，利用諧音，來製造笑點，雖游離劇情，但對調劑劇場的氣氛，卻十分有幫助。本期劇本中又以《雙忠記》用的最頻繁，有三個齣目使用，如第三折：

（外問丑介）：你有甚麼本事？（丑）：平生本事高強，手中慣仗長鎗，左盤蒼龍入海，右轉白虎臥岡，輪一輪，猛風刮碎梨花雷，截一截水母迸斷黃金索，點一點，海波退縮蛟龍偃，督一督，山岳虎驚鬼神哭，我今使鎗眞妙絕，分明耳聽傍人說插，滅不須去出征，只好沿河去促（捉）鱉。（末云）：只怕你出頭不得？

第十二折中，連郎中也來投軍，免不了要問問本事：

（外指丑介）：你是郎中，有何本事？（丑扮醫士云）：外科郎中能有幾，到處聞名說小子，任他發背與疔瘡，請看咱們能醫治，五念七惡全不知，三部九候，只如此開刀，不去辨生熟，用藥何曾分表裡，嘴夫入店騙銀錢，面光剔達無廉恥，有人來討敗毒散，使用大黃香白芷，有人來買散毒膏，立青搽上油單紙。今日點我去出征，便把藥箱收拾起，不須舞劍與掄鎗，聞著藥氣都要死。

第二十四折：

（外指丑介）：你有甚麼本事？（丑云）：小人是個短鎗手，火箭火鎗般般有，放得起火急如星，放得火銃大如斗，攻城須用銅將軍，破陣只消大碗口。大碗口、小碗口若還閉門便逃走，走到路上響一聲，打殺黃婆家一個。

打諢慣用的形式是官吏們問投軍的淨丑腳，有什麼本事，這時淨丑腳飾演的小民們就趁機天花亂墜，胡謅一番，以製造趣味。

（三）多見長篇唸誦

這個時期的插科打諢繼承南戲的手法，好用舖敘名物的方式來進行，如《香囊記》第八齣〈投宿〉中：

（丑上）：釀成春夏秋冬酒，醉倒東西南北人，官人有何分付？（淨）：有好酒麼？（丑）：隨官人要甚麼樣酒。（淨）：胡説，你有多少樣酒？（丑）：洞庭春、石凍春、羅浮春、土窟春、梨花春、竹葉春、珍珠紅、葡萄綠、玉膏青、秋露白、桂髓椒漿、蘭英桑落、烏程白墮、醥醑醍醐般般有・品品高，直須儀狄齊名，那許新豐奪市。（淨）：我只要掃愁箒和那釣詩鉤。（丑）這個酒不曉得。

又如《寶劍記》第五齣：

（丑白）：小人會踢氣毬。（小外白）：這是我心愛的事，況有家傳，你說來我聽。（丑白）：大叔聽我說，有西江月爲證，巧匠裁成雲錦，幫閑子弟堪誇，綠楊深處襯平沙，低拂花稍謾下，過論穿□可愛，丟頭對泛無差，一尖斜挑迸寒霞，不數高臺戲馬。

《雙忠記》第二十五折

（丑上報事介）：只回邊報急，兩腳恨來遲，小軍星夜不收，打聽賊將尹子奇事迹，特來報與元帥知道，覆元帥，小人叩頭。（生云）：怎麼樣來？（丑云）：但見悲風動地，殺氣騰空，劍戟森嚴，光閃閃，青天飛雪，旌旗繚遶，暗沉沉，白晝如昏，你看那巡綽官、巡警官、巡風官、巡哨官、旗牌官、司其所事；金吾軍、羽林軍、虎賁軍、神機軍、水犀軍，聽其指揮；人綁櫂馬結尾，急煎煎，星移電走，弓上弦刀出肖（鞘），慘可可，鬼哭神愁，旗門下，立幾個雕，其頭綉其體捲、拳（捲）髮落腮鬍，長長大大，攀不倒的壯漢。將臺上坐幾個銅作□，鐵作胆，胡羊鼻銅鈴眼，凶凶狠狠，生得醜的僂儸。中軍帳裡，坐下一員大將員，丟丟雙睛噴火，亂紛紛，兩鬢飛雲，頭戴鳳翅盔，身穿魚鱗甲，七尺騋八尺駥，搭上鞍，輕輕跳上，二石弓、五石弩，扣上手，軟軟拽開大者鉞，小者斧，般般盡會。長的鎗，短的劍，件件皆能。坐下如玄武眞君鎭北極，面前只少一面

> 七星旗，立起似李天王上聖降凡間，手裡只少一個降魔杵，一聲大喊震天關，日月星辰頃齊寒，報與將軍須仔細，這回莫作等閑看。

這種舖敘名物的打諢手法，可以說起自南戲，到了成化、弘治、正德間更有發揮，其中以末腳發揮最多，但在整體劇作風格影響之下，連丑腳也有很多舖敘名物的說念時機。直到今日的舞台，長篇唸誦依然用來突顯丑腳的唸白能力。

（四）保留信手打諢的習慣

非關劇情的插科打諢可分二種，一種是整齣戲是和劇情關係不大的內容。如《千金記》中的〈投困〉、〈仰役〉、《精忠記》的〈爭裁〉。另一種隨著劇情進行，不時加入一些篇幅短小的打諢內容。這在本期中，時時可見。如《五倫記》第六齣〈央媒議親〉伍老夫夫要丑扮的媒婆幫忙爲兩個兒子找合適的對象，按理說，只要問明求媒者的要求即可，但丑飾演的媒婆，偏偏又道了些荒唐至極的諢話。

> （夫）：我三個孩兒都長成，欲求婚配，望媽媽替我擇三個人家。
>
> （丑）：不知夫人要甚人家？（夫）：結親即結緣，不管甚人家，只要門户相當便好。（丑）：有千有萬。（末）：那里要許多，只要三個。
>
> （丑）：我想起來，只是年紀大些。（夫）：誰家。（丑）：東門孤老院有個婆子，年六十九歲也好。（夫）：胡說。（丑）：我想起來了，南門狗屎巷，有個張三嫂，總嫁三個半老公，又犯了半個，他要嫁人好。（末）：胡說。

又如《寶劍記》中林沖之母過世，請來和尙誦經，也依然要插科打諢一番，無視此行的嚴肅性。只見第四十一齣：

> （淨白）：小僧法名皎月，心性從來決劣。幼年多病牽纏，父母送我僧舍，不會念佛看經。一味喬謅胡捏，好色有似餓鬼，遇酒如蠅見血，賭博手類飛蛾，跳墻身同落葉。惡瘡生了十年，色勞經今八月，生前那肯修行，死後閻王不赦。（丑白）：你不修行，師兄如何度人？
>
> （淨白）：佛法只度別人，難免自家罪業。

《精忠記》除了第四齣〈爭裁〉整齣戲無關劇情，第七齣〈驕虜〉、第十三齣〈兆夢〉也都有與劇情不相干的打諢內容，因此，《遠山堂曲品》就評其：「閒諢過繁」〔註24〕《千金記》也有這種例子，第十九齣〈坐倉〉，倉糧被楚軍所

〔註24〕同註11，頁26。

燒，韓信因而惹禍上身，在韓信查倉之前，也依舊有毛圃和老倉官二人信手打諢一番。

（丑）：老爹，前日送禮物來，奶奶收了，老爹不知。（淨）：你幾時送什麼禮來。（丑）：前日送來的。奶奶沒有對老爹說。（淨）：我不知道。（丑）：老爹去問奶奶。（淨）：你送什麼東西？（丑）：把酥乾。（淨）：把酥乾。（丑）：是。（淨）：我那裡滿山都是把酥乾，最好喫。（丑）：好喫。

按理說在〈坐倉〉一段中只好交代韓信點倉，結果倉糧被楚軍所燒即可，大可不必再安排老倉官索賄的段落，《金印記》亦然，在第七齣〈季子推命〉一淨一丑一算命一發課，兩人算完命之後，理應結束，卻還要來段爭主顧的科諢，這種信手打諢的習慣，也是這個時期的劇作淨丑常有的舞台表現。

第三節　淨末丑的發展

末角在南戲時期已有轉向良善角色的趨勢，到了明代初期時，末角插科打諢的功能已然被淨丑取代，就算偶爾爲之也是幫襯爲多，淨丑和末的功能已被區分開來，反而末和外的腳色分工漸趨接近，《三元記》便是一例，在第二十六齣陳筆耕是外，到了二十六齣時改由末來演出。淨丑的功能則因還未區分開來，有時腳色不敷使用，淨丑互用，淨丑腳色劃分的標準還沒成立。在這一時期淨丑以插科打諢的功能爲多，不過，在淨丑的關係上，我們依然可看到：

一、淨丑屬性模糊

《五倫記》中的淨一般說來都擔任搞笑，滑稽，要不就是反面角色，到了第十九齣〈取妾送夫〉，淨所扮演的妾卻變成了貞女，令人納悶。

（淨）：我身雖不曾相會，我心已先許與他了。（外）：你嫁與伍大夫佐（做）偏房，何不與我寨主佐正房夫人也罷。（淨）：若是我命該佐正房，我爹娘不許我與人佐偏房。……（咬指介）（末）：他咬指佐甚的？（外）：出血了。（淨）：詩曰：世人誰不死，我死爲綱常，一片心難朽，千年姓字香，婦人多水性，男子少剛腸，請看清風嶺，淋漓血兩行，昔人已化山頭石，今我身爲井底泉。（投井介）

況且妾本是由淨腳飾演，但到了第二十九齣〈會合團圓〉時，由於此時淨扮演生、小生的么弟，原先由淨扮演的妾只好改由丑腳來扮演。

> 【醉太平】（丑）：**斷塵心俗緣，受生寶錄瑤編，隨班時到大羅天蕊珠宮內神仙眷，我心匪石應難轉，我心匪蓆尤難捲，我心似鉄更難迁，正青娥少年。**（夫）：你來了。（丑）：娘娘萬福。（生）：這個是誰？（夫）：這個便是清烈貞女。

除了淨丑關係錯雜之外，我們發現丑腳的唱的曲子【醉太平】和丑腳多唱粗曲的印象也不太相同，而曲詞大用《詩經》的典故，曲詞文雅，也不太符合這個妾原先的身分地位。淨丑混淆的例子亦見於《金印記》中，第五齣婢女小蓮由丑腳扮演，到了第十五齣時，小蓮卻由淨來飾演。

二、丑腳刻劃矛盾

一劇之中的同一人物，理歸有一致的表現，但《伍倫記》一劇中的丑腳，在刻劃上卻出現矛盾的現象，其中以丑腳飾演的張打牛一腳最爲明顯，在第七齣與第九齣中張打牛是個反應遲頓的笨秀才，到了第十八齣〈荐師遭貶〉竟脫胎換骨成了個旁觀者清的明眼人，其間的轉變，尤如丈二金剛，叫人摸不著頭緒。

> （丑）：你認得小人否？（生）：我忘記了你。（丑）：小人是張打牛。（生）：故人拜揖。（丑）：久聞賢友，平明登紫閣，日晏下彤闈，今日如何在此？（生）：爲進本薦先生，朝廷寬恩不即加誅，故貴降邊城。（丑）：必不爲此，自古以來，荐賢爲國，但問其人賢不賢，賢雖親何害，若是不賢，雖無私，亦是有私，你念本與我听。（生）：……（略）（丑）：此亦無甚罪，我説必有緣故，賢友曾別進章疏否？（生）：曾進。（丑）：你那章疏中説的，必有忤逆當權的話。（生）：不免有之。（丑）：朋友内中必有主使的人。

賓白之中引用了楊賁的〈時興〉詩，無論的口吻或話語中的眞知灼見，實難和第七、九齣笨拙的樣子劃上等號。之後張打牛到蠻邦，成了貪財欺善的番兵，到了第二十四齣〈誠心感虜〉又搖身一變，成了力勸番王降漢的番兵，從笨秀才到明眼人，從貪財欺善到深明大義，張打牛一腳的的性格塑造太過跳躍，缺乏一致性。

> （丑）：伍大夫，你認得我麼？（生）：我不認得你。（丑）：你是我

> 恩人。(生):我心下忽然醒起來,正是路上相逢不相識,形容變盡語音存,你莫不是張打牛,你如何來到這里(裡),這等打扮?(丑):不瞞你說,你人自從前日山莊相會,蒙賜寶劍轉賣與人,得銀二十錠,葬了一家三個喪,因此欲來邊上尋大夫,報答此恩,中途爲胡人所虜,來到國中。自念小人無官守言責,遂降他,蒙受戰事因遞西回回地方常來侵邊,欲去伐他,奈無主謀之人,小人因念大夫爲權奸所忌,置之死地,因此勸也克罕來請大夫佐軍師,見大夫立志堅定,因此上假以兵戎相助,本無相害之心。

這種性格大起大落的轉變,破壞了人物的完整性,可能是作者以刻畫生旦爲主,至於其他的腳色就比較忽略,如此也造成讀者觀眾觀劇上極大的困惑。

三、淨丑扮飾人物性格化

南戲中的丑腳,已漸漸看出淨丑趨向多種性格的呈現,在此期丑腳的描繪又更進一步,除了滑稽逗趣的市井小民,這一時期的淨丑腳,漸漸又發展出一種新的類型。這種類型的人物,身分地位較高,可以是將軍,也可以是統領,有的是正面人物,有的是奸邪人物,性格多半特殊而無可取代,並以其特殊的行事風格,讓人留下深刻印象。這類性格化的人物淨腳的身分往往較丑腳爲高,在奸邪程度上也較丑來得高。如在《精忠記》中淨扮秦檜、兀朮,丑扮万俟卨、胡朮、《千金記》中淨扮項羽,丑扮龍沮、樊噲、《明珠記》中淨扮朱泚,丑扮源休。這個類型的人物在氣勢上的呈現不凡,詼諧幽默的喜感少了,反而多了幾分的性格,正面人物比之前的丑腳多了幾分的英雄氣,奸邪人物則奸邪更甚。展現英雄氣的人物中,以《千金記》中的樊噲爲例,第二十六齣〈登拜〉中:

> (生):曹參,是什麼人喧嘩?(參):先鋒樊噲。(生):你與我綁過來。(綁介)樊噲,你何故喧嘩,亂我軍心。(噲):韓信,你無資身之策,乞食於漂母,又無兼人之勇,受辱於跨(胯)下,漢王拜你爲將,並無折箭之功,怎麼就斬了一員大將,可惱,可惱。

韓信爲樹立軍威,斬了與妻子喫離別酒的殷蓋,爲此樊噲深表不滿,發出不平的聲音,因此韓信欲斬他,此時樊噲不僅不害怕,反而反脣相譏,展現了富有英雄氣的一面。奸邪更甚的人物,如《精忠記》第十七齣〈調勘〉中的万俟卨:

【梨花兒】（丑上）：**忽聞丞相呼喚咱，歡歡喜喜來回話，必然岳飛那事發。嗏，將他殺害方干罷。下官自幼不識文墨，長大那曉行藏，不分忠孝與賢良，到手何曾輕放？**

上場的曲詞便自暴卑劣的性格。又有《明珠記》中的源休在第十一齣〈激亂〉中只見他一出場，氣勢便不凡。

【番卜算】（丑上）：**治國五車書，匡君三寸舌，指揮若定失蕭曹，顧盼興王業。**（見介，淨）：少卿知道麼，此乃姚節度特來取我入朝，共成大事，進退安出。（丑）：小子知道了，唐德既衰，天下大亂，奸臣弄權於內，藩鎮擁兵於外，鑾輿播遷，宮殿空虛，太尉不乘此時入宮，早正大位，更待何日。（淨）：只人心不從。（丑）：一紙詔書，慰安中外，收了唐朝舊臣，一枝軍馬，圍住奉天，擒了唐朝聖君，天下指日而定，分付長安九門軍士，一應官員，盡都留下，不許放出一個。

源休雖只出現一場，但是個滿值得注意的人物，劇中源休是淨腳朱泚的心腹，也是淨丑狼狽爲奸的典型，此齣戲中的源休頗爲性格化，不僅身分，地位，氣勢都與之前的丑腳不同，不同於淨丑合謀，淨爲主，丑爲輔，源休成了出主意的主謀者了。丑腳飾演性格化的人物，可能是受到北雜劇的影響，因北雜劇中，以淨腳飾演性格剛猛的負面腳色，早就有前例可循，如以淨飾安祿山、毛延壽的例子都可找到，不過還未有以淨丑飾敵方元首之例，本期以淨丑飾性格化人物，可能是受到北雜劇的影響。另外，淨丑打破插科打諢的腳色，飾演性格化人物的原因，也與劇本的題材有關，內容有眾多重要角色，生旦外末不敷使用，因此，在劇團成員有限的情況下，便由淨丑來飾演。

四、排場上出現二丑腳

在南戲中，由於戲班規模較小，演員的人數十分精簡，同一個行當要飾演劇中不同的人物，所以相同的行當，不會在同一場戲，亦即兩個丑腳不會同場，但《明珠記》似乎已打破了這種劇場的模式，在第四十二齣，有二個丑同場。

（丑）：但放心，小人自會答應。（淨丑上）：重關千里固，一日萬人過，你四個男女，慌慌忙忙，投那里去，敢是拐帶良家女子。（生旦貼慌介，丑）：告壯士，我夫妻四口兒，長安人氏，有幾畝荒田，在潼關外，春天到來下鄉插蒔。

丑所飾演的塞鴻，及丑所飾演的守關人，同場對話，卻未區分出丑，小丑，有可能是作者疏忽所致，亦有可能作者創作《明珠記》之時，丑行已有二位專屬演員。當然實際演出時，可有他行演員暫代，不過一般說來明傳奇中的排場都十分嚴謹，少有二丑不分行當，同時在場的狀況，《明珠記》的例子頗為特殊。

小　結

明初沈寂了一段時日的劇壇，終於在《五倫記》、《香囊記》誕生之後，恢復了生氣。這個時期的傳奇，取材豐富，有自創新劇、有取材歷史事件，也有改編前人筆記小說，題材豐富，體製更為宏偉。也因劇中處理的事件較為複雜，人物更為龐雜，所以生、旦、外行已出現了分支，但在丑行方面，除了《寶劍記》之外，其餘的劇目都未出現分支。因而在丑腳的使用上，就時有一齣戲中出現兩個丑腳的狀況，雖經劇作者巧妙的運用上下場，不致有兩丑同時在場，但也因行當不敷使用，發生了淨腳、丑腳飾演同一人物的尷尬（《五倫記》），以及兩個丑腳同時在場的矛盾（《明珠記》）。丑行的分支雖在《寶劍記》中已見其端，細分出了丑及貼丑，不過貼丑只出現在第三十、三十八以及三十九齣三場，腳色亦不太重要，還看不出其特質來。

本期的劇作以文人劇為多，從邱濬、邵璨、陸采以下都是文人出身，所以劇作的風格相較於南戲，文詞較為典麗，賓白也漸漸駢雅了起來，但因淨丑的功能主要還是做為生旦的對照組，所以雖有漸漸駢雅的趨勢，但做為插科打諢為能事的淨丑，都還有本色的演出，更因文人參與創作，所以南戲時期保留民間小戲的演出特色，在這一時期已經不見。

丑腳功能上，丑腳主要的功能放在調劑劇場氣氛，進而做為生旦的對比，以生旦為正面腳色，以淨丑為負面腳色，但明代前期的傳奇的作家，還有一個明顯的意圖，以淨丑之形批判世情，以淨丑之口嘲諷時局，使得劇本的主題意識更加多元，創作意旨更加複雜。

插科打諢的方式則繼承南戲以來的方式，以誤解、無厘頭、諧音、譏諷為主要的表現方式。其中科場考試大多有淨丑做為生、小生的對照，投軍、互訟官司時淨末丑常演出逗趣的投軍者及互訟的小民們。另外，醜狀百出的醜女、自怨自憐的宮女、愚蠢笨拙的偷兒，更是此期用來表現丑腳滑稽詼諧的劇中角色。由於文人參與創作，不免有炫耀才情的毛病在，長篇唸白、好用賦體的狀況比南戲時期更多，這正是文人涉足傳奇後的一個特徵。

在淨末丑的關係上，末在南戲時已漸漸不擔任插科打諢的角色，到了本時期這種現象更爲明顯。在本時期末以院子，衙役，良善人物的面貌出現，最特別的是末時常在劇中擔任起長篇唸誦的工作，賦體的詠物，幾乎都由末來擔任；南戲時期以淨爲首，丑爲副的負面角色的形象，在這個時期反而不多見。最值得一提的是淨發展爲兩個路向，一是以滑稽取鬧的形象出現，繼承南戲以來的傳統，另一是扮演別具特色的人物，如淨扮秦檜、兀朮、項羽，這些在歷史上有著特殊地位的將相，都已在這時期中由淨來飾演。

這個時期的丑腳也有性格化的趨勢，在丑腳的塑造已超越前期，只是出現場次太少，未有十足的發揮。不過，我們也可以發現，雖然丑腳性格化的塑造，有所發揮，但具有英雄氣的丑腳，在此是曇花一現，到了後來傳奇的發展，這類英雄氣的人物大概都歸至淨腳，而慣於破壞，使心機耍手段，在暗處放冷箭的腳色，後來就歸丑與副淨來飾演。

第四章　嘉靖至萬曆中葉（1523～1598）

崑山腔的崛起，使明代傳奇在嘉靖萬曆年間有了重大的發展。明代前期的劇壇，以弋陽、餘姚、海鹽、崑山四大聲腔各據山頭，崑山腔本來是崑山地區的土調小曲，只流行於吳中地區，以其流麗悠遠，蕩人心胸。到了嘉靖年間，經魏良輔等人改革後，登上舞台，讓原本勢鈞力敵的四大聲腔，有了高下之分，沈寵綏於《度曲須知・曲運隆衰》中便敘述：

> 嘉靖間有豫章魏良輔者，流寓婁東鹿城之間，生而審音，憤南曲之訛陋也，盡洗乖聲，調用水磨，拍捱冷板，聲則平上去入之婉協，字則頭腹尾音之畢勻……腔曰崑腔，曲名時曲，聲場稟爲曲聖，後世依爲鼻祖，蓋自有良輔，而南詞音理，已極抽秘逞妍矣。〔註1〕

魏良輔改良崑腔之所以能夠成功，除了得力其用功之深、研究之專，還有吳中老曲師袁髯、尤駝、婁東人張小泉、海虞人周夢山等的競相唱和，更重要的還有作家梁辰魚作《浣紗記》自翻新調，起了推波助瀾的效果，因此張大復《梅花草堂集筆談》便云：

> 魏良輔別號尚泉居太倉之南關，能諧聲律……梁伯龍起而效之，考證元劇，自翻新調，作江東白苧、浣紗諸曲，又與鄭思笠精研音理，唐小虞、陳楳泉五七輩雜轉之，金石鏗然，譜傳藩邸戚畹，金紫熠爚之家，而取聲必宗伯龍，謂之崑腔。〔註2〕

〔註1〕沈寵綏：《度曲須知》《中國古典戲曲論著集成》（北京：中國戲劇出版社，1982年一版四刷）第五輯，頁198。

〔註2〕張大復：《梅花草堂集筆談》《四庫全書存目叢書》（台南：莊嚴出版社，1995年）「子部」第一〇四冊，卷十二「崑腔」條，頁456～457。

梁伯龍繼承魏良輔的改革，繼續鑽研，用崑山腔來塡曲詞。《浣紗記》的出現，奠定了崑山腔在傳奇中獨領風騷的地位，於是用崑腔撰寫劇本，便形成了風尚，繼其緒者，如張鳳翼，其《陽春六集》中包括了《紅拂記》、《祝髮記》、《竊符記》、《灌園記》、《虎符記》、《扊扅記》六本，並且張鳳翼親自化妝，和家人一起登台表演。在嘉靖萬曆時期，文人創作劇本，已成爲一種流行。崑腔蔚爲流行，豪門貴族演劇必用崑腔，造成崑腔獨霸的現象，影響所及，從明嘉靖以後，至清乾隆，不論是縉紳家樂或者內廷供宴，皆以演唱崑腔爲主。自此北雜劇衰落，連北曲都用崑腔來演唱。

在劇作的風格上，本期的傳奇作品，依然以文人作家爲主體，因此自《浣紗記》以下至屠隆的《修文記》、《彩毫記》曲詞賓白上都有工麗典雅的趨向，連淨丑的曲白都免不了有駢儷的現象。

在腳色的使用上，在明代前期的劇本中，生、外、旦、末已有了分化，淨丑的分化只見於少數一二劇本，到了本期淨丑腳則都進一步的分化，尤其是淨腳的分化更加明顯。從《浣紗記》以下，大多數的劇本的淨行都已分化成（大）淨、副（付）淨，丑腳雖然也有了分支，但只有少數幾個劇本採用。以下是本期劇本腳色行當的使用概況：

劇本／行當	生	外	旦	貼	淨	末	丑	其他
浣紗記	生、小生	外、小外	旦、小旦	貼	淨、副淨	末、副末	丑	眾
鳴鳳記	生、小生	外、小外	旦、老旦	貼	淨、副淨	末、副末	丑	眾、雜
繡襦記	生、小生	外	旦、小旦	貼	大淨、淨	末	丑	眾
虎符記	生、小生	外	旦	貼	淨	末	丑	眾、雜
紅拂記	生、小生	外	旦、小旦	貼	淨、副淨	末	丑	眾
祝髮記	生	外	旦	貼	淨	末	丑	眾
灌園記	生、小生	外	旦、小旦	貼	淨	末	丑	雜
竊符記	生、小生	外	旦	貼	淨、副淨	末	丑	
雙烈記	生、小生	外、老外	旦、小旦、老旦	貼	淨	末	丑	
雙珠記	生、小生	外、小外	旦、老旦	貼	淨	末	丑	眾
鮫綃記	生、小生	外、小外	旦、小旦、老旦	貼	淨、付淨	末、副末	丑、小丑	眾
想當然	生、小生	外	旦、小旦、老旦	貼	大淨、淨	末	丑	雜、眾
易鞋記	生、小生	外	旦、夫	占	淨	末	丑	

修文記	生、小生	外、小外	旦、小旦、老旦	貼、付貼、小占	淨、小淨	末、付末小末	丑、小丑	
彩毫記	生、小生	外、小外	旦、小旦、老旦	貼	淨、小淨	末、小末	丑、小丑	眾
曇花記	生、小生	外、小外	旦、小旦、老旦	貼、小貼	淨	末	丑、小丑	眾

從上表可知，如果不包含雜、眾的話，《修文記》用了十七個行當之多，《彩毫記》、《鮫綃記》用了十四個行當，比前期使用最多行當的劇本《寶劍記》多使用了四個行當。另外我們可以發現：腳色行當的分化，生、外、旦、末這些正面腳色是先於淨丑，在負面腳色中，淨腳的分化狀況也較丑腳明顯。

第一節　劇作中的丑腳演出

一、《浣紗記》

《浣紗記》中的淨末丑

腳色名	劇　中　飾　演　人　物
淨	吳王、胖婦、泄庸、掌石室官、北威女、宮女、漁翁
小淨	北威女
末	文種、公孫聖、堂候官、內監、吳國太子、牢子、季桓子、鮑大夫、內臣、季孫斯
小末	家僮、伍員子、吳國太子、王孫駱（二十八齣由小外飾演）
丑	內侍、伯嚭、計倪、皂隸、東施、公伯寮、家僮、宮女、漁翁

梁辰魚（1521～1594），字伯龍，號少白，江蘇崑山人。〔註 3〕所著傳奇有《浣紗記》一種，梁辰魚的《浣紗記》是最先用魏良輔改進後的崑山腔演唱的戲碼。《浣紗記》原名《吳越春秋》共四十五齣，內容以越王勾踐敗于吳王夫差之後，忍辱負重，重返越國爲背景，描寫了范蠡與浣紗女西施的故事。

《浣紗記》用的行當很多，生、小生、外、小外旦、小旦、淨、小淨、末、小末、丑、貼、眾十三門行當。在清錢德蒼的《綴白裘》和葉堂的《納書楹曲譜》所收的折子戲中，《浣紗記》共有十三齣之多，僅次於《琵琶記》，

〔註 3〕莊一拂：《古典戲曲存目彙考》（台北：木鐸出版社，1986 年）卷六，頁 433。

其中如〈回營〉、〈轉馬〉、〈打圍〉、〈進施〉、〈寄子〉、〈採蓮〉、〈泛湖〉等齣，在今天的崑曲舞台上還經常演出。〔註4〕

《浣紗記》劇本的成功，除了曲詞之美，還在劇情曲折、人物刻劃動人，尤其是丑腳伯嚭的刻劃，更令人讚嘆，活脫脫把個小人給寫活了。這個小人不是市井小民，不是朝中小吏，而是官居太宰的權臣，他有大臣之貌，骨子裡又有小人的猥鄙。伯嚭要有丑腳的諧趣，又不失大臣的莊重，是刻劃這個人物最大的難度。因而《墨憨齋訂定萬事足傳奇》第十三齣〈姑侄同行〉淨色醃粧扮邳氏，刊本上眉批「淨婆，大臣之婦，雖吃醋潑婦，卻要略存冠冕意思，即如《浣紗記》伯嚭之不可像小丑身段也。」〔註5〕當然梁伯龍以其才情，將伯嚭的貪、狠、奸、毒，在劇中如實的呈現，第五齣〈交戰〉中的兩段唱詞便顯現了吳國太宰的霸氣：

【大迓鼓】**吳兒莫弄驕，父讎不報，恥忍羞包，那些個臣子忠和孝，一唯姦佞立當朝，及早投降，休得遁逃。……**

【前腔】**你平生學六韜，不知進退，堪笑兒曹，我偏師小渡西興棹，管長驅直會稽巢，若不先降，有誰恕饒。**

伯嚭之所以能在芸芸眾臣之中，獲得夫差的賞識，乃在於他懂得見風轉舵，口蜜腹劍，叫人防不勝防。且看第七齣〈通嚭〉中伯嚭自述：

（丑）：下官太宰伯嚭是也，性踰梟獍，狠其虎狼，包藏險慝，眞千態萬狀而鬼莫能知。做下機關，以千蹊萬徑而人不能禦，慣用傾險之智，搆成疑似之端，況兼舌劍脣鎗，奴顏婢膝，屈身之際疑無骨，談笑之中若有刀。但知奉承一人，不曉恩及百姓，由是身騰列國，權傾滿朝，狐假虎而前行，何愁追捕，鼠依社而久住，不怕薰燒。一味妬賢妒能，可以尸祿保位。

伯嚭是個見人說人話，見鬼說鬼話的小人，「善變」是他不變的處世哲學，《浣紗記》面對文種來賄時的段落，最能看出他如變色龍般的性格。當伯嚭得知死對頭文種到家裡來，不分青紅皀白便發怒的指責對方，不久得知文種此行帶來不少禮品，竟回嗔作笑，接著發現文種的禮物貴重，價值不菲，此時伯

〔註4〕徐培均、范民聲主編：《中國古典名劇鑑賞辭典》（上海：上海古籍出版社，1990年），頁301。

〔註5〕馮夢龍：《墨憨齋訂定萬事足傳奇》《馮夢龍全集》（上海：上海古籍出版社，1993年）第十二冊，頁625。

嚭已掩不住得意，放聲大笑了起來，尤其得知文種還奉送二位美女，不覺忘情的說「我知趣的文大夫，文老爹」你眞是我的知音啊！對文種的態度便有了一百八十度的大轉變，不僅將文種請上坐，還要殺羊、煮酒款待他，從發怒到回嗔作笑，到大笑，伯嚭卑劣的性格，一覽無遺。像這麼樣的一個小人，幾乎人人曉知，吳太子因伯嚭是個「是個鷹鸇，他執柄當權，賦性奸邪，害良殘善。」（三十二齣）規勸父王遠離伯嚭，可惜忠言逆耳，等到國家敗亡時，夫差怪罪伯嚭，伯嚭的一番話，卻也讓夫差啞口。第三十九齣〈行成〉：

> （淨）：你弄得我一個國家七零八碎，送得我一個身子七上八落，如今怎麼好？（丑）：常言道：可與共安樂，亦可與共難患，當初主公懽喜，伯嚭也懽喜，如今主公煩惱，伯嚭也煩惱，難道主公目今受苦，伯嚭倒快活不成？

作者寄託於劇中的是：國家敗亡，亂臣賊子該負責，那麼用亂臣賊子的君王，難道沒有過失嗎？正如伯嚭所言「這都是主公自家的主意，我伯嚭在中間不過略攛掇得一攛掇，若主公那時不肯，我也罷了」（三十六齣）梁伯龍除了塑造了伯嚭這個卑躬曲膝、長袖善舞的小人，更深刻借此諫誡上位者，善選人才，以免禍國殃民。《浣紗記》中伯嚭的台詞，也常爲後人所沿用。如《詩賦盟》傳奇第八齣〈謀娶〉丑扮虞公子對淨扮的張惾甫說「你是知趣的文大夫！有功無過的。」此語即出《浣紗記》第七齣〈通嚭〉，另外，《紅梨記》第七齣〈請成〉淨扮斡離不對小淨扮的王黼說：「元來你是個知趣的人。」、《博笑記》第五齣（小丑）：「是個知趣的好人」都見引用，可見《浣紗記》對其後著作的影響。

梁伯龍創造的伯嚭已成爲丑腳史上一個重要典範，首先在《浣紗記》之前的傳奇劇本，丑腳從來沒有擔任這麼重要的一個腳色，從頭貫串到尾，出場的場次共有十六場，腳色重要性僅次於生與旦。論其在劇中扮演的劇情轉折的關鍵，更是無人能比，丑腳飾演的伯嚭比淨飾演的夫差要來得突出。其次，少有丑腳能擔綱如此位高權重的腳色，在《浣紗記》之前，《張協狀元》曾以丑腳扮演宰相王德用，算是極爲特殊的例子。但王德用這一腳色主要以插科打諢爲主，出場數、角色複雜度、重要性都不及伯嚭，《浣紗記》塑造了伯嚭這麼一個複雜度高又具有典型性的關鍵人物，給予後來塑造丑腳的作家不少啓發。

二、《鳴鳳記》

《鳴鳳記》中的淨末丑

腳色名	劇　中　飾　演　人　物
淨	嚴嵩、金甲神、鄢懋卿、汪五峰、和尚、居庸關守備、舍人、兵部車駕司、告狀人（趙出來）
副淨	小廝、嚴世蕃、家人、驛卒、朱裁妻、小鬼、解子、驛丞、嚴年
末	曾銑、羅文龍、周用、小廝、直書房、黃門官、趙文華手下、郭希顏家人、聽事吏、董傳策、小廝、孫丕揚、林府家人、舍人、使臣
副末	朱裁、門子、小廝、小童、鮑道明、林相、嚴府差官、禮部差役、張狆小廝、易弘器
丑	小廝、趙文華、宦官、船主、管家媽、舍人、瞽婦、聽事吏、吳府丫鬟、彭孔、鄒府丫鬟、夫頭、？（三十七齣）、差役、婦人（香柳娘）

《鳴鳳記》相傳爲王世貞或其門人所作，大約寫於隆慶年間。王世貞（1526～1590），字元美，號鳳洲，江蘇太倉人。〔註 6〕《鳴鳳記》全劇四十一齣，以歷史事實爲依據，塑造了夏言、楊繼盛等一系列，和奸相嚴嵩父子進行鬥爭的忠臣形象，同時也揭露了嚴嵩父子及其黨羽禍國殃民的罪行。《鳴鳳記》是一部反映當代政治鬥爭的劇作，對明末李玉創作《清忠譜》乃至清初孔尚任創作《桃花扇》都有著鉅大的影響。

在《浣紗記》一劇中，淨腳分出了小淨，末腳分出了小末，在《鳴鳳記》中，淨末行則分出了副淨、副末，有時寫成付淨、付末。而在丑腳方面，最突出的一位丑腳便是趙文華，趙文華集小人的特徵於一身，只見第四齣〈嚴嵩慶壽〉趙文華一出場：

> （丑）：自家趙文華，浙江慈谿人也。名登黃甲，官拜刑曹，只是平生貪利貪名，不免患得患失。附勢趨權，不辭吮癰舐痔；市恩固寵，那知瀝膽披肝。且是舌劍脣鎗，有一篇大詐若忠的議論；更兼奴顏婢膝，用幾許爲鬼爲蜮的權謀，陷害忠良，如秤鉤打釘，拗曲作直；模稜世事，如蘆席夾囤，隨方就圓。不學他一榜三百人。賽過那八關十六子。我想起來，若不乞哀于黃昏，怎得驕人于白日？

在這自述之中，把個屈節鑽營、巴結逢迎的小人特質，全都表露無遺。小人沒有固定的主兒，足恭媚世，曲己迎人，一旦事異，也跟著轉向。他們驕橫

〔註 6〕同註 3，卷九，頁 820。

貪賄，最愛就是金銀珠寶，一提到名利，便如同蜜蜂見到蜜，蒼蠅見到血，那能輕易放過。趙文華不掩飾自己是小人的品格，大剌剌的毫不隱諱。了解趙文華，也就了解了小人特有的品格。

要當小人也不容易，除要用心更要細心，討好人要搔到癢處，能正中下懷。不但是平凡的人，連泥人也要能歡喜起來，足見本領之高。當一個小人，隨時還要有敏銳的嗅覺，覺察到上位者的意向，小人的字典裡沒有「忠心耿耿」，有的就是見風轉舵。且小人貪小便宜，見獵心喜，雖然位居高位，但只要利益在前方，都會忍不住心動，那怕是小利益也不放過，第二十一齣〈文華祭海〉：

（丑）：祭過了這東西何用？（眾）：豬羊分賞眾軍，酒器留在老爺公用。（丑笑介）：有理，有理，且到杭州去祭人罷！（眾）：就要出兵，等不得到杭州。（丑）：你不曉得杭州近我家裡，這些豬頭、羊頭好醃回去當菜蔬吃。（眾）：老爺，這個是小事，不如快祭了，多取得個倭頭，少不得每顆值五十兩銀子。（丑）：說得有理，快備祭禮來。

此處用反諷的方式來透顯趙文華的貪得無厭，最後還是眾人們以利誘之，投其所好，才打消他那貪小便宜的心。若得了利，順了心，肯就此罷了，也就算了，偏偏經常翻臉不認人，直把人的剩餘價值給利用完。

（丑）：既祭畢了，把那老和尚開刀罷！（眾綁介，淨喊）：爺爺，小僧是有功之人，怎麼到把來開刀。（丑）：常人有言，未過江要做千僧功德，過了江把和尚就煮來喫，今日海又祭了，不殺了你，要你做甚麼？且把你頭來充做倭頭，也值五十兩銀子。

《鳴鳳記》中的趙文華，出場共五場（4、5、13、21、33），有四場是主場，可見作者傾全力來描繪他。其餘的丑腳，如貪得小利的宦官、狗仗人勢的嚴家僕人、好掉書袋的船家，都是令人印象深刻的丑腳。本劇對小人爲虎作倀、驕横貪得、品性，有著深刻的描繪。

三、《繡襦記》

《繡襦記》中的淨末丑

腳色名	劇　中　飾　演　人　物
大淨	樂道德
淨	崔尚書、黃裳、賈二媽、船家、酒保、熊仁之妻、西肆肆長、卑田院甲長

末	宗祿、驛子、熊仁、院子、鄭家院子
丑	來興、黃裏、保兒、道姑、東肆肆長、卑田院甲長、乳娘

《繡襦記》的作者是薛近兗，一說爲徐霖。薛近兗，字百昌，江蘇武進人。〔註 7〕生卒年不詳，明萬曆二十三年（1595）進士。《繡襦記》取材於唐傳奇作品的《李娃傳》，並參酌雜劇改編而成。劇中描述鄭元和赴京趕考，遇娼家之女李娃，從此追歡買笑，忘卻求取功名的目的，最後淪落爲乞丐，在窮苦潦倒之餘，幸得李娃的協助，因此能考取功名，揚名立萬。今尚演者有〈樂驛〉、〈墜鞭〉、〈入院〉、〈賣興〉、〈打子〉、〈教歌〉等齣。〔註 8〕

劇中最重要的丑腳，便是鄭元和的書僮來興兒，劇中來興兒性格上有前後不一的傾向，起初來興勾結淨腳所飾演的僞儒樂道德，企圖要從主人身上得到好處，故意引狼入室，借此從中得到好處，是個狡僕。

但情勢的發展，實出乎來興意料之外，來興還沒來得及從鄭元和身上撈到好處，鄭元和已把持不住，一頭栽進溫柔鄉，從家鄉帶來的錢財全在李娃身上耗盡了，只得賣馬，當衣，連來興都得賣了。面對主人將他賣掉，來興非但不怨恨，還一而再，再而三勸告主人，早返家鄉。第十六齣〈鬻賣來興〉：

> （丑）：呀，大相公，你把來興賣了，可憐小人隨侍到長安，不辭勞碌，兼受老爹奶奶撫育之恩。承相公同手足之看，此欲圖報，素志未酬，今便一旦拋離，於心何忍？相公，你若速歸鄉井，小人願賣身以作盤纏，你若仍戀烟花，決不敢奉命，言訴及此，痛淚難禁。

此時的來興儼然是一位忠僕，和之前想從主人身上撈一筆的狡僕相較，顯然有極大的落差。鄭元和賣掉來興的決定，雖然來興毫無怨言，但底下的人顯然頗爲不平。第十七齣〈謀脫金蟬〉：

> （丑）：相公，衣者身之章，不可賣了。（生）：我的衣服，一年一換，穿過就不用了。（丑）：這等看起來，那來興也是相公穿過的。（生）：怎麼來興也是我穿過的。（丑）：不然如何將他賣了不用。（生）：休胡說。

衣服和人當然是不能比的，爲了男歡女愛，把長久隨侍在側的書童給賣了，自然引起非議。之後鄭元和被設計，手上分文未有，像樣的衣服也當了，還

〔註 7〕見註 3，頁 824。
〔註 8〕同註 4，頁 424。

虧得來興贈衣、贈金，才能維持一個起碼的公子形象。劇中的安排，眞是諷刺到了極點。第二十一齣〈墮計消魂〉：

> 【鬬黑麻】（丑）：相公**你帶月行來，滿身露濕**，我這件衣服呵！**是白苧新裁，未沾汗液**。相公你平日滿身羅綺，你如今穿這破損衣服，怎麼見人？我小人這件衣服雖粗，**情願奉恩主少遮飾**。（生）：來興，多謝你。（丑）：相公，不要謝我，還有**一貫青蚨，你略支旦夕**。

來興不計前嫌的忠僕形像，令人動容，若能將引入樂道德的段落刪去，來興純粹的忠僕形象，也許更爲完整。

四、《紅拂記》、《祝髮記》、《灌園記》、《竊符記》

《紅拂記》中的淨末丑

腳色名	劇　中　飾　演　人　物
淨	鬼判、道士徐洪客、薛仁杲、高麗王
小淨	僧人
末	漁人劉文靜、西嶽大王、院子、道人、漁夫
丑	鬼判、店主人、將官、李家院子、店主人、老蒼頭、張家院子、妓女、樵夫

《祝髮記》中的淨末丑

腳色名	劇　中　飾　演　人　物
淨	孔景行、馬夫
末	王偉、陸法和、旗牌官、老管營、達磨
丑	朱母、侯景

《灌園記》中的淨末丑

腳色名	劇　中　飾　演　人　物
淨	齊王、單兄、騎劫
末	樂毅
丑	臧兒、單弟、淖齒、牧童

《竊符記》中的淨末丑

腳色名	劇　中　飾　演　人　物
淨	侍婢、信陵君門客、朱亥、魏王、白起
副淨	朱亥、管家婆（第七齣以丑飾演）

末	院子、車夫、顏恩、公孫賀、李同、晉鄙、毛公
丑	侍婢、公孫賀、信陵君門客、車夫、管家婆、梅香、秦使、秦內使、趙內使、小二、秦將蒙驁、魏國使者

《虎符記》中的淨末丑

腳色名	劇　中　飾　演　人　物
淨	陳友諒、船家、漁夫、詳夢先生
末	郜士良、黃門
丑	陳理、郜興、村婦、漁婦、陳軍

張鳳翼（1527～1613），字伯起，號靈墟，江蘇長洲人（今江蘇蘇州人），萬曆四十一年卒，年八十七。〔註9〕所作傳奇今知有九種，以《紅拂記》、《祝髮記》、《竊符記》、《虎符記》、《灌園記》五種傳世。

張鳳翼的作品中，以《紅拂記》最爲著稱，但《紅拂記》著力在刻劃生、旦及外三個腳色，淨丑的發揮十分有限，連插科打諢的段落也少得可憐，勉強找到二段，一是第六齣〈英豪羈旅〉利用諧音打諢：

> （丑）：敢是官人要看書麼？（生）：不是，要候見越公。（丑）：若官人往月宮裡，去千萬帶了我。作成我看看桫欏樹，與那搗藥的兔子。（生）：不是，是老司空。（丑）：若尋老師公，須在庵院寺觀裡去，如何到我民家來？（生）：我自要見楊司空老爺。你也不消絮煩閑説，只與我房兒便了。

第二段則是第二十五齣〈竟避兵燹〉中寫逃難的過程小淨、末腳與丑、貼互相調情：

> 【水底魚兒】（小淨、末扮僧道士）：**寺觀清幽，奈強梁作寇讐，神通佛咒，到此一齊休。**可奈這般兵勢，趕得實難存濟，別人不見老婆，偏我們沒了徒弟。呀，好了，你看前面兩個婦人，只得拿來出氣。姐姐，我和你同伴兒走。（僧道妓打笑諢科）**神通佛咒，到此一齊休。**

與前人豐富多樣的插科打諢內容相比，《紅拂記》中的丑腳，簡直「乏善可陳」。另外《虎符記》、《竊符記》、《祝髮記》淨丑插科打諢的段落，依然不多，只有零星找到幾個段落，如《竊符記》第二十九齣〈信陵訪毛薛二生〉：

> （丑）：阿呟，毛伯伯來了。毛伯伯，你如今姓了吉了。（外）：這小

〔註9〕同註3，卷九，頁829。

廝，姓如何改得？（丑）：你不知道。你舊時手頭有錢，人見你毛勃隆，因此叫你姓毛。如今都賭輸了，手頭有些急迫，我只叫你做急伯伯罷。……

（外）：取碗漿來喫。（丑諢科）：一個錢，兩個錢？（外）：我們自用，怎麼記帳？（丑）：阿爹，感承你托我錢一二分銀子，這等一主大本錢，也要明白，如今他一碗，你一碗，本錢消花了，可不做了一個火燎毛，一個湯澆雪。

這兩個段落都是利用諧音打諢，與《紅拂記》相同，可知張鳳翼在科諢的多樣性上，顯然不足，丑腳插科打諢的功能在張鳳翼的筆下並不被重視。這五部作品之中，丑腳比較有發揮的是《灌園記》。《灌園記》中出現了四個丑腳，一是生腳田法章的隨從，二是逃難的單弟，三是擔任楚將的淖齒，四個則是拾到旦腳遺落之簪的牧童。逃難的單弟是個過場人物，其他的三個丑腳，在《灌園記》中擔任劇情轉折的重要地位。首先是田法章的書僮臧兒，個性活潑，卻不莊重。當田法章要臧兒探聽齊王的下落時，臧兒不顧田法章的情緒，還要打諢一番，第十齣〈法章聞變〉：

（丑背生介）：我聞得淖齒也怪齊王驕傲，把王字改了一個土字，如今做了齊土了。（外）：爲何喚做齊土？（丑）：王字是三畫，若去了頭上一筆，便是土字。（外）：這等說，莫非齊王反被淖齒殺了麼？（丑）：不知殺也不曾，只聞得齊王首級，已解往燕國去了。（生竊聽哭介）

國君被鄰國的將軍殺了，眼看就要亡國了，是件悲傷難過的事，丑腳卻用調笑滑稽的方式來敘述國君遭逢不幸的經過，不免荒唐。《灌園記》的高潮戲在第十四齣〈王蠋死節〉，臧兒扮演一關鍵腳色，他自以爲是的引入樂毅的手下到家裡來，規勸王蠋出來當官，後王蠋以自殺明志，讓劇情進入了最高潮。這臧兒雖然闖了禍，也得到教訓變聰明了：

（丑）：我那老爹！

【尾聲】**清風堪與夷齊并，今古齊驅好結盟。咳！只是愚公山已有祖塋在彼，論將起來，只合向首陽山築座墳塋。**（眾）：如今就將聘物留在此，殯葬太傅罷！（丑）：這斷然不可！若留在此，他在九泉之下，也須嗔責我，快拿了去。（眾）：這也是，不可強他。

等到齊復國之後，田單爲迎法章，到了太史敫家中，有了先前的教訓，這回臧兒變謹愼了，與田單的對話，也十分幽默。

另外兩個扮演關鍵腳色的丑腳，一是殺害齊王間接害得齊亡國的淖齒。淖齒賄賂楚王左右，而獲得率兵救齊之差事，發兵後，天眞的想用歌聲打敗燕兵，只可惜對手非走投無路的項羽，而他本人和韓信無法相比，結果一戰即潰，變節投敵。爲了隱瞞降燕之恥，竟與樂毅合謀殺了齊王。第九齣〈齊王被害〉：

（丑）：臣淖齒奉楚王令，提兵來救大王。（淨）：賜卿平身。卿遠來鞍馬勞倦，不知何計可以破燕復齊？（丑）：大王不必勞神，只用一件東西，小將管取成功。（淨）：你若能成功，便要我的頭，我也與你。（丑）：得令。叫軍校，齊王有令，請齊王首級下來。（應斬介，丑）：就將此首級，用匣盛了，星夜獻與樂將軍去。

齊王被殺時與淖齒的一段對話，一假一眞，幽默絕倒，具有良好的喜劇效果。張鳳翼的作品中，淨丑腳飾演的人物方面，除了市井小民之外，最常被用來做爲敵將與奸臣。以下將張鳳翼劇中的淨丑腳列表說明：

		手下及市井小民	敵將叛臣	其　　他
《紅拂記》	淨		薛仁杲、高麗王	鬼判、道士徐洪客
	小淨	僧人		
	丑	店主人、李家院子、老蒼頭、張家院子、妓女、樵夫		鬼判、將官
《祝髮記》	淨	馬夫	孔景行	
	丑	朱母	侯景	
《虎符記》	淨	船家、漁夫、詳夢先生	陳友諒	
	丑	郜興、村婦、漁婦	陳理	陳軍
《竊符記》	淨		魏王、白起	
	副淨	管家婆		
	丑	管家婆、車夫侍婢、海香	秦將蒙驁	公孫賀、信陵君門客秦使、秦內使、趙內使、魏國使者
《灌園記》	淨	單兄	騎劫	齊王
	丑	臧兒、單弟、牧童	淖齒	

以淨丑爲性格化人物時，通常他們的性格之中，還有風趣幽默的一面，但在張鳳翼的劇本中，淨丑最常用來做爲正邪不兩立的負方代表，少有幽默風趣的表現。且看《虎符記》第三折〔註10〕中淨扮陳友諒，丑扮陳理：

〔註10〕本劇無齣目。

【北點絳唇】（淨唱）：**貔虎軍聲，風雷將令，威名振。楚漢爭橫，勝負何時定。**

【前腔】（丑唱）：**宮禁趍庭，轅門聽令，從嚴命。自小從征，幕下操軍政。**（淨云）：**三軍奮迅耀旌旗，萬眾奔騰畏蒺藜。**（丑云）：**射殺山中白額虎，肯數鄴下黃鬚兒。**

《竊符記》第三十二齣〈蒙轅門拒魏使〉丑扮秦將蒙驁：

【雙勸酒】（丑扮秦將領兵上）：**擁旄出征，車徒強盛。用兵頗精，師稱常勝。管教魏卒似長平，指日間破陣降城。**出入冠諸公，論兵邁古風。先鋒百勝在，略地兩隅空。自家秦將蒙驁的便是。過得關來，且喜已入魏界，你看他兵無犀利，城無金堅，眼見得戰則必勝，攻則必克矣。況且信陵君久客于趙，必定不來救援。破魏之功，屈指可計。分付軍校，且埋鍋造飯。

張鳳翼的作品中，淨丑性格化的特徵十分明顯，從曲白上，幾乎辨別不出淨丑腳嬉笑怒罵的特質來。

五、《雙烈記》

《雙烈記》中的淨末丑

腳色名	劇　中　飾　演　人　物
淨	野鶴、方臘、秦檜、店主人、軍士、劉大人、金兀朮
末	呂師囊、李綱、里排、軍士、張俊、頭目、福建人王智、報子、黃門、院子
丑	溪雲、賽多嬌、開口靈、方天定（方臘之子）、店小二、里排、妓女、苗大人、教坊司、船家、僧、龍虎大王、金兵、万俟卨、卜者、奚童、都官

《雙烈記》的作者張四維，字治卿，號午山，元城（今河北大名）人。約明萬曆元年前後在世。〔註 11〕生卒年及生平事蹟不詳。所作傳奇，今僅存《雙烈記》。內容演述北宋名將韓世忠崛起報國到隱退的歷史故事。

本劇在腳色安排上，把滑稽可笑的角色全派給了丑腳，淨腳演出的腳色反而是性格化的角色爲多，如淨飾方臘、秦檜、金兀朮等，滑稽的角色已然不見。而末角則多屬良善角色爲多，如院子、黃門、軍士之類的人物。在丑腳方面，大概分幾個類型，一是反面人物的輔從，如方天定，苗大人，龍虎

〔註 11〕同註 3，卷九，頁 836。

大王、万矣卨、金兵等；另一方面則是市井小民，如店小二、船家等；第三則是搞笑的串場人物，如賽多嬌，開口靈等。其中又以搞笑的串場人物，最引人注目，如開口靈兩次算生腳韓世忠的命盤均命中，但因胡言亂語、出言不遜，討來一陣打。這個丑腳廢話連篇言語俗不可耐。算別人的命雖然準確，但自己的命運卻算不準，難怪被末角嘲笑。第三十九齣〈決疑〉：

> 【丹鳳】(丑扮卜者上)：**靴破底穿，袖通肘見，奔波終日飢難免，誰道我千算千靈，一身無算。**(末)：看你越奸越巧越貧，正是人算不如天算。(丑)：我就是鬼谷君平，只落得口脣皮兩片。

總體上這個開口靈，專業有餘，正經不足。全齣最有看頭的丑腳該是賽多嬌這個人物了。第三齣〈引狎〉中作者用了一大段賓白介紹她的出場。

> 【梨花兒】**羨奴羨奴生的來多容貌，小名兒喚做賽多嬌，人人見了我都道好。嗏！道我好似三郎廟裏母太保。**我是院中行妓，聽說自家詳細，莫誇一貌傾城，青春纔五十有四。虧了些鉛粉胭脂塗抹，在臉上妝妖假媚，全憑粉絹油紬穿著，在人前扭身做勢。鯿魚腳兩隻尺二，水蛇腰一丈有二，黃頭髮梳不出高髻雲鬟，怪物臉那些個如花似玉。名色是個小娘，那裡曉得吹彈歌舞，百般技藝。歪筆頭撇幾枝墨蘭，強扭揑寫兩個歪字，嘴臉是有些兒懷五。論拿人手段，卻要算我是第一，有那等晦氣的妖兒，跌在我坑裡，扒攤不去。

這段文字自我嘲諷，頗爲幽默。賽多嬌不僅年紀大，既無身材，又無臉蛋，彈琴跳舞、舞文弄墨、吟詩作詞全都不會，卻又大言不慚的說起玩弄男人的本領，最後，也有自知之明，曉得之前所言都是自我幻想，子弟們看到了她全都噁心反胃、退避三舍。賽多嬌與老鴇說話時，盡是胡謅，但和旦腳梁紅玉說話，卻又文謅謅了起來。在此劇，丑腳的發揮空間很大，與老旦飾演的老鴇對話時，就口不擇言，與旦腳對話，則文謅謅，端視劇中所需的功能，但也因此，會有口吻前後不一的矛盾現象。賽多嬌儘管諢言諢語，在重要時刻卻靈光了起來，本來老旦不願把梁紅玉許配給韓世忠，所幸賽多嬌幫忙說項，終於成就韓梁的好事。

《雙烈記》在腳色行當的安排上，依循了過去的傳統，如淨扮兀朮、秦檜，丑扮万俟卨這些典型人物，似乎已成慣例。除了生旦之外，本齣戲顯目的配角人物不多，在表現上也受了侷限。插科打諢上的安排，笑點不足，幽默風趣的對話也少有，在喜感表現上較爲缺乏。

六、《易鞋記》、《鮫綃記》、《雙珠記》

《易鞋記》中的淨末丑

腳色名	劇　中　飾　演　人　物
淨	趙氏、鶴童、船家、胡人、張萬戶、牛皮、尼姑、官奴、驛官
末	張二、白如珪手下、胡帥、軍士、院子、黃門、朝報人
丑	琴童、卜不駕船、胡人、琴童、軍士、婆子、梅香、黃店家、羊毛、小尼、接人

《鮫綃記》中的淨末丑

腳色名	劇　中　飾　演　人　物
淨	劉均玉、張漁翁、店主人、校尉頭頭、獄官、兀朮、相士、張彪、胡軍
付淨	秦檜、巡捕官
末	院子、李處仁、兵馬司、秦家人、張御史
副末	羅汝楫
丑	院子、王樵夫、老姆姆、賈主文、禁子、李成、解人單慶、解人、報子、巡海軍校、胡軍、尼姑、巡捕官、驛卒、劉漢老
小丑	解子、胡軍

《雙珠記》中的淨末丑

腳色名	劇　中　飾　演　人　物
淨	梁棟左右、張主文、安祿山、賽觀音、驛丞、胡塗、骨朵兒朮、內臣、朱快、賓相
末	孫綱、官差、葉清、後爲悟眞、王章隨從、黃門官、內臣、軍校
丑	韓姨娘、梁棟左右、李克成、佛見笑、王嗣宗、聽事官、錢買的、田氏、帥府聽事官

《易鞋記》、《鮫綃記》、《雙珠記》的作者沈鯨，字涅川，浙江平湖人，生卒年不詳。但根據《傳奇彙考》所載，明中葉間，蘇州上三班相傳曰：「申鮫綃，范祝髮。」申爲申時行家樂，可知沈鯨的時代和申時行相去不遠，大約是嘉、隆之前之人。〔註12〕

沈鯨三部作品中，丑腳的戲份都不算多，沒有一個丑腳是從頭貫串到尾。他筆下的丑腳大致上可分兩類，一是市井小民，其中有的是正經人物，如《雙

〔註12〕同註3，卷九，頁833。

珠記》中的韓姨娘、聽事官，《鮫綃記》中的報子、院子、尼姑、驛卒、老姆姆，《易鞋記》中的梅香、婆子；有的是詼諧小人物，如《雙珠記》中佛見笑、錢買的，《鮫綃記》中的王樵夫，《易鞋記》中的卜不駕船、羊毛。二是不學無術、性格有瑕疵的醜惡人物，如《雙珠記》中的李克成、王嗣宗、《鮫綃記》中的劉漢老、李成、賈主文等，第一類人物的功能，大概就是劇情中過場的人物，或偶爾調劑劇場氣氛的插科打諢的人物，如《鮫綃記》第六齣〈渡江〉安排了樵夫、漁夫逗嘴，兩人爲了一個答案再明顯不過的議題，作無謂的爭吵，卻十分本色可愛。在《易鞋記》第五齣〈歸隱〉中也有一個風趣的船家：

> （末）：你是箇船家，怎的呌不駕船。（丑）：我有兩箇兒子，他能會駕船，老的名喚不用櫓，表字白鷺洲，小的名喚不用篙，表字洞庭湖。（末）：你兒子這般名字是那箇取的？（丑）：我初年裝李老爹過白鷺洲，我的老婆產下大兒子，問我這是那里？我說是白鷺洲，他說船兒怎麼這般行得快？我說水淺用篙不用櫓，他說老子把這兒子就喚做不用櫓，表字白鷺洲也罷。（丑）：又一年裝張老爹過洞庭湖，老婆又產下一箇小兒子。他也問我這是那里，我說是洞庭湖，他說船兒這般行得緩，我說水深用櫓不用篙，他說兒子就喚做不用篙，表字洞庭湖也罷。

丑腳本身的名字叫不駕船，已十分好玩，等到丑腳透露，二個兒子，一個叫不用櫓，一個叫不用篙，更令人忍俊不禁了。這一類的人物的出現，可以令原本沈悶的劇場添增不少活絡的氣氛，在沈鯨的劇中常常利用淨丑適時加入，以調節氣氛。

第二類人物在劇中的地位比較關鍵，常扮演劇情轉折的重要位置，如《雙珠記》第八齣〈假恩圖色〉中的李克成：

> 【生查子】（丑上）：人讀五車書，偏我無一句。緣此別賢愚，我列人低處。小子叫做李克成，天生資性甚聰明，自幼怕念百家姓，慌忙改了三字經。先生教我千百遍，四句至今記不清。祖上遺些田共屋，家中積下米與銀，禮貌粗疎不惶恐，親朋來往常鬪爭，近年謀充做營長，剛管二百五十兵，軍帳前造文冊，開眼那識人姓名，白的是紙黑的字，手拏筆管重千斤，方方一點并一畫，便覺喫力身戰兢，只得出錢倩人寫，希圖僥倖免一丁。

李克成是個目不識丁的小營長，偏偏色膽包天，面對美色，又無招架之力，對生腳王楫之妻，存有非分之想，加上有了淨腳張有德從旁協助，惡向膽邊生，起了害人之心，最後害得生腳被判了絞刑，劇情於是有了重大的轉折。

在這三部作品中，刻劃最成功的丑腳，應該是《鮫綃記》中的賈主文，劇中淨腳所飾的劉均玉和丑腳所飾的賈主文，主導了劇情呈現重大的轉折。劉均玉因爲兒子的親事未諧，心懷怨恨，於是陷害魏、沈兩人，隨即兩家被抄，陷入一片愁雲慘霧之中。劉均玉不過是一方財主，以他的能力，不足以使二個官宦之家一夕垮台，這其中還有賴賈主文的協助。賈主文的職業是個訟師，視錢財爲命，在第十齣〈謀害〉中一上場便自我剖析：

> 【菊花新】（丑上）：**公門雖好是非多，穩路何如車下坡，我假意念彌陀，那識修行門路。**（白）：心爲黃金黑，腮因白酒紅。休論舊日事，柳絮已隨風。

小人有兩種，一是開門見山露出眞面目的小人，一是遮遮掩掩，用仁義道德掩飾醜惡心靈的小人，前者人人知道提防，知道閃避，但狡猾的後者，卻擅長施放冷箭，令人防不勝防。本劇中的賈主文，便是以慈善面目遮掩蛇蠍心靈的僞善小人，待劉均玉以退爲進，故意亮出帶來的金銀時，狐狸尾巴不覺就露了出來。

沈鯨三部劇作中的丑腳，賈主文出現的場次雖然不多，但形象刻畫最爲深刻，也最爲成功。今日崑劇舞台中的〈寫狀〉即是以《鮫綃記》第十齣〈謀害〉爲藍本。

七、《彩毫記》、《曇花記》、《修文記》

《彩毫記》中的淨末丑

腳色名	劇　中　飾　演　人　物
淨	曹崑崙、差官、哥舒翰、安祿山、宮女、永王裨將、從人、守將、永王遊將、史思明、觀襪人、差官、蠻將、盜首
小淨	陳希烈
末	李白門子、李龜年、崔宗之、杜甫、華陰縣令、雷海青、元丹丘、船夫、將校、李光弼、清虛道士、黃門、蠻將、土地、報人
小末	高力士
丑	張光乍、侍女、永王璘、酪酥娘、從人、使者、將校、老人、夜郎從人、差官、報人、家人
小丑	道童

《曇花記》中的淨末丑

腳色名	劇　中　飾　演　人　物
淨	呂翁、盧杞、嚴武、小魔王、源休
末	山玄卿、風魔道人（同山玄卿）、毗沙門天王使者、李泌、木韜
丑	孟豕韋、半天遊戲神、陳瑚、曹操、楊再思、姚令言
小丑	綽消丸、華歆、北幽太子

《修文記》中的淨末丑

腳色名	劇　中　飾　演　人　物
淨	兩頭蛇精、蜣螂虫、白太常、毛頭使者、強梁鬼、家僮、乞兒、牛頭、鄭大嫂
小淨	詐黠鬼
末	完初道人、旌陽老祖、黑陰司主、王生、蠛蠓精、白府家童、極窮鬼、家童、顛和尚、大司主、鄭待御、無窮比丘、閻羅天子
付末	貓精、蒙刺史
小末	玉樞、王學覽、曹夫、酉陽隱吏
丑	狐狸精、任伯嚭、蚯蚓精、張公子、愚痴鬼、慳貪鬼、乞兒、夜叉、妖狐、男魂、青童、張玉花
小丑	四眼狗、白府家童

《彩毫記》、《曇花記》、《修文記》三部作品的作者屠隆（1542～1605），字長卿，一字緯真，浙江勤縣人。萬曆丁丑（1577）進士。〔註 13〕屠隆的作品曲文華贍，重視布景寫情，唱詞、賓白對使工整，劇中人物開口常是四六駢體，曲文賓白十分工麗典雅，所以李調元《雨村曲話》評《彩毫記》：「其詞塗金繢碧，求一眞語、雋語、快語、本色語，終卷不可得。」〔註 14〕《遠山堂曲品》評論《曇花記》：「學問堆垛，當作一部類書觀，不必以音律節奏較也。」〔註 15〕而在丑腳的塑造上，也出現了賓白與人物身分不相合的情況。如《彩毫記》第十齣〈長安豪飲〉中的酒保：

（丑上）：解衣來飲盡公侯，美酒長安只此樓，蹀蹀青驄繫垂柳，纍

〔註 13〕同註 3，卷九，頁 837。

〔註 14〕李調元：《雨村曲話》《中國古典戲曲論著集成》（北京：中國戲劇出版社，1982 年一版四刷）第八輯，頁 25。

〔註 15〕祁彪佳：《遠山堂曲品》《中國古典戲曲論著集成》（北京：中國戲劇出版社，1982 年一版四刷）第六輯，頁 20。

纍紫綬掛簾鉤。小人乃長安城中酒保是也。金波玉液，酒價十千；畫棟雕梁，樓居第一。調羹仙子，手和芍藥，絕賽豪家槳娥；當壚麗人，面帶芙蓉，不數成都卓女。停車下馬，無非公子王孫；留珮解貂，盡是神仙卿相。翰林供奉李太白老爺，極愛我家酒美，常與諸名士取醉於此。不免張設鋪面，恐今日諸公又來也。

飾演市井小民的酒保，說出這麼文謅謅的道白，實在不太恰當。不過並非所有的丑腳都是如此塑造，如《修文記》第五齣〈群魔〉：

（丑、淨、付末、小丑扮群妖上，丑）：吾乃通天狐狸精是也。（淨）：吾乃兩頭蛇精是也。（末）：吾乃三腳猫精是也。（小丑）：吾乃五通靈鬼四眼狗是也。今日相會，各把自家神通試說一遍。（丑）：自家專一迷惑標致婦女，先扮做一個的美貌少年男子，身穿華麗衣服，驀然跪倒婦女跟前，那婦女見了我少年美貌，已自有三分心動了。然後把意思溫存他，甜言兒哄動，飲食見與，他自然從我，都被我淫媾了，取他氣血，助我精神，迷惑既多，神通轉大。（小丑）：那婦女知你是狐狸也不知？（丑）：初前不知，只道是每（美）貌少年，相交日久，蹤跡難掩，未免敗露些出來，與我情分既好，心性迷離，自然只索罷了。他還說這等受用、這等快活，就死也罷。

此處雖是四六駢文，但文字淺白，內容顯豁。《彩毫記》第四齣〈散財結客〉亦然。另在《曇花記》第十六齣〈讎邪設謗〉也可以找到這樣的段落：

（丑扮孟豕韋，外扮關眞君，丑上）：念我心非毒，讎人眼自憎，生來點白玉，死去做青蠅。下官散騎常侍孟豕韋是也，與司農卿蕭黃流有不共之讎，日夜忿他不過，思量設一計策，害了他一家兒。造計不難，只恐謀事無成，反遭大禍，我衙門中有關眞君祠，不免去卜問一靈籤，成敗如何？（拜科）：拜告眞君，下官孟豕韋，與司農卿蕭黃流有不共之讎，眞君所知，此讎不可不報，下官欲造一大謗，奏知皇上，害了他一家，不知此事成敗如何？望眞君報應。

其餘的內容中，丑腳縱然有曲詞賓白文謅謅的傾向，也因其身分地位較高的關係，亦是本色，不致於讓人有突兀之感。

而在丑腳扮演的人物上，最值得介紹的是《曇花記》的丑腳。在這齣戲中，淨丑出現的很晚，淨腳在第十一齣才出現，劇中的淨腳，除了第十一齣的老人呂翁之外，其餘都是奸邪人物。以往淨腳飾演的人物，雖是奸邪人物，但偶或有詼諧逗趣的演出，《曇花記》的淨腳則全然是負面人物形象出現，並無逗趣詼諧的對白。丑腳的出現更晚，直到第十六齣才出現，本齣丑另分出了小丑。丑、小丑飾演的人物有三類型，一是大惡不赦的惡徒，如孟豕倖、陳瑚、曹操，二是幽默風趣的丑角人物，如遊戲神，綽消丸，第三類則帶有詼諧表現的惡徒，如楊再思。在第一類的人物中，最值得注意的是曹操這個腳色，《曇花記》中以丑腳來擔任，和後代以油面白淨來飾演差異頗大。

第二類的丑腳人物，戲份雖不多，但劇情輕鬆有趣，令觀者在全劇冗長的說理中，可以長長吁一口氣，只見第十九齣〈遊戲傳書〉：

> （丑扮遊戲神繡襖上）：小子生來伶俐，性情有些狡獪，輕鬆舌似絲綿，細滑身如油膩。少年場裡馳名，歌舞行中得意，慣能射覆藏鈎，又會折（拆）白道字，謳歌讓我祖師，蹴踘尊我把勢。也只對景逢場，不用陰謀設計。金銀到手不貪，花柳幫閒少睡。何常學問秀才，到底風流子弟。上帝說道此人佻健無甚大罪。酆都地獄虧他，蓬島仙鄉難去，特敕六部諸曹，署我半天遊戲。愈加好耍好頑，落得無拘無制。那問往北來東，頃刻上天下地。銀河偷覷天孫，蟾宮調弄月姐。曾陪方朔偷桃，又看麻姑擲米。太白無賴老兒，偷拐嫦娥侍婢。被我窣地拿姦，雙雙磕頭下跪。昨到東海遨遊，龍王留我一醉。戲將鼉鼓打穿，又把珊瑚擊碎。揶揄分水夜叉，稱贊織綃娘子。蝦將嫌他長鬚，鼈吏嘲他短尾。大王怪我無知，龍女笑我有趣。也曾爬上天門，九關虎豹猛厲。銀瓜武士狼形，金甲將軍粗氣。被我兩語三言，大笑絕倒無地，撞遇上帝弄臣，小可受他罵詈。

半天遊戲神上場詩共二十九韻五十八句，如此長的上場詩，難得一見，雖盡用四六駢體，但內容曉暢，淺顯自然，又竭盡嘲諷之能，盡數天府醜態，令人捧腹噴飯。遊戲神形象鮮明，風趣幽默，以戲謔爲能，另有以第三十齣〈冥官迓聖〉小丑扮演的綽消丸，也一樣詼諧逗趣：

> （小丑）：死見閻羅天子，考校罪惡，道此人雖巧弄舌尖，出入宮禁，卻不曾招攬勢利。且有譎諫微勞，饒他拔舌，署我在地府做個傳送官兒。誰知宿業難忘，依舊花言巧語。地府中受苦眾生，鐵丸當食，入口火起，苦不可言，愁眉淚臉，無一刻歡容。但聽我清話一場，愁顏便展。地府中人都說，聽黃旛綽說話，胸中鐵丸兒也消了，因此上都叫名綽消丸。

這個綽消丸前世是唐玄宗時的弄臣——黃旛綽，好說笑話，生前受歡迎，連死後也受到喜愛，就連在地獄中受苦的眾生們，也因他的笑話，可以暫時抒解鬱悶的心情。當小外飾的顏杲卿斥責他時，綽消丸的回答，十分絕妙。

> （小丑）：冥府傳送官綽消丸，叩見大將軍。（小外）：怎麼叫做綽消丸？（小丑）：小子在冥府以口舌得官，花言巧語，能使眾生聞者消卻胸中鐵丸，以此得名。（小外）：胡說，爲人不做正人，話正話，怎麼花巧舌頭？（小丑）：是，大將軍舌頭會罵賊，小子舌頭會消丸，也爭不多哩！（小外）：又胡說，以後改過，不爾，吾當以三尺劍親斷汝舌。（小丑）：不敢。

正如《史記》所言亦可以談紛解繫，在不衝突的狀況之下，付出的成本最低，得到的效益最高。第三種類型的人物，則以楊再思做爲代表，第三十六齣〈眾生業報〉：

> （丑扮楊再思叩頭上）：自家唐朝楊再思是也。閻羅天子惡我生平爲人諂佞，罰我做個叩頭蟲，逢人便叩。（內叫）：叩頭蟲是會說話的？（楊）：你們不知道？大凡眾生有聲的都是說話，人自不省。你們不省得福建人鄉談，難道不是言語？

丑腳楊再思生前是個奸邪人物，死後得了報應成了逢人便叩的叩頭蟲，眞是諷刺極了。只是雖是惡徒，舉止說話的內容卻不討人厭，是詼諧的惡徒。《彩毫記》的丑腳類型和《曇花記》差不多，或野心勃勃，奸詐而刁惡，如永王璘，第二十五齣〈永王設計〉：

> 【梁州令】（丑扮永王上）：**江淮鐵騎起天潢，喜士馬精強。朱旗一指海波揚。提虎將、搜豹略、舉龍驤。**
>
> 寡人永王璘是也。因丁家難。久蓄異謀。起兵荊州，長驅海甸。與安祿山犄角，約中分南北，眼見得大業有幾分了，幕中只少一位軍師主謀。

或詼諧而滑稽者，如安祿山的糟糠之妻，第二十三齣〈海青死節〉：

> 【字字雙】（丑冠服上）：**奴家皇帝鼻豐隆，胡種。拖帶奴奴做正宮，打哄。三千粉黛盡花容，奪寵。一聲獅子吼河東，怕恐。**奴家喚做酪酥娘，皇后衣冠龍鳳章，翠鬢飛雲光碌禿，金蓮踏殿響砰磅；鼻梁孔似烟熄黑，疙肘窩如麝腦香。爭奈六宮常妬寵，蒲萄架下倒千場。奴家酪酥娘，大燕皇帝安祿山正宮皇后是也。

《修文記》中的丑腳，盡是一些妖魔鬼怪，舉凡狐狸精、蚯蚓精、愚痴鬼、慳貪鬼、四眼狗，都是作者用來諷諭時人所創的腳色。如第五齣〈群魔〉：

（丑）：你不知道我所喜的臭，前生，原是好男風的鑽心虫，托生做狐狸精，所以不惧這般臭氣。（小丑）：此間兩頭蛇、三腳貓俱乃是道學之士，休得道本相。（丑）：噢！道學先生專要做這個事，請問列位有甚麼神通妙用？

由丑行擔任的人物，也可知道屠隆利用丑行來批判現實的用意了。

第二節　本期丑腳發展特色

一、唱曲與說白

（一）賓白形式駢儷，內容顯豁

本期的丑腳演唱的曲子，仍是以粗曲爲主，只是唱的雖是粗曲，但曲詞卻有駢雅的現象出現。《香囊記》、《浣紗記》以來文人大量涉足劇曲的創作，明傳奇的劇作一時繁盛，文人涉足傳奇最大的影響是曲白的製定，戲劇本是現實生活的縮影，理應如實反映現實眾人聲口的眞實樣貌，加之戲劇的觀眾本是普羅大眾，過於文雅的曲詞賓白，擴大了劇作與觀眾的距離。文人不自覺將之視爲填詩作詞，於是不管販夫或走卒，個個吟詩誦詞，說古道今，引用成語典故，形式四六駢偶，劇本沒有針對舞台的需要反倒成爲文人馳騁才華的天地。李調元對這種現象表達了不滿。

曲不欲多，白尤不欲多駢偶。如《琵琶》黃門諸篇，業且厭之；而屠長卿《曇花》終折無一曲，梁伯龍《浣紗》、梅禹金《玉合》終本無一散語，其謬彌甚。〔註16〕

明代前期的劇作，丑腳賓白已有駢儷的傾向，到了本期，賓白駢儷，竟成共同的特色，賓白純以散語出現已是少見。以《浣紗記》爲例，淩蒙初於《譚曲雜箚》一書中表示：「自梁伯龍出，而始爲工麗之濫觴，一時詞名赫然」《浣紗記》一劇各個腳色使用的賓白都十分駢儷，連丑腳的賓白也不遑多讓，如第四齣〈伐越〉：

（丑）：臣啓主公，主公初登寶位，新御黎民，海甸甫安，邊烽乍息，

〔註16〕同註14，頁18～19。

正宜朝歡暮樂，何暇遣將發兵？且水陸頗艱，勝敗未卜，以臣言之，竊爲未可。

第五齣〈文戰〉：

（丑）主公，你看蕭蕭殘寇，渺渺游魂，七縱七擒，三戰三北，殺得他隻輪不返，片甲無存，望風而逃，渡江去了。

二段賓白全是四六駢句，形式上十分齊整。《浣紗記》中則處處都有這種句式齊整的駢雅賓白，若是定場白使用之，頗覺新奇，若是連對白都處處用之，不免令人生厭，因此王驥德便以爲：「對口須明白簡質，用不得太文字；凡用之、乎、者、也，俱非當家。《浣沙》純是四六，寧不厭人！」〔註17〕不僅是《浣紗記》，本期其他劇作都是如此，如《鳴鳳記》第二十一齣〈文華祭海〉：

（丑）：隊伍務要齊整，器械務要鮮明，粮草務要接濟，先聲務要驚人，沿途迎接將官，贄禮重者，容他相見，輕者，發在軍前聽調，驛中所備，供帳陳，動用酒器，不整齊者，以爲不敬論，百姓犯我軍令者梟首，起程前去。

這種好用四六駢語的現象，到了屠隆的《修文記》第十六齣〈鬼趣賦〉乾脆整齣戲，全以賦體來道賓白：

（丑上）：自家愚痴鬼是也，生我一向痴迷，不懂些兒關竅男女，只愛肥胖滋味，酷喜蒜酪。如今肚裡少書，只爲從前失學，漆桶餬著紙泥，牛皮楦了草料，吃飯屙屎停當，作揖打躬絕妙，山水怎當錢使，詩文送我不要，談仙談佛扯淡，說因說果饒道，富貴即活神仙，貧窮却現世報。……

本時期的劇本賓白句式工麗，甚而有「讀來艱深」、「聽來費神」的評價，但丑腳的賓白在句式工麗之外，除少數作品有文言難解的狀況，〔註18〕大致說來內容上十分顯豁，不必費力便可理解。如《浣紗記》第十七齣〈效顰〉：

（丑扮東施做大肚上）奴家姓施，住在苧羅東村，因此喚作東施。我家祖居在此，只因人丁眾多，分下一支往西村去。西村叔叔養個女兒，她便喚作西施，生得十分標致，也未曾嫁人。不知近日爲甚

〔註17〕王驥德：《曲律》《中國古典戲曲論著集成》（北京：中國戲劇出版社，1982年一版四刷）第四輯，頁140。

〔註18〕如《竊符記》第七齣〈平原夫婦慶生辰〉管家婆的上場詩未免太文謅謅（丑上）：簾捲蝦鬚春日長，金爐睡鴨水沉香。朱門伉儷非凡偶，天上雙星謫下方。自家平原君府中一個管家婆的便是。

麼生出一場心疼的病。

第四十齣〈不允〉：

(丑上)：暑往寒來春復秋，夕陽西下水東流，將軍戰馬今何在，野草閒花滿地愁。自家伯嚭，當初隨了主公，因人成事，棲越王于會稽之巔，敗齊師于艾陵之上，何等威勢，何等煊赫，誰料被越追趕，既敗于囿，復敗于役，又敗于郊，猶如喪家狗，好像落湯雞，今日到教我請行成，兩日拿了禮物在范二大夫營前俟候，他們是個清官，不要錢的，聞說辛都在越王帳中議事，如今只得往轅門首打聽，想必有個消息，此間已是轅門，不免俯伏則個。

這兩個段落幾爲四六駢白，東施和伯嚭儘管身分學養上有所落差，但賓白的內容卻都卻曉暢能解。同樣的現象也在其他劇作中看到，如《鳴鳳記》第三十三齣〈鄢趙爭寵〉：

(丑驚介)：呀！鄢老弟何來？(淨)：趙賢弟拜揖。(丑)：嚴家繼拜，惟我爲先，如何呼我爲弟？(淨)：諸子之中，我爲最幸，如何你要爲兄？(丑)：我是二品尚書，你是僉都，豈無大小之分？(淨)：我是他嫡親鄉里，你是浙江，豈無親疎之別？(丑背云)：那廝好不讓人，卻不知到此何幹，待我哄他一哄。鄢大人，我和你既爲兄弟，就如親生，不可尚氣，請問大人何往？

趙文華、鄢懋卿二位大臣爭風吃醋時，雖然用四六駢體的句法，但卻猶如口語的散體。又如《繡襦記》第二十六齣〈卑田教養〉：

(丑)：年少郎君罹禍亡，死于非命實堪傷，自家東肆長是也，前日與西肆長賭歌，得蒙鄭元和歌勝，贏了二萬錢，奪回主顧，不想他父親知道，把他打死，棄屍野外，他一命由我而亡，於心何忍！我今去尋著他尸首，權把蘆蓆包裹，再買口棺木殯殮，聞得丟在郊外，不免去尋看。呀！果投在此，蠅蚋紛紛食肉，可憐可憐。

丑腳縱然吟詩，語句也十分淺白。就連被評爲全是四六俳言連篇，用事甚多的《曇花記》，丑腳的賓白讀來也顯豁通俗，第三十齣〈冥官迓聖〉。

綽消丸一上場先吟了一首律詩，其中也用了幾個典故，但基本上仍是易曉易解。從以上的例證，我們得知，文人劇作在形式上有追求駢儷的傾向，但作家似乎沒忘記丑腳在劇中的功能，丑腳的功能在讓人心中的鐵丸消釋，化開胸中的悶氣，如果描寫丑腳盡講些令人讀來費力，艱深的字句，丑腳的功能似乎也喪失了。

（二）曲白富有地方色彩

明代前期的劇作，偶有用蒙古語來呈現異國風情，本期的語言賓白顯得更活潑，更自由，賓白十分富有地方色彩，如《鳴鳳記》丑腳使用了慈谿地方的方言，第四齣〈嚴嵩慶壽〉：

（丑背云）：這個戲丫麻，一百兩銀子還嫌少哩！（副末）：你怎麼罵我。（丑）：豈敢罵大叔，我慈谿鄉語，但是敬重那人，就叫他是戲丫麻了。（副末）：如此多叫我幾聲，折了銀子罷！（丑）：這個就叫戲丫麻，戲丫麻，嵯娘戲丫麻。（副末）：怎麼有個娘字在裡面？（丑）：娘者，是好也。（副末）：罷罷，我不計較了。（丑）：多謝大叔扶持。

丑腳趙文華，與副末把門大叔的對話，戲丫麻，猶言蛤蟆；嵯娘：操你娘之諧音。都是慈谿地區的方言。第二十三齣〈拜謁忠靈〉丑扮瞽婦，用富有地方色彩的蘇州歌來唱出自身的冤屈。

（丑扮瞽婦）：老爹奶奶呀，聽求乞的唱個曲兒。

（蘇州歌）：瞽目哀求淚滿腮，瘦骨如柴，記得當初花正開，遇喬才，在陽臺，魚水和諧呀！魚水和諧；腰肢摟抱對胸懷，著意揣揣呀！著意揣揣；露滴枝頭牡丹開，墮金釵、寶髻歪，飛散魂魄呀！飛散魂魄；不覺春去又秋來，鶯老花衰呀！鶯老花衰；百媚千嬌忘我愛，朝不揣、暮不來，撇在塵埃呀！撇在塵埃；冤家把我自來害，抄化長街呀！抄化長街；懨懨氣息苦難挨，罵天災，告官家，說個明白呀，說個明白。

《鳴鳳記》中的第三十九齣〈林公理冤〉一齣，小生林潤爲幾個被嚴嵩家陷害的小民們申冤，其中淨、副淨、丑腳均使用方言：

（丑）：小婦人是刁潑氏。（小生）：刁潑婦人，必是造言生事，推出去。（丑）：爺爺我只愛推進來，弗願推出去。（小生）：男子那裡去了，要你來告。（丑）：乞個丈夫死子了。

接著丑腳便用了一連串的曲牌體，鋪敘爲其狀詞。到了張鳳翼《灌園記》第二十六齣〈迎立世子〉：

【山歌】（丑扮牧童上）**牧童路上撞嬌娘，撞著子嬌娘就無主張。便要替渠樹陰下党介一党，荒草地上橫他一橫。弗道渠全弗睬采，倒**

> 捉我來咒罵子介一頓，搶白子介一場。我滿肚皮包盡子價惡氣，又難替渠數黑論黃囉。羌天有知，幸問起我個簪子，惹動子我個火囤肚腸。我思量個這簪子，倒是渠個實犯眞贓。若拿笪來換呷酒喫，不如在家主公面前去請子個風光。我只要燥子我個寡脾胃囉，管打得個丫頭滿身青膀。我只要博子個笑臉也囉，管氣得家主公肚膨。沒道是我看牛囡兒像個羊棚裡牯牛自覺大，權時且做一隻攪棚羊。

整首山歌，全是用地方語言唱出，更加映襯牧童的鄉土味。又如《鮫綃記》第十齣〈謀害〉：

> （丑）先生個樣陰騭事，□勿做個再？（淨）：學生曉得。

丑腳也是使用蘇州話，他如《雙烈記》第三十四齣〈獻計〉有一名說客，劇本中特別交代他是福建人，如何呈現福建人的身分，應當還是以他打扮以及說話的聲調和腔調，雖然在賓白曲詞中看不太出來，或許在實際演出時，已加入福建的地方話也不盡然。

二、丑腳功能的演進

在明代前期時，劇作家時而利用淨丑腳來諷刺一些低階貪官污吏，或者用淨丑來飾演敵將或品格低劣的人物，在本期這種手法的運用，更加成熟，諷刺的對象更廣泛，內容也更尖銳，如《鳴鳳記》是以時事爲題材，對現實的事件和人物進行針砭，最足以代表。第五齣〈忠佞異議〉：

> （生）：這是學生上本的揭帖。（丑背云）：鬼魂又來了。（生）：老先生請賜覽。（丑接介）：如今不叫做本，叫他是蟋蟀鳴。（生）：那有此說？（丑）：今人處世就如蟋蟀一般，閉口深藏舌，安身處處牢，若還開口，就是催死了。

作者利用劇中丑腳說出了一般俗世的通病，罔顧理想，缺乏道德勇氣，只求苟且偷安，面對堅持道義的官吏上書，還要譏諷他，恐怕快因此喪命了，所以說「鬼魂來了」。又如第七齣〈嚴通宦官〉：

> （老旦）：生受多次，這厚禮決不敢受。（丑）：咦，好金子，好金子，你不受我自受了，打一個金人跳一跳。（老旦）：金人怎麼跳得動？（丑）：你不曉得，如今的世界，錢會擺，銀會度，有了金子，豈不跳將起來？

裡頭淨丑飾演二個太監，受了嚴嵩的賄賂，就張狂無狀了起來，把世間有錢能使鬼推磨，金錢力量無限大的世情，透過丑腳的科諢尖銳的顯現出來。

除了譏諷貪官污吏，本期的劇作諷刺人物，也把對象擴及到一般職業上，如譏諷《鮫綃記》中的訟師，更是一絕。劇中把個視錢財爲命，爲金錢顛倒是非、指鹿爲馬的陰狠訟師，用冷雋的手法呈現出來，第十齣〈謀害〉把他的爲人剖析得淋漓：

> 自家賈主文是也，筆硯是我買賣，律法是我營生，相交的是六房書吏，使用的是笞杖徒流。外郎稱我阿叔，農民叫我公公。有錢與我的，眞正強盜改做掏摸，無錢與我的，廝打開口，就要取供。只爲生血落口也，顧不得覆嗣絕宗。

爲了眼前的利益那顧得及將來的報應，爲了隱藏蛇蠍的心腸，還以修行者出現，所以作者說他「念幾聲阿彌陀佛，好似毒蛇嘆氣，晚間頭替人刀筆揮，渾如雞見蜈蚣」當淨腳劉均玉找上門來請求協助時，只見丑腳信誓旦旦的不再理公門之事，當他聽到劉均玉氣急敗壞的欲興訟時，還假惺惺的勸他：

> （丑）學生勸人家息訟也是個美事，況且學生向來修行念佛，久不與人行事了。（淨）：這也難道。（丑）：阿呀，弟子再不敢欺心，望乞慈悲爲念，超度眾生。（淨）：你憑空對誰說話？（丑）：你不見觀世音菩薩在雲端里（裡），聽見我每（們）說話，恐怕又動憨心，說道：老道你今征（證）果已成七八了，上天快了，不可又墮地獄。

待劉均玉以退爲進，賈主文那貪婪的心腸便被勾惹了出來。

> （丑）：阿彌陀佛，一句虛言，折盡平生之福。（淨）：眞個不幹了麼？（丑）：我若再幹，狗也不是人養出來的。（淨）：可惜辜負了我這一片好念頭，我說賈先生比眾不同，不可輕他，先送他二十兩白銀，後來再補，既先生修行念佛，我怎麼壞了你的天理，待我再去尋別人罷！（丑）：且轉來，待我思量思量，你若勿損陰德個，也還有處。（淨）：罷了，你要上天快了。（丑）：我果然要上天上□，只是沒個樣長梯。（淨）：觀音菩薩在那里（裡）叫你。（丑）：等他自叫，我只做勿聽得罷了。（淨）：我說你假修行，嘎，你不該說這樣客話。

見了錢，壞主意就跟著湧現出來了，賈主文爲劉均玉出謀誣告魏必簡、沈必貴刺秦檜。丑腳還要叮嚀淨腳，缺德的事，下回別再做。賈主文在全劇中雖然只有出現在第十齣，但由於刻畫如微，把個心口不一，言不由衷的訟師，用嬉笑怒罵的方式，淋漓盡致地揭露其醜其惡，比之嚴肅的直道其惡，更加尖銳的反映出表裡不一的矛盾與可憎。

另外，像《曇花記》楊再思以瞌頭蟲的形象出現、曹操以丑腳扮飾，都足可見作者的諷刺意義。因此，我們可以得知，本期的丑腳，除了利用做爲正腳的對比之外，還更廣泛的應用在嘲諷時局，嘲諷時人的用途之上。

三、科諢方式的進展

本期在插科打諢的手法，基本上還是延續前人劇作的模式進行，如插科打諢上慣用以諧音來逗樂觀眾，《雙烈記》第二十九齣〈計定〉：

> 【金字經】：（丑僧上）：**我表子小名兒叫做一錠金，俏風流沒處尋，偏稱我的心。叫一聲南無普陀崖大慈悲救苦難觀世音。**（末）：長老，出家人有表子？

此處表子（字）與婊子音諧，故意取笑丑腳所飾演的僧侶。另外，在明代前期劇本中經常出現以曲牌來鋪敘曲文，在本期也時有所見。〔註 19〕本期與之前科諢的手法上，比較不同的突破，可從幾方面說明：

（一）以葷笑話打諢

葷笑話指的是以「性」爲題材的笑話，例如描寫性器官、性行爲或以隱諱的暗示引起讀者的性聯想。在南戲及明代前期的劇作中，也有類似的葷笑話，但只有零星幾個例子，〔註 20〕到了本期葷笑話數量多，內容也更爲露骨。

〔註 19〕《鳴鳳記》第三十九齣〈林公理冤〉：

（丑）：告狀婦香柳娘，年甲十二紅，係八聲甘州籍，告風流子強姦好姐姐事。有女似娘兒，生得眼兒媚，鎮日懶畫眉，未曾花心動，豈被薄倖嚴世蕃，經過傍妝臺，窺見點絳脣，自恃太史引勢，喝令醜奴兒，捉過三仙橋，竟到鳳凰閣。只待四邊靜，拖入銷金帳。上除女冠子，下除紅繡鞋，脱下紅衲襖，解開香羅帶，襯著玉胞肚，做個剗鍬兒，七犯忒忒令，直到滴滴金。意圖蝶戀花，占做七娘子，見有虞美人，瑣窗郎等知證，切思念奴嬌，哭得青衫溼。乞差蠻牌令，拘捉一千花犯，親奏一封書，驅除下山虎，庶使普天樂，有此上告。

婦人上告嚴世蕃的罪狀，用了一連串的詞牌，來訴冤情，除了內容有些引人遐想，也著實是文人的文字遊戲之作。

〔註 20〕成化本《白兔記》：

（淨白）：湛湛青天不可欺，井里（裡）蝦蟆沒毛衣，八十娘娘站著溺，手里（裡）只是沒拿的。

「手里（裡）只是沒拿的。」暗喻性器官。

《五倫記》第十三齣〈感天明目〉：

（旦）：這是棗子，還有一件？（丑）：有一件只是不好說，是我和娘子夾著以《浣紗記》爲例，插科打諢的段落，常常以開黃腔，帶有色情隱喻的方式進行，而這些段子總是透過淨丑來表現。如第七齣〈通嚭〉：

（丑）：我兩日身子疲倦，你與我按摩一番。（淨作按摩科介，丑）：千嬌，我的心肝，被你按著穴道，捻著癢筋，皮風臊癢骨頭輕，遍體酥麻動不得，好快活。（淨）：相公，這個打甚麼緊，停一火到牀上，下定了這個針，釘住了這個穴，你還快活哩！……（丑）：我知趣的文大夫文老爹，我不瞞你說，向年來時其實沒有老婆，將就討得一個丫頭，也略有些風韻，怎到得二位姐姐十分標致，我如今輪流轉，今夜是他，明晚是他，一來一往，一上一下，快快活活。

丑扮的伯嚭，淨扮的千嬌在劇中把性行爲毫不隱諱的透過賓白道了出來。其至劇中貴爲君王的淨腳夫差，都不免有這些淫穢之語，如第十六齣〈問疾〉，把淨腳夫差愛女色、好男風直言無隱的揭露，其至因爲縱欲過度，導致陽痿。這種露骨的性暗示，在《浣紗記》中俯拾即是。如第十七齣〈效顰〉：

【普賢歌】（丑扮東施做大肚上）：**奴家還是個女裙釵，長被姦情弄出來。清明受得胎，端陽便養孩，未到中秋身子又大。**

第三十四齣〈思憶〉的內容尤爲低俗：

（淨）你不曉得，福建前日進一種海味，喚做西施舌，被我偷些嘗嘗，妙不可言，這就是與娘娘做嘴一般了。（末）：好話。（丑）：娘娘前日乳癢，也央我搔乳，我便吮他一吮，不覺滿身都麻痺了。（末）：又說謊，難道娘娘要你搔乳。（丑）：不瞞你說，前日吳淞江進上河豚白來，喚做西施乳，大王爺喫剩了，也被我嘗得一嘗，妙不可言，這便是喫娘娘的乳一般了。

大膽顯露的說性笑話「意淫」，不免低俗。沈德符《顧曲雜言》中曾引述《浣紗記》演出的一段故事：

的。（旦）：這個我曉不得？（丑）：這是黃棵。（旦）：五般菓品既有了，問你五般菜蔬有沒有？（丑）：都有了，四個年來加五年。（旦）：四年加上五年是韮菜了。（丑）：隊伍中間蒙古人。（旦）：隊伍是軍，蒙古人是韃，這是君達來。（丑）：又一件，古制井田基上菜。（旦）：這是芥菜。（丑）：又一件，無明無夜佐（做）工程。（旦）：這是芹菜。（丑）：有一件生得似后（後）生們那個東西一般。（旦）：我曉不得。（丑）：娘子不知道，是秋茄子。

「是我和娘子夾著的。」與「生得似后（後）生們那個東西一般。」都有暗示生殖器官的意味。

《浣紗》初出時，梁游青浦，屠緯眞爲令，以上客禮之，即命優人演其新劇爲壽。每遇佳句，輒浮大白酬之，梁亦豪飲自快。演至〈出獵〉有所謂「擺開擺開擺擺開」者，屠厲聲曰：「此惡語，當受罰。」蓋已預儲污水，以酒海灌三大盂。梁氣索，強盡之，大吐委頓。次日不別竟去，屠每言及，必大笑，以爲得意事。〔註21〕

屠緯眞批評梁伯龍塡的【北朝天子】曲詞過於粗俗，據說梁伯龍因而受罰，隔日憤然離去。【北朝天子】是《浣紗記》第十四齣〈打圍〉中的淨丑眾所唱的，曲詞如下：

【北朝天子】（淨丑眾）：**馬隊兒整整排，步卒兒緊緊挨，把旌竿列在西郊外，紅羅繡傘，望君王早來，滾龍袍黃金帶，幾千人打歪，數千聲喝保，擺開擺開擺擺開，鬧轟轟翻江攪海，翻江攪海，犬兒疾鷹兒快，犬兒疾鷹兒快。**

其實以【北朝天子】的曲詞「擺開擺開擺擺開」和第三十四齣〈思憶〉淨丑所合唱的【雁兒舞】的詞句相較，【北朝天子】還要含蓄許多。

【雁兒舞】（淨丑扮宮女上，淨）：**傅粉塗朱，誰嫌貌醜，遇內監拖番，簾邊空輳。**（丑）：**被咱拿住不害羞，提著紅裩殿中走。**

曲詞當中把宮女和宦官的私情全抖露了出來，內容大膽且煽情。《浣紗記》常以葷笑話做爲打諢的內容，《鳴鳳記》亦不遑多讓，第二十一齣〈文華祭海〉：

（淨）：小僧是戒壇上住持，管下五百雲游和尚，待小僧率領前來，充作倭兵。幸而取勝，不要說起，若不勝，那時獻首盡作倭頭，到有一萬五千兩銀子。（丑）：說得有理，快放了。（笑介，淨）：爺爺，若把我和尚上下兩頭算來，到滿了三萬兩也不可知。（丑）：哇，好無狀。（淨）：好無恥。

此處和尚說「若把我和尚上下兩頭算來，到滿了三萬兩也不可知。」兩頭暗示，上面的光頭以及下面的陽物。另外，《鳴鳳記》第三十九齣〈林公理冤〉中有一段丑腳控訴嚴世藩的道白，通篇利用曲牌來訴冤情，但內容不免引人遐想。同樣露骨的話，也出現在《繡襦記》的第十四齣〈試馬調琴〉：

（生）：大姐思量馬板腸煮湯喫，故此要殺他。（丑）：這五花馬，日日與相公騎，大姐夜夜與相公騎，你騎了他一夜，大塊銀子與他，

〔註21〕沈德符《顧曲雜言》：《中國古典戲曲論著集成》（北京：中國戲劇出版社，1982年一版四刷）第四輯，頁209。

五花馬終日騎他，何曾有半箇錢與他，那騙錢的到不殺他，反殺省錢的，相公好癡。

來興的比喻十分有趣，讓人產生雙關的聯想。而在《想當然》第二十六齣〈奸妬〉甚至就把性器官直接放在賓白裡頭。甚至以文字典麗著稱的《綵毫記》都有這樣的段落。〔註 22〕葷笑話做為插科打諢的內容，在明傳奇劇本中屢見不鮮，比較明顯流行的階段，應該自本期開始。

（二）喜用典故、好掉書袋

南戲的《琵琶記》、以及明代《香囊記》中常用事典來插科打諢，不過還未成爲整體劇作的特色，但到了本期，利用古人古事，引經據典，似乎成了共同的特徵。生旦淨丑身分若是將相文士，名門淑媛，引吟詩詞、套用典故自不待說，但若連社會地位不高的丑腳，也以時事典故來調文，直是賣弄，偏偏本期丑腳插科打諢，使用典故的狀況還眞不少。如能配合其身分，倒也無從置喙，如《灌園記》第八齣〈淖齒被擒〉丑腳淖齒連用了《孫子兵法》「能而示之不能，用而示之不用」以及《禮記》中「隱惡而揚善」的典故。

（丑）：你不知道，這是能而示之不能，用而示之不用。且待我擒了樂毅，與你細說。……（丑）：這個自然奉命，只是小將被擒一事，望將軍隱惡而揚善。

畢竟淖齒是一國之將，咬文嚼字一番，還有說服力，至於到了《鳴鳳記》，連一個尋常的船家，也好掉書袋，實在不符現實，第八齣〈仙遊祈夢〉：

（丑）：他要賴我的船錢。（副末）：那見得？（丑）：秀才是個儒者，書上說道：先儒以爲賴也。〔註 23〕（副末）：撐船的也要通書！（丑）：我浙江文獻之地，蝦蟆也是會讀子曰的，不要說我是詩禮船家。（副末）：一去一回，你要許多船錢？（丑）：仙游去路遠哩！也得三年回家來。（副末）：那裡消許多時！（丑）：你不曉得由也爲之，比及

〔註 22〕在《綵毫記》第六齣〈爲國薦賢〉，淨腳曹崑崙，與小末高士力、外腳賀知章有以下對話：

（曹諾）：有了，娘娘顏色應無比，玉乳酥胸眞可喜，羅衫隱現這些兒，新剥雞頭不如你。（小末笑科）：更妙，貴妃娘娘常笑安祿山鼻準，賀懷智你就把他爲題。（賀諾）：有了，胡奴粗大應無比，鼻準隆隆眞可喜，像王留下這些兒，高帝龍孫不如你。

淨腳：新剥雞頭不如你。雞頭暗喻乳頭，即充滿了情色的聯想。

〔註 23〕「先儒以爲賴也」，出處不詳。

三年。〔註24〕

這個船子，是一般的販夫走卒，誇稱浙江文風鼎盛，連蝦蟆也讀《論語》，船家也是詩禮船家，所以他在這一齣戲就不斷的掉書袋。之後船家連續引用了《論語》〈先進〉、〈子罕〉、〈雍也〉、〈衛靈公篇〉的句子，眞令人歎服學問之淵博。而在《繡襦記》第三齣〈僞儒樂聘〉中，樂道德與來興的一番對話，也出自《論語》〈雍也篇〉、〈里仁篇〉以及《孟子・滕文公》上篇的句子：

> （淨）：你老爹怎麼料我？（丑）：説你是犂牛之子，怎麼與我千里駒同行。（淨）：啐啐，死羊不曾見，活羊見萬千，我看你在眼裡。……【大迓鼓】……（淨）：**我聲音通九夷，喜高談闊論，唾落珠璣。中原雅韻何消記，南蠻鴂舌且休題，總是儀秦仗我說詞。**（丑）：**你且學而時習之，莫矜誇唇舌，言愼樞機。若使妄爲些子事，空勞讀數行書。蹈規循矩，沒是非。**……

另外，除了引用典故之外，有時會拿典故本身開玩笑，如《浣紗記》第二十四齣〈遣求〉就把孔門弟子給嘲諷一番。這些引用的典故，通常來自四書裡頭的內容，雖然四書是當時最普遍的經典，不過科諢的使用宜配合丑腳的身分，若只爲了賣弄典故，忽略劇中腳色的身分地位，恐怕就落入掉書袋之譏。

（三）疏離效果的應用

本期劇本丑腳在科諢上還有一項値得注意的特色，即是疏離性的演出。談到舞台的疏離性演出，通常可分爲二種：

一、是演員脫離劇中腳色的疏離。演出時，照理說已經進入戲劇情境中，演員理應以劇中腳色的口吻發言，但傳統戲曲中的演員偶有以現實生活身分發言摻和到劇中來的情況。如此離開戲曲的假定情境，一下子拉回現實的做法，謂之疏離。這在南戲的劇本中頗多，〔註25〕本期比較少見這種疏離的狀況。

二、劇中人物情感不一致的疏離。劇中的的情感銜接應當是一致的，但傳統戲曲常打破這種禁忌，時而出現戲劇情感的疏離。舉例而言，明明生旦已然悲苦，與生旦站在同一陣線的淨丑，應當也要有悲苦的表現才是，但此時淨丑還要去插科打諢一下，頗覺怪異。這種疏離性的演出，後世的舞台頗多，但早在《浣紗記》中便已出現，如第二十三齣〈迎施〉：

〔註24〕出自《論語・先進篇》。

〔註25〕相關例子請參考第二章南戲插科打諢的方式。

（生）：小娘子不要煩惱。（小淨、丑）：西施妹子，你不像我兩個店底貨，你去，這椿買賣必定就著手。經過杭州，若想我兩個，搽面粉每人買三四擔寄來用用。（做哭介）

西施接受范蠡的提議，犧牲小我，欲前往吳宮作楚國的內應。以一個弱女子卻要擔負如此重大的責任，況且要再見情郎，不知何年何月，不禁悲從中來，唱詞悲苦，正當全場籠罩在一片哀悽之中時，但此時淨丑卻湊一腳打了一個叫人哭笑不得的諢話「若想我兩個，搽面粉每人買三、四擔寄來用用。」淨丑自知是店底貨，已令人莞薾，還要叫旦腳幫他買面粉，數量又是離譜的三、四擔，之後又安排「做哭介」，此時的哭早已產生不了悲傷的氣氛，反而更令人想要大笑幾聲。另《易鞋記》第三十一齣〈爲尼〉：

（淨）：小娘子，你是有丈夫的出家，非比我每，你只可持齋，不可剪髮。（旦）：事到頭來也當素位而行。（淨）：小娘子敢是懶倦梳洗。

旦腳所飾的白玉娘，爲了避免俗塵世事的糾纏，決定入庵中靜修，淨腳飾演的尼姑要她不必剃度，只要潛心修行即是，白玉娘以爲剪髮可以讓自己更加專心持志，尼姑大概想不出藉口可以阻止，竟憑空冒出「小娘子敢是懶倦梳洗。」這話，眞令人哭笑不得。明明當事人遇見了悲傷難過的事，但丑角卻用調笑滑稽的方式來說明。以今日的劇場看來這種情感疏離的舞台，的確對觀劇者而言，是殺風景的一件事，所以鄭正秋《新劇經驗談》中就表示：

滑稽亦人人所歡迎，惟吾國實少良丑，新劇界此類最多，大抵流於油滑、任意胡鬧，絕無譎諫諷世之資料。無論何劇，總以粗俗言動，博座客笑聲。老生表情節或發言論，方在切要時，經其出怪聲，作怪相，以分座客之神，往往使老生英雄無用武之地，淪於窘境。小生、小旦遇之於極悲慘時，可使座客淚下者，一經滑稽，出怪聲，作怪相，往往使座客破涕爲笑，其至使編戲人、演劇人之苦心，全功盡棄。〔註26〕

雖然這是觀賞民國改良的京劇產生之感，但可見這種情感疏離對之後的劇場影響頗大，也成爲了傳統戲曲的特質之一，張啓超《中國戲曲「喜劇傳統」之研究》適可解讀這種現象：

在劇情極悲哀之處添入胡鬧嘻笑成分表演形式，正是在提醒觀眾：

〔註26〕任二北編：《優語集》（上海市，上海文藝，1985年）〈總説〉，頁14。

「戲就是戲」，必須跟它保持「美感距離」，不要太沈溺於莊嚴凝重的悲劇氣氛中，而忘了「欣賞」、娛樂的看戲目的，以及疏忽了這一齣戲本身的藝術價值。〔註27〕

以上兩種看法，都是以劇場的角度來看的，若我們將這種疏離作用視爲戲劇反映眞實人生，也是實然。你這廂愁雲慘霧、悲情黯淡，他那廂樂不可支、喜不自勝；你這裡離情依依，送走了人，他那裡歡天喜地，迎接了個人。眞實的人生總是悲喜交加的，你的悲只對能產生共鳴的人發生作用，並非每個人都可以產生同理心，對於作者刻劃的淨丑人物有這些突如其來的反應，基本上也符合現實的經驗。

第三節　淨末丑的發展

在明代前期傳奇劇本中淨末丑的功能，已有了不少的變化，而隨著劇作創作數量增多，題材類型繁盛，原本七個腳色、九個腳色的人物類型已不敷使用。在本期淨末丑的關係上，承繼明代前期的腳色功能，末已然和淨丑的功能區分開來，成爲良善角色的代表，〔註28〕也因如此，甚而與外的腳色產生混淆，〔註29〕反倒是由末分出的副末，有時因兼任奸邪腳色與淨丑會產生混淆，〔註30〕而本期淨丑末的關係，可由以下幾點說明：

一、淨末丑功能分化

在明代前期的劇作中，末行已出現了小末，但是除了《寶劍記》外，淨、丑行都還未分化，到了本期，淨行分化爲淨、副（付、小）淨，丑分化爲丑、小丑。此時，副淨與小丑都是做爲輔助淨丑的一個腳色，還未具備一個行當的屬性，和清以後的副淨、小丑的功能並不一致。如《想當然》第二十六齣〈奸妬〉中，耿汝和爲淨腳，但只要和身分地位較高的淨腳馬皐同場，則耿

〔註27〕張啓超：《中國戲曲「喜劇傳統」之研究》（東吳大學中文所博士論文，1992年）第三章，頁187。

〔註28〕如《浣紗記》中末行飾演文種、公孫聖、吳國太子、季桓子、鮑大夫、伍員子等都是良善腳色，與外行飾演的人物伍員、董褐、王孫駱性質相近。

〔註29〕如《祝髮記》中第十七齣、二十一齣老管營作末，第二十七齣成了外。

〔註30〕《鮫綃記》第十四齣〈勘問〉付末羅汝楫是奸邪腳色，前做付末，後又成了丑，二者混淆。

汝和就成了小淨。淨、小淨之分，似乎是從其身分地位之別來看待，但另一個例子又不然，《鮫綃記》第十一齣〈出首〉中付淨秦檜的身分又比淨要高，因此淨與副淨的區分，應該是劇中的主從位置，即淨爲主，副淨爲輔，丑行亦然，丑爲主，小丑爲輔。

二、淨丑關係混淆

在本期的劇作中，末和淨丑的關係基本上已經區隔開來，而淨丑的關係依然會有混淆的狀況發生。同一行當也有二名演員在場的現象，如《彩毫記》第二十七齣兩個丑腳同時在場，扮從人的丑還沒有下場，丑扮的永王璘已現身。《竊符記》第二十四齣亦有末扮李同，與末扮趙王同時在場的狀況。而淨丑行混淆的狀況則有以下幾種狀況：

（一）淨丑混淆

《鮫綃記》第六齣〈渡江〉淨張漁翁和丑王樵夫兩個腳色混淆。淨腳上場自我介紹爲張漁翁，之後丑腳上場介紹自己爲王樵夫，但其後，卻成了：

> （丑）：王大哥你來了，（淨）：張大哥，我今日人來與你打平火。（丑）：你打什麼與我打平火。（淨）：我麼滿滿的一担柴在那里（裡）。（丑）：你那打柴如甕中捉鱉，值什麼緊？（淨）：你打打魚有什麼難？

二人的身分顛倒。又《鮫綃記》第十五齣〈出獄〉此齣的獄官本來用丑腳飾演，但抄本可看出將丑改成淨，有可能傳鈔的過程中出錯，也有可能是淨丑的功能仍然混淆。

（二）副淨和丑混淆

《竊符記》管家婆在第七齣以丑扮演，第了第二十七齣卻成了副淨扮演。

（三）淨和副淨混淆

《竊符記》朱亥在第四齣、十九、二十、三十九齣時由淨腳扮演，到了第二十五齣時卻變成了副淨扮演。

淨丑混淆的現象，可能是劇本輾轉流傳的過程中，出現了傳抄的錯誤，但更重要的因素在於淨丑的功能仍然接近，也有可能是劇作家在看待「淨丑」二角時，視爲相似的行當，還沒有區分爲二種不同行當的意識，所以在傳抄及腳色安排上，才會有混淆的狀況發生。

三、淨丑扮飾人物更加性格化

明代前期的劇作，淨丑的功能有了新的分化，除了扮演專門插科打諢的人物外，更用來飾演性格明顯、氣勢剛強的人物。這種性格化的淨丑，到了本期更加明顯，本期的劇作有爲數不少的歷史劇、時事劇，所以性格化的角色需求增多，正角不足以擔網，所以由淨丑來兼任。性格化的淨腳如《浣紗記》中的吳王夫差，《彩毫記》、《雙珠記》中的安祿山，《鳴鳳記》中的嚴嵩、副淨嚴世蕃，《曇花記》中的盧杞，《雙烈記》中的金兀朮、秦檜，《虎符記》陳友諒等。無論在性格上、氣勢上及扮相上，都和以往滑稽的淨腳差異甚大。如《雙烈記》第五齣〈妄尊〉淨腳扮方臘，先以【點絳唇】曲上場，抒發「一統山河」的心願，然後吹噓自己擁有百萬神兵、戰將如雲，而且各個將領「文過張良，武欺項羽」到了第二十七齣〈虜驕〉金兀朮也以淨腳扮演，並同樣唱【點絳唇】上場誇飾自己像「孫武神謀，項籍威武」，普天之下，無人可匹敵，在賓白之中，則云自己「舉鼎拔山蓋世強」，軍隊所到處「虎啖群羊」，二者都顯現了其將領的野心與霸氣，這種人物類型就派給了淨腳。不僅如此，淨腳偶爾也演出正派性格的腳色，如《彩毫記》中的哥舒翰、《紅拂記》徐洪客。哥舒翰一出場，氣勢不凡。第十一齣〈預識汾陽〉中，「坐斷河西四郡，威名天下俱聞，陰山夜哭匈奴遁，桓桓麟閣元勳」這樣的氣勢，那裡是南戲裡專以嬉笑怒罵的淨丑所能比擬。這種性格化的人物造型，跟後代戲劇舞台中的淨腳已經雷同。

性格化的人物造型，也出現在丑腳的刻畫上，如《彩毫記》中的永王璘、《雙烈記》中方天定、《祝髮記》中的侯景、《虎符記》中的陳理都是代表，《祝髮記》第三折：

> 【北點絳脣】（丑扮侯景上唱）：**二國通謀，一身僝僽。藏機彀，恩變爲讎，早被咱參透。**

《虎符記》第三折陳理出場：

> 【紅綉鞋】（丑唱）：**雄兵百萬爭能，雄兵百萬爭能。那敢觸犯威靈？那敢觸犯威靈？軍猛劣，陣崢嶸。王氣盛，將星明。**

唱詞豪情、氣勢磅礡與以幽默風趣見長的丑腳在風格上，已區分開來，反而和後來的淨腳幾乎一致。雖然同是扮演性格化的人物，但通常淨腳似乎地位來得高一些，奸邪度也略高一些，如淨扮金兀朮，丑扮女婿龍虎大王，淨扮方臘，丑扮其子方天定，淨扮陳友諒，丑扮其子陳理。

小　結

從明代前期的傳奇中，便可發現文人士大夫涉足劇壇。到了本期，文士們染指傳奇，更蔚為時風。文人的參與以及崑山腔的興起，將明代傳奇帶到一個新的階段，「崑山腔特有的清柔婉折的藝術格調，契合文人的審美味，符合此期的文藝思潮，更有利於風流才子們抒發細膩蘊藉的藝術情感與外化其婉麗幽邃的內心世界。」〔註31〕兩相作用之下，使得明代傳奇的審美趣味，也有了些異變，傳奇風格的典麗，是最明顯的特徵，郭英德以為：

> 文詞派是文人傳奇崛起期的主要流派，它濫觴於邵璨。開派於鄭若庸，李開先，梁辰魚等推波助瀾，至梅禹、屠隆而登峰造極。〔註32〕

同時劇風所趨，連以插科打諢為能事的淨丑腳也沾惹了駢雅的傾向，不僅有了不合身分的上場詩，甚而文謅謅的引經據典也時而出現在淨丑的曲白之中。而在風格典麗的同時，作者們也意識到淨丑的功能，實以逗樂觀眾為要，因此在不犧牲典麗的形式之際，便以顯豁的內容來代替其俚俗的原貌，另外本期劇本中的賓白更加活潑自由，使用了很多地方性的方言，讓人物更顯得生動有特色，後來崑劇舞台上「丑必蘇白」的賓白特色，在本期已有了發端。曲詞方面，由於創作風氣偏於典雅，也影響了丑腳的塑造，本期的丑腳常是出口成章，有不合身分地位的上場詩及曲詞，連賓白的形式也十分駢儷，是明代傳奇中最為駢雅的一個時期。

在丑腳的塑造上，丑腳在劇中主要還是以插科打諢、逗樂觀眾為最大的存在價值，但本期以丑腳做為生旦的對比角色更加鮮明，丑腳身分提昇，性格、作為的刻劃都更勝一籌，丑腳人物變得更為奸險、陰狠，作者再也不是信手拈來、隨意取材，而是更有計畫性的舖敘安排，使得譏刺時局、時風的目的更加顯豁，因此使得丑腳擔破破壞腳色的狀況更為突出。再者正面角色，偶或有行為失當之處，也適時利用淨丑來針砭，使得淨丑的功能更加多元。由於本期劇本取材歷史劇頗多，丑腳的身分地位也明顯提高，有擔任宰相、大臣的位置，敵軍叛將更是處處可見，只是這些身分地位高的丑腳都是以負面人物的姿態出現。本期創作的丑腳人物成就斐然，成為後代塑造丑腳的典範人物，如伯嚭、趙文華、万俟卨這些具有典範意義的丑腳，在後代習慣以丑腳應工。以今日的丑腳分化來看，袍帶丑、方巾丑、褶子丑都可在本期看

〔註31〕郭英德：《明清文人傳奇》（文津出版社：台北，1992年）頁8。
〔註32〕同註34，頁7。

到。不過，到了後來，丑腳性格化這條路線卻逐漸萎縮，淨腳卻大大有發揮。

在淨末丑的關係上，末與淨丑的功能已截然分開，末已是良善人物的代表，而如前期由丑腳飾演的正面人物雷海青，到了本期的《綵毫記》就改由末腳飾演。末腳幾乎不再進行插科打諢的任務，有些時候反而與同樣飾演良善角色的外角產生混淆，而插科打諢幾全由淨丑擔任，淨丑腳也有了分化，淨腳的分化較丑腳更被廣泛的使用，淨丑的劃分似乎還沒有明確的標準，大概只有地位尊卑比較看得出來，也因此淨丑在本期還時有混淆的現象。

在插科打諢的手段運用上，本期仍繼承南戲時期以來的插科打諢的手法，比較增進之處，在於利用葷笑話做爲手段。葷笑話的風行與明代哲學思潮、社會開放有直接的關係，越到了後期，利用葷笑話插科打諢的現象愈是頻繁。

也由於文人參與傳奇的製定，形成一股風尚，本期的傳奇，文士化的現象，除反映在文詞的典雅外，也反映在插科打諢好用典故、好掉書袋的現象。而一味文詞化的結果，常未能配合淨丑人物的身分條件，進而產生俗人打雅諢的怪異現象。前期時而出現的長篇賦體的唸誦，本期淨丑擔任此項任務者甚少，轉而由末腳來擔任，內容也多是詠景、詠物爲多。

第五章　萬曆中葉迄明末（1598～1644）

傳奇製作的蓬勃，使得劇論、曲論的專門著作紛紛出籠，何良俊的《曲論》、王世貞的《曲藻》、王驥德的《曲律》、沈德符《曲論》等，對於審音、協律、塡詞、度曲、表演進行了整理、研究，使得創作變成一門專門的學問，到了沈璟《南九宮譜》，可謂集大成，徐朔方以爲《南九宮譜》的貢獻在：

> 以八十多部古代南戲、舊傳、當代文人作品以及唐宋詞作爲原始資料，考訂了各曲的來歷、句、板拍、四聲韻腳，使得六百五十二支曲牌成爲作者、唱家可以遵循的典範，又在失傳或行將失傳的十三調五百零三支舊曲中輯補了六十七支曲文，使得它們重新獲得生命。〔註 1〕

沈璟體悟到戲曲創作必須摒除案頭之曲，主張遵守格律，並爲了力矯傳奇駢儷之弊，用語上推崇本色，爲戲曲創作的繁榮作出有益的貢獻。沈璟的主張，獲得不少傳奇作者的推崇，因沈是吳江人，所以把推崇沈氏的一班作者，都叫作「吳江派」。〔註 2〕同時期，臨川人湯顯祖以「王茗堂四夢」廣爲流傳，湯顯祖在文詞上偏重綺麗與纖巧，因爲專逞才情、筆調宏肆，對於格律上的規矩，較不注重，面對不能合律的批評，湯顯祖發出要「拗折天下人嗓子」的豪語。湯顯祖的寫作風格及主張也得到了不少傳奇作者的認同，因其爲臨

〔註 1〕引自徐朔方輯校：〈前言〉，《沈璟集》（上海：上海古籍出版社，1991 年），頁 8。

〔註 2〕吳江派的由來，一般是以《望湖亭》第一齣〈敘略〉所言：〈臨江仙〉：「詞隱登壇標赤幟，休將玉茗稱尊。鬱藍繼有槲園人，方諸能作律，龍子在多聞。香令風流絕調，幔亭彩筆生春，大荒巧構更超群。鲰生何所似，顰笑得其神。」

川人之故，就把尊崇湯顯祖的一派作者，叫做「臨川派」。本期的傳奇便是吳江派、臨川派競逐的一個時期，〔註3〕當然也有遊走在兩派之間的作者，如汪廷訥、范文若、葉憲祖等人。

吳江派和臨川派看來好像壁壘分明，實際上湯顯祖在審音配譜上，也不是橫行直撞，沈璟也並非只重格律不看文詞，二者的著重點不一，實行的方法，便有了些差異。而我們觀察二派對丑腳的塑造，其實都有出現不符身分的賓白和曲詞丑腳人物的塑造上，基本上比明嘉靖、萬曆間的傳奇更符合本色的要求，可知二派的論述在丑腳的塑造上，其實都是朝著本色的路線走。

《牡丹亭》之後，引發了明中後期傳奇寫情的熱潮，描寫愛情的傳奇體制特別適合表達各種情的主題，「傳奇十部九相思」就是明證。湯沈之爭雖難以定是非，但影響卻相當大，作家們開始注意到文詞和聲律的兼美，不是以「臨川之筆，協吳江之律」，就是以「寧庵之律，學若士之詞」，作家們相互競勝，演奇事、繪奇人、抒奇情。

除了湯、沈的主張爭勝，本期也是傳奇體製一個變遷期，傳奇的體制是從南戲發展而來的，一本戲可多至四五十齣，有時顯得冗長鬆散。因此王驥德，臧懋循等人，已注意到傳奇結構的通病，如臧懋循在《紫釵記》批語提到「中間情節，非迫促而乏悠久之思，即牽率而多迂緩之事，殊可厭之。」〔註4〕又在《紫釵記》改本末出評語「自吳中張伯起《紅拂記》等作，止用三十折，優人皆喜爲之，遂日趨向短，有至二十餘折者矣！」因此，我們看本期的劇作，除像《紫釵記》、《還魂記》多於五十齣，大約以三十齣左右最爲常見，如《桃符記》、《雙魚記》、《邯鄲記》、《青衫記》、《種玉記》、《獅吼記》、《紅梨記》、《宵光記》都是三十齣，《博笑記》是二十八齣，《鸞鎞記》、《葛衣記》則是二十七

〔註3〕湯沈之爭的發生，起因於沈璟更動了《還魂記》的曲詞，王驥德記錄了二人爭論的過程：

臨川之於吳江，故自冰炭。吳江守法，斤斤三尺，不欲令一字乖律，而毫鋒殊拙；臨川尚趣，直是橫行，組織之工，幾與天孫爭巧，而屈曲聱牙，多令歌者齰舌。吳江嘗謂：「寧協律而不工。讀之不成句，而謳之始協，是爲中之之巧。」曾爲臨川改易《還魂》字句之不協者，呂吏部玉繩以致臨川，臨川不懌，復書吏部曰：「彼惡知曲意哉！余意所至，不妨拗折天下人嗓子。」其志趣不同如此。鬱藍生謂臨川近狂，而吳江近狷，信然哉。

見王驥德：《曲律》《中國古典戲曲論著集成》（北京：中國戲劇出版社，1982年一版四刷）第四輯卷四《雜論》第三十九（下），頁165。

〔註4〕見明萬曆間吳興臧氏原刻本。

齣。齣數減少，可讓故事頭緒減少，情節更緊湊，人物書寫更爲集中，使得人物個性也更加鮮明。

在腳色的運用上，本章引用劇作行當使用狀況，圖示如下：

劇本／行當	生	外	旦	貼	淨	末	丑	其他
紅 葉 記	生、小生	外	旦、小旦、老旦	貼	淨	末	丑、小丑	雜、眾
桃 符 記	生	外	旦、小旦、老旦		淨、中淨	末	丑	雜
墜 釵 記	生、小生	外	正旦、小旦、老旦		淨、付	末	丑	眾
埋 劍 記	生、小生	外	旦、小旦、老旦		淨	末	丑、小丑	雜、眾
義 俠 記	生、小生	外	旦、小旦、老旦		淨	末	丑、小丑	眾
雙 魚 記	生、小生	外	旦、小旦、老旦		淨	末	丑、小丑	
邯 鄲 記	生	外	旦、老旦	貼、老貼	淨	末	丑	眾
南 柯 記	生	外	旦、小旦、老旦	貼	淨	末	丑	雜、眾
紫 釵 記	生	外	旦、老旦	貼	淨	末	丑	雜、眾
還 魂 記	生	外	旦、老旦	貼	淨	末	丑	雜、眾
三 祝 記	生、小生	外	旦、小旦、老旦		淨、小淨	末、副末	丑、小丑	雜
天 書 記	生、小生	外	旦、小旦、老旦	貼	淨	末	丑、小丑	雜、眾
投 桃 記	生、小生	外、小外	旦、小旦、老旦		淨	末	丑、小丑	雜
彩 舟 記	生、小生	外	旦、小旦、老旦		淨	末	丑	雜
義 烈 記	生、小生	外	旦、小旦、老旦		淨、小淨	末	丑	雜
獅 吼 記	生、小生	外	旦、小旦、老旦		淨	末、小末	丑、小丑	雜
鸞 鎞 記	生、小生	外	旦、小旦	貼	淨、副淨、中淨	末	丑	雜、眾
錦 箋 記	生、小生	外	旦、小旦、老旦		淨	末	丑	雜、眾
琴 心 記	生、小生	外、小外	旦、小旦	貼	淨、小淨、副淨	末	丑、小丑	眾
蕉 帕 記	生、小生	外	旦、小旦、老旦	貼	淨、中淨	末	丑	雜、眾
投 梭 記	生、小生	外	旦、老旦	貼	淨、副淨	末	丑、小丑	雜、眾

劇本／行當	生	外	旦	貼	淨	末	丑	其他
紅梨記	生	外	旦、老旦	貼	淨、副淨、小淨	末	丑	雜
宵光記	生、小生	外	旦、老旦	貼	淨、付	末	丑、小丑	雜
玉鏡臺記	生	外、小外	旦、老旦	貼	淨	末	丑	眾
水滸記	生、小生	外	旦、小旦、老旦		淨、副淨	末	丑	雜、眾
焚香記	生、小生	外	旦、小旦	貼	淨	末	丑	雜
節俠記	生、小生	外	旦、小旦、老旦	貼	淨	末	丑	雜
靈寶刀	生、小生	外	旦、小旦、老旦	貼	淨、中淨、女淨	末、副末	丑	眾、雜
櫻桃夢	生、小生	外	旦、小旦、老旦		淨、女淨	末	丑	眾、雜
鸚鵡洲	生、小生	外	旦、小旦、老旦	貼	淨	末、副末	丑、女丑	眾
雙雄記	生、小生	外	旦、老旦	貼	淨、副淨	末	丑	雜
萬事足	生、小生	外	旦、小旦、老旦	貼	淨、副淨	末	丑	雜
新灌園記	生、小生	外	旦、老旦	貼	淨、小淨	末	丑	雜、眾
女丈夫	生、小生	外	旦、老旦	貼	淨、小淨	末	丑	雜、眾
量江記	生、小生	外	旦、老旦	貼	淨、小淨	末	丑	雜、眾
夢磊記	生、小生	外	旦、老旦	貼	淨、小淨	末	丑	雜、眾
灑雪堂	生、小生	外	旦、老旦	貼	淨、小淨	末	丑	雜、眾
二胥記	生、小生	外	旦、老旦	貼	淨	末	丑	雜、眾
貞文記	生、小生	外	旦、小旦、老旦	貼	淨	末	丑	雜、眾
嬌紅記	生、小生	外	旦、外旦、老旦	貼	淨	末	丑	雜、眾
鴛鴦棒	生、小生	外	旦、小旦、老旦		淨	末	丑	雜、眾
夢花酣	生	外	旦、小旦、老旦	貼、茶旦	淨	末	丑	雜、眾
花筵賺	生、小生	外	旦、小旦、老旦		淨	末	丑	雜、眾
望湖亭	生、小生	外	旦、小旦、老旦	貼	淨	末、副末	丑、小丑	雜
牟尼合	生、小生	外	旦、小旦、老旦	貼	淨、副淨	副末	丑	雜
春燈謎	生、小生	外	旦、小旦、老旦	貼	淨、副淨	末、副末	丑	雜、眾
燕子箋	生、小生	外	旦、小旦、老旦		淨、副淨	末、副末	丑	雜、眾

劇本／行當	生	外	旦	貼	淨	末	丑	其他
雙金榜	生、小生	外	旦、小旦、老旦		淨、副淨	末、副末	丑	雜
西園記	生、小生	外	旦、小旦、老旦		淨	末	丑	雜
情郵記	生、小生	外	旦、小旦、老旦		淨	末	丑	雜
畫中人	生、小生	外	旦、小旦、老旦		淨、小淨	末	丑	雜
綠牡丹	生、小生	外	旦、小旦、老旦		淨	末	丑、小丑	雜
療妒羹	生、小生	外	旦、小旦、老旦		淨	末	丑、小丑	雜
鴛鴦縧	生、小生	外	旦、小旦、老旦		淨、副淨	末、副末	丑	眾

除了雜眾之外，本期使用最多行當的應屬《靈寶刀》，整本戲用了十三個行當，其中我們可發現，生行分出小生，旦行分出小旦，老旦，這已是普遍的現象，淨行則分得更細，除了副淨，再分出小淨。陳與郊的作品《靈寶刀》、《櫻桃夢》還特別分出了女淨來，《鸚鵡洲》則分出了女丑來，強調女性演出淨丑的腳色。而丑行分出小丑，則較前期更加明顯，尤其前期的小丑戲份不多，常是幫襯的腳色，本期則可發現小丑已成爲正式行當，也擔綱重要的腳色。反而是末行的分支，在本期似乎有消沈的狀況。在前期，外行分出小外或老外，末行分出副末或小末是常見的腳色運用，到了本期，除了少數劇本，末行、外行大概只用一個行當。不過，實際舞台的使用狀態，則更爲簡省，如《冬青記》〈凡例〉所言：「近世登場，大率九人。此記增一小旦、一小丑。然小旦不與貼同上，小丑不與丑同上，以人眾則分派，人少則相兼，便於搬演。」〔註 5〕劇班在使用行當上，顯然彈性空間頗大。

隨著寫作題材增多，表現形式更加複雜化，腳色行當的使用朝向更自由的方式進行。本期在行當的使用上，較以往更有實驗性，有些著作顛覆了行當的使用傳統，使得腳色行當的刻板印象被打破。如扮演的人物形象上，生旦一般說來都是劇中的正面腳色，淨丑是負面腳色，但這樣的傳統在本期面臨了挑戰，《桃符記》中的旦腳是負面腳色，《東郭記》中的生腳作爲猶如淨丑，《牡丹亭》末腳陳最良如同淨丑，而《彩舟記》中淨演正面的性格人物，

〔註 5〕《冬青記・凡例》見《中國古典戲曲序跋彙編》（山東：齊魯書社，1989 年）頁 1299。

《鸞鎞記》中亦有淨飾演品格良善，地位高尚的女性人物之例。《鴛鴦棒》的生腳，實是大反派，反而經常以負面角色出現的淨丑退居其後。《貞文記》中的小生，雖有才，卻是個負面的人物，《二胥記》則是外的戲份，比生還亮眼。《雙金榜》更是顛覆了副淨的形象，讓副淨飾演正面腳色。在腳色的重要性上，也發生了變化，如《博笑記》以淨丑爲要角，《金蓮記》中的小旦和貼旦較正旦來得重要，《四喜記》中小生、小旦的戲分較生、旦爲多，《水滸記》中小旦戲份較旦腳爲多，《投梭記》中貼的戲份較旦爲多，都打破了我們對腳色行當的迷思，算是本期突出的特徵。在丑腳的功能上，仍是以插科打諢爲主體，但做爲對比時的諷刺對象時，相較於前期的直接批判。本期的諷刺手法更多，明諷、暗諷、反諷，甚至作者乾脆挑明欲批判的社會現象。在丑腳塑造上，由於本期劇本爲數眾多，所以各種丑腳的人物形象幾乎都可在本期的劇本中見到，跟前期比較起來，性格化的丑腳已不多見，反倒是淨腳性格化的人物更多，更爲定型，甚至開始飾演正面人物的形象，並且有漸漸交出插科打諢棒子的傾向，將逗樂觀眾的任務，交由淨腳的分支副淨、小淨或者丑行來從事。

本期作者創作傳奇的心態，也有了些轉變，這些轉變反映在傳奇劇本的製作上。首先本期的作者更重視賓白的創製，賓白的量與曲詞等量齊觀，說白比唱白多的情形比比皆是，並且說白更加口語化，貼切生活，宛如演出本一般。其次更重視舞台實際的演出，創作心態上是以貼近演出的形式來書寫，對於演員進退場的安排、〔註 6〕科介的說明，都比前期來得詳盡。另外，除了崑腔之外，更多樣化的曲藝藝術，如最著名的《石巢四種曲》幾乎每一齣都有搭配雜技的演出，另外，像《望湖亭》亦有戲中戲的演出，都可在本期劇本之中看到，這是本期作品的創作特色。

在行當的分配上，除了少數幾個劇本之外，〔註 7〕慢慢的也以「勞逸均等」的目標來調度腳色，讓每個角色都各有發揮的時機，每個行當盡量把戲集中在某些人上，而每個上場人物，又可以充份調度，這樣人物雖然不多，劇情也豐富生動。傳奇的主題宗旨，向來以情爲主，使得生旦戲較爲搶眼，但紅花須綠葉來相襯，生旦戲也須搭配其他配腳的戲，讓情節更見曲折、內容更

〔註 6〕如《情郵記》第十一齣進出場的位置說明，如左旋上，右旋上，二站、三站、四站，說明了演員進出場的位置及先後到驛的次第。

〔註 7〕如吳炳《西園記》以生旦戲份居多，淨丑戲份較少。

活潑多樣。以本期作家馮夢龍、阮大鋮爲例，〔註8〕兩人著作中，每個行當必定會有個較吃重的腳色，使其可於劇中好好發揮，適時表現行當的特質來。

第一節　劇作中的丑腳演出

一、《紅葉記》、《埋劍記》、《雙魚記》、《桃符記》、《義俠記》、《墜釵記》、《博笑記》

《紅葉記》中的淨丑

腳色名	劇　中　飾　演　人　物
淨	漁翁、魏材、廟祝、母羅刹、力士、魏子眞、家人、醉皀隸
丑	曾婆、攔江虎、力士、船家
小丑	古怪

《埋劍記》中的淨丑

腳色名	劇　中　飾　演　人　物
淨	蠻將、牢子、魏延年、校尉、郭府家人、顏父、小厮、車、蠻軍、賈婆、軍士、使臣、耆老、腳夫
丑	頭目、校尉、李蒙、吳妻、寨主、蠻軍、承局、鄰居
小丑	輕雲、蠻頭目、侍妾、李府家人、軍校、探子、頭目、蠻子、蠻軍

《雙魚記》中的淨丑

腳色名	劇　中　飾　演　人　物
淨	王則的、賊、留浩、風裡烟、根牢兒
末	邢成、堂後官、承局、百姓、鄧小閑（嫖客第十六齣）、王員外、長老
丑	家童、腳夫、天使、賊、軍校、學徒、楊二媽、家僮、皀、小和尚、皀
小丑	蒨桃（金屏）、嘍囉、百姓、雲裡手、軍校、學徒、老者、趙實

〔註8〕以馮夢龍《雙雄記》爲例，末飾的劉方正屢次協助雙雄救助，提供意見爲雙雄求情，雙雄得以將長才報效朝廷。外扮演的龍王頗爲關鍵，贈劍，救旦皆是由他來飾演。貼的戲份，也不少老旦飾的鴇母及官，淨腳丹有我，丑腳留幫興，小淨賈給事都各有發揮之處。

《桃符記》中的淨丑

腳色名	劇　中　飾　演　人　物
淨	包公
中淨	王慶
丑	腳夫、雲氏、店小二

《義俠記》中的淨丑

腳色名	劇　中　飾　演　人　物
淨	獵戶、西門慶、媒婆、殷天瑞、李鬼、左右、花和尚、蔣門神、小二（孫元）、牢子、軍、米內蟲、更夫、花和尚矮腳虎、楊戩
丑	酒保、王婆、時遷、孫二娘、小校、火家、酒保、張團練、殺手、跏子道姑、飯裡屁、更夫、小校
小丑	家僮、武大郎、鄆哥、士兵、張千、妓女、芳惠、軍、小校、內臣

《墜釵記》中的淨丑

腳色名	劇　中　飾　演　人　物
淨	船家、仙童、司炳靈公、小鬼、蒼頭、溫大元、掌禮人
丑	道童、行錢、提典、手下
付	倩兒、馬面、來富妻、仙童、舉子

《博笑記》中的淨丑

腳色名	劇　中　飾　演　人　物
淨	僕役（2）、旦之夫、報喜人、家人（5）、小廝（6）、僧（9）、客人（13）、老宰相（15）、船家（18）、賽範張（22）、黑面怪（24）、強盜（26）
丑	蒼頭（2）、官（5）家人（9）、快手（10）、小廝（11）、混混（12）、樂隊（14）、小火囤（15）、勝管鮑（22）、小廝（25）、強盜（26）
小丑	趕腳人（2）、小哥（4）、官（5）、媳婦（7）、小僧（9）、丫頭（10）小廝（12）、能盡情（15）、賊（22）、小廝（25）

《博笑記》由十個短劇組成，（　）中的數字代表腳色首次出場的齣數。

沈璟（1533～1610），字伯英，號寧庵，世稱詞隱先生，江蘇吳江人。〔註9〕萬曆進士（1574）進士，萬曆十六年告病還鄉，之後主要在吳江屬玉堂從事戲

〔註9〕莊一拂：《古典戲曲存目彙考》（台北：木鐸出版社，1986年）卷九，頁841。

劇活動，自署詞隱生。著有傳奇十七種，合稱《屬玉堂傳奇》，今存七種，分別爲《紅蕖記》、《埋劍記》、《雙魚記》、《義俠記》、《桃符記》、《墜釵記》、《博笑記》。〔註10〕曲譜有《南曲全譜》，又名《南九宮十三調曲譜》、《新定九宮詞譜》、《增定南九宮曲譜》等，戲曲史上以湯沈並稱，主要因其在戲曲理論上的貢獻，後世尊爲吳江派領袖。

沈璟在戲曲史上的重要地位來自於他的創作主張，一、格律重於一切，作品的藝術性、思想性是其次。「名爲樂府，須教合律依腔，寧使時人不鑒賞，無使人撓喉捩嗓。」〔註11〕二、戲曲語言崇尚本色。「鄙意僻好本色，殊恐不稱先生意指，何至慨焉辱許首簡耶！」〔註12〕對明代傳奇丑腳的發展而言，比較有影響的是第二個主張。不過觀察他的七部著作，我們也發現沈璟沒有言行一致，處女作《紅蕖記》、《埋劍記》駢儷典雅，所以後來他自己也曾說「歉以《紅蕖》爲非本色」〔註13〕不過，除這兩部作品之外，其餘的作品均語言淺近通俗，十分具有生活氣息。在使用的賓白中，他嚐試把地方鄉語帶

〔註10〕元雜劇四折、北曲、一人獨唱的體例，發展到了明代有了變化，明雜劇的體例折數可不定，南北曲混用，主唱者不限於一人，也因此雜劇和傳奇的分野，就產生界定上的困難。《博笑記》到底是傳奇或是雜劇就引發爭議，鄭振鐸《雜劇的轉變》（《小說月報》二十一卷第一期，1930年1月）、曾永義的《明雜劇概論》（台北：學海出版社，1980年）認爲，《博笑記》把數篇略相類似的故事合爲一軼，題一個總名，實際即是一個雜劇，因此鄭、曾二人都把沈璟《博笑記》都列入明代雜劇作品之列。而劉大杰《中國文學發達史》與游國恩《中國文學史》則認爲《博笑記》是屬玉堂十七種傳奇之一。那麼《博笑記》究竟該放入傳奇或者雜劇之列呢？根據戚世雋〈明代雜劇界說〉（《文藝研究》2000年第一期）一文中的觀點，《博笑記》應該放入傳奇之中，理由如下：

一、明清的曲評家視《博笑記》爲傳奇，從《曲品》以下如《遠山堂劇品》、《今樂考證》、《曲錄》、《古典戲曲存目彙考》、《重訂曲海總目提要》都將《博笑記》視爲傳奇。呂天成與祁彪佳以十一折做爲傳奇與雜劇的界限。《博笑記》二十八齣，應置於傳奇。

二、《博笑記》雖由不同的故事組成，但作者把它們爲傳奇來寫作，劇中諸故事並不獨立成篇，而是相互連貫地一統於一部作品之中，如《博笑記》中只以「××事演過，××事登場」來標明，並未獨立成篇。

本章採用戚世雋的見解。

〔註11〕沈璟商調【二郎神】論曲，原曲詞如下：「**何元朗，一言兒啓詞宗寶藏，道欲度新聲休走樣。名爲樂府，須教合律依腔，寧使時人不鑒賞，無使人撓喉捩嗓。說不得才長，越有才，越當著意斟量。**」《沈璟集》（上海：上海古籍出版社，1991年）頁849。

〔註12〕同註1〈答王驥德〉頁900。

〔註13〕同註3，頁164。

入劇本之中，我們從《遠山堂曲品》中了解到沈璟的《四異記》「丑淨用蘇人鄉語，諧笑雜出，口角逼肖。」〔註 14〕當然在劇作中用地方方言，沈璟並非頭一人，可惜的是《四異記》今日已佚，不然我們就可了解沈璟是否嘗試讓丑淨盡用蘇人鄉語的狀況，以了解它對後代劇場產生的影響。

以下就幾個方面來看沈璟劇作中丑腳的塑造：

（一）丑腳在劇中的功能

沈璟十分重視丑腳的功能，可以從兩個方面去看，一是丑腳出場的場次，二是丑腳在劇中的地位。我們在嘉隆時期看到丑腳的重要性是不及淨腳的，不過在沈璟的作品中，丑腳的功能和地位與淨腳是不相上下的，從其作品中，淨丑的出場場次，我們可一窺究竟。

劇　目	紅蕖記	埋　劍	雙　魚	義　俠	桃　符	墜　釵	博　笑
總齣數	40	36	30	36	30	30	28
淨行	27	21	16	27	14	10	18
丑行	30	28	25	31	11	13	21

除了《桃符記》外，丑行的出場數都比淨行多。另外，沈璟的作品中，丑行分化成丑、小丑的跡象很明顯，除了《桃符記》與《墜釵記》沒有小丑這一行當，其他的五部作品均有。並且也打破丑和小丑不在同場的禁忌，例如《義俠記》三十六齣，丑、小丑同場的戲，就有二十齣，《博笑記》共二十八齣，丑、小丑同場有十八齣，以圖示如下：

《義俠記》中丑、小丑同場的狀況

齣數	1	2	3	4	5	6	7	8	9	10	11	12	13	14	15	16	17	18
出場		▲		△	✓	▲	✓	▲		▲		△	✓	✓	△	✓	✓	✓
齣數	19	20	21	22	23	24	25	26	27	28	29	30	31	32	33	34	35	36
出場	✓	△	✓	✓	✓		✓	△	✓	✓	✓	✓	△	✓	✓	✓	▲	✓

✓代表丑、小丑同場；△表僅有丑在場；▲表僅有小丑在場

〔註 14〕祈彪佳：《遠山堂曲品》《中國古典戲曲論著集成》（北京：中國戲劇出版社，1982 年一版四刷）第六輯頁 9。

《博笑記》中丑、小丑同場的狀況

齣數	1	2	3	4	5	6	7	8	9	10	11	12	13	14	15	16	17	18
出場		✓	✓	✓	✓	✓	▲		✓	✓	✓	✓	✓	✓	✓	✓	✓	
齣數	19	20	21	22	23	24	25	26	27	28								
出場				▲	✓		✓	✓	✓	▲								

✓代表丑、小丑同場；△表僅有丑在場；▲表僅有小丑在場

由這個表格，我們可以發現在沈璟的劇作中，小丑已成正式的行當，丑和小丑同時在場不必由丑腳來兼演。

丑腳出場場次多，是重視丑腳的一個訊息，但不盡然代表丑腳在劇中的地位就重要。《紅蕖記》中丑腳曾婆、小丑家童貫串全劇；《埋劍記》中丑腳吳妻、李蒙、小丑輕雲重要性超過淨腳；《義俠記》中丑腳王婆、小丑武大郎是劇中的關鍵腳色；最值得一提的是《博笑記》中的丑腳。《博笑記》是沈璟目前傳世作品中，最晚出的一部，從中我們可看出沈璟顛覆傳奇體制的嚐試精神。〔註15〕劇中除了白比曲多，也挑戰傳奇自始至終爲同一故事的架構外，更出人意外的是打破傳奇以生、旦爲主腳的傳統。《博笑記》二十八齣，有十個故事貫串而成，其中《乜縣丞》、《虎扣門》、《假活佛》、《賣嫂》、《假婦人》《賊救人》等六個故事以丑行擔任主角，讓人大開眼界，擴增了傳奇的範疇，是丑腳史值得一書的紀錄，在明傳奇劇本中僅此一例。

（二）丑腳的曲白

沈璟的曲論主張，腳色用本色語，意即按照身分地位給予適當的曲詞、賓白，早期沈璟偶或有不符人物身分地位的賓白或上場詩：如《紅蕖記》第五齣名爲「古怪」的小丑曲白：

（小丑）：意滿便同秋月滿，情深還似酒盃深。酒已擺在書房裡了。

又唱：

（小丑）：小的也曉得些，那曾見何郎湯餅頻須拭，荀令香爐可待薰。

《雙魚記》第二齣〈過從〉：

（丑扮家童上）：曉紅輕折露香新，煙草風花爛熳春。詩酒尚堪驅使在，出門俱是看花人。自家邢老爹的家童便是。

〔註15〕早在《博笑記》之前，沈璟對傳奇的腳色行當制便有意挑戰，以《桃符記》而言，沈璟讓旦腳飾演反派人物，是明傳奇相當罕見的例子。

這些文謅謅的上場詩、曲詞實在不符丑腳的身分，不過這是前期的劇作，之後的丑腳大致都符合本色的主張。以下舉幾個例子，加以證明。如同一劇作《雙魚記》有文謅謅的曲詞、唱白，但也有十分本色的唱詞，如第十五齣〈被驅〉

> 【光光乍】（丑上）：**早晚嘴喳喳**（小丑上）：**讀得眼睛花。**（合）：**今日先生出去耍，大家唱著光光乍，大家唱著光光乍。**（丑）：貓兒出外，老鼠寬泰。（小丑）：先生出行，學生自在。（丑）：賈大哥，我和你終日拘束，今日幸得先生拜客去了，我藏得兩箇鬼臉子在此，大家跳一跳。（小丑）：我也帶得箇紙毽子在此，與你大家踢一回。（丑）：有理，待我拴了門。（踢科）

劇中敘述生腳劉皞流落到留家擔任教席，無奈教到兩個不肖的學徒，趁著老師不在的時候，跳鬼臉戲耍了一番，劉皞回來之後，把這兩名頑劣的學生打罵一頓。學徒的家翁留諾早就對劉皞不滿，此時又見兒子被打罵，憤而趕走劉皞，這個段落淨丑淺白的曲詞，活潑的道白，配合上誇張的肢體語言，饒有趣味。

沈璟最重要的作品《義俠記》裡頭也寫下了各個市井人物的面貌：如第六齣〈旌勇〉：

> （小丑）：你是曉得我的。
>
> 【玉胞肚】**我身無材幹，守艱辛賃房幾間。靠渾家炊餅爲生，**（生）：且喜已娶嫂嫂了。（小丑哭唱）：**到街坊被人欺慢。**（笑唱）：**你今到此我心安。**（咬牙出拳科，生合）：**管取他人另眼看。**

生腳武松回家省親，問到了哥哥武大郎的近況，小丑武大郎的唱詞全然白話，如同口語，配合上動作表情，把一個頭矮小，倍受欺侮的小人物的心聲，在短短的曲白之中表露無遺。又如第二十六齣〈再創〉蔣門神仗勢著自己是張團練的好朋友，到處橫行霸道、作威作福。所謂惡人還得惡人治，這回蔣門神可吃憋了，遇上了丑演的孫二娘，打得他跪地求饒。孫二娘一邊教訓蔣門神，一邊唱著曲子，兇悍的樣子，充分顯現於字裡行間。孫二娘本是個黑店的老闆娘，絕非善類，出口自然麻辣爽利。此處沈璟繼承了《水滸傳》小說描寫的長處，利用市井口語，表現了人物的本色，塑造鮮明生動，有個性的丑腳來。

（三）人物塑造

沈璟的七部劇作中，塑造了七、八十個丑行的人物，不是個個精彩，但其中有些丑腳令人印象格外深刻，首先是《義俠記》中的王婆，王婆這個王婆一上場便唱。第五齣〈誨淫〉：

【秋夜月】**福分輕，半世常孤另，十七八箇丈夫都不剩，又無兒女堪承領。難捱這老景，把茶坊自整。**

王婆是個寡婦，無兒無女，因爲生活無聊，加上個性使然，所以就做男女關係的牽頭，從她的自我介紹中，她曾經跟過十七八個男人，可知王婆的男女關係挺複雜的，也就可預期的，潘金蓮和她在一起，就做不了什麼好勾當。之後，果然不久就引來了西門慶。正當王婆打著如意算盤時，結果跑出個程咬金小丑鄆哥出來搞破壞，直說「這婆子專會做馬百六，哄人錢鈔」王婆一聽火爆脾氣就發作了，二人當場就打了起來。當中用的馬百六、老咬蟲都是市井語，王婆、鄆哥的形象全都活靈活現出現在眼前。精明如王婆，怎容得鄆哥拆他的台，兩人一言不合隨即打起架來。

【撲頭錢】(丑)：**小廝們直恁膽大。**(打介) **把老娘惹得性發。**(末上扯介丑)：**大官人光臨賤地，他便來歪纏底答。**(淨末)：**休底答，休底答，當場時大家戲耍。**(合)：**且戲耍，且戲耍，戲耍時都是半眞半假。**

【前腔】(小丑)：**老咬蟲，直恁強霸，動不動把人便打，對打時氣力不濟。**(撞介末扯介，小丑)：**拚得個將他撞殺。**(淨末)：**莫撞殺，莫撞殺，當場時，大家戲耍。**(合前)

王婆的潑辣勁兒，全從這市井味十足的唱詞看得出來，十分生動，王婆、鄆哥、西門慶等人的面目便栩栩如生。縱然有了鄆哥的從中破壞，但王婆在金錢的誘使下，巧心安排西門慶巧遇潘金蓮西門慶，看到了潘金蓮驚爲天人。第十二齣〈萌奸〉：

(淨)：乾娘，我的骨頭都酥了，扶我到店中坐一坐。(丑)：這個娘子有火力，一根竹頭燒得你這等酥。(坐介) (淨)：乾娘不要多說，你只說這個雌兒是誰的老婆。(丑)：他是閻羅王的妹子，五道將軍的女兒，你問他怎的？ (淨)：噯，和你說正經話。(丑)：他的老公是縣前賣熟食的人。

王婆靠著她舌燦蓮花般的口才，鼓動西門慶私通潘金蓮，這一切已全安排妥當，當然王婆是個老江湖，從中她也能謀取一些好處。西門慶和潘金蓮兩人的曖昧關係被武大郎發現了，王婆乾脆一不做二不休，毒死武大郎，圖個乾淨痛快，可見其人之狠毒。武松回到家，武大郎的鬼魂向他訴冤，武松於是殺了潘金蓮、西門慶來抵債，當然這時也不能放過王婆。狡猾的王婆臨死還不逞口舌之辯。

《義俠記》中的王婆，便是活脫脫三姑六婆的形象，沒有道德觀念，目光如豆，為了眼前小利益搧風點風，製造天下的紛亂，知她的巧言惑語，害死了三條人命、害得武松賠上前程，自己也難逃法律的制裁，何苦來哉！沈璟借由王婆的腳色反映了人們的無知、貪婪，最後要付出極高的代價。

另外在《博笑記》中短短三齣的《乜縣丞》，但把個糊塗縣令昏庸無能的樣子逼顯無遺。

> 【普賢歌】（小丑扮官上唱）：**欽承恩命到崇明，耳又聰來眼又明，問來不做聲，摸來不見形，人說縣丞常好睡。**（末上）：阿呀，老爹倒了韻了。（小丑）：走，狗才，老爹昨日纔到任，你說這般不利市的話，叫手下拿去打，且問你叫什麼名字？（末）：小的叫蔣敬（丑）：快打，呀，一個人也不，來老爹自家行杖。

差役蔣敬指出他念曲有誤，乜縣令卻以為咀咒自己倒運，打了蔣敬一頓，還懷恨在心。後來有個秀才差人拜訪，送了一本書，謙稱「謹具小書一部，帕金三生將敬」，縣令胸中毫無點墨，竟誤以為秀才就是蔣敬，十足荒唐。最誇張的是這個乜縣令連字都不識，愚昧到了極點，後來有個鄉宦因乜縣令剛上任來拜賀，因乜縣令在打盹，只好告辭，乜縣令覺得不好意思，隔天親自到鄉宦家拜訪，不想在前廳等著等著，竟睡著了，鄉宦也離譜，兩人就對著打起盹了。

> （淨）：乜老爹睡著了。（丑）：不要驚他。有興，我也對了他打盹。

乜縣令醒來，發現鄉宦在睡，不好意思驚動，繼續睡。接著鄉宦醒來，發現乜縣令又繼續睡，最後乜縣令告辭回衙，兩人竟沒有見到面，結束了一場荒謬劇。沈璟在此處把個糊塗縣令昏庸愚昧的形象，透過喜劇的方式呈現出來，表面上看來幽默有趣，實際上是極為尖酸刻薄。沈璟以乜縣令來暗諷明代的官場，充斥著一些胸無點墨、不學無術的官吏，他們不僅糊塗成性，還冤枉無辜的人，無能的樣態令人無法恭維。如此的官吏，眼睛張著和閉著無二樣，就算醒著也像睡著，偏偏還有個盲目追隨的鄉宦，真是天下烏鴉一般黑。沈璟的乜縣令如同一個寓言，將明代官場的黑暗面，做了一番嘲弄，叫人在爆笑之餘，咧開的嘴角外也不免帶有一點心酸。

（四）舞台表現

提到沈璟劇作中的丑腳人物，除了曲白淺近，易解易曉，人物刻畫生動有趣之外，大概就是丑腳在舞台上呈現的疏離性。沈璟時常安排淨、丑腳在插科打諢之餘，現出本相來，製造趣味。所謂的本相即是本來的面目，亦即戲台下的眞實身分。戲是戲，現實是現實的界限，本來應該有所區分，在舞台上是一個虛擬的眞實世界，理應溶入其中，但在沈璟的劇作中卻常被有意的打破台上台下的藩籬。如：

《義俠記》第十三齣〈奇功〉：

（外）：如今柴大官人在那裡？（二丑）：趓在戲房內。（外）：咄，快扶他出來，饒你的死。

《義俠記》第十九齣〈薄罰〉：

【玉交枝】（丑）：**自家得罪，到頭來還欲賴誰，想從前原是不吉利。**（外）：怎麼說？（丑）：**把送終衣服爲媒。**（扯淨介）：老爹，**西門慶是他妝做的。**（扯小丑介）**武大郎不死，還搬戲。**（外）：都是胡說，把這老賤人先下在死囚牢裡，聽候處決。（淨、老旦應介，丑）：**謝青天把王婆斷詑，且到戲房中別作道理。**

武松帶著小丑裝扮的鄆哥告官，當時西門慶和潘金蓮已被武松處決了，外扮的官吏問話時，王婆，還辯稱，實際上武大郎沒死，因爲武大郎現在改扮成鄆哥，西門慶也是由官老爺左右衙役所扮，由此可知，在過去的戲班中，一個角色飾多種腳色。《博笑記》第五齣：

（小丑）：是個知趣的好人，我吃了飯就去拜他，你也伶俐，我把這花臉的人，賞你領去賣放了罷！（末）：老爹，這是學裡相公的家人，老爹打差了他，該送去請罪纔是。

這花臉，指的是淨扮的家人。在劇中的情境中，家人就是下人，但小丑卻特別揭露家人就是由花臉扮飾的「演員」。沈璟顚覆台上台下的距離，要告訴觀眾，戲即是戲，人生如戲，你我都是演員，不必太認眞。

《紅蕖記》第三十七齣：

（內云）：你怎麼知道？（淨）：人都不知，只有洞庭湖中漁翁知道。（內云）：他曾和你說麼？（淨）：漁翁就是我粧做的。（內云）：休說出本相。（淨）：我酒在肚裡，事在心頭，迤邐行來，已是崔家門首了。有人麼？（丑上）：花徑不曾緣客掃，蓬門今日爲誰開。呀，牌頭何來？（淨）：魏官人又在府裡告了，差我押他來拿你。（丑）：魏官人在那裡？（淨除頭巾云）：這個不是魏官人？（丑）：魏官人在此了，牌頭那裡去了？（淨戴頭巾）（丑）：魏官人怎麼粧了假皂隸嚇我。（淨）：我眞個是本縣皂隸，鄭老爹意思十分鄭重，差我來催崔官人起程。（丑）：曉得了，正在此收拾哩，且問你，你的臉嘴爲何與魏官人一般的。（淨）：世上花臉小人甚多，都是一般模樣。

淨在第二齣飾演漁翁，之後飾演魏之眞，到了第三十七齣當場改演醉皂隸。從丑腳的問話中，淨腳又自我揭露，原來他就是兼演。這種露出本相的方式，除了是製造疏離感讓觀眾覺得戲即是戲和眞實人生是有距離的，也透過自我揭露，營造一種趣味，讓台下的觀眾倍感親切。

二、《還魂記》、《南柯記》、《邯鄲記》、《紫釵記》

《還魂記》中的淨丑

腳色名	劇　中　飾　演　人　物
淨	家僮、皂隸、田夫、郭駝、番王、老道姑、李全、苗舜賓、判官、武官、報子、獄官、將軍
丑	府學門子、皂隸、韓秀才、縣吏、公人、牧童、採茶女、小花郎、院公、府差、楊婆、院子、番鬼、鬼、小道姑徒弟、疙童、門子、報子、軍士、武官、店小二、女樂、軍校、獄卒、將軍

《南柯記》中的淨丑

腳色名	劇　中　飾　演　人　物
淨	周弁、老禪師
丑	山鷓兒、小軍、府幕官、官、賊太子、王大姐、祇候、司獄、錄事官、?（20）

《邯鄲記》中的淨丑

腳色名	劇　中　飾　演　人　物
淨	宇文融、番將、委官、驛丞、將軍、龍莽、賊
丑	酒保、店家、廚役、甲頭、囚婦、番卒、賊、內官、司戶官

《紫釵記》中的淨丑

腳色名	劇　中　飾　演　人　物
淨	盧太尉、吐番將
丑	堂候妻、弟子

湯顯祖（1550～1616）字義仍、號海若、若士，自號清遠道人。江西臨川人。萬曆進士。〔註 16〕萬曆二十六年，辭職歸里，從此絕意仕進，隱居在家，在自建的玉茗堂從事戲曲創作。現存劇作有《紫簫記》、《牡丹亭》（又名《還魂記》）、《南柯記》、《邯鄲記》，後四種合稱「臨川四夢」或「玉茗堂四夢」，其中以《牡丹亭》最爲著名。

湯顯祖的劇作中，《紫簫記》並未標示行當名，所以無法討論丑腳的塑造。另外，《紫釵記》整齣戲用了生旦老旦淨丑外這些角色。最特別的是，這些行當都只有一二人飾演，除了生，旦老旦出場的場次較多，丑、外、淨出場的場次甚少，劇中有些人物頗爲重要，像秋鴻，劉公濟，浣紗，韋夏卿，候景先，鮑四娘，卻沒有安排行當飾演，丑腳只出現在第四十六齣、五十一齣，擔任一小段的打諢內容。因此論及湯顯祖劇作中的丑腳，主要還是以《還魂記》、《南柯記》、《邯鄲記》三本戲爲主。

湯顯祖筆下的人物，生旦自然是最重要的人物，在配角人物之中，《牡丹亭》末腳陳最良頗爲搶眼，其次是外腳杜寶、老旦甄氏，以及淨腳老道姑都是很吃重的腳色，丑腳疙童、小花郎雖然是有趣的小人物，但戲份上遠不及上述這些腳色；《南柯記》的配角人物中，貼、老旦都是重要的腳色，其次淨、末、丑腳，外的戲份則遠遠落後；《邯鄲記》的配角人物方面，淨腳宇文融是貫串全劇的反面人物，其次爲外腳呂仙和蕭嵩，丑腳的重要性還在末腳裴光庭之後。另外在腳色的分化上，除了旦行分出小旦、老旦等腳色之外，淨、末、丑、外都沒有分出腳色來。

湯顯祖的曲論，主張以「意」爲重，尙「意趣神色」看重作家才情的發揮，又曾在〈答孫俟居〉一文中以爲「自謂知曲意者，筆懶韻落，時時有之，正不妨拗折天下人嗓子。」〔註 17〕表明他寧可違律，也不願更改字句的主張。因在音律上的著重點與沈璟不同，歷來有「湯沈之爭」的討論，不過湯沈在創作劇曲上的主張上，不盡然是互相抗衡的，起碼在丑腳的創造上，理念其實都是一致的。湯顯祖不以本色論著稱，在丑腳的塑造，基本都能符合其在劇中的身分和地位，偶有超越其身分地位的上場詩，不過畢竟是少數。〔註 18〕

〔註 16〕同註 9，卷九，頁 852。

〔註 17〕湯顯祖著，徐朔方箋校：〈答孫俟居〉《湯顯祖全集（二）》（北京：北京古籍出版社，1999 年）頁 1393。

〔註 18〕如《邯鄲記》第三齣〈度世〉丑扮酒保：

（丑上）：我這南湖秋水夜無煙，奈可乘流直上天，且就洞庭賒月色，將船買雅士唱雅曲說雅語，俗士唱俗曲說俗話，在湯顯祖的作品中，時時流露這樣的特徵來，所以王驥德讚美其「於本色一家，亦惟是奉常一人——其才情在淺深、濃淡、雅俗之間，爲獨得三昧。」〔註 19〕

湯顯祖劇中的丑腳，首先令人注意到曲白使用的活潑，在湯的著作中，爲了表明此人的身分地位，以本色語來拱托之是常有的現象，如《還魂記》第四十齣〈僕偵〉：

（淨向前叫揖介）：小官唱喏。（丑作不回揖，大笑唱介）：俺小官子腰閃價，唱不的子喏。比似你箇駝子唱喏，則當伸子箇腰。

以方言來呈現疙童的趣味性，不只是讓疙童賓白用方言，連曲詞也也不惜放入了方言，第三十五齣〈回生〉：

【字字雙】（丑扮疙童，持鍬上）：**豬尿泡疙疸偌盧胡，沒褲。鏵鍬兒入的土花疎，沒骨。活小娘不要去做鬼婆夫，沒路。偷墳賊拿到做箇地官符，沒趣。**

「豬尿」、「鬼婆夫」這些鄉土語言，以往在劇中可能放入賓白，但絕少放入曲詞之中，使用方言讓疙童這個呆頭呆腦、俗不可耐的人，更增添鄉土味、親切感。另外《南柯記》第二十六齣〈啓寇〉：

【梨花兒】（丑扮賊太子上）：**小小檀羅生下咱，生下咱太子好那查，沒有了老婆較子傻。**嗏！**但婆娘好把咱檀郎打。**

「那查」、「較子傻」都是北方的口語，這些口語讓賊太子粗俗、無賴樣子更爲彰顯。湯顯祖在劇作中不只使用地方語言，就連蒙古語、吐谷渾等外族語也用進入的曲白之中。《還魂記》第四十七齣〈圍釋〉用蒙古語作爲曲詞，更用外來語製造賓白的趣味性：

（貼）：要娘娘唱個曲兒。（丑）使得。

【北清江引】**呀，啞觀音覷著個番答辣，胡蘆提笑哈。兀那是都麻，請將來岸答。撞門兒一句咬兒只不毛古喇。**通事，我斟一杯酒，你

酒白雲邊。
《還魂記》第十四齣〈寫眞〉：
（丑扮花郎上）：秦宮一生花裏活，崔徽不似卷中人。
第四十九齣〈淮泊〉：
（丑笑介）：神仙留玉佩，卿相解金貂。
都是引用古人古事的典故，這些典故又非尋常可見。

〔註 19〕王驥德：《曲律》《中國古典戲曲論著集成》（北京：中國戲劇出版社，1982 年一版四刷）第四輯卷四《雜論》第三十九（下）頁 170。

送與他。(貼作送酒介)：阿阿兒該力。(丑)：通事，說甚麼？(貼)
小的稟娘娘送酒。(丑) 著了。(老旦作醉，看丑介) 孛知，孛知。

接著貼和老旦用蒙古話一連講了帶有性暗示的賓白，開了丑腳幾個玩笑。又《邯鄲記》第十六齣〈大捷〉：

(番卒插令箭上)：吉力煞麻尼撒里哈麻赤報復元帥，悉那邏丞相謀反，被贊普爺殺了。(淨驚介)：怎麼說？(丑再說介，淨)：誰見來。(丑)：菩薩見。

以上二齣戲，都是用蒙古語來演唱和道白，語言的逼眞和演技的形肖其實是相輔相成的，有了語言的襯托，更容易令觀眾置身劇作家創造的情境之中，湯顯祖顯然將戲劇語言做爲塑造劇中人物一個重要的關鍵。

插科打諢，本爲了博人一笑，嬉笑怒罵在所難免，但是有時戲謔太過，反生反效果。湯顯祖劇中的插科打諢十分多樣性，諧音、雙關、行酒令、嵌字、反諷等，運用的手法很多樣，但難免有比較不雅的段落，如：《南柯記》第二十七齣〈閨警〉：

(鎗殺貼勝丑，怕介，貼)：王大姐這等手面，怎麼防賊？(丑)：奴家有計，賊上城熱尿熱尿淋撒下去，我連馬子煮粥鍋，都搬上城來了。

《邯鄲記》第二十三齣〈織恨〉：

(丑打貼不伏介)：哎喲，寶貝都沒有了，珍珠到有些兒。(丑)：在那裡？(貼)：裙窩裡溜的。(貼尿諢介，丑)：這是梅香下截的香竄將出來了。

《紫釵記》第五十一齣〈花前遇俠〉：

(末丑)：師父，問訊了，師父，牡丹折一枝，膽瓶中供佛也好。(外)：那枝色相兒好？(丑)：大紅，桃紅，粉紅，紫紅，百十餘種，老師父要插時，第一是醉楊妃，肉西施，花頭兒好。(外)：胡說。

這些不雅的段落，擺在劇中，頗感突兀，不過這正是這個時期插科打諢的風氣，舞台上，想必更加露骨，也就見怪不怪，其他還有淨、末、貼插科打諢時不雅的賓白，就不一一列舉了。

三、《獅吼記》、《彩舟記》、《投桃記》、《三祝記》、《義烈記》、《天書記》

《獅吼記》中的淨丑

腳色名	劇　中　飾　演　人　物
淨	老僕、蒼頭、官夫人、巫媼、牛頭
丑	丫頭、小僧、家僮、土地娘娘、梅香、船家、馬面

《彩舟記》中的淨丑

腳色名	劇　中　飾　演　人　物
淨	梢水、老人、龍王、江母
丑	張老人、侍婢、老婢、張順

《投桃記》中的淨丑

腳色名	劇　中　飾　演　人　物
淨	丫鬟、謝瑞（謝國舅）、賓相
丑	周婆、丫鬟、小厮

《三祝記》中的淨丑

腳色名	劇　中　飾　演　人　物
淨	長老、呂相國、鬼、丫頭、王安石、張忠、范家宗親、百姓、王巡檢、老僧
小淨	韓瀆、環慶酋長、百姓
丑	里老、王堪輿、趙元昊、丫鬟、丫頭、梢水、番將、薛向、李義、范氏宗親
小丑	夏竦、秦鳳酋長、百姓

《義烈記》中的淨丑

腳色名	劇　中　飾　演　人　物
淨	侯參（都尉）、縣令、漁人、獄官、內官鄭颯、李能、東羌酋長、鄉人
小淨	董卓
丑	曹介（侍中）、鄉民、匠人、吏、禁子、家人、解子孫力、鄉人

《天書記》中的淨丑

腳色名	劇　中　飾　演　人　物
淨	龐涓、村童、齊妻、貧男
丑	李媼、道童、獨孤陳（玄象岡右寨主）、齊人、白猿、內官、園丁、貧婦、守城官、馬夫

汪廷訥，字昌朝，一字無如，號坐隱，休寧人（今屬安徽）人，嘗官鹽運使，生卒年不詳，約明神宗萬曆中前後在世。〔註 20〕所作傳奇總稱《環翠堂樂府》，今存《獅吼記》、《彩舟記》、《投桃記》、《三祝記》、《義烈記》、《天書記》等六種，其中以《獅吼記》最受到好評。

在汪廷訥的六部劇作中，內容大致分爲「風教」、「頌情」與「反權奸」三大類。「風教」類如《獅吼記》，「頌情」類如《彩舟記》、《投桃記》，以生旦的腳色最重要。其中《投桃記》中的丑腳周婆較爲重要，是促成生旦姻緣的重要人物，場次較多，也較有表現；在「反權奸」這一類如《三祝記》、《義烈記》、《天書記》，以生、淨、外的腳色爲重。在這六部劇作中，我們發現，丑腳是眞正的「配角」，亦即在劇中表現的機會不多，以淨腳與丑腳相比，淨行在汪廷訥的作品中，似乎比較有發揮的空間，尤其是「反權奸」的三部劇作中，均以淨行爲權奸的首腦，對淨腳的刻畫描寫，篇幅較多也較爲深刻，如《義烈記》中的淨腳侯參，小淨董卓，劇中對其性格、行爲都有很深入的描述，反倒是丑腳曹介，出場的場次不多，表現亦顯得乏善可陳。《天書記》中的淨腳龐涓，更是僅次於生腳的重要角色，劇中把他狹窄的心胸、富於心機的性格，於劇中交代得清楚，丑腳則遜色許多，不像淨腳那般有稜有角。《三祝記》中的丑腳表現多一些，但亦無從頭貫串到劇末的重要丑腳，因此說汪廷訥對丑行的塑造遠不及淨行。

雖說丑行的重要性不及淨行，但汪廷訥的作品中，也塑造了幾個值得一提的人物，如《獅吼記》是齣幽默風趣的社會家庭劇，旦角那妒婦的角色，其實已近似淨丑，和之前旦腳的形象相去甚遠，不必淨丑出場，便有不少巧妙有趣的段落，如第七齣〈歸譏〉妾所贈的四個妾「滿頭花」、「後庭花」、「眼前花」、「折枝花」，實則「（雜扮美人，一禿頭、一大屁股，一白果眼、一跛足齊應上）」、第九齣〈奇妒〉中疑心病重的柳氏，連蛛絲馬跡也不放過，第

〔註 20〕同註 9，卷六，頁 453。

十齣〈賞春〉中蘇子瞻取笑陳季常的一段以及第十七齣〈變羊〉生假作羊騙取旦腳，因而娶妾入門，這些段落深具喜感，因此需要由淨丑撐起全劇喜感場面的時候就不多，丑腳最富有喜感演出的要算是第十三齣〈鬧祠〉中丑扮的土地娘娘：

> 【一煞】（丑指外罵）：**做神明全要公，在神祠好受香，如何斷事情偏向。全不管婦人水性須當讓，逞著你男子雄心越放佯，俺這裡拳頭巴掌聲聲響。**（外）：娘娘饒了老夫罷！（丑）：直打得**你下尋地獄上走天堂。**（丑打外介，外揪淨云）：因你卻打我，我只打你。（外打淨介，淨揪末云）：因你卻打我，我只打你。（淨打末介，末揪旦云）：因你卻打我，我只打你。（末打旦介，旦揪生云）：因你卻打我，我只打你。（旦打生介混打一團，丑氣倒在地淨旦）：休氣壞了娘娘，我們扶進去。（淨旦扶丑下，外氣倒在地，末生扶起介）

這一段情節寫得有趣，陳慥妻狀告官府，不想府大人也懼內，再到土地祠那兒，土地本來認爲陳慥妻「柳姬悍妬眞堪罪，陳慥風流不異常。」不想「（丑扮土地娘娘跑上揪外打，末生跑介外跪云）」土地娘娘一出現，外扮的土地馬上賠罪認錯還得跪在一旁乖乖聽訓，最後土地娘娘打土地，官夫人打官，柳氏打陳慥，結束混亂的場面。整段劇情高潮迭起，尤其是土地娘娘的出現，是神來一筆，是整齣戲的最高潮，原來不僅人間的男人懼內，連天上的神仙也怕老婆的安排，令人莞爾。以淨丑分飾奇妒無比的官夫人及土地娘娘，便可知作者貶損悍婦之意。除了貶損悍婦，汪廷訥劇中的丑腳，幾乎都是以嘲諷爲主要目的。如《義烈記》內容是張儉、范滂、孔氏家族對抗權貴侯參、曹介的故事，其中第十四齣〈冤獄〉，敘述旦腳、外腳等人被牢子勒索恐嚇的過程，裡頭扮演牢子的丑腳，雖是個負面人物，但賓白幽默風趣，使反權奸的主題之外，增加了一些輕鬆的氣氛，這個牢子，雖是一人，卻是一人眾相，把那些認錢不認人、落井下石的刻薄牢子具體而微的描繪了出來：

> （丑扮禁子上）：近貴非眞貴，當權且弄權，全憑一片竹，唬得罪人錢。自家非別，乃黃門北寺獄中一個禁子便是。論俺們這做禁子的，第一要斗大的膽，第二要鐵硬的心。斗大的膽，任他千群鬼呌，齁齁枕著髑髏眠；鐵硬的心，饒他一絲氣存，狠狠還將枯骨打。俺使的棍，早間呌做梳頭棍，午間呌做點心棍，晚間呌做油火棍。隨他崛強漢子，儘教一頓便葳蕤，俺用的錢，告饒上來的呌做買命錢，

逼勒上來的叫做剜肉錢，結果上來的叫做寃枉錢，憑你窮苦囚徒，難道分文不便費？

這個禁子一上場就把貪婪的本事，還誇口道禁子必須要有斗大的膽，鐵硬的心，意謂成爲禁子已無人性，變得眼前只有「利益」兩個字，連一絲一毫的好處也不會放過，直到榨乾被害人。於是乎，我們慨歎當人性失去最可貴的「慈悲」時，這個世界已成一悲慘世界。當然丑腳之爲丑腳，除了有其可惡之處，來反映社會現象，亦有其可笑之處，來博取劇場歡笑，所以《義烈記》也安排了這個禁子，說些笑話，逗逗觀眾開心。除此，在《三祝記》中也處處可見這樣的丑腳人物，如第七齣〈附權〉中的夏諫議，爲了要逢迎丞相，要趁著黑夜提著燈籠到相府前候見，不想，還有另外一個韓大人也有相同的目的，兩人相見，倍覺尷尬：

（小丑用燈籠照見小淨，笑云）：子亦錦衣行暮夜，中途遇著未眠人，韓兄，這般昏天暗地的，你燈也不點一個兒，待往那裡去？（小淨）：小弟方纔得一心病，急忙要去就醫。（小丑驚訝云）：兄有何貴恙？（小淨）：不瞞兄說，我害的這病，就是你害的那病，何勞再說？（小丑笑云）：原來如此，既不相瞞，我兩個同去罷！趨炎附勢憐同調。（小淨）戴月披星慶得朋。

此處汪廷訥雖用輕鬆的筆調來寫，但仍不失譏諷的意味，末了還用了一個對子「趨炎附勢憐同調。戴月披星慶得朋。」把士人們巴結逢迎的醜態，傳神的做了總結。明代官場權貴驕橫貪賄、官吏屈節鑽營的醜態，一直爲人所詬病，在戲曲、小說中就一直是文人筆下嘲諷的對象，汪廷訥也沒放過嘲諷這些人的機會又如第二十八齣〈變法〉：

【普賢歌】（丑扮薛向冠帶服色上）：**赤心一點變烏梅，憂國憂民話孄題，天生軟曲膝，天生厚臉皮，附勢趨炎人怎比？**（進見做趨奉態）：老相國，薛向參見，不知恩相呼喚，有何台旨？（淨）：因你是我心腹之人，請你來商議一事。（丑）：薛向屁也不知香臭，怎敢辱老相國商量。

這首【普賢歌】寫得眞是譏諷，熟讀四書五經，開口仁義道德的讀書人，因欲望使紅心變黑心，憂國憂民之事甭提，只管如何附勢趨炎，謀取利益，此處把個小人卑躬屈膝，巴結逢迎的嘴臉，極戲謔的呈現了出來。汪廷訥筆下的丑腳，比較爲人詬病的的是在插科打諢上，有時會用一些低俗的趣味，如

《彩舟記》第十齣〈箋答〉、《獅吼記》第十五齣〈赤壁〉之中明目張膽的性暗示，予人一種低俗感。就喜劇造成的喜感上，這種露骨的玩笑，有些俗不可耐，是層次較低的喜劇手法。

四、《金蓮記》

《金蓮記》中的淨丑

腳色名	劇　中　飾　演　人　物
淨	章子厚、校尉、張操、獄吏、館使
中淨	賈儒
丑	佛印、校尉、李定（御史中丞）、圓通觀主、武將鮑不平

作者陳汝元，字太乙，號太乙山人，又號燃藜仙客，書齋曰函山館。會稽人（今浙江紹興人），約明萬曆中前後在世。〔註21〕傳奇作品有《太霞記》、《紫環記》、《金蓮記》等三種，前二種已佚。《金蓮記》的丑腳有五位，最有特色的當屬蘇軾的知己——佛印大師，從第一齣〈首引〉的下場詩「蘇學士金蓮寵渥，玉美心玉管姻聯。章丞相讎擠南海，印禪師果證西天。」便可知，佛印在本劇之中，是情節發展的重要線索。佛印在劇中以丑腳扮演，已經預告了他嬉笑怒罵、遊戲人間的處世態度，在劇中他和眾位才子們遊山玩水，常是以行令，做爲消遣，佛印則多半是穢言穢語，

第十一齣〈湖賞〉：

（佛）：久聞久聞，幸會幸會，我有一聯勞卿屬對。（琴）：願聞。（佛）：碧紗帳裡睡佳人，烟籠芍藥。（琴）：青草池中洗和尚，水浸葫蘆。（佛）：和尚得對佳人，實是榮幸。（坡對琴介）：你也出一對與禪師何如？（內作鳥鳴介，琴）：斑鳩無理，老僧頭上叫姑姑。（佛）：白蝨有情，大姐胸前呵奶奶。

這般胡言亂語，舉止莽撞，也難怪，琴操要喚他「騷和尚」了。當然做爲劇中重要人物的佛印有其誚薄一面，也有其做爲禪師棒喝眾人的嚴肅面。從其出場的自我介紹便得知，第四齣〈郊遇〉：

（丑扮佛印上，佛）：自家叫做佛印，生來有些靈性，只爲了悟一心，因此削光兩鬢。漫言祇樹有緣，落得浮萍不定，不逞花柳風騷，不

〔註21〕同註9，卷六，頁475。

圖利名僥倖，但曉理會玄詮。也曾透明佛證，三昧上眞炁已全，百煉中凡心俱淨，縱然游戲塵寰，不落胜膻陷穽，筆管中有謔浪的文章，舌頭上有詼諧的高興。縉紳行裡，也去伴食銜杯，羅綺筵中，偏要猜拳行令，堪笑世人懵懂，不識菩堤路徑。

因爲了悟「本來無一物」，所以縱然遊戲人間，也不落入陷阱，雖然謔浪、詼諧，卻是「無處惹塵埃」，所以其科諢也時常有深刻的暗示，要人理會佳境，以第二十三齣〈賦鶴〉而言：

（佛）：今日之游，不可無詩。（坡）：如此，禪師請先。（佛）：還是太史與學士先賦。（黄）：人生不若蜉蝣樂。（坡）：誰個昏迷誰個覺。（佛）：腸斷西風飯裡魚，夢回赤壁舟中鶴。（坡）：這兩句是禪師舊時的隱語。（佛）：可曾驗過了麼？（坡）：前日圓扉之事，今朝赤壁之游，俱已符合，但後面二句，尚不能解。（佛）：留待後日，自有分曉。〔註 22〕

佛印早已預言了東坡的未來，無奈東坡還要等到事過境遷之後，才能了悟，可見智慧仍未開啓，而佛印看似隨意拈來的對話之中，也常會蘊含深刻的道理，若東坡能知人身從何而來，也就能忘卻執著，不再爲貶謫所苦，在輕鬆的話語中，隱含禪機，正是「於嘻笑談諧之處，包含絕大文章。」《金蓮記》中的佛印，出場的場次有五場，但都擔任主場，是僅次於生旦，最受到矚目的一個角色，另外劇中還有一個搶眼的海賊頭頭，只見他一出場，氣勢就不凡。第二十七齣〈焚券〉：

【北點絳脣】（丑扮鮑不平攜眾戎服上）：**紫鐵橫戈，黃金細鎖，英風播，寶劍摩挲，長嘯函關破。投筆當年膽氣豪，腰間寶劍血瀟瀟，蛟龍豈是池中物，一躍風雷上九霄。**自家鮑不平，儋州人氏，略涉詩書，頗成任俠，赤松爲侶，胸懸張子之符，白晝殺人，血染荊卿之劍，浩氣隨虹貫日，英風喝水成冰，想幼年報卻父讐，遭誣坐獄。到今日逃爲海寇，聚眾稱孤，勢震龍關，威宣蜃闕，十萬伍雄兵飛將，皆能略地攻城，三千員猛士謀臣，豈但如雲似雨，壯山河于水底，何懼丸泥，列介冑于波中，不愁煮海。

名爲不平，果有不平之氣，劇中演唱了幾支曲子如【北點絳脣】、【北水仙子】、

〔註 22〕第十三齣〈小星〉一齣中，佛印託琴操轉交給東坡，原詩爲「腸斷西風飯裡魚，夢回赤壁舟中鶴。海波羞渡五更風，畫省重登二品爵。」

【北四門子】，用北曲來呈現鮑不平的豪情，曲詞充滿了英雄氣。鮑因被誣陷走上不歸路，回儋州探親，因東坡對鮑母有恩，兩人一見如故，相談甚歡「話綢繆，草草相逢兩意投」，最後在東坡的感召之下，終能改邪歸正，東坡也爲天下立了大功。除此，劇情安排鮑不平巧遇章惇數落一番，可想而知章惇被鮑不平拽著、扯著威脅著時，必然是狼狽不堪的，這種狼狽樣偏偏被過去的仇人——蘇軾撞見，這種安排，眞是令人有暢快淋漓。

鮑不平是陳汝元虛構的人物，但他的出現，令情節有了小波瀾，不僅能顯東坡的大度，也能巧妙的懲罰壞人，所以祁彪佳就評論道：「亦有附綴以資諧笑，如鮑不平之雪憤是也。」〔註23〕

五、《紅梨記》、《宵光記》、《投梭記》

《紅梨記》中的淨丑

腳色名	劇中飾演人物
淨	斡離不
小淨	王黼（甫）
副淨	梁師成
丑	平頭、打差官、差人

《宵光記》（又名《宵光劍》）

腳色名	劇中飾演人物
淨	鄭跖（3）
（付）	家丁（18）、軍（19）、小軍（21）、鄭跖（21）
丑	鄭跖幫閒（3）、夫頭魏明（6）、番水牛（9）、甯成（12）、陳午（18）、番將（19）、太監（21）
小丑	夫頭魏明、甯成（12）

《投梭記》

腳色名	劇中飾演人物
淨	王敦、烏百萬
副淨	烏斯道

〔註23〕祁彪佳：《遠山堂曲品》《中國古典戲曲論著集成》（北京：中國戲劇出版社，1982年一版四刷）第六輯頁21。

丑	王導、船家、稍子、船家
小丑	元鴇子

徐復祚（1560～？）原名篤儒，字陽初，號謩竹，江蘇常熟人，卒于崇禎三年之後。〔註24〕傳奇作品有《宵光記》、《紅梨記》、《投梭記》、《題塔記》四種，前三種今存。徐復祚生活在戲曲創作繁盛的明代中後期，曲學思想受吳江派的影響較大。在戲曲主張上，他主張當行本色，反對一味地追求典雅文采的駢雅之風。不過，因他也曾就教張鳳翼，所以不拘泥一格，試圖能兼容並蓄，在當行本色及文采二者之中，取得和諧，進而創作自己的風格。但若從其對丑腳的塑造，便可知他的嚐試並不是很成功。

以現存的三部著作看來，依其文詞看來，《紅梨記》最爲雕琢，其次《投梭記》、《宵光記》，在《紅梨記》中是連身分卑微的丑腳，上場詩都是文謅謅的，與徐復祚自己的主張似乎是違背的。

第二齣〈詩要〉：

（丑扮平頭上）：傳卻玉樓信，來投金馬門。

（丑）：傳將芳信去，報與玉人知。

第六齣〈赴約〉：

（丑上）：院鎖春風楊柳，門深夜雨梨花，未許情諧琴瑟，空勞夢遶琵琶。

第九齣〈獻妓〉：

（丑扮打差官上）：寄語當路人，莫將國事誤，可憐中華女，嫁作胡人婦。

第十一齣〈錯認〉：

（丑扮差官上）：歌殘翡翠簾前月，醉到巫陽夢裡雲，豈料中原窈窕女，穹廬深處結良姻。

這些上場詩裡頭有些是唐詩集句，以平頭、打差官吟誦便覺不恰當，失去了最能顯露身分氣質的特徵。

《投梭記》丑腳的狀況基本上能符合身分背景，但不經意中，屬於文人的曲詞就會出現，比如逼良爲娼的市井人物元鴇子〔註25〕出場便吟了兩闋與身分教養不符合的詞作，也頗令人詑異。第三齣〈逼娼〉：

〔註24〕同註9，卷六，頁468。

〔註25〕元鴇子由小丑擔任，但偶爾會寫成丑。

（小丑扮元鴇子上）（昭君怨）春到驚翻繡幌，陌上柳條新放，花月傍樓臺，鏡奩開，悶把闌干倚，羞見鴛鴦雙起，休說舊風流，皺眉頭。……（丑）【菩薩蠻】：孩兒，你不見春燕掩映鞦韆，春波搖動鴛鴦起，多少俏王孫，金鞭裊翠君。

對照第五齣〈訂盟〉的曲白，頗令人懷疑這些賓白、曲詞是出於同一人之口。

【東甌令】（丑上）：**今朝醉爛似泥，兩腳蹣跚屢舞僛，門前何事人聲沸。**（看介）：啊呀，元來又是那個謝窮鬼嘗湯水哩。**惱殺人也沒廉恥。**（見介）：謝老爹。**今朝下顧甚風吹，背地裏耍虛脾。**（生笑介）：元媽媽，你把女兒嫁我罷。（丑）：好好，嫁了你，好一對兒打蓮花落去。不識羞的賤人，前日說了許多不肯接客的說話，背著我機又不織，與人調弄，別個也罷，偏要與謝窮這個不長進的東西閒講。（生笑介）你那見我窮來。

所以，我們看到了徐復祚自相矛盾之處，在追求本色的同時，又不自覺流露了文人吟風誦月、追求美文的天性。相形之下《宵光記》的丑腳曲詞，賓白較能符合其身分地位，如第十齣〈謬刺〉丑腳番水牛與小丑魏明唱的曲子及賓白：

（丑）：呌甚名字？（小丑）：呌做魏明。（丑）：原來就是衛青。

【玉胞肚】（背唱）：**想是你時衰運倒，剛剛的天然輳巧，這的是八字曾招，因此上狹路相遭。**衛青，衛青，我與你平日無怨，往日無讐，不是我要殺你，是鄭跖使我來。**伊家親弟苦相邀，莫向閻君說我曹。**（丑對小丑）：你醉了，我扶著你走。（小丑）：好哥哥，扶我過山嶺去，明日買酒請你。（丑扶殺介）

把個殺人不眨眼、掏摸作生涯的流氓混混，透過曲白，栩栩如生的表現出來，另外也由於這個番水牛過於魯莽，不加細察，只因音韻相同，錯把馮京當馬涼，把魏明當成了衛青，可知番水牛，人如其名，是個牛角亂撞的一隻蠻牛。

在丑腳的塑造上，《投梭記》優於《紅梨記》及《宵光記》。《投梭記》中的元鴇子，是徐復祚三個劇本中塑造最成功的一個丑腳，元鴇子元是教坊中的一名妓女，後改嫁財主，無奈家道中衰，所以一心想讓繼女縹風接客養家，但事與願違，縹風拒絕了烏芈州的示好，偏偏死心塌地跟著謝鯤，讓一心想發財的養母無可奈何，有一回喝了酒回到家，又看到了謝鯤，不覺怒火中燒，趁著酒意，打斷了謝鯤的兩顆牙齒，這一段的描寫十分精彩，第八齣〈折齒〉：

【錦衣香】**看你衣服般多補綻，脊背彎，如病疸更兼不醋不酸，喬**

扮喬扮，只虧你撩雲撥雨不胡顏。（生笑）：**我自有偷香手段竊玉機關**，著甚閒羞赧。（丑跌足介）：罷了，罷了，依你說來，小賤人被你刮上了，指望杭櫳時，還要發人一主大錢哩。（撞生介）：**甚來頭搶人衣服**，謝窮，今日不與你干休了。（生笑介）：不干休，待怎麼？（又撞搶落生巾介，生怒）：風婆子，休得無理。（丑）：**你偷竊無昏旦，幫閒調侃**，可惜杖兒不在我手裡，狠打一頓纔好。（生笑介）：要打由你打，只是要上門。（丑捶胸介）：**恨你個研光傻角，全無忌憚**。（生坐機上，丑扯不動取梭擲生，齒落，生掩口介，生）：阿呀，阿呀，不好了，兩個牙齒被你打掉了。（丑）：謝窮，你哄誰來，哄不信老娘哩！（生拾齒介）：這不是，這不是，你看，血斑斑的（丑作慌扭生介）：你哄誰（內喝道介，丑）：官府來了，扭你告狀去。

劇中把元鴇子潑辣氣急敗壞的樣子，活靈活現的顯露了出來，就算是做爲案頭讀本也能想像在舞台上栩栩如生的表現。不想謝鯤擔任要職的朋友周顗一上場，丑就變了個樣（丑做慌背跪求介）（丑叩頭作搖手介）（丑又跪介）（丑叩頭），從氣焰高張的兇惡樣，馬上一轉，成了個膽怯怕事的鼠輩，此處把個勢力欺軟怕硬的老鴇寫得鞭辟入裡。元鴇子打斷了謝鯤的兩顆牙齒，得知謝鯤當上了官，怕謝鯤上來尋仇，只好找到烏斯道這個商人幫忙想計策。不想這烏斯道是個貪生怕死的傢伙，元鴇子除了用話激他，還誘之以美色，軟硬兼施的結果，烏斯道終於答應幫忙。在劇中，元鴇子是個爲達目的不擇手段的人，不僅三番兩次威脅縹風，最後不顧女兒的死活，把女兒給賣了。劇中元鴇子的惡形惡狀，眞是不一一而數，尤有甚者，她還把歪腦筋動到與她狼狽爲奸的烏斯道身上，眼看烏斯道沒有利用價值，竟過河拆橋害死了烏斯道，謀奪他的財產。

元鴇子的心猶如蛇蠍一般，扒了一層皮不夠，還要扒到一毫不剩。況且，一不做，二不休的心態，也眞令人膽顫心寒。作者雖在幽默，輕鬆中介紹元鴇子的所作所爲，但背後隱藏的諷刺意味，卻十分深刻。《投梭記》中還有一個丑腳，也特別值得注意，即是丑扮王導。王導在劇中，與王敦二人狼狽爲奸，王敦叛變之後，明明王導得知經過，卻還要假裝不知，矇騙周顗和戴淵，使周顗爲其在晉帝面前說情。第七齣〈忞刦〉：

（丑扮王導蟒衣上）：隻手擎天天可摧，令行山岳盡皆移，癡兒不了公家事，男子要爲天下奇。下官當朝丞相王導，字茂弘，晉自二帝陷虜，宗社丘墟，下官與兄弟大將軍處仲，同心戮力，推戴今上爲皇帝，渡江而東，豈意即位之後，每每排抑吾家。以此大將軍深懷怨恨，從姑熟起兵來此，嘗聞得江東童謠云，王與馬共天下，此正是晉室當滅，吾宗代興之兆。但吾身爲元宰，恐人議論，以此陰與定計，佯爲不知，事成則與吾弟同其榮，不成不與吾弟共其辱，滿朝人一向也被我瞞過了，日來聞得聖上頗頗疑我，只得在此待罪呀！

在明傳奇的劇本中，很少看到這麼樣老謀深算的丑腳，《投梭記》算是特別的了。劇中這裡舖演了「我不殺伯仁，伯仁因我而死」的典故由來。歷史上的王導慨歎因誤會而害死了人，但劇中的王導似乎沒有不安的反省，末和小生進宮朝見晉帝時，說了王導的好話，恰好內官啓奏錢鳳爲亂，心情不佳，出殿之後，不理睬王導，但王導不知懷恨在心。這裡王導心思之細密，城府之深沈，比較雷同於淨腳，與一般莽撞，出醜的丑腳較難連想在一起，也因此，在後世不以丑腳來飾演王導，《投梭記》算是一個特例。

六、《水滸記》、《橘浦記》、《靈犀佩》、《種玉記》、《節俠記》

《水滸記》中的淨丑

腳色名	劇　中　飾　演　人　物
淨	張三、梁中書、公差、王倫
副淨	戴宗
丑	劉唐、王媽媽、童子、酒保

《橘浦記》中的淨丑

腳色名	劇　中　飾　演　人　物
淨	虞公子、總捕官
丑	丘伯義、漁翁、院子、賣卦人、梅香、院子、掌禮人

《靈犀佩》中的淨丑

腳色名	劇　中　飾　演　人　物
淨	尤效、小尼姑、小鬼
中淨	尼姑、寶二、報錄、老婆婆
付	稍水

丑	齋夫、梅香、詹拱、和尚、掌禮、船家、小鬼、船婆、院子、報錄
小丑	齋夫

許自昌改訂《種玉記》中的淨丑

腳色名	劇　中　飾　演　人　物
淨	女侍、公孫敖（相士）、霍仲孺隨從、相國
丑	祿星、女侍、渾邪王、女侍、官吏、馬夫、胡兵、黃門官

許自昌改訂《節俠記》中的淨丑

腳色名	劇　中　飾　演　人　物
淨	從人、武承嗣、眾官、掌禮、侍女、張說、校尉、追兵
丑	從人、李秦授、眾官、侍女、校尉、勇士、追兵

許自昌，字玄祐，江蘇蘇州人，約明萬曆年間在世。〔註 26〕所作傳奇今知有十種，現存五種，分別爲《水滸記》、《灡浦記》、《靈犀佩》、《種玉記》以及《節俠記》，其中《種玉記》以及《節俠記》據汪廷訥、許三階同名作品改訂。許自昌的作品中，以《水滸記》、《灡浦記》、《靈犀佩》三部作品最具個人色彩，其中《靈犀佩》一齣的配腳人物中，以淨、腳比較搶眼，丑腳扮演都是一些過場的腳色，對劇情比較沒有關鍵性的影響。許自昌作品中的賓白有四六駢雅的現象，不過由於作品中的丑腳人物以中下階層爲多，多是媒婆、酒保、船家、丫鬟等，爲了描繪這些人物的口吻、舉止、行動，曲白勢必通俗，而許自昌筆下的丑腳也朝著曲白曉暢易解的創作路線進行，也因此劇作中的丑腳人物賓白雖是四六駢句，卻也不難理解。

以《水滸記》而言，明祁彪佳《遠山堂曲品》特別稱讚：「記宋江事，暢所欲言，且得裁剪之法，曲雖多稚弱句，而賓白卻甚當行。其場上之善曲乎！」。〔註 27〕在《水滸記》一劇中，比較有表現的行當是生、小旦和淨，丑腳的戲份不多，讓人印象深刻的丑腳有二，一是水滸英雄劉唐，以一武丑的形象出現，第五齣〈發難〉一出場便豪氣十足：

（丑赤髮虬髯便服上）：燕南壯士吳門豪，筑中置鉛魚隱刀，感君恩

〔註 26〕同註 9，卷九，頁 924。

〔註 27〕祁彪佳：《遠山堂曲品》《中國古典戲曲論著集成》（北京：中國戲劇出版社，1982 年一版四刷）第六輯頁 59。

重許君死，泰山一擲輕鴻毛。自家劉唐的便是，赤髮纓冠，丹心向日，千秋游俠，無愧英雄，一味粗豪，不設城府，落魄無賴，跅跎不羈。近聞得蔡京生辰，年年有那生辰綱貢獻上京，劫掠將來，到也是一主大錢，好供咱幾時賭博。只是咱一人幹不得這個勾當，欲待要勾引宋公明，我思量他身在公門，斷然不敢做這等勾當，那東村的晁保正爲人最直，義氣最高，不免勾合了他，同去劫這生辰綱也呵！

這個「一味粗豪，不設城府」莽漢，要做番大事業，卻因醉酒貿然被抓去。

【北水仙子】（丑醉上）：俺俺俺**疲躡屩**，怎怎怎怎說得**不飲從他酒價高**，早早早**早已是價醉酕醄**，強強強**强把村徑遶**，苦苦苦**苦那迢迢跋涉遙**。看看看**看那牛羊下日沒林臯**。這這這這**虞淵漠漠誰伴寂寥**。見見見**見陽影裡傾頹廟**，暫暫暫暫**借宿度今宵**。

這段唱詞寫得可愛，連串的疊字，把個劉唐酒醉，走路顛顛倒倒，口齒含混不清的樣子，表現得十分逼眞傳神。同時這位粗豪的莽漢，也表現了草莽的一面。另一位丑腳，是在小說《水滸傳》中沒有的腳色——開茶舖的王媽媽，爲人熱心，她替宋江做媒，又通風報信，最後還縱放宋江，是個有情有義的配角人物，在《水滸記》中所佔的分量雖不重，卻很關鍵。第十五齣〈聯姻〉她上場自道：

（丑上）：媒婆媒婆，兩腳奔波，成事時少，說謊時多。今日宋押司與閻婆息成親，閻媽媽因前日張押司攛掇成了這個婚事，叫我請他陪宋押司過門，此間已是他的公廨了。

幽默的精義，乃是消遣自己，以揭己之隱來使大眾會心一笑，王媽媽的這段說白，說得坦白，韻腳押得自然，令人捧腹。也別小看這王媽媽，他雖說自己說謊時多，但卻是個有正義感的媒人，眼見閻婆息和張三郎似有私情，一開始苦勸閻婆息，但閻婆息當成耳邊風，所以，她決計要一探究竟，閻婆責怪王媽媽多管閒事，王媽媽伶牙俐嘴的頂了回去，把閻婆說得啞口無言，後來在宋江殺閻婆息之後，還用計倆幫助宋江逃走，是個關鍵的腳色。許自昌把《水滸傳》原無的市井腳色，寫得極爲生動，刻劃頗爲成功，是劇中最有表現的丑腳。

劇中的人物，小旦閻婆息比旦腳宋妻出色，以戲劇腳色的張力來講淨腳張三郎的風頭又幾乎蓋過生腳，所以後來崑劇舞台上《水滸記》保留的齣目就以宋江、閻婆息、張三郎這三人的對手戲爲主了。值得一提的是後世的崑劇舞台，劉唐以淨腳出演，張三郎改以丑行的付出現。自然以劉唐外號赤髮鬼的形象，似乎以淨腳來呈現，更能呈現其特殊的性格，而張三這個腳色猥鄙、好色的形象，正是《鳴鳳記》趙文華的謫傳，歸入丑行，也不令人感到意外。劉唐改入淨行，張三郎改入丑行，證明了淨丑的分際到了後世越來越清楚，界限也越來也清晰。

《橘浦記》一劇中最重要的腳色是生、末、小生、丑，尤其是末的戲份頗多，僅次於生腳。《橘浦記》中丑腳飾演了丘伯義、漁翁、院子、賣卦人、梅香、掌禮人等，最有戲劇張力的要算是丘伯義這個幫閑，丘伯義原是淨腳虞公子的跟班，成天不學無術騙嫖賭，結果被虞世南驅逐，在路途中遇大水，被柳毅救起，非但不思報恩，反而恩將仇報。在第十三齣〈搆難〉中，他揭露自己：

> （丑上）人無害虎心，虎有傷人意，自家丘伯義便是。生成狠毒習慣，奸雄附勢，如蟻逐羶趨利，似蠅見血，使幾條害人計較，眞個腹裡暗藏刀，説兩句騙人言談，果似口中甜似蜜，由你聰明伶俐，出不得我的範圍，任他忠厚老成，禁不住我的算計。我與那柳毅，一向在虞府中矛盾不同，水炭不入，他雖救我于水中，暫離患難，今日又供我於家裡聊免饑寒，只是一件，他本是個窮酸措大，止可借爲活命之資，終非進身之策。我見他前日在井裡撈起一條玉帶來，也該與我平分，他卻欺我，公然獨自收了，我正氣他不過，如今恰好虞丞相府裡玉帶被盜，著各處府縣，日夜緝拿，眼見得這帶是他昔年處館時節偷的，假意在我跟前説井中撈起來的，也未可知。不若我悄地到府間出首，一則可以雪平日之恨，二則那虞丞相見我首盜有功，定然不怪我了，三來仍得與公子飲酒宿娼，日後起他一主大錢，不強似在這裡腌臢過日，説話之間，已到門首，不免伺候本府陞堂則個。

《孟子・離婁（下）》：「人之所以異於禽獸者，幾希，庶民去之，君子存之。」人類向善動力來自於內心。人若失去了最寶貝的價值的話，那和畜生又有什麼分別呢，劇中錢塘君發大水，柳毅在危難之中救了猿猴、靈蛇還有丘伯義，猿猴以仙丹相贈，靈蛇啣玉帶相贈，唯有丘伯義不僅不感激，還因無法均分玉帶懷恨在下，到府衙門出首柳毅。這樣的行徑連旁人也看不下去。第十六齣〈計賺〉：

> （雜）：這等説，你一向在他家吃了、用了他的，就出首他的事情，

> 只是太欺心了些！（丑）：你又說差了，我們這樣人，那一時不吃人用人的，那一時不算計人的，就是今日出首玉帶，也是爲虞公子身上要馬扁他些兒，難道眞正爲甚麼公道不成，止是量大福亦大，機深禍亦深。

這樣的小人，行事全然爲己，直叫人恨得牙癢癢的，而他還好意思辯駁，「你看如今世上貴賤貧富幾般樣的，那一個憑著人心天理做事。」（十六齣）作者寫下了小人的嘴臉，也寫下社會實況，更披露了對小人的深惡痛絕。因此慧山葉晝題《橘浦記》有言：「讀《橘浦記》罷，拍案大呌，曰：人耶，畜生；畜生耶，人；人、畜生耶，劣畜生；畜生，人耶，勝人畜；生勝人耶？畜生人；劣畜生耶。人，咳！」〔註28〕

許自昌的另一部改訂作品《節俠記》，寫的是唐代中葉政治鬥爭的實狀，這一齣作品沒有插科打諢的段落，主題十分嚴肅，以生腳裴伷先爲代表忠貞之士，與淨丑則代表的惡勢力對抗，其中丑腳李秦授的戲份頗多，三十二齣戲中，有五場戲是主場，擔任破壞的主要工作。李秦授人如其名，是個心狠手辣的小人，先害死了裴炎，爲了絕後患，又上奏武則天，害得裴炎的姪兒裴伷先落得「勘杖一百，遠流嶺南」的下場，其間校尉打人的過程，可知李秦授分明置裴伷先於死地。

跟一般的小人相較，李秦授死到臨頭仍不畏懼，足見是個難纏的小人，眞教人不寒而慄。並且與一般的小人相較，李秦授的心機顯得陰沈，行事也細密許多，從劇中所寫的一件小事便可得知：第十一齣〈計陷〉：

> （小旦扮內官上）：當年許史宅，昭代帝王家，那一個在這裡？（丑去鬚趨揖介）：老公公拜揖，俙闕李秦授求見大王。（小旦）：李補闕是有鬚的，如何沒了鬚？（丑）：老公公不生鬚，小孩兒焉敢生鬚。（小旦）：這官兒到會講話，俺與你通報便是。（丑仍上鬚介，旦向內介）

李秦授陷害裴伷先不成，欲到武承嗣府中尋求協助，這時李秦授突然（丑去鬚趨揖介），原來這個動作目的在取得內官的認同，由於內官早失去了男性的特徵，在某種程度上是有自卑心態的，而李秦授去鬚的行動，正欲以此行動來取得他們的認同。以李秦授的身分地位，大可不必大費周章的來討好這些小官，但他可以卑躬屈膝的尋求下階層的人物的好感，可想而知，爲達目的，

〔註28〕葉晝撰：〈題《橘浦記》〉見《中國古典戲曲序跋彙編》（山東：齊魯書社，1989年）頁1321。

他可以不顧一切。《節俠記》塑造的人物中，就以丑腳李秦授，最叫人怵目驚心，也難怪梅花墅改訂玉茗堂批評本《節俠記》序言中給予極大的肯定。「至若承嗣、秦授之怙寵趨炎，傾邪側媚，描寫逼眞，如灯取影，可謂化工。吾何以付之？付之叔敖之優孟。」〔註29〕

七、《春燈謎》、《牟尼合》、《雙金榜》、《燕子箋》

《春燈謎》中的淨丑

腳色名	劇　中　飾　演　人　物
淨	皮哩孩
副淨	牙將、差官、二分齋、曳落河
丑	報人、驛丞、團頭、女道姑、縣丞、二分齋、鴻臚官、喇嘛、

《牟尼合》中的淨丑

腳色名	劇　中　飾　演　人　物
淨	麻叔謀
副淨	封其蔀、賽麻郎
丑	陶椰兒、都于毫、張咬住、女尼

《雙金榜》中的淨丑

腳色名	劇　中　飾　演　人　物
淨	藍廷璋
副淨	歐（鮑）八娘、莫佽飛、蔡蒲包
丑	小二、細酸姐、包頭、提舉吏目

《燕子箋》中的淨丑

腳色名	劇　中　飾　演　人　物
淨	安祿山、臧不退、繆繼伶、老儒、提塘官
副淨	鮮于佶、歌舒翰
丑	門官、裝裱婆、保兒、老駝婦、何千年、教門中人的報子、典膳官

〔註29〕許自昌改訂：《玉茗堂批評節俠記》《全明傳奇》（台北：天一出版社，1985年）。

阮大鋮（1587～1646），字集之，號圓海、石巢，安徽懷寧人，萬曆丙辰（1616）進士。〔註30〕所作戲曲作品，有十一種，除《春燈謎》、《牟尼合》、《雙金榜》、《燕子箋》四種之外，餘皆散失，四部作品合稱爲《石巢四種曲》。阮大鋮熟諳音律，通曉舞台演出，加以劇情串插巧湊，離合分明，所以劇本不僅文人喜讀，也深受梨園子弟的喜愛。作品中又以中以《燕子箋》最享盛名。

阮大鋮在腳色行當的分配上最特別的是，他把很多角色，分到了雜行來，這些人物又不乏擔任主場的重要人物，這是極爲特殊的現象。以阮大鋮四部劇中的腳色來講，除了生旦之外，淨行似乎遠較丑行來得重要，除了四部劇作中淨行皆分淨、副淨，而丑未有分出之外，淨行戲份及在劇中的關鍵地位，亦遠較丑行爲重。特別是《雙金榜》中的副淨莫佽飛、《燕子箋》中的副淨鮮于佶更是僅次於生腳的第二主腳，尤其是鮮于佶這個人物更成爲後來副淨的典型人物。

雖然阮大鋮劇中的丑腳重要性次於淨腳，但於劇中的作用仍不容小覷。阮大鋮劇中的丑腳有二大類型，一是刁鑽奸惡的小人，一是市井小人物，與其他的劇作並無二致。與過去的劇作家不同的是，阮大鋮筆下的丑腳，性格有比較複雜的呈現，過去在處理丑腳時，往往將丑腳人物類型化，一出場不是自暴形跡、使壞弄惡，無所不爲，否則便是粗手粗腳，愚昧昏庸，阮大鋮處理這些人物時，有比較多層次的描寫，對其心理狀態，往往也有深刻的描述。如《牟尼合》一劇的都于毫前後兩樣的嘴臉，第四齣〈竟會〉：

> （副淨怒介）左右，與我拿下這廝去，著實打。（從拿介）（都奪板抛下介）：打屁，打鬼，打你的天靈蓋。
>
> 【節節高】（都生）：**青天白日光，騙淳良，無端拷勒眞心喪。**（都作擺搖介）：我是**都齋長，在宮墻，叨作養。**這蕭兄他**金枝玉葉帝王孫，怎似你土牛木馬村夫相。**（生都合解芮小二并婦齊下介）**疾忙走出焰摩天，我公呈一定明朝上。**（都作大鬧，扯破封旗介）

副淨封其蔀硬要買下芮二夫婦賴以爲生的馬匹，買賣不成，硬扣上罪名，圍觀的群眾個個義憤塡膺，丑腳都于毫也忍不住要譏罵幾聲，這時都于毫站在正義的一方，儼然是正方代表，但後來才發現，都于毫根本只是逞一時之氣，出風頭罷了，實則是一個卑劣小人。

君子與小人之別，乃在生命攸關，利益交迫的時候看出，所謂板蕩識忠

〔註30〕同註9，卷十，頁1068。

臣、時窮節乃現，面臨抉擇時，操守才眞正顯露出來。一旦沈淪，更加不堪的表現就出現了。第十九齣〈貞竄〉：

（都慌背立介）：怎麼處！我原來說封家親事，他到纏住了，言三語四，要與封家死做對頭。我那話怎講得出口，若不講，又不好回復招討。也少不得直說，是含糊不得的。（轉身介）：尊嫂，寫這些閑話容易。只是一件，天下事也要從權。常言道，不打不成相識，你如今丈夫是個欽案罪名，出頭不得的。一個兒子又沒了，這一生一世，沒有下梢。依我說，如今到不如嫁了那封招討，不念舊惡，豈不是個女中丈夫，又討一個好收成結果，你請三思。

封其蔀害得蕭思遠妻離子散，還看上蕭思遠之妻，要都于毫做個媒人，都于毫非旦沒拒絕，還來當說客。面對蕭思遠的妻子，都于毫心中很是掙扎，但事情既已起了頭，只好硬著頭皮做了下去。

（旦）：都于毫，你這禽獸，快快去，休要胡說。（都）：我不去，待怎麼？（旦怒將水潑都頭上介）（都）：這潑賤，不識抬舉的，我作成你好事，倒這樣作踐我，熱湯、熱水把我面皮都燙壞了，可惡，可惡！

（眾）：幸喜得都相公是個臉皮厚的，若他人薄的，怎了？（笑下介）

蕭思遠無賴的樣子，叫人不敢恭維。傳奇劇本比較重視處理正面人物的心理的轉折，對使壞作惡的心理歷程則通常省略，但阮大鋮的劇作對於處理小人的心理也有很細膩的描寫。另外，寫小人物，亦把小人物處世的智慧寫了下來，不只是當個串場人物而已，如《燕子箋》中的孟媽媽，擔任劇情轉折的工作，雲娘與霍都梁相識乃因他居間穿線，也因孟媽媽才知彼此的存在。孟媽媽沒有一頭熱的讓兩人栽入情海之中，而是分析事理，坦白告知雲娘霍都梁有個交好的妓女，讓雲娘心理有所準備，不必做夢幻式的無謂期待。第二十四齣〈收女〉：

（丑笑介）：只是還有一粧事不好對你說。（旦）：又有甚事不好說？

（丑）：那霍秀才好不風流，與一位平康女娘，叫做華行雲，打得熱不過。這春容是替他畫的。那華行雲與你一個樣子，你卻錯認了頭，做了替你畫的了。（旦）：怪道我當初看時，見那般喬模喬樣，也就猜道是個烟花中人了。（丑）：說是說與你，小姐，你不會面的相思，害得不曾好，莫又去吃不相干醋，吃壞了身子。（笑下介）

後雲娘因戰亂之故，不得已要遵循賈南仲的安排召贅，也是在孟媽媽的勸說下，才勉強答應。

孟媽媽雖是一個殘疾之人，但是口才好，頭腦清楚，如實的呈現事情的利害得失，也因此能取得旦腳的信任，到了行雲與飛雲爭封誥時，也是虧得孟媽媽溫言巧語相勸，事情才有了個完滿的結局。第四十二齣〈誥圓〉：

> （丑）：不是吃醋撚酸，爲著甚麼？（生）：爲著封誥只有一份，他兩個都爭著要，故此難處。（生推丑介，丑）：好好，我老人家爲了你們，吃了許多苦，受了許多累，還不勾，今日你們到了好處，都忘記了，把我當作氣球兒踢來踢去。小姐，我在千軍萬馬相陪，雲娘，我爲詩箋呵，百打敲苦怎當？（大哭介）：怎麼把老娘相鬧嚷？拼殘軀老命，跌在華堂。（臥地雙手捶胸介）（生、旦、小旦）：孟媽媽，請起來。（丑）：再不起來，說明你們和美了，我才起來。（旦、小旦）：聽憑媽媽說就是。（丑）：口說不信，要你三行個禮兒。（生、旦、小旦行禮介，丑）：還不停當，還要你們笑一笑。（生、旦、小旦笑介）

孟媽媽一哭二頓足三捶胸，演得眞妙，演得逼眞，以四兩撥千金的方式，把僵局解開，不可不讚其爲「老江湖」。孟媽媽不過是個市井小人物，但阮大鋮以著對世情的了解，寫下了市井人物的處世智慧。除了多層次的寫下丑腳的各種面貌之外，阮大鋮也沒忽略用俏皮詼諧的方式來呈現眾丑腳。如《燕子箋》第十六齣〈駝泄〉：

> （副淨）：媽媽，我有一粧事，也央你一央，我有一幅行樂圖，拿去與酈小姐看看，如何？（丑）：不用了。（副淨）怎知道就不用？（丑）：如今不是時節了。（副淨）：怎麼不是時節？（丑）：如今端陽將近，過了年，小姐家那裡還要貼鍾馗像。（眾笑介）

鮮于佶得知霍都梁的一幅畫，引來美麗佳人的青眼，所以也希望把自己的畫像拿給酈雲娘欣賞欣賞，孟媽媽反諷鮮于佶長得醜，行樂圖像鍾馗像，幽默的道白惹來一陣笑。《燕子箋》中還有一個賓白科介極有喜感的裝裱婆，出場雖只有一場，但逗趣的表現，卻令人印象深刻。第八齣〈誤畫〉：

> （開門便緊摟末頭介）我的老親肉、老寶貝！你回得正好，我的酒興兒動了，兩個去睡覺罷，再莫妝喬了！（末）碎！這婆子瘋了，你睜眼看誰是你老兒？我是酈老爺衙里討畫的，你老兒那裡去了？多時發與他裱的觀音像，小姐要供奉，催得緊，快拿與我去！（丑指桌上介）：畫麼，畫在這裡不是？只是你就不是我老兒，便同吃兩

杯，樂一樂去何妨？（末）這是怎麼說起？一個女人家，醉得這樣一個模樣！（丑扯末撮嘴，末推倒，撇手取桌畫，出介）：兩手劈開歪纏路，一身跳出鬼婆門。（下介）（丑起身望介）：呸！原來這樣不識趣的！這樣好熱湯湯的酒兒，（扭頭行數步介）老娘這一表人材，難道是滯貨兒麼？（指內介）：好沒福，好沒福。

此處把裝裱婆醉酒之後顛三倒四、胡言亂語的模樣，逼眞的顯露了出來，個裝裱婆的戲份雖不多，但卻倍受好評。如吳梅在評注《燕子箋》時，也不忘提醒不能忽略這號人物的存在。

余謂傳奇中生旦居首，淨丑副之，不知淨丑襯托愈險，愈足顯生旦團圓之不易。初學塡詞，往往重正角而輕花臉，實是不知文法。此劇之妙，在鮮于佶，此盡人皆知也，抑知繆繼伶夫婦及臧不退、孟媽媽皆是出色人物，演者不可草草。〔註 31〕

阮大鋮創造了許多詼諧逗趣的丑腳，還不得不提的便是《雙金榜》中的細酸姐，細酸姐是個鄉土味十足的傻大姐，以誇張的裝扮惹人注目。第三齣〈繡幡〉：

（副淨扮半老村婦，丑扮大股小髻紅裙插花女兒上）……（丑）：娘打扮得好，你櫻桃過雨還風韻，只是奴家因你喚得忙，粉還搭不透，胭脂又擦得淡淡的，花也戴少了些，不好看像。（副淨）：也搭得勾了，滿頭花插得撲撲滿，怎麼說少？你花插丫頭滿面嬌。

尤其與福馬郎成親的一段歌舞，有趣的曲詞、精彩的科介，襯托的氣氛熱鬧非凡，不僅帶入了濃濃的鄉土味，也增添了喜劇的氣氛。第二十二齣〈踏歌〉：

【蠻歌】（細打扇唱介）：**石竹花開葉子青，打扮村俏嫁情人，哎喲哎喲哎喲喲。嫁情人還要把情人問，哎喲哎喲哎喲喲。可有花手巾，可有花布裙，盒兒裡檳榔重幾斤，哎喲哎喲哎喲喲。有了時奴與你親親也麼親，學鴛鴦鳥兒一對在池中揾，哎喲哎喲哎喲喲。**（作倒腿，兩股相抵介）（唱完女打筋斗過男面前相對，又在地上坐介）（馬）：馬郎哥，你請答唱。

這裡頭有打扇、（作倒腿，兩股相抵介）、（唱完女打斤斗過男面前相對，又在地上坐介）（做對面擦地、腳抵了立起介，又吹打，各紐往下場）這些豐富的科介動作，都是明傳奇中少有的描繪。尤其連續八個「哎喲哎喲哎喲喲。」

〔註 31〕吳梅：〈《燕子箋》跋〉《中國古典戲曲序跋彙編》（山東：齊魯書社出版，1989年）頁 1395。

活潑的氣氛，感染力極強，不僅是場中的人物，其至台上台下都可唱和起來了，是段極為出色的段落。

相較於阮大鋮劇中的其他腳色，阮大鋮筆下的丑腳也許不是最精彩的，以著阮大鋮的才華，還是用妙筆賦以丑腳精彩的面目，由丑腳的精彩更可看出其他盡情描繪的腳色，更是可觀。無怪乎張岱在《陶庵夢憶》讚其劇作「所搬演，本本出色，腳腳出色，齣齣出色，句句出色，字字出色。」〔註32〕

八、《西園記》、《綠牡丹》、《療妒羹》、《畫中人》、《情郵記》

《西園記》中的淨丑

腳色名	劇　中　飾　演　人　物
淨	王伯寧、使女香筠、馬夫、駝醫、大智
丑	翠雲、馬夫、女巫、廟祝

《綠牡丹》中的淨丑

腳色名	劇　中　飾　演　人　物
淨	柳希潛
丑	車本高
小丑	梅香、范虛

《療妒羹》中的淨丑

腳色名	劇　中　飾　演　人　物
淨	褚大郎、和尚、舟子
丑	苗氏、道童
小丑	醜婢、媒婆、船婦

《畫中人》中的淨丑

腳色名	劇　中　飾　演　人　物
淨	胡圖、賊、關帝
小淨	張捉鬼、賊、尼姑、胖大青童
丑	繡琴、無為教主、巡簡

〔註32〕張岱：「阮圓海戲」條《陶庵夢憶》（台北：漢京出版社，1984年）卷八，頁73～74。

《情郵記》中的淨丑

腳色名	劇　中　飾　演　人　物
淨	李本、李翠娟（醜女）、阿乃顏、父老、報人、驛夫、女使、酋長、店主人、商人、紫雲、胡女、小廝、使女、烏必有、趙敬山
丑	胡誇、何金吾、驛夫、報人、差官、夫頭、女使、酋婦、天使、阿乃顏夫人、院子、胡女、小廝、使女、夢因、學子、張慕泉

吳炳（？～1650），字石渠，號粲花主人，江蘇宜興人，明萬曆己未（1619）進士。〔註33〕所作傳奇有《粲花齋五種傳奇》包括《西園記》、《綠牡丹》、《療妒羹》、《畫中人》、《情郵記》。後人對粲花五種的讚美不少，如青木正兒《中國近世戲曲史》云：「其作風力追湯顯祖，顯祖以後爲第一人，亦曾就葉顯祖正法，乃兼臨川與吳江之長者。」〔註34〕

至於《粲花齋五種傳奇》中的淨丑的塑造又是如何呢？吳梅，稱其爲寫淨丑的名手，〔註35〕張敬〈吳炳粲花五種傳奇研究〉也十分肯定吳炳的功力，他以爲：

> 粲花各劇，固然旨在寫情，戲重生旦；然其發揮淨丑之作用：或側寫或正寫，或與生旦同寫，或獨寫淨丑，匪特有紅花綠葉之妙，烘雲托月之效；更能獨運巧思，加強寫繪，佳構奇想，迭翻層起，塑造鉤勒，逼眞亂眞；使彼奸、卑俗、鄙陋、醜惡，以及白丁種種之聲口形態，栩栩如生，歷歷在目，是淨丑原在劇中所佔之附庸或輔配甚而補綴之地位，至粲花而大改觀，進而與生旦同屬重要之角色。〔註36〕

張敬盛讚吳炳寫淨丑的才華，吳炳在劇中讓淨丑嬉笑怒罵、醜態百出，藉以引發笑料，盡情嘲弄，以收別開生面的喜劇效果，組成一幅幅千姿百態的喜劇場面。吳炳筆下的丑腳有那些描寫特徵呢？以下可分幾點說明：

〔註33〕同註9，卷十，頁1073。

〔註34〕青木正兒：《中國近世戲曲史》（台北：臺灣商務印書館，1988年五版），頁314。

〔註35〕吳梅在〈《西園記》跋〉中盛讚吳是寫淨丑諸色的名手，並以《西園記》〈冥拒〉一折，爲千口奇文，「自有淨丑以來，無此妙人妙語」。可謂推崇備極，不過文中所舉，全是淨腳戲份，實際上，《西園記》中的丑腳較淨腳遜色許多。〈《西園記》跋〉《中國古典戲曲序跋彙編》（山東：齊魯書社，1989年）頁1413。

〔註36〕張敬：〈論淨丑角色在我國古典戲曲中的重要〉，《中國古典戲劇論集》（台北：幼獅出版社1985年），頁88。

（一）丑腳形象鮮明

《粲花齋五種傳奇》中以《綠牡丹》最享盛譽，《綠牡丹》吳炳傳奇作品當中，角色用的最精簡的一劇，連雜的角色，只用了十三個人物。作者著力塑造淨丑二腳，常常在重要的場次中，都用二人的戲份，來加強喜劇效果，在吳石渠創作的眾多丑腳之中，也以《綠牡丹》最受到矚目。《綠牡丹》中最重要的丑腳是車尙高，他和柳五柳二人一搭一唱貫串全劇，是全劇最惹人注目的兩位配腳，風頭幾乎要蓋過生旦。不同於丑腳自暴劣跡，吳炳讓車尙高的言語與行動顯現他自身的特質，不待介紹，而性格盡顯。車尙高的名字諧音「尺上工」就可看出作者有意的嘲諷，他是個目不識丁的大膿包，弄出了一連串的笑話。第二齣〈強吟〉：

> （生）：有題目在此。（淨看念介）：杜再賊。（丑）：差了，是壯舟賊。（生笑介）：牡丹賦。（淨）：正是牡丹賦，一時眼花了。（丑）：我原識的，故意騙他取笑。（生）：各請靜坐作文。（淨、丑強坐介，淨頓頭吟哦介）

車尙高明明就不識「牡丹賦」三個字，還嘴硬的說，「我原識的，故意騙他取笑。」退休的翰林學士沈重創立個小社，車尙高也被邀請參加文會，只得央求妹妹幫忙捉刀。

爲了求妹妹代筆，還不惜下跪，把車尙高粗俗浮滑的面相給揭露了出來。結果當外腳在品評時還要冒充內行人的樣子，第七齣〈贋售〉：

> （外又拆號介）：第二卷地字號。（丑喜介）：門生車本高在。（外）：好！過雨遙天，瓶花一色，幽懷異想，不愧風人。（丑）：門生昨日著實用心，做得完時，血也吐了幾口。（外）：此與前卷不相上下，本該也是第一，文情天際飛。
>
> 【東甌令】**太飄蕭，年少緣何句帶嘲？我且問你：一朵綠雲，是女人家事，你怎曉得？**（丑驚介）：沒有甚麼女人。

打腫臉充胖子的樣子，眞叫人捧腹大笑，所以吳梅評：「描其心虛，妙矣，又妙在解不出贊語。」〔註 37〕紙終於包不住火，事情被揭露出來了，車尙高惶惶不安，無處可逃的樣子，眞笑掉人大牙。

只見車尙高在台上一場慌亂，又是頭痛又是腹痛又是嘔吐，醜態盡出，最後挾著尾巴倉皇離去，戲演至此，相信底下觀眾，卻已叫好連連，哄堂一

〔註 37〕吳梅《奢摩他室曲叢》《綠牡丹》評註。

場了。原以爲事情到此已平和落幕，不想柳、車兩個痞子尚不罷休，還要掀起一場漫天的大浪才甘心。第二十八齣〈爭婚〉：

> （淨）：我們先買了報錄人，待未揭榜時，先報你我中了，當夜就要成親，一成了親，便知道假報，只索罷了！（丑）：好計！好計！
>
> 【四邊靜】（淨）：**題名早買來先報，家中假歡噪。**（丑）：要做得像。（淨）：**一徑折花紅，還須賞衣帽。**（丑）：沒有條子怎好？（淨）：不難，刻張紙條。（丑）：報錄銀也要假稱一稱。（淨）：**彈些現梢，騙得老婆歸，我依然秀才了。**
>
> 【福馬郎】（丑）：只說**揭榜今年偏較早，忙忙走向他家告。相炒鬧，正好趁金榜下把洞房邀；到手便支銷，雖反悔已成交。**（淨）：此計如何？（丑）：果然虧你。（淨）：這叫做「愚者千慮，必有一得。」（丑）：只怕詐騙婚姻，有犯條律。

拿淨丑相較，淨是出主意者，而丑則是幫凶。這裡我們發現柳五柳魯莽，車尚高膽怯，一個不計任何代價打算豁出去，一個膽前顧後的怕事。所以說：「一個無可奈何，氣惱萬分的車大，一個不甘認輸，刁滑詭譎的柳大，都活脫脫站到觀眾面前；正在柳大自鳴得意的時候，車大卻掩備不住內心的恐懼，頓使文情跌宕，饒有餘味。」〔註 38〕在吳炳的妙筆與巧妙安排，車尚高這個游手好閒、庸俗怕事的紈袴子弟，鮮明的如在眼前。再舉《情郵記》中的差官胡誇爲例，他奉了樞密大人之命到了江南選妾，爲了逢迎諂媚，胡誇把當成千萬火急的一件事情辦，所到之處，就千方百計找眾官麻煩。王老先生懾於樞密大人的威嚴，只好把婢女假作親生女兒送與樞密，差官眼看達成目的了，喜形於色，但小人的心思，讓他敏感地想到未來，只要王老先生的女兒必然受到寵愛，那麼要討好樞密大人，就要先討好小夫人。第九齣〈遣婢〉：

> （丑扮差官上）：自家樞密府差官是也，奉差到此選擇美人，揚州城內的女子，那個不經批點，都則七中八當，不見甚麼百媚千嬌，正不知學生的眼高，還則怕看得眼花了，被我走到王老先賓館中發作幾句，那王老先就著忙了，把自家一箇親生女兒輕輕的送與老人家做小阿媽，你道勢利不勢利？又私下送學生薄薄的一箇書帕，央我打稟帖，到樞密爺跟前說他好處，我想他的令愛，一定也拿掇得出。

〔註 38〕蔣松源、黃稟譯注：《綠牡丹》《中國十大古典喜劇集》（山東：齊魯書社，1991年）頁 643，齊魯書社，1991 年。

> 樞密爺見是親生，必然寵愛，學生思想要呵樞密爺的脬，須甜他小夫人的嘴。

此處寫丑腳細膩的心理轉折，找不到上頭分付的美女之後，就到下屬府上高聲呵叱，等到交出美女時，想到未來這位美女必然受到寵愛，馬上一百八十度的轉變，把個虎假狐威、善體人意又自作聰明的小人，活脫脫的寫了出來。除了這二位丑腳，他如《療妒羹》中悍妒無比的苗氏、《畫中人》中憨痴無比的繡琴，也都是性格鮮明，形象飽滿的丑腳。

（二）利用丑腳表達強烈的諷刺

吳炳的劇作中用很細緻的手法來諷刺時局、時政，舉幾個例子來說，如《綠牡丹》一劇是藉由文會的夾帶、傳遞來諷刺明代的科場弊端，其間以嬉笑怒罵的方式對涉及弊案的學子大加撻伐，而有人作弊則一定有幫凶，在第二十四齣〈叨倩〉中特別安排了一個專門代做書詩文的范思訶，俗稱「凡四合」，加上柳五柳、車尙高二人，連成一氣，成了「六五六尺上工凡四合」，作者的諷刺之意昭然若揭。這個范思訶講述了幫人代筆的狀況，也揭露了明代科場的醜陋：

> 【風入松】（小丑）：**我從來代倩不差池。**（淨）：快些纔好。（小丑）：**看滔滔下筆如飛。**（淨）：你可曾替人做得慣？（小丑）：村中童生，年年來求我的，**便方纔縣考曾央替。**（淨）：替幾個？（小丑）：**包三卷一時同遞。**（淨）：可取出名字來？（小丑）：**喜榜上名標首第，還分外有程儀。**（淨）：你來是來得的，只怕不入時了！

「從來代倩不差池」寫出他揚揚得意之情，「村中童生，年年來求我的」明代科場代倩成風的毛病，可惜此種風氣竟然爲當事者默許，所以年年不乏作弊之考生上第，實是不公不義，此處淡淡幾筆，就把封建科舉制度的畸形給勾劃出來了。

除了對科場弊端的揭露，吳炳也寫下了對官場冷暖的諷刺，則見於〈情郵記〉第三十四齣〈反噬〉，劇情敘說，官吏何金吾前往樞密院大人家拉攏套關係，卻傳來樞密院大人因攘匿邊功，被皇上削職的消息，本來要拍馬屁的官吏，一看苗頭不對，馬上掉頭回轉。世情如此，人情薄如紙，難怪宋濂要感歎的說「人當意氣相得時，以身相許，若無難事；至事變勢窮，不能蹈其所言而背去者多矣」〔註 39〕事變勢變不能站在同一陣線也就算了，偏偏還要落井下石，實在可惡：

> （丑）：老樞密你也不要怪我，當初原以勢利投合，那里是道義之交。【御袍黄】**依門户拜友生，驟相抛，非薄情，長安碁局原無定。**我也不是一家的主顧，你受我奉承不起，又去奉承别人了。**念得熟百家姓**，我有比方在此，**譬如營妓，隨時送迎**，及至他壞事，我又躲避過了。**譬如開賭窩家慣贏，這機關穩妙，誰能省，任人憎任人笑罵，我自做官精。**還有一件，疏内沒有實事，空空論他，恐人看破底蘊，記得原任揚州府通判王仁將女兒送他爲妾，不免粧點數語，説他逼取縉紳之女獻爲姬妾，連王仁也參了，這事不痛不癢，却是一個大題目，妙妙。

這個官吏僅是個過場人物，出場只有三場，但在第三十四齣中，吳炳卻用了不少篇幅來敘述他內心的轉折，從其心驚，到心異，到心狠、心生歹念，正如官吏自述：「我也不是一家的主顧，你受我奉承不起，又去奉承别人了。」把自己翻臉如翻書，攀炎附勢的行徑，當做像吃飯喝水一樣的自然。吳炳在此處沒有正面的批判，但透過小人之舉動，讓世人公評，而這樣的小人現實生活之中並非寥寥可數，而是多如過江之鯽呀！

以上對科場及官場的諷刺都是比較嚴肅的社會現實，吳炳的作品中屢屢也對妒婦有尖銳的諷刺。在《情郵記》與《療妒羹》中都有對妒婦有深刻的描繪，並且都以丑行來擔任，可見吳炳心中的妒婦簡直就是醜形醜樣了。在《情郵記》中第十八齣〈遭妒〉中，善妒的惡婦不分青紅皀白就把小旦打了一頓，最後還把她給賣了。面對自己的權位即將不保，惡婦採取屢試不爽的，一哭二鬧三上吊，用死來威脅別人藉以達到控制場面的目的，偏偏吳炳筆下的樞密大人，在人前逞威風，人後面對家中的雌老虎卻無計可施，成了一老虎爪下瘦弱發抖的小老鼠，可笑至極，表面是醜化妒婦，事情上卻是譏諷那些怕老婆的小老公。《療妬羹》第三齣〈錯嫁〉中的醜婦手段也著實陰狠：

> （丑打淨跪介）：好好自己招認，揚州人來，若有半些欺心，情願打多少，快招承，休得引動老娘性。（淨）：一次領責三下（丑）：胡說，我已定下律例了，凡竊盗已行而成姦者，不論強和定以謀反大逆論，登時殺死；行而未成姦者，至死減一等；閹割火者，謀而未行者，

〔註 39〕語出宋濂〈杜環小傳〉《宋學士文集》（台北：臺灣商務，1965 年）。

杖一百；擅入禁門，私越墻垣者，杖九十；其未過門限，及越而未過者，杖八十；有所求爲，與通言語者，杖七十；拆動原封者，杖六十。(淨)：都依，都依。(丑)：且放起去，反鎖書房門，坐在裡面，丫鬟來時，不許窺探。

娶妾的行爲，在妒婦心中，形同殺人犯法的惡徒，連說個話也要打七十杖，家法之嚴苛，令人咋舌，在家中，妒婦就是獨裁者，所言等同王法，若不小心觸犯，只怕粉身碎骨，這自然又是博君一笑的戲劇化情節，目的也同《情郵記》一般，都是用來取笑怯懦無出息的懼內小老公。

（三）科介說明豐富

吳炳的著作中還有個特色，科介的說明較前人的著作還要豐富，又因爲淨丑在台上往往需要以誇大的行動逗樂觀眾，所以淨丑科介的說明，在吳炳的著作中往往更詳盡，也更令人眼前爲之一亮。如《療妒羹》敘述褚大郎妻子苗氏悍妒無比，兩人到了五十上下都還未有兒女，苗氏的母舅，再三苦勸，苗氏只好派家中的陳嫗買來了小旦喬小青，小青一進褚家，苗氏妒火中燒，越看越生氣，嚴禁褚大郎與喬小青接觸。第三齣〈錯嫁〉：

(老旦)：老身若早曉得大娘主意，也不做這頭腦了。(丑)：還不押去。(老旦)：正是在他矮簷下，誰敢不低頭。(扶小旦下)(淨上遮看介)(老旦推淨竟下介)(小丑尾見報丑介)(丑潛撏淨耳介)：老烏龜，老忘八，好大膽。(執杖打作氣倒介)(小丑扶介)(淨跪求介)：任打幾百，省得氣壞了貴體。(丑捫胸叫心疼介)(小丑)：快請醫生來。(丑)：不消只要倒牙舊製黃梅醬，軟齒新烹赤醋湯。(小丑扶下介)

褚大郎偷偷的瞥一眼，被善妒的妒婦發現了，不僅扯住耳朵罵得狗血淋頭，還被打得皮綻肉開，這時苗氏也激動的氣倒在地，又是大罵，又是氣暈，又是捫胸喊心疼，這一場鬧劇，看得全場哄堂大笑，若沒有這些精彩的科介說明，恐怕有如霧裡看花，無法激起笑意的漣漪，更遑論迴蕩於劇場的笑聲了。吳炳劇中的精彩科介處處可見，上文《綠牡丹》第二十五齣〈嚴試〉即是一例。又如《畫中人》一劇，揚州才子庾啓，想獲得一位絕色美人作爲伴侶，索性自己畫出來，經由眞人的點化，回到家後穿上大衣服愼重的焚香祭拜叫換了起來，小廝繡琴存心作弄主人，爲了突顯生腳的痴愚，二人有不少的對手戲，第七齣〈呼畫〉：

(生持畫上)(拂壁介)(淨手掛畫介)(看介)(焚香介)(欲拜介)

（喚介）（丑持巾服上）（丑笑介）（丑笑諢，生推下閉門介）（整容照鏡介）（揖介）（拜介）（丑暗上門縫暗窺作啞笑下介）（笑介）（作苦想介）（忽大叫介）（狂喜連叫介）（丑作錯應暗上笑下介）（叫介）（忽起介）（跪介）（丑暗上窺笑介）（執住軸頭介）（連連叫介）（丑笑應介）（捫膝介）（丑咳嗽介）（生急起收畫介，作讀聲介）（生捧畫介）

短短一齣戲，科介的說明這麼豐富，就算沒有曲詞、賓白，讀者也可猜出，主人慎重其事的又跪又拜的呼畫，而小廝則又是笑諢、笑應、又是啞笑，又是咳嚏地作弄主人，丑腳的活潑俏皮就在這些科介的說明中，彷彿就在眼前。主人翁雖是庾啓，但觀眾卻彷彿化成了丑腳一般去偷窺、暗笑，並調侃嘲弄生腳的愚蠢。

（四）曲白不符人物氣質

吳梅在《中國戲曲概論》一書中，稱讚吳石渠能「以臨川之筆，協吳江之律」使自己的作品，在曲詞文雅之外，也能學習吳江派作家在戲曲音樂和舞台藝術的經驗，雖則如此，吳江派在人物本色的主張，吳炳則沒有完全遵守，從其時而在淨丑的塑造上使用不符人物氣質的曲白，便可看出破綻。如《綠牡丹》第二齣〈強吟〉：

【皀袍罩黃鶯】（淨頓頭吟哦介）：**豈是斯文宗主？動驕稱我輩，冒附名儒。**（小生）：怎麼便罵起來？（丑）：請了，學生也不求尊刻，**項斯今不借韓嘘。**（淨）：低選手選的文章，那個作准？**怕洛陽紙價今非故。**（生）：二兄不必性急，待續集出來，收些人情文字便了。（淨丑）：再也不勞。（作別介）（淨）：小顧這等放肆，待後日那裡考試偏要考在他前列，方消此恨！（丑）：正是。（合）：你還**要自謙虛，無常考法，知道竟何如？**

這首曲子的曲詞用了項斯、韓嘘與洛陽紙貴兩個典故，如前文所言，柳五柳與車尙公兩人是目不識丁的的酒囊飯袋，連「牡丹賦」三個字都不認得，曲詞那有能力使用這些文謅謅的故實，吳炳只重視文詞的典雅，而忽略曲詞與人物的教養配合，未免自打嘴巴。又如《西園記》第三十三齣〈道場〉淨丑扮的兩個使女，曲詞也嫌典雅。道場中的使女竟有「露搏風，雲掩月，鐘沈皷歇，冷清清最宜魂影獵」「顧影聽聲，猶如追躡。」如此寫意的詞句，只怕難以說服人心。再如《療妒羹》中也有同樣的毛病，第七齣〈選妾〉，這個媒婆開口吟咏起【西江月】，說起話來竟都是四六駢文，不僅如此，媒婆的曲詞竟是：

【黃鶯兒】（小丑）車馬咽蘇堤，翠鈿花墮作泥，柳風輕颭香塵起，若不是巫山夢迷，洛浦佩貽，敢重煩軒次閒評第。不欺夫人說是，老身做媒的極利市，算佳期來年此際，包管育麟兒。

這番文謅謅的曲詞，出自善於搧風點火，慣於攛弄是非的媒婆口中，未免令人匪夷所思，片面追求曲詞的華美，正是吳炳刻畫丑腳不切實際的地方。

九、其他劇作

以上未說明之劇作補充如下，有的雖丑腳表現精彩，但因未能突出前人，故簡述之，列表簡介說明如下：

劇　名	作　者	主要丑腳	說　　　明
鸞鎞記	葉憲祖	胡談	刻畫了丑腳胡談卑鄙的性格，史料眞有其人。
錦箋記	周履靖	常伯醒、了緣	語言深具俗民色彩，俗諺、歇後語、俏皮話的使用十分活潑，第十二齣、第十三齣淨丑以吳語對談，深具地方色彩。
琴心記	孫　柚	青囊	丑腳人數多達十四個，〔註 40〕青囊活潑俏皮，但曲白風格前後不一，第二十齣的賓白未符身分。
玉簪記	高　濂	進安	進安個性俏皮活潑，但上場詩及唱詞有駢雅的毛病。
蕉帕記	單　本	龍興、秦檜夫人	科諢頗爲本色，〔註 41〕曲白清新，第十三齣、第二十三齣、第二十七齣丑腳表現搶眼。
玉鏡臺	朱　鼎	秋蘭	賓白文雅，刻鏤之迹頗深。秋蘭場次雖多，但並不出色。
雙雄記	馮夢龍	留幫興、倭將	丑腳塑造並無開創。
萬事足	馮夢龍	顧愈、朵雲	顧愈形象顛覆傳統，性格荒誕不經外，卻是成就生旦好事的關鍵人物。
新灌園記	馮夢龍改本	臧兒、淖齒、小健兒	改本中突顯了臧兒英勇護主的形象，新增小健兒，表現不俗。〔註 42〕

〔註 40〕徐復祚的《曲論》評論道：「《琴心記》極有佳句，第頭腦太亂，腳色太多，大傷體裁，不便于登場。」劇中人物有七十多人，丑腳便有十四位。

〔註 41〕吳梅，讚賞《蕉帕記》在科諢上的表現以爲：「此記頗精警，用本色處至多。又摹寫招討公子胡連，憨狀可掬。明人作劇，輒不長于科諢，此記猶可發粲，勝禹金、赤水多矣。」見《焦帕記．跋》。

〔註 42〕《曲海總目提要》卷九便評道：「舊本臧兒、牧童，率皆備員，未足發笑。且牧童舉尾而出，殊覺草率。請觀新劇，冷熱天懸矣。」《曲海總目提要》（天津：天津出版社，1992 年一版一刷）頁 381。

劇　名	作　者	主要丑腳	說　　明
女丈夫	馮夢龍改本	老道士、家奴、管家婆	原作插科打諢的段落不多，馮本加入了不少鬆弛劇場氣氛的打諢段落，常有畫龍點睛之效。劇情方面則新添管家婆，使劇情結構更加緊密。〔註 43〕
邯鄲夢	馮夢龍改本	囚婦、鐵枴李	對原著插科打諢的段落，照單全收。
風流夢	馮夢龍改本	楊婆、石道姑	刪掉原著韓子才大量賓白；石道姑一腳改由丑腳演出，並刪去《還魂記》第十七齣石道姑影涉性色的千字文。第六折增添小花郎的賓白，似嫌蛇足。
重訂量江記	馮夢龍改本	弓洎、攪地龍	較原本多了二個小段落，除突顯弓洎如脂如韋的性格，又加了一些笑料。
灑雪堂	馮夢龍竄正	六橋	六橋插科打諢的段落，多次提及與主人的曖昧關係，偶有令人生厭的科諢。
二胥記	孟稱舜	囊瓦、伯嚭	伯嚭的形象未能超越前人。貪財好色及性格缺失，多有描繪。
貞文記	孟稱舜	阮載、烏有	重生旦，淨丑表現平平，其中阮師爺倒跪書手，套用雜劇《張平叔智勘魔合羅》的段子。
嬌紅記	孟稱舜	帥公子、媒婆	賓白形式駢雅，丑腳的唱工獲得重視。
鴛鴦棒	范文若	乞兒、錢小好	丑腳用來串場、製造笑料。
夢花酣	范文若	鐸嬉、東施	插科打諢段落不多，但笑果十足，第八齣的東施令人驚豔。偶見粗俗不雅的科介，如第十一齣。
鴛鴦絲	路　迪	廣智	丑、淨飾演的廣智和廣謀貫穿全劇，以淨丑爲主場的場次甚多，有第五齣、第七齣、第十齣、第十二齣、第十六齣、第二十三齣、第二十五齣、第二十八齣、第三十三齣共九齣之多。

第二節　本期丑腳發展特色

一、唱曲與說白

本期的曲詞賓白，基本上延續了嘉隆時期駢雅的作風，但不同的是，嘉隆時期的駢雅作風是不分行當的，不過本期區分出主腳、配角在曲詞上的不同，尤其本期的丑腳，在曲詞賓白上，大都曉暢易解。以下將本期劇本運用丑腳的曲白的狀況做說明，基本上可分成：

（一）符合身分的本色語

縱然丑腳主要的功能在劑冷熱，但依其在劇中的身分地位，應有不同的

〔註 43〕馮在評介中提到：「紅拂去後，未了楊公之案，借管家婆發科以結之，此作者巧於脱化也。」

曲詞賓白。如《三祝記》第十一齣〈倡亂〉：

【霜天曉角】(丑扮趙元昊金幞頭、蟒衣玉帶，雜扮軍卒旗幟鎗刀上，丑)：**江山無限，盡入英雄眼，麾下長驅，番漢乾坤，席捲何難？**【西江月】生就虎頭燕頷，胸藏豹略龍韜，扳山舉鼎氣雄豪，常笑桓文業小，只要權歸掌握，等閑弄起兵刀，欺孤弱寡任人嘲，一統山河新造，自家大夏皇帝趙元昊是也，俺祖宗本出帝胄，當東晉之末運，創後魏之初基，遠祖思恭，樹勳于唐，賜姓李氏，祖繼遷納國于宋，賜姓趙氏，世操兵柄，冊爲夏王，吾父德明，因受趙恩，不忍相背，我想英雄之生，不王即霸，豈可俯首屈膝于人，今聞眞宗晏駕，皇帝尚幼，太后臨朝，權臣用事，此機會最不可失。況我韜略素閑，兼有十二州之地，若與屬羗，協力舉事，取宋室易如拉朽，昨已正了帝號，只待諸羗到來，即便起兵南侵，正是先聲已奪三軍氣，一著戎衣天下平。

趙元昊演的是大夏皇帝，因其是敵國之帝，又有侵犯中土的野心，爲了顯示貶抑，安排丑腳飾演，雖然趙元昊以丑腳來飾演，但身分是一國之尊，所以在曲詞賓白方面，便特別突出他的英雄氣魄，以顯現他的野心和抱負。君王要有君王的氣象，而凡夫俗子則要有凡夫俗子的聲口，如《宵光記》中第十七齣〈更計〉：

【光光乍】(淨)：**奇計若含沙，膽大似糟，茄牛在羊棚裡，自作，大笑他們脖子上，光光乍。**

【光光乍】(丑)：**掏摸作生涯，牽扯度年華，殺人不眨眼，似斫木瓜，只落得手頭鬆，光光乍。**

【窣地錦襠】(丑)：**咱們奇計實堪誇，殺卻無知井底蛙，猶如砍個爛西瓜，不覺心中喜轉加。**

淨腳名鄭跖卻一點也不正直，夥同丑腳番水牛欲殺害同父異母兄衛青，不想這番水牛殺錯了人，所以本來談好的條件，就打了折扣。於是兩人又重新謀定計倆，非置衛青於死地不可。番水牛是個粗人，莽撞無禮，所以本齣番水牛上場唱的【光光乍】、【窣地錦襠】使用的都是口語化的句子，台詞都是口語化的語彙，以配合其身分氣質。

(二)未符合身分的曲白

本期曲白未能配合丑腳身分的，又可分爲以下幾種狀況：

1、曲詞、上場詩駢雅，賓白本色

此處指的是那些身分是中下階層的小人物，他們的曲詞、上場詩不符合腳色的身分，不過賓白卻淺近易解。如《冬青記》第二齣〈傳經〉：

（淨丑扮學生上）（淨）：本是無攏馬。（丑）：翻成入檻猿。（淨）：先生呪得死。（丑）：殺狗謝蒼天。（淨）：李大哥，俺兩家老兒，靠著這根豬騌、這條木尺，賺衣飯養嘴，那有本錢習舉業。只看唐先生，朝朝朗誦，夜夜長吟，到如今，原剩得光身，我們只守祖傳本等，癩蝦蟆墩在陰溝裡，休想天鵝肉喫。轉灣抹角，已是學堂，你先打一探。（丑探頭介）：張大哥，先生還在裡面，攤開書本，悄悄擲白果？（淨）：不爽快，再從長計議，摸盲何如？（丑）：這件卻好，大家包了眼睛，先摸著的罰他三分銀子買酒喫。（摸盲各笑介）……（丑）：俺看世上發達的人呵！

【鶯啼序】**傖奴杳，未克蠹腸，瞽司收入，恢網濫詞，垣紫綬金章猴冠，矜耀閭巷，竊朝權封，狐肆威剝利藪饑，鷹思颺。**

淨丑飾演的是生腳兩個成天不學無術的學生，看著老師心無旁騖讀書，趁機戲耍了起來，被老師責備一頓之後，竟開始對世人汲汲營營、耍手段發表意見。以淨丑上場的賓白，再看到曲詞的內容，卻像是換了個人似的，宛如作者發表議論一般，眞有錯亂顚倒之感。又在《天書記》中也一樣有這種弔詭的現象，第九齣〈投莊〉：

（丑上）：西風吹月暗黃昏，草舍蕭條自掩門，獨把孤燈照愁寂，怕聞鉦鼓動前村。我家老兒入城去接老夫人並大娘子，如何此時還不見來，倘或他被強寇擄去，難道叫我便守寡不成，前日有一個少年公子，遊春過此，我見他騎在馬上，十分動火，或是我的姻緣也未可知？（外）：此間已是，待我敲門（敲門介）：開門，開門（丑）：呀，是老兒的聲音，這段姻緣，又早決撒。

內容敘述丑腳扮演的婦女，老公才多久不在家，就想著要改嫁，這個白日夢在老公回到家之後破滅。婦女上場吟的上場詩和下頭的賓白實在不搭。

2、形式駢雅，曲白內容淺近

這種狀況是形式上追求工麗的詩賦體，不過在內容上倒顯得曉暢易解。如：《義俠記》第二十齣〈止觀〉：

【普賢歌】（丑扮少年婦人上）：**老娘不是善人家，我父呼爲山夜叉，**

本非花木瓜，笑他井底蛙，十字坡頭我獨霸。奴奴叫做孫二，卻有殺人手藝，嫁得好個丈夫，張青是他名字，出去翦徑未回，老娘在家管事，但有過路客商，請他家中坐地，若無蒙汗藥酒，教我老娘喫屁。今日開張店面，看有什麼人來，正是饒你奸似鬼，也喫老娘洗腳水。

丑腳孫二娘一上場，就介紹了自己不是個好東西，專門以打劫過路客商爲業，丈夫張青也非善類，專幹偷雞摸狗的事。孫二娘的自我介紹，連用十二個六言句，再以二句七言句押韻結尾，形式十分整齊，內容卻宛如口語。又如《種玉記》也有這種現象，第五齣〈絳探〉：

（丑上）：小子年方二八，生來聰慧超羣，許多文墨上臉，一團秀氣包身，炎暑呼爲臘月，清早認做黃昏，吃飯專思打盹，上街忘入家門。執役平陽府裡，書童是我尊名，老爺愛我伶俐，時常加意溫存，只怕公主喫醋，近來不敢相親，免派烹茶洗硯，單差掃地看門。

《種玉記》裡頭的小廝，糊里糊塗，專門顚倒是非，畫了個花臉，卻說秀氣包身，天氣酷熱當作是冬月，早上當成黃昏，吃飽沒事幹，一上街就忘了回家。這段話連用了十六個六言句，形式工整，內容簡易淺白。

3、文謅謅的曲白

此處指的是不配合其身分教養的曲詞和內容。如《玉鏡臺記》第二十八齣〈擊幘〉：

【勝葫蘆】（丑扮內臣上）**職任中官承詔命，頒王爵，錫封榮，玉勑一函，鸞輿千乘，爭看著石頭城上有龍興。**俺自家官居近習，職掌黃門，供掖庭之灑掃，給椒房之使令，銀璫左貂，黃衣廪食，光耀四星之輝，王爵手握，天憲口銜，班列五侯之貴，供奉與朝參，善伺人主之喜怒，拾遺承顧問，能蔽元后之聰明，宮闈褻近，馳聲色以蠱惑君心，威福自由，恣奸險而中傷善類，朝士拜舞後塵，公卿頤指氣使。果然鼠憑社貴，眞個狐藉虎威，好氣勢也呵！小臣今早伏承帝命，遺賚玉璽丹符，裂畿內十郡，封王都督爲吳王，又賜王姬媵妾，輅車鹵簿，教坊樂器，八寶九鼎，異器奇珍，不知其數，國家數十年積聚，一旦盡需東府，可憐可憐，左右的，如今天色漸明，吳王將次陞殿，朝儀仙仗，俱已完備了未？

這個宦官負責灑掃工作的差役，但說話的口吻卻宛如朝中大臣，加以賓白全以四六駢雅文句，內容包含典故名實，加上字精句煉，實難想像出於小黃門之口。

本期雖由沈璟等人提出「本色論」，主張以腳色身分氣質，如實模寫其聲口，所以在延續前期駢雅傳統的同時，又漸有走向曲白淺白的跡象。但文人畢竟是文人，有身為文人的習氣，一個不留心，文人雕字鍊句的特質就顯現出來，因此我們看到有些劇本就出現，丑腳一上場駢雅，一會兒又變得俚俗，這種前後風格不統一的現象，如《春蕪記》第四齣〈宴賞〉：

> 【普賢歌】**奴家生得好儀容，月殿姮娥也賽不過儂，嘴兒搽得紅，眉兒畫得濃，只要喫醋，撚酸打老公。**

登徒子的妻子，一上場便知是個醜八怪，氣焰高張，連老公都畏懼他三分，是個粗魯的婦人，但一會兒飲酒賞玩之際，又唱起：

> 【錦纏道】（丑）：**暖風輕蕩，游絲飄揚，錦亭桑柘雨初晴，喜簾移日影，酒漬衣襟，楊柳邊鶯遷綠蔭，鞦韆外燕蹴紅英。**（行介）**緩步向花陰，苔茸淺印，羅衫適體輕，一曲風光好，願年年相對眼長青。**

頗有石道姑換成杜麗娘的感覺，唱完【錦纏道】之後，與登徒子的對白：

> （丑）：這話好古怪，你這幾日想瞞著我又去嫖了？（淨）：下官一來守夫人的法度，二來是個大夫，怎麼去嫖？（丑）：我實對你說，你若到勾欄裡尋小娘兒，我也去招提寺尋和尚。

內容又活似個村姑村婦，眼見杜麗娘又成了石道姑。短短一齣戲之中，丑腳便有雅俗二個轉折。

從《春蕪記》的例子，我們可得知文人創作傳奇在塑造小人物，尤其是淨丑時常常產生扞格。文人的寫作訓練即是以追求詩詞的意境為目標，因而鍊字鍊句除是平日的訓練外，也常在創作時如影隨形，用這樣的心態寫生旦沒什麼問題，但塑造市井小民的淨丑就產生毛病，要把細膩敏銳的心思，轉換成大剌剌的曲詞，甚或俗不可耐的賓白，這其間就有矛盾在。對文人而言，雅句容易，俗句卻難，不自覺或一不留心屬於文人特有的思維就自然流露出來。除了《春蕪記》之外，徐復祚、汪廷訥、湯顯祖、許自昌、陳與郊、沈璟、顧大典的作品也或多或少有這樣的毛病。可以說這是本期劇作丑腳曲白的通病。

（三）語言自由化

從《綴白裘》的內容中，我們可發現，在明末清初的崑劇舞台上，淨丑是以吳語做爲戲語的。運用地方性的曲白在嘉隆時期即可在劇作中見到，本期的劇作還未發現整部戲淨丑盡以吳語對話，但在劇作之中，我們可見到已有這種趨勢產生，如《曲品》記載沈璟的《四異記》淨丑以蘇語做爲對話，可惜《四異記》今亡佚，無法窺其賓白之運用，不過沈璟的《紅蕖記》第四齣：

（淨）：待小人嘲箇吳歌兒，貪嘴官人忒欠憐，酒錢久子又要去賒菱。弗知你屋裡曾有娘子兒也弗，若像子你個樣，痧痳便好不成。

很明顯淨腳是以吳語做爲戲語，另外《蕉帕記》第二十三齣〈叩仙〉：

（丑作吳語介）：家婆，我里讓你先唱。（中淨）：我占子先哉呢。……（生喝介閉眼看丑介）：龍興，你也唱一個。（丑作吳音介）：我里也唱一個回你呢！（朝旦唱介）：

【吳歌】**江水上一對鴛鴦弗走開，好像梁山伯了祝英臺，雌個蛆蟲乃亨偏要搭子雄個走也。**（點旦介）你逢山逢山也跟子來。（旦中淨喝介）

《還魂記》第四十齣〈僕偵〉：

（淨向前叫揖介）：小官唱喏。（丑作不回揖，大笑唱介）俺小官子腰閃價，唱不的子喏，比似你個跎子唱喏，則當使子個腰。

龍興唱吳歌使用的便是吳語，疙童用的也是吳語，這些地方性的語言，活化了丑腳的性格，也更拱托加強了戲場氣氛的，其中《錦箋記》第十三齣〈爭館〉，末扮岑十四，與丑扮汪廿七，二人的使用了慈谿鄉語。

（丑上）：做人切莫做餘姚，到處人呼麥粞包，走向東家能迂闊，出來行李自家挑，阿搭汪廿七便是，一向替考替考，書館都弗尋得，難道今年到自家喫飯，只弗信個向弗知還有時家個學生未讀書，只有剃頭待詔便曉得，待我去尋個人問問來，呀，個向是何婆家，咱會慈谿岑十四到向坐，一定有耍館載，等我套套渠看，十四官。（末）：廿七兄、廿七兄，館事何如？（丑）：我有載，我有載，你咱話？（末）：正向圖。（丑）：時家。（末低云）：鄒元虛家。（丑）：咱到個向坐。（末）：要央何婆去話，出去未回，只得等等。（丑）：該等，該等，我別子。（丑別笑介）：弗鑽弗穴，弗說弗知，元來鄒家還未有先生，等我駝些薦館銀，跑去先尋著何婆，弗怕個館弗是我個，走走。

剎時間，戲場情境全都不同了，二個同鄉以其慣用的家鄉語熱絡地說話談天，彷彿更接近彼此，也爲劇場增添了不少特色。甚至出現外國語，如《雙

雄記》第三折〈倭奴犯屬〉中就出現丑扮倭將，帶領部下用日本語唱起【清江引】

【其二】**多奴未納恕打俚，法古法古計，其奴瞎呾郎，快都河河水，客打乃彈俄皮外耶裏。**

【其三】**挨里番助山山水，所個尼坡水水，明哥多那革答，烏禮加高高的，何南蛾，何何水於牌水。**〔註 44〕

在阮大鋮的《春燈謎》中，語言的使用也相當有代表性，首先是派駐在邊塞的驛丞，唱曲就使用了方言。第五齣〈偕泊〉：

【梨花兒】（丑扮驛丞上）：**我做承差列古撇，吏部簽筒親手掣，如今倒吃承差決，也么嗏列古打撇撇打列。**

這個「也么嗏列古打撇撇打列。」應該就是驛丞派駐的西川地區的方言，接著第二十四齣〈虜卜〉整齣戲九支曲子也全部用胡語，賓白有番語，富有異國風情，是很特殊的嚐試。

【點絳唇】（丑扮喇嘛，紅毡衣、手執鈴錘上）：**醬酪檀施，鼓鼙佛事。圍花處，醉拍胡詞，笑把南無禮。**（作升座合掌念番語介）：吉里古魯，魯達都，密猛蘇。婆羅俱奴，剌打盧，呼盧呼盧，把必蒲，卜都卜都，卜都卜都，（曳作同胡女膜拜介）故盧，故盧，哈達奴都，急古烏盧，烏必捕，瓦剌胡，瓦的奴，瓦的奴。（喇）台吉請俺出來，有何話說？（曳）：今日帳中閑洒，新榨下有葡萄香酒，杏仁尖仁兒槌的酪漿，叫這些孩子們，胡亂撥一會琵琶，與國師洒纓者。（喇）：如此生受台吉了。（作舞把酒望天澆介）（作吹海螺細樂介）（作回身盤坐，頭頂酒胡女舞送介）（胡女送曳酒，俱盤地坐飲介）

不僅是番語，在膜拜的儀式中，為了加強喇嘛念經的眞實情境，把經文咒語都眞實放入了劇本之中，讓人如臨其境。

【北上小樓】（喇）：俺待**把黃羊骨節細敲磕，稽首向佛母井并那天魔。**（作取羊骨筊打三下介）（合掌對上膜拜介）敢則是**夕值天狼，日行衡破。喪門臨瓦刺，白虎守蓬婆。**（口念咒介）南無三滿馱，母

〔註 44〕馮夢龍評介言：日本考，多奴，叫人；未納恕打俚，說話；法古，走，法古計，快走；其奴瞎呾郎，殺；快都河河水，多殺，客打乃彈俄皮，鳥銃；外，助語；耶里，鎗；挨里，他；番助山山水，猶言好羞；所箇尼我坡水水，要；明哥多，極好；那革答，大將軍；烏裡加，買賣；高高的，好；何南娥，婦人；何何水，多，□子牌水，香。

多難，阿婆剌胝，呼哆舍，娑那難，打只他，唵吽吽，日瓦剌，播喇日瓦喇，胝瑟嚛，瑟至里，娑盻嚛，善胝迦，識哩意，娑空呵。(作打筊子介)(喇)：呀**可可的華蓋方，可可的華蓋方，定盤星，對著貂裘幕，鞓鞁齊排，豆蕎匀和，整備著人馬兒，整備著人馬兒，標子頭搶過了南軍撥，吉利相平，步踏黃河**。筊子打得上上利市，台吉今日即可撒馬者。

除此，《夢花酣》第十三齣〈增幣〉：

(丑扮兀剌赤上)：捺鉢，差明安那延來哩！(老旦扮番官上)：明安那延輕骨地。(淨)：都羅，都羅。(老旦)：因陀羅語班孛極烈，瞎里，你荅你荒忡里鬥粆離鬥恒離賽離，阿王沙里，阿列阿滅，阿赤薩那罕，庫里塞痕，赤合不栗，你栗你篤里，半里嬌，貴由赤……

《情郵記》第十五齣〈邊略〉：

(淨扮酋長，丑扮酋婦上)：古魯古魯哈喇哈喇。(雜)：稟爺，阿鐵的酋長率領大小男婦在轅門外乞降。(生)：令旗引進。(淨丑進見拜舞介)……(淨丑進見拜舞介)：古魯古魯哈喇哈喇。

丑、老旦、淨這些番官番將賓白之中對話中用了蒙古語。在鄉音土語的運用上，本期也更爲頻繁，如《鴛鴦棒》第九齣〔註 45〕淨末一整段都用慈谿餘姚的鄉語，進行交談。而在沈自晉的《翠屛山》中，我們更看到了淨丑腳整齣戲用蘇州話道賓白。如第四齣：

(生)：有何話講？(丑)：勿備唔説，開子新年賭銅錢勿利，輸得烏龜能介提哉，替唔借點稍去番本。(生)：新年節日，那有錢借與你？(丑)：我勿開口沒罷，開子口勿怕唔勿肯。(生)：有無出與我，怎說不怕不肯？(丑)：唔阿肯了。(生)：不肯便怎麼？(丑)：勿

〔註 45〕原文如下：

(淨末扮老儒上)：頭白金章未在身，布衣空惹洛陽塵。陽和不散窮途恨，南去青山冷笑人，小子鮑穩、包中便是，一箇是慈谿，一箇是餘姚，都要爭魁奪解，不想都落子第，今番放榜，解元便是杭州薛季衡，跎姓薛箇，我也勿聞其？(末)：兄勿曉得跎姓薛箇嫖賭兼全，便是錢團頭家女婿。(淨)：舍箇團頭。(末)：大貧。(淨)：文章何如？(末)：野路文章。(淨)：便是，文章都取子野路箇，阿搭細心箇，竟勿看。(末)：阿搭文章就歪，咱會就弗如子姓薛箇。(淨)：功名之際，再料弗定，跎遭榜，餘姚大縣，都中子淺學。(末)：連慈谿大堂姜、大家劉、觀音堂馮，都弗中。(淨)：弗中也罷，咱見老　。(末)：竟話場裡，替人割子卷面。

肯，忍忍我個拳頭看。（打生，丑跌介）

內容敘述賭徒張保輸了精光，打算到楊興家借錢，楊興拒絕這無理的要求，兩人一言不合，打了起來，其中楊興使用的是北方官話，丑腳的對話是蘇語，其後淨丑出現皆是用蘇語，這和李漁所批評的是吻合的：

> 花面口中，聲音宜雜，如作各處鄉語，及一切可憎可厭之聲，無發笑計耳，然亦必須有故而然，如所演之劇，人係吳人則作吳音，係越人則作越音，此從人起見者也，如演劇之地在吳，則作吳音，在越則作越音，此從地起見者也，可怪近日之梨園，無論在南在北在西在西，亦無劇中之人生于何地，長于何方，凡係花面腳色即作吳音，豈吳人盡屬花面乎？。〔註46〕

李漁認爲運用方言在戲劇之中，是可以的，但是若盡作吳言，則顯得不自然，因此，反對盡用吳語的現象。也可得知清代劇壇，淨丑整齣戲習以用蘇語道賓白，在此時已見端倪。陸蕚庭的《崑劇演出史稿》曾經提及：

> 李漁認爲傳奇並非爲吳越地人所設，應當用通用的語言，達到人人皆曉的境地。然而實際上淨丑講方言，非但不因李漁的主張而消弭，反而大盛，崑劇淨丑說白吳語化，當起於萬曆時，流行於明末，而大盛於清代，明末的戲曲刊本，遇到淨丑念白，有時還注明用蘇州話，即典雅之劇不免（如沈嵊《綰春圖》第三十二齣〈貽詩〉），可視爲崑劇盛行的明證。〔註47〕

其實淨丑偶用蘇白，早在明代中葉的傳奇便已經見到了，前面篇章已有討論，《綰春園》的例子，不過其中之一而已，〔註48〕反倒是全明傳奇中的《翠屛山》，凡遇淨丑全以蘇語來道白，更是値得注意，不過，藝人爲因應演出，有保留曲詞，汰換賓白的傾向，《翠屛山》恐怕是藝人改造後的演出本，且今日所見是清初的版本，所以《翠屛山》恐怕不能用來做爲明代的劇作家全用吳語來爲淨丑付寫賓白之證。

〔註46〕李漁：《閒情偶寄》（台北：長安出版社，1990年）「演習部」〈脫套第五〉頁110。

〔註47〕陸蕚庭：《崑劇演出史稿・修訂本》（台北：國家出版社，2003年）頁172。

〔註48〕《綰春園》的內容是「雜作蘇白」，並非「淨丑作蘇白」。第三十二齣〈貽詩〉：（丑應雜作泊船內叱介）（雜作蘇白曰）：呀，大叔勿弗惱，我裡個相公是新科解元，進京會試個，怕趕勿試期著，多行子掂路，明日五皷（鼓）就起身個。（內與丑混詈）。

二、丑腳功能的演化

（一）諷刺意味強烈

丑腳一直都被劇作家視爲襯托要腳的人物，本期自然也不例外，特別的是，本期也有將正腳視爲諷刺的對象，如湯顯祖的《邯鄲記》、孫仁孺的《東郭記》、汪廷訥的《獅吼記》，生旦的所作所爲也是作者嘲諷的對象。而同樣都是被用來諷刺現實，本期的丑腳展現的諷刺性和前期有何不同呢？比較明顯的是從暗諷變成明諷，諷刺的對象也集中在官場。嘉隆之間的劇作諷刺性十足，但很多的嘲諷都不直接道破，用暗示的手法，讓觀劇者會心，在本期的劇作中諷刺則更尖銳，作者常直接現身把嘲諷的對象譏罵一番。如《蕉帕記》第二十六齣〈鬧闈〉：

（丑）：如今時世，只要有勢力，怎麼論得文字？

話講得又白又酸，只要有勢力，誰還看實力呢？《櫻桃夢》第十六齣〈迎吠〉：

（淨）：有人麼？（丑）：那箇？（相見科，淨）：我要尋盧制誥家人說話。（丑）：則俺便是他書童。（淨）：假底。（丑）：怎麼假底，這就是俺相公寓所，俺相公就在裡面，怎麼是假底？（淨）：你不曉得，家主做官時，假家人也是眞家人，說話當錢使，屁也是香底，家主不做了官，眞家人也是假家人，要打便打，要罵便罵，辯什麼眞假來。

內容講到，權力是最實際的東西，可以讓你飛上天，喪失權力，什麼都不是了，有權是個人，沒權就不是個人了。有權位時舌燦蓮花，話像錢鈔一般値錢，連底下人也雞犬升天，等到家勢衰落時，所到之處被當作落水狗一般欺負，眞是一語道破塵世的險惡。又如《南柯記》第二十一齣〈錄攝〉：

（吏跪介）：恩官興頭忒莽撞，百事該房識方向（作送雞介）：下鄉袖得小雞公，送與恩官五更唱。（丑）：好個雞兒雞兒。（吏）：聽得老爺好睡覺，出堂忒遲，因此告狀的候久都散了。小的想起來，老爺寸金日子不可錯過。小的下鄉，撈的兩隻小雞，母的宰了，公的送爺報曉，一日之計全在于寅。（丑）：有意思，有意思，我的都公請起。（丑跪扶吏起介）：我從來衙裡，沒有本大明律，可要他不要？（吏）：可有可無。（丑）：問詞訟可要銀子不要？（吏）：可有可無。（丑惱介）：不要銀子做官麼？

丑責備小吏還不快點給些好處，否則饒他不過，災禍就在眼前，小吏連忙拿出賄賂品，丑就千恩萬謝跪著扶他起來，兩個人的對話聽了讓人膽顫心驚，判刑不問是非，律法當然不用，再說到訴訟，有錢就有理，沒錢就沒理，府幕官正是貪官污吏的縮影。「不要銀子做官麼？」做官就是要錢，要錢才做官，官府的黑暗，在此畢露無遺。

在嘉隆之間的劇作，小人固然使盡心機，但還怕事情敗露，到了本期的丑腳更爲刁鑽，不怕事跡敗露，就怕錢貪得不夠。

《三祝記》第三十三齣〈被逮〉：

（從人）：老爹，你做官不肯清廉，犯法專圖僥倖，只怕你驛馬星不曾入官，官符星先來照會。（小丑）：我兒你不知，尅減是我的本心，欺瞞是我的舊性，做了二十年當該，已曾打的屁股鐵硬，拼著遠戍邊方，任搶倉糧，盗得乾淨。

這裡的貪官，他們僥倖投機，卻又不怕報應，壞事幹久了，就變成了慣性，視爲理所當然，反正被抓到頂多是打屁股，最嚴重就是充軍，不貪是傻，貪的結果頂多如此，整個社會已不用道德來評斷，就算剩一口氣，也要貪。一般的小人心機城府再深，大禍臨頭，都要求饒，這讓人有天理昭彰，善惡必徵的安慰。《節俠記》第三十齣〈誅佞〉則出現的一個死到臨頭，還逞口舌之能的李秦授，證實小人的確難纏。本期的小人較之前期劇本中的小人顯得更加刁鑽，更加卑劣。湯顯祖乾脆就以狗來稱呼。《邯鄲記》第十三齣〈望幸〉：

（淨）：小子有計了，西梁斷處一條性命爛繩。（吊頸介貼丑扮囚婦出救介）：怎麼了，本官老爺縱不爲螻蟻前程，也爲這條狗性命麼！

淨扮的驛丞，爲了找不到擺櫓的兩位女子，傷透腦筋，便用了假自殺這一招換取同情，貼旦救下了他，非但無視其驛丞的職位，反而暗喻他的官位是螻蟻前程，他的性命是狗命一條，冷嘲熱諷一番，這不免也是作者現身的批評。

本期層出不窮的譏諷手法，表明了文人對所處時代的無力感。一個社會沒有廉恥心，沒有道德感，只是任由貪官污吏爲所欲爲，這個社會就不再令人有期待。本期的作者們寫下了這種深刻的悲哀。

本期沿續前期淨丑的功能，把淨丑用來是擔任作者所要諷刺的對象，或者借淨丑的對話來說出作者心底中的話。常會在不經意之中，利用這些配角人物，來講出作者的心聲，如《灑雪堂》第二十八折〈書館傷離〉：

（外上，丑）：怎麼又來？（外）：錯了，不是墓誌，是一首情詩。（丑）：是我錯尋了，教你的老爺只做墓誌用了罷。（外）：這怎麼做得？（丑）：你不曉得，如今的文章，都是箇套子，還只是這情詩到眞切。

外腳奉主人之命來拿魏鵬的詩，沒想到丑腳誤拿墓誌給他，又發表了一段想法，這「如今的文章，都是箇套子」其實就是作者的藉丑腳之口發出的肺腑之言。又如《貞文記》第十五齣〈僕詈〉：

（丑）：如今世上論甚麼好歹，只要有時勢，便是好的，沒時勢，便是歹的。

《嬌紅記》第五齣〈訪麗〉：

（二淨）：想世間佳人都要配才子，大爺你娶來，到老不和睦，不如只揀富貴家女兒娶一個罷。（丑）：胡說，如今世上是公子便要充才子了。

把世人愛打腫臉充胖子的習性冷嘲熱諷的道了出來。這裡諷刺了道德淪喪、甘心戴綠帽子的不良社會現象。除了對品格卑劣的小人的譏諷之外，本期作者也常以和尚尼姑做爲嘲諷的對象。如《靈犀佩》第十三齣：

（丑）：你道是榮耀，把妻女騙別人，你好沒廉沒！（中淨）：阿呀，你說我沒廉沒恥，你把行童做妻子，你也無理無倫。（丑）：你說我無理無倫，你何無志氣，甘做烏龜。〔註49〕果然是個亡八。

中淨寶二揭露了和尚好男風之事，和尚則反脣相譏，原來寶二也是個靠老婆賣淫賺錢的王八烏龜，兩人五十步笑百步。《錦箋記》第十五齣〈進香〉：

（丑）：師兄，如何幾日不見。（淨）：有病。（丑）：怎麼樣起？（淨）：只爲燒香這些妖嬈，日日誘我眼闞，那宵不覺火動，手銃放了七遭。（丑）：色慾過度了。（淨）：便是，夢遺白濁俱發，腰疼腳軟難熬。（丑）：如今好了麼？（淨）：當我調理不過。（丑）：卻怎麼？（淨）：希酥的狗肉亂超。（丑）：苟得其養。（淨）：你一向好麼？（丑）：說不得。近日有些乾結不通。（淨）：好了麼？（丑）：其實虧了師公。（淨丑）：怎到虧他。（丑）：他道服藥不如針灸，與我幹了一夜南風，眞個十分爽利，蛔蟲也落出了一綜。（淨）：平復了麼？（丑）：如今略覺有些不謹，撒屁便要出恭。（淨）：寬則得眾。

這段內容十分大膽，二個和尚彼此說嘴，卻都是些污穢不堪的骯髒事，師徒人前整衣念佛，人後卻盡是些見不得人的醜事，作者的嘲諷意味十足。《錦箋記》評注云：「兩位和尚之間的淫穢對話令人不堪入耳，使本來起插科打諢作用的人物穿插顯得俗不可待，但這種富有煽情色彩的對話也反映了明中葉以後張揚個

〔註49〕見第四齣，中淨飾寶二在外面賣酒，寶二妻在裡面行奸。

性解放，反對假道學思想的思潮在戲劇創作中的影響。」〔註 50〕若果眞如此，則不僅嘲諷了僧侶，連道學家也成爲嘲諷的對象了。本期嘲諷和尚尼姑的片段，〈獅吼記〉第四齣〈住錫〉中丑便揭露了，佛寺長老與小僧不正常的性關係：

（外）：你這小和尚，爲甚麼埋怨師父？（丑）：老師父，你不知，說我沙彌苦楚，乾魚也要淚流。晝在香廚燒火，晚向寶塔添油，寒暑專司佛殿，晨昏管撞鐘樓。（外）：這是做小和尚的職分，怎生推托？（丑）：日日客來遊賞，奔馳迎送無休，婦女空齋餓眼，葷醒未入饞喉。（外）：難道將戒破了？（丑）：似此辛勤欲睡，師父夜娎一頭，不管更長漏永，只顧亂扯胡抽，我想他前生定非人類。（外）：不是人類，卻是甚麼？（丑）：是個鑽洞泥鰍。

另外《金蓮記》第四齣〈郊遇〉：

（佛）：和尚養婆娘，相攜正上牀，夫主門外叫，問君忙不忙？（坡）：禪師之令，雖爲巧弄風流，實是自呈供狀。

第二十四齣〈詬姦〉：

（丑扮觀主上）：我做尼姑是陰佛，專向和尚尋陽佛，陰佛陽佛一般佛，得佛佛時須佛佛。小尼圓通是也，天然寓居荒山，到此扳話則個。

和尚尼姑不倫的情事，做爲明傳奇插科打諢的內容，並非始於本期，但過去寫得含蓄隱諱，到了本期則大膽露骨，直接揭露，不加以保留。關於明代好以和尚尼姑爲嘲諷的對象，及好男風的原因，詳見本書第六章。

（二）給予丑腳豐富的面向

除了依循前期塑造丑腳的方式之外，本期最大的特色在描寫小人方面有更細緻的描述，不再是呆板的人物，是我們日常中碰見的人。另外利用丑腳來譴責小人，但賦予小人更豐富的面貌。前面在介紹阮大鋮的作品時，已介紹了都于毫，在《牟尼合》一劇中還有個爲虎作伥的陶榔兒，性格多變，阮大鋮寫下了他複雜的心性，也是十分具有象徵性。陶榔兒丑飾，副淨由封其蔀飾演，《牟尼合》第十齣〈巡噬〉：

（陶）：封老先生，你這邊接得果然齊整。（封）：也不見得。（陶）：地下打掃得乾乾淨淨，像剥了一層皮去的一般。聞得你極愛民，就

〔註 50〕王廷信評注：《錦箋記》《六十種曲評注》（長春：吉林人民出版社，2001 年）第十七冊頁 295。

是貓兒哭老鼠，也不過慈祥如此，久仰，久仰。(封)：不敢，不敢。(背說介)：此話不好，像有些蹺蹊，我有道理。(回身介)：學生一向聞得陶老先生極有作用的，故此麻老大人，凡事借重。學生如今百凡全仗老先生抬舉周全，有些須寸敬，幸笑納，犒從人罷。(遞帖介)(陶讀介)：謹具長夫五十名，奉敬！(喜介)：太厚了，多謝！多謝！既承老先生帖介)(陶讀介)：謹具長夫五十名，奉敬！(喜介)：太厚了，多謝！多謝！既承老先生過愛，有句話不得不直告，這裡百姓們，號你做個封老虎，是有的麼？(封)：並不曾有此話。或者學生把有的多打了兩板，這些刁奴才，故做此言語污蔑我，也未可知？(陶)：就有這個歌謠，也不打緊，只消稟過俺老爺，出一道嚴切告示，禁止訛言，就完了這一件事了，愁他怎麼！(封揖介)：如此多感了。

陶榔兒是淨腳麻叔謀的親信，是個狼狽爲奸，爲虎作倀的一個小人。養了很多人當耳目，所以對招討封其蔀的聲名已早有所聞，在還沒確認封其蔀是否投入麻陣營時，說話帶刺，先給他一個下馬威「聞得你極愛民，就是貓兒哭老鼠，也不過慈祥如此。」聽得封其蔀膽顫心驚，連忙輸誠。等到確認封其蔀的意向時，即安撫之，並答應爲他解決難題，這麼一小段對話，我們可發現陶榔兒的確是個有手段的辦事能才，只可惜甘於被奸臣所用。麻叔謀爲了鍊長生不老藥，竟要陶榔兒幫忙找出生二、三月的娃娃做藥引，封其蔀找來了生腳的兒子蕭佛珠做爲犧牲品，所幸被王千牛救出，急得陶榔兒派人到處追趕，吉人自有天相，佛珠被一對不孕的夫婦所救，這些手下們只好鎩羽而歸。如是一般的丑腳，則是急得跳腳，怒斥手下做事不力，但陶榔兒會做人，不僅沒有厲聲責備，還犒賞眾人們的辛勞，第十七齣〈覆追〉：

(陶)：嬰兒雖找不著，你們也辛苦了，每人賞銀五兩，免差一月。(雜謝下介)(陶拆書介)：呀，原來不是書，是一首詩，看是什麼話說。(讀介)：鴟夷輕洒木蘭舟，不羨人間萬户侯。寄語蓮花幕中客，神鰲何必戀魚鈎。(沈吟介)：看王千牛詩中的話，是暗暗勸我抽身意思。我想麻總管，雖則勢壓一時，威行各路，將來必有大禍。這嬰兒雖然不是王千牛竊去，必定有人透出，日後事漏，罪名怎當，不如聽從詩中話，連夜收拾些細軟，潛自逃去，也免得日後拖帶。

手下沒有完成任務，依然犒賞他們，而不再窮追猛打，可以看見他處世之圓融。從前寫小人，就是壞到骨子裡，從頭到腳的壞，但在此，我們看到一個會做官，懂得帶領部下，聰明狡獪的小人。小人之所以被稱小人，是因其道德品性上出了瑕疵，但小人會成爲官員們倚賴的手下，通常亦有著精明的頭腦及高超的管理手段，《牟尼合》中的陶榔兒，不僅手段高也聰明，懂得暗示，適時見風轉舵，最後才能全身而退。《情郵記》中的差官也有異曲同工之妙，寫丑腳細膩的心理轉折，找不到上頭分付的美女之後，就到下屬府上高聲呵叱，等到交出美女時，想到未來這位美女必然受到寵愛，馬上一百八十度的轉變。「勿以善小而爲之，勿以惡小而不爲」是傳奇劇本中負面角色給人的印象，但在本期中小人出現了不同的形象，不只是從頭到腳的壞，他也會有幫助人的時刻，如《夢磊記》第二十一折〈寓傳訛信〉：

> （丑）：鄭兄，死者不可復生，思想他也徒然了。（小生）：忍把十載交情一旦絕？（丑）：鄭兄，那范張不必說了，那左伯桃與羊角哀兩個，雖則相知，那左伯桃死了，那羊角哀也只得去求名，難道替他死不成！大凡人以功名爲重，到得家去，又費了幾日工夫，兄如今不若隨小弟同上京去，倒是極便的事。（小生）：然雖如此，但小弟盤費尚缺，也不好相隨。……（丑）：這位相公房錢酒飯，都是我這邊算了。

《夢磊記》中的丑腳蔡薿是個負面人物，愛傳訛信，與生腳鄭爭奪所愛，但作者沒有將所有的惡，加諸在其身上。劇中蔡薿巧遇鄭彬，發現他盤纏盡失打算放棄科考，不僅鼓勵他不要放棄科考，甚而資助小生旅費盤纏，從這段劇情看來蔡算是十分義氣的一位朋友。這裡的劇情更符合生活經驗，小人只對敵人進行惡鬥，不見得將尖刺射向所有人，這裡不把小人當一個扁平型的人物來寫，更加顯現一個人的複雜面貌。另外《精忠旗》中所呈現的万俟卨，也以更複雜的形象出現，第三十三折〈奸臣病篤〉：

> （丑扮万俟卨高紗帽便服同醫生上，丑）：割股心所願，嘗藥子當先。只爲丞相病，走得腳跟酸。紗帽忙忙戴，圓領不及穿。借問誰家子？奉承人做官。（内）：讀書人做官。（丑）：我万俟卨讀甚麼書，只奉承丞相勾了。說話之間，已到秦府門首，可速通報。（雜扮院子上）：老爺身上不快，一概謝客。太醫有什麼良方，寫一箇傳進去罷。（醫）：可拏紙來開藥方。（丑）：老先不要說藥字，音與岳字同，丞相不喜。可說湯方罷。（醫寫介）：人參。（丑）：原來要人心，可開我胸前取

出來。(醫)：不是，是人參。(又寫)：白朮。(丑)：這好，這箇朮字。與兀朮的朮字相同，丞相必喜。(又寫)：雲苓。(丑)：這不好，丞相也惱這箇雲字。老先，你老實寫伏苓罷。(又開)：甘草。(丑)：這箇和中甚妙。(醫)：還著些檳榔下氣。(丑)：這不好，丞相嫌這箇兵字。(醫)：鬱金罷。(丑)：這箇金字就妙了。(醫)：要水飛過朱砂爲引。(丑)：不好，不好，朱字乃朱仙鎭的朱字，飛字又是那話了。你只寫研細辰砂就是。(醫)：這是加味四君子湯。(丑)：丞相最惱他每自號君子。(醫)：改做建中湯。(丑)：忠字也不好。(醫)：寫做六和湯罷。(丑)：和字甚妙，一劑即効了，我帶有上好　參在門外。(出取介、入遇鬼打介)

要說万俟卨阿諛讒媚，其實印象早已在嘉靖、隆慶時期的作品中建立，但《精忠旗》裡卻簡單的借由万俟卨去探秦檜病的一齣戲，曲盡小人之狀。某些人名、字眼是秦檜的禁忌，連做爲藥方都不宜出現，哪些人、哪些事，又是秦檜樂意提及，做爲藥引可收奇效，當然此段是以譏諷的口吻寫下的劇情，但利用万俟卨細膩的觀察力來舖就，更能收諷刺之效。難怪馮夢龍評介本齣時以爲：「科諢俱妙，曲盡無恥小人伎俩，令人絕倒。」

在本期之前的劇作，極盡地顯露了丑腳飾演小人卑劣的一面，但本期對丑腳的刻畫，比較有全面性的發揮。特別是在譴責小人的同時，也反省到姑息惡人之人，其實是盲從無知的大眾。如《春燈謎》中的女道姑是利用迷信控制信徒的一個江湖術士。《春燈謎》第十四齣〈斂婢〉：

(道姑弔場介)：有這樣事，一個男人尸首，里面是個女人的紫衫兒，可不異怪。我這廟中，年來香火著實冷靜，不免揚言說，紫姑有丈夫，叫做宇文彥，來此顯聖，將這祠改作宇郎祠，如今不扶紫姑的箕，扶那紫姑的丈夫的箕了，何愁這些村坊遠近，不哄動一番，此計甚妙。徒弟，如今紫娘娘丈夫宇文彥下降，現在我這祠里顯怪，大家好撞鐘擂鼓，迎接供養。

河邊撈到一具屍體，死者原是丫鬟春櫻，眾人錯把春櫻當宇文彥的屍體，女道姑因死者穿著特別，就藉此爲斂財的工具。這裡道姑利用迷信唬弄信徒，但偏偏有盲目相信的人，瞎貓碰到死耗子，也難怪女道姑自己也不敢置信了。

像這樣對小人有著全面性的描繪是前期少有的，本期的作者對丑腳的剖析較過去來得細膩。

三、科諢方式的進展

本期的作者重視插科打諢的功能，把插科打諢視爲劇情有機的部分，從二個地方可發現，一是過去作者比較重視曲詞的創作，所以賓白往往較爲簡省，但到了這一時期，我們發現賓白往往多於曲詞，成了舖敘劇情的重要有機的部份，作者花更多的心思在創作賓白，二是生旦淨末丑的戲份較前期爲平均，每個腳色都有發揮，注意演員體力的調節、腳色的勞逸均分，馮夢龍的劇論及改作便是最佳例證，而且使淨丑打諢，但又不偏主題太遠，插科打諢彷佛是出於無意，但卻是有意的安排。以下是本期插科打諢上的特徵。

（一）性暗示時而見之

在嘉隆時期，色情隱諭或者露骨的性笑話，時而出現在插科打諢的內容上，到了本期，這種現象更是時而見之，除上述討論和尚尼姑不倫情事涉及性暗示之外，這些性暗示的片段在本期的劇作之中，更是唾手可得。《錦箋記》第三十齣〈及第〉：

> （眾敲梆下，丑揖天介）：天，我常伯醒一生勢利，今日開榜，中得幾個識熟的便好，新進士不比尋常，匡得去晨昏趨侍，遠近追隨，吮疽舐痔，獻子出妻，親戚們請他席盛酒，陪堂輩也送些薄儀，非是好勞惡逸，實欲倚勢作威，怕户役做他些詭寄，告家人寫他封假書，憑人說呵胞呵卵渾如曲蟮，那管道縮頭縮頸就是烏龜。（掩口笑介）：正是笑罵由他笑罵，好官還我爲之。

用生殖器官來比喻品格。又《金蓮記》第十一齣〈湖賞〉：

> （佛）：你向草中放砲，忽聞茅廁裡傳聲，我歸堤上尋坑，卻是湖邊撒溺。（坡）：經期作合，紅沾補裹光頭。（佛）：產後行房，血滿腰間鬍嘴。

第二十三齣〈賦歸〉：

> （坡）：我說光的，研椒槌，柳條斗，男子陽，和尚首。（佛）：我說穢的，推豬水，臁瘡腿，婦人陰，鬍子嘴。（黃）：公何相報之速耶。

佛印飾演的丑腳，時而使用露骨的性笑話，甚至給人低俗之感。

《彩舟記》第十齣〈箋答〉：

> （丑）：既不爲此，想是昨日偷嘴的事發作了。（小旦）：我偷什麼嘴來？（丑）：你還賴，小姐，我昨日見他，偷了一尺長的胡蘿蔔，怕

人看見，他插在腰眼兒裡。

十分大膽的淫穢描寫。《邯鄲記》第十三齣〈望幸〉：

（淨）：便把我當老皇帝演一演何如？（丑笑介）：使得。（淨）：我唱口號兩句，你二人湊成。（歌介）：俺驛丞老的似個破船形，抹入新河子聽水聲。（貼丑歌介）：一櫓搖時一櫓子睡，則怕掘篙子撐不的到大天明。

淨、丑、貼三人對答的歌，盡是性行爲的描寫。又在《八義記》第三齣〈周堅沽酒〉：

（小生）：有甚麼酒？（丑）：蘇州酒，秀州酒，蘇秀二州眞燒，酒官人若還飲三甌，肚皮雞巴像漏斗。

丑扮的王婆直接就道出了性器官的特徵。凡此種種，只是丑腳使用的穢言穢語，賓白，還不包括淨、末、貼在賓白中所說的性笑話。〔註 51〕於此便可知本期性笑話之普遍了。

（二）增加荒誕不經科諢段落

本期在插科打諢的手段上，基本上是沿續過去的經驗，不過以荒誕不經的、滑稽可笑的方式嘲諷社會現實的插科打諢似乎更多了，以路迪的《鴛鴦縧》，爲例，其中以荒誕的手法來嘲諷現實的例子不勝枚舉。

第十六齣〈利死〉用不合常理的荒誕來嘲弄小人。

（丑）：你知道受戒的和尚再不妄語的麼？一定要殺。（副淨）：殺生又不是戒嗎？（丑）：這一戒前日和你開過了。（副淨）：我陰司也不放你。（丑）：那得功夫，他們先要和你筭帳哩！（淨）：順便替俺帶

〔註 51〕如《蕉帕記》第三齣〈下湖〉：

（淨）：曉得，我長時犯遞拜帖的病，還有甚麼久戰的藥麼？（貼旦）：更有蟾酥一味抹龜頭，通宵弄得婆娘怕。

《水滸記》第二十一齣〈野合〉：

（淨）：尊嫂。（小旦）：甚麼尊嫂，尊嫂，若說尊嫂，須知朋友妻，不可戲了。（淨）：這等要小生叫甚麼呢？（小旦）：我要你叫娘。（淨笑介）：這等我被蘇州人罵著了，說是入娘賊。（小旦笑淨摟小旦介）

《琴心記》第十六齣〈當壚市中〉：

（副淨走下，渾貼介）：梅香姐，不知你洞口萋萋草，可似區區嘴上多。（丑怒打介又渾旦介，生怒打介）

《還魂記》第十八齣〈診崇〉：

（末）：便依他處方。小姐害了「君子」的病，用的史君子。《毛詩》：「既見君子，云胡不瘳？」這病有了君子抽一抽，就抽好了。（旦羞介）：哎也！

一箇信兒，説俺和尚若怕陰司也不姓和了。(副淨)：罷，我原該死的，容我全屍而死罷！(淨)：怎樣死？(副淨)：到家裡去自盡。(丑)：你到家還肯死？(副淨)：受這等一驚，少不得要病。(淨)：也罷，只道相處一場，不容你全屍而死，似乎不近人情，人也道俺秃毒了，有池在此，好好下去。(副淨)：多感，多感。(放一腳復起介) 此處深。(丑)：顧什麼深。(副淨)：明日是黃道吉日今日冷。(淨)：休放二四，俺就來伏侍你了。(副淨)：眞個要我死麼？(丑)：誰逗你耍。

副淨和淨、丑三人聯手爲惡，無奈利益擺不平，淨、丑二人於是一不做二不休，欲把副淨給了結，副淨求饒，丑腳竟以佛家的「不妄語」爲理由，其後副淨百般求饒，但也免不了一死，本齣不合常理的地方在：死到臨頭的副淨，還嬉皮笑臉的以拖延戰術，企圖以時間換取空間，又是要在家裡死，又是要挑黃道吉日，又是留全屍，還抱怨水深，這種以違背現實經驗的荒謬手法，看似違背邏輯，但正是作者企圖以戲劇性的手法製造弔詭的情境，裡頭充滿了譏諷與批判。又《貞文記》第七齣〈倩伐〉也有官吏跪拜從人的荒誕劇情。

【番卜算】(丑上)：**生命坐糟丘，肚裡腌臢臭捧脬可卯不辭羞，勢利吾居首。**自家名喚阮載，性格其實古怪，但遇酒色錢鈔，件件般般都愛，見了縣尊著實奉承，見了秀才只是不采，非是我不識廉恥，近來時俗原只勢利爲大。(見裸跪介，裸)：老爺眞是出醜，如何本官倒跪書手。(丑)：你是我衣食父母，跪你也是應有。(裸)：老爺請起，請起，畢竟老爺還是我的老子。(丑)：如今世間只有老子肯跪兒子，原沒有兒子肯跪老子的。

官吏跪拜手下，何等荒謬的一個場面，以此等荒謬的安排來凸顯官吏貪贓的社會現實，在笑聲中更讓人感到悲哀。與其一本正經的教訓人，不如誇而大之其行爲，使其行爲成爲笑話，讓其成爲被揶揄的對象，更收譏諷之效。

除了以上兩個例子之外，如吳炳、阮大鋮的劇作中也常常出現荒誕不經藉以調侃人們的手法，如吳炳對妒婦、懼內者尖酸刻薄的嘲弄，阮大鋮對科場舞弊、白丁富公子的嚴苛批判，都讓人留下深刻印象。

四、舞台演出的情趣

（一）唱工有較佳的發揮

丑腳在舞台上最主要的任務就是插科打諢，比較不重唱工，就算是演唱也以演唱粗曲爲主，獨唱的曲子通常不多。但隨著性格化的丑腳出現，以其身分形象，不便飾演插科打諢的內容，所以爲突顯其於劇中的性格，劇作家便會適時讓其展現唱工，再加上「南曲家對北套的大量引用，而發展了新的適於粗口演唱的曲套。多數作家也就都在劇中安排適於粗口演唱的專齣。」〔註 52〕當然此期丑腳唱工的表現還是遠不如末淨，但已較前期的丑腳爲多，可從二方面看，一是演唱的曲數，本期明顯變多，如《埋劍記》第十一齣小丑扮演的探子就一連唱了北套【醉花陰】、【出隊子】、【刮地風】、【四門子】、【古水仙子】、【尾聲】等六首曲子，《水滸記》丑扮劉唐上場，也用了相同一套的北套來表明他的心迹。《金蓮記》第二十九齣中丑扮改邪歸正的鮑不平，與淨扮章惇對唱了一套南北合套的曲子，鮑演唱了【醉花陰】、【畫眉序】、【喜遷鶯】、【出隊子】、【刮地風】、【四門子】、【水仙子】、【尾聲】等八首曲子，可以充分發揮已身的唱工；又在《蕉帕記》第二十六齣丑扮的万俟卨飾演考官，也獨唱了【番卜算】、【一封書】、【一封書】、【皀羅袍】、【皀羅袍】等五首曲子，其中【皀羅袍】還是丑腳極少演唱的細曲；又在《金雀記》第三齣貼丑合唱了【點絳脣】、【混江龍】、【油葫蘆】、【天下樂】、【鵲踏枝】、【元和令】、【寄生草】、【尾聲】等八首曲子，比同齣旦腳的二支曲子要來得多；《八義記》第九齣丑扮靈徹獨唱了【壩陵橋】、【五供養】，又與末外輪唱了二支【古輪臺】及一支【撲燈娥】，唱工可謂重要；又如【嬌紅記】中丑扮帥公子在第三十齣獨唱了【夜行船】、【銷金帳】、【銷金帳】、【銷金帳】、【銷金帳】、【玉抱肚】、【川撥棹】、【尾聲】八首曲子，第二十一齣丑扮媒婆就獨唱了【宜春令】、【三學士】二首曲子、第二十四齣唱了二支【鎖南枝】。

除此，演唱的曲子，不再只是限定在粗曲，一般印象，丑腳最常演唱的曲子不外乎【縷縷金】、【普賢歌】、【趙皮鞋】、【光光乍】、【字字雙】、【吳小四】、【水底魚兒】、【窣地錦襠】等曲牌。從本期開始，丑腳會視情況演唱些不同的曲子，偶或有演唱細曲的例子。如《玉環記》第五齣，丫環春兒獨唱了兩支【傍妝臺】；《投梭記》第十四齣小丑獨唱了二支【孝南枝】，第二十四齣丑、小丑各獨唱了【香柳娘】；《金蓮記》第十一齣丑扮佛印獨唱【念奴嬌序】、第十二齣獨唱【不是路】、《投桃記》中第十八齣丑唱【掉角兒】、《錦箋記》第十三齣丑扮常伯醒獨唱【駐雲飛】、第二十六齣丑扮紫苔獨唱【山坡羊】、

〔註 52〕許子漢：《明傳奇排場三要素發展歷程之研究》（台北：台灣大學出版，1999 年）頁 113。

《情郵記》第三齣丑唱【皂羅袍】、第十八齣丑唱【掉角兒序】《鴛鴦絛》第五齣丑唱【黃鶯兒】等，都是不同於之前丑腳演唱的曲牌，可見丑腳的唱工漸漸被重視。

（二）夾白的現象增多

所謂的夾白就是在曲詞中，穿插賓白。這種現象早見於生旦的曲詞，少見於淨丑這些配角人物，因為淨丑唱的大多是粗曲，曲詞短，節奏又快，一首曲子一下子就唱完了，因此夾白的現象比較不易見到。但本期淨丑夾白的現象似乎增加了不少，常見一首曲子之中插入許多的賓白。如《金蓮記》第二十九齣〈釋憤〉：

> 【北水仙子】（鮑拽章上）：**快快快快走如飛，早早早早一似雪積長空夜破圍。**（章）：前面好似蘇學士模樣。（鮑）：果然是也。**他他也他做了鶻鵰橫秋，你你你你做了蛟龍失水。**（坡）：鮑少年，你從那裡來，這是章丞相，何故拿著他。（鮑）：**我我我我趁風行載月歸，笑笑笑笑著他詆鳳為鴟，要要要要除卻了鼓舌搖脣狐媚兒。**（章）：願學士垂情舊好，申救殘生。（坡）：他政府相傾，雖非朋友之誼，曲江同宴，實有昆弟之情，況已左遷，未應顯戮，乞推薄分，望霽雄威。（鮑）：**道道道道，如今泄卻當時氣，鐃鐃鐃鐃過了血染舊朝衣。**

《櫻桃夢》第二十七齣〈惡誚〉：

> 【縷縷金】**天街上，縱玉珂**那乜絹摺兒請脫下，便是主人**呵一朝褫紫綬著青蓑**你則道常常狐假虎威哩！**猛虎摧牙爪，狐狸則那。**（末）：呸，那箇不知你是逐糞底蒼蠅，呵脬底蚯蚓，反來誚我麼？（丑）：你道我不呵，你來，**休嫌蚯蚓別家呵，不羞您遲貨，不羞您遲貨？**

《春燈謎》第三齣〈繡幡〉歐八娘與女兒的接唱：

> （副淨扮半老村婦，丑扮大股小髻紅裙插花女兒上）
>
> 【解三酲】（副淨）：**蠻娘妝有三分鋪俏，好時節把脂粉圖描，盧家姐妹交歡好，年首尾，肯相抛？**老身歐八娘便是，這就是我親生女兒，叫做細酸姐。一向住在花田，去盧老夫人家中不遠，一年之內，時常擾他。明日新春，孩兒，今日我和你去辭辭歲，拿些小物件去謝他一謝。女兒，你看我打扮得如何，免教路上人笑話。（丑）：娘打扮得好，你**櫻桃過雨還風韻**，只是奴家因你喚得忙，粉還搭不透，

胭脂又擦得淡淡的，花也戴少了些，不好看像。（副淨）：也搭得勾了，滿頭花插得撲撲滿，怎麼說少。你**花插丫頭滿面嬌**。（作到介，內犬吠介）**長時到**，那怕**這刺桐花下小犬嘮嘮**。

二人的接唱中間有大量的夾白，再加上科介的動作，讓內容變得更為豐富。另外像《情郵記》第三齣〈選豔〉、《畫中人》第十二齣〈拷僮〉、《萬事足》第三十五折〈一門和順〉中也都有大量的夾白出現在丑腳的唱詞之中。

夾白的賓白有時是獨白，有時是對白，若配合身段動作表情，更能增加演出時的活潑度，並可以在說白之際，讓演唱者換氣稍事休息，減少演唱的負擔。另外對整體演出效果，也是有幫助，試想若僅一人歌唱時，則演出對手戲的人似乎只能呆立在一旁。有了夾白的運用，則演出對手戲的另一位演員可以適時「證明」自己的存在，不致孤立在一旁，成為舞台的旁觀者。

（三）科介的說明豐富

丑腳本以插科打諢為能事，在本期舞台上的演出，科介的運用明顯豐富許多。以下舉幾個例子來說明丑腳在舞台上精彩的科介。《玉鏡臺記》第二十六齣〈王敦反〉：

（淨怒介）：此人言語不祥，拏去砍了。（丑綁介，末蛻衣走介，丑）：稟爺，郭先生不見了，蛻下衣服在此。（丑）：快閉了大門，追尋出來。（丑尋介，末旋轉走介，丑）：稟爺，郭先生法大，能會天縮地，怎麼會得他來。（淨）：胡說，一人拏不住，怎麼奪天下，定要拏來。（丑拏介，末鑽入瓶介，丑）：稟爺，鑽入瓶裡去了。（淨）：胡說，瓶有多大，鑽得進去，分明是你容情賣放，若不拿來，斬你示眾。（丑伸手入瓶拿介，咬住手介，丑高叫介，淨）：連瓶擊碎，且看走那里去？（丑擊碎瓶介，碎瓶片片罵反賊介，丑）：郭眞人，再不敢拿你了，不要罵。

淨腳王敦欲殺害末腳郭璞，令手下拿住他，因郭璞有道術，所以屢屢避開小廝的追拿，只見丑腳綁住他，他脫身逃走，只留下地上的衣服，在門口找到了他，一煙溜又不見了，緊追不捨，郭璞竟鑽入瓶裡，丑腳如實上報，淨威脅不抓到便斬首示眾，無奈只好將手伸入瓶子裡，卻被郭璞咬個正著，大聲叫痛。王敦怒不可遏，一不做二不休，一聲令下，擊碎瓶子，不想瓶子的碎片卻化為一個一個的郭璞，揚聲大罵王敦，眾人見狀只好作罷。姑且不論在實際的舞台上，如何呈現末與丑的對打、追逐，及王敦氣急敗壞、吹鬍子乾瞪眼的可笑樣，從文字來欣賞，便可想像郭璞好整以暇的接招，而丑腳疲以應付的窘態，不以劇情看郭璞出現的時機恰不恰當，光看丑末兩人的肢體表演，即已十足精彩。又《錦箋記》第五齣〈友聚〉：

【排歌】（丑指淨介）：**你妄自矜誇，尤人尚謙。**常把莊子自比，竟不道**莊生也說人間。**（淨笑介）：莊子人間世教你勢利。（丑）：我勢利，我勢利，打這狗牛。（打介）：**打攤黃鶴不須拳。**（小生攔介丑空踢介）：**鸚鸝洲消一腳穿。**（丑倒介，淨）：這廝醉了，且去，明日與他講。（小生）：正是，正是。（淨）：多謝了。（小生）：有慢有慢。（淨下，丑）：趙章，趙章。（小生）去了。（丑）：他怕我，去了，且饒他，鄒兄喫酒。（小生）：請酒。（丑飲介，合）：**歌交和盃浪傳。**（小生）：好月，好月。（丑）：**人生幾見月初圓。**（丑吐介，小生）：他醉了，我自進去。當直的，快扶他回罷。（下末扶丑，丑掙胡唱介）：**煤頻剪香謾添。**（末）：常先生去罷！（丑掙唱介）：**金吾無禁且留連。**（醉語介）：明日拜梅相公。

淨腳趙章，小生鄒元虛，丑腳常伯醒，生腳梅玉，幾個朋友聚在一塊喝酒，酒酣之際，行酒令，後來情況失控，梅玉先行離開，卻引來淨腳的不快，丑腳趁著酒意，對著趙章拳打腳踢，所幸有鄒元虛的阻擋，只是空踢一番，之後眞唱了，又是嘔吐，又是掙開院子的扶持，又是醉語連篇，弄了一場，這一場丑腳酒醉的戲，配合其名，眞是極大的諷刺，從科介步履不穩，顛顛倒倒，又說又唱打空拳的樣子，醉漢的渾模樣，逼眞的呈現了出來，演員如有好的演技，這齣倒是一場精彩的醉酒戲。又如《義俠記》第二十六齣〈再創〉：

（丑）：你這廝便是蔣門神，敢來攪擾庵觀，你和老娘比比手段麼？（淨背介）：活晦氣，又是一個，來來來。（丑脱衣上與淨對打介）

【二煞】（丑）：我是**母夜叉，慣喫人**，你是**假門神，只謊鬼**。打你個**無端調戲良人配，打你個豪強占盡他人產**。打你個**狐媚公然假虎威**，打你個**衡齋會**。（淨輸介，丑）：今日我**與民除害，功德難及**（淨跪介）

【一煞】**告娘行發善心，告娘行容懺悔，娘行持齋作福修行輩。**（丑）：老娘打死了你這賊就是作福了。（淨亂跪揖介，丑趕打介，淨）：**從今不敢來喧嚷，自往他鄉去寄食。**（丑）：你若說謊便怎麼？（淨跪介）**敢說那牙疼誓，他時遇見，打我如泥。**

丑腳飾演的孫二娘，面對淨腳所飾的蔣門神這種「兇神惡煞」豈可輕易放過，只見孫二娘脫去外衣，做好決鬥的準備，「我是母夜叉，慣喫人，你是假門神，只誆鬼。」有活該被打的意味，接著揮拳，第一拳打他調戲婦女，第二拳打他強佔人家產，第三拳打他個狐假狐威，第四拳打了他無法起身，每一拳都在爲被蔣門神欺凌的眾人出氣，觀劇者彷彿要脫口而出「打得好、打得好」來呼應孫二娘的虎虎拳風，正是爲眾人出氣，緊握拳頭的孫二娘，此時竟像正義的化身一般，他如雨而下的拳頭，一拳拳打得淨腳跪地求饒，孫二娘繼續窮追猛打，正應驗了「饒你奸似鬼，也喫老娘洗腳水。」這句話，這段曲白寫得詼諧，科介也風趣，惡人治惡人的好戲，就在眼前精彩上演。又《飛丸記》第五齣〈交投設械〉也有一段精彩的科介描寫：

> （內叫云）：眞幻，易相公叫你上京哩。（丑挑行李上）：眞幻，眞幻，跟隨極慣，急收拾，忙打扮，背了衣包，拿了傘，收緊頭巾條，拔起後鞋襻，快快跑，急急趲，這條路兒行得慣，早起跑到日頭晏，方知百步無輕擔。（作歇肩科）：暫卸行囊打個盹。（作立閉眼科）：呀，卻有十分好殽饌，烹風先喫一大甌嘎酒奉來鹽鴨蛋，雞又肥，肉又爛，鹿脯羊羔醬羊蘸，主人意思忒慇勤，勸酒花嬌兩傍站，眼底行來步步嬌，耳邊唱的聲聲慢，滿盆五隻口裡喊，兩謊三枚手中甩，好快活，好快活。（生內叫云）：眞幻，快些趕上來。（丑驚科）：啐，啐，啐，原來做夢哩，屈也屈也，早知好景不多時，夢中何不都喫辦，屈也屈也。（笑科，丑）：你們有酒有飯及早吞。總來世事如夢幻。（生上見科）：還不快走。（丑）：怪你不知趣的主人公，把我上好的筵席都沖散，好喫好喫，有趣有趣。（生）：你還在夢裡？（丑）：啐，啐，啐，夢裡華筵滿眼，醒來綠草連天。

這一段是丑腳眞幻的獨腳戲，眞幻挑著行李打算跟著主人上京趕考去，只見眞幻急急忙忙，背了衣包，拿了傘，從白天跑到了晚上，好不容易停下來打個盹，眞幻把握時間，做起白日夢來了。他閉上眼睛想像眼前有一道道豐盛的菜餚味、配酒的鹽鴨蛋，塡飽肚子的山珍陸味一應俱全，有好酒好菜，免不了有美女相伴，眞幻想像美女們緩步走來，唱著旖旎多情的樂歌，忍不住喊出「好快活」。不想這樣的美夢卻煞風景的被破壞了，所以眞幻面對著台下的觀眾說道：「你們有酒有飯及早吞，總來世事如夢幻。」正如他的名字，世事如眞又如幻，人得及時行樂呀，否則一旦被打擾，就破壞殆盡了。從這段文字中，我們看到他滿足的表情，陷入夢境的痴傻，被破壞美夢的懊惱，再點綴醒世的一段哲理，實在可愛極了。

本期之前，劇作家在劇本裡比較少見詳盡的科介，自本期開始科介的敘述多了很多，可知劇作家在此時已注意到演技呈現的舞台效果。

（四）用多種技藝來豐富舞台的效果

崑劇的舞台上自然以演唱崑曲爲主，但若能配合上不同的表演藝術，舉凡曲藝、雜耍，勢必給人耳目一新的新奇感，讓舞台的呈現更有豐富性。最典型的是阮大鋮的作品，幾乎齣齣有這些技藝的穿插。如《春燈謎》中龍燈舞、《牟尼合》中走解和猴戲，《燕子箋》中的飛燕舞、《雙金榜》中的岭南番族舞。張岱的《陶庵夢憶》便記載了阮大鋮劇作演出的實況。〔註 53〕亦可知明傳奇的舞台越到後來，不僅用心於填詞，對搬演的效果也格外重視。也由於這些技藝的穿插多半是爲了讓舞台更加熱鬧，和主要劇情無關，所以從事者也多半是配角人物來擔綱，使得生旦之外的行當，除了演唱、道白之外，得要更具備更多樣性的才藝。以下列舉幾項傳奇舞台中穿插使用的歌舞雜技：

1、太平鼓

如《八義記》第五齣〈宴賞元宵〉：

> （末）：你每是那裡來的？（丑）：我每是東方鶴神。（末）：敢是樂人。（丑）：樂人聞知駙馬與公主飲宴，特來承應。（生）：那裡來的？（丑）：本司樂人。（生）：曉甚本事。（丑）：有笛吹得，有絃彈得，有鼓打得，大得勝，小得勝，貓兒滾繡毬，陣陣贏，太平古點。（生）：天下無非只要太平，打太平鼓罷。（丑）：有一氽州，氽府氽縣氽家村，氽老兒與氽媽媽生下十個氽兒子，討下十個氽媳婦，纔是孝順。（末）：怎見得？（丑）：我是一哥哥，一嫂嫂，頭頂爹爹媽媽，泰安神州廟裡燒香，一個兒子孝順。（照此一氣念七遍倒地介，末攙介末，丑）：這個攙我的兒子纔是孝順，知音說與知音聽，不是知音不與談。

丑腳演的樂人十八般武藝都精通，在此生腳要求其演出太平鼓，一邊誦念，一邊配合動作，表演末了，還在口頭上佔末腳的便宜。

〔註 53〕張岱《陶庵夢憶》：「阮圓海諸作，皆合歌舞爲一。如《春燈謎》之龍燈，《牟尼合》之走解，《燕子箋》之飛燕、之舞象，之波斯進寶，紙札裝束，無不盡情刻劃。」同註 32，頁 74。

2、評　話

《八義記》第十齣〈張維評話〉

（老旦）：既退了樂器，府中張維說得好評話，叫他來說評話解悶。（淨）：張維說得評話，我倒不知，叫張維。（丑）：全憑三寸爛斑舌，打動華堂飲宴人，那個叫張維？（淨）：夫人說你會說評話，叫你來說。（丑）：小的會說。（淨）：你曉得我的心性，說得好賞你，說得不好砍你。（丑）：說得好不要賞，說得不好不要砍扯平了罷！（淨）：這等沒賞罰了。（丑）：說評話要張卓兒，張維磕頭，說評話有三不平。（淨）：那三不平。（丑）：天不平，地不平，人心不平。（淨）：把張維砍了。（老旦）：看妾身之面饒了張維。（淨）：也罷，夫人討饒，饒了罷！（丑）：張維謝不砍之恩，磕頭。朱雀橋邊野草花，烏衣巷口夕陽斜，舊時王謝堂前燕，飛入尋常百姓家，這四句說到那裡，說到金陵建都之地，魚龍變化之，邦不說盤古共三皇，不說夏禹共陶唐，不說稼穡關河事，單道妲己荒淫說紂王。（淨）：那紂王生如何？（丑）：紂王生得眉清目秀，儀容奇偉，曉詩書，知今古，一心寵著一個妃子名妲己。（淨）：妲己生得如何？（丑）：那妃子生得肌如雪瑩，臉若桃腮，鬢若堆鴉，眼如丹鳳，吟得詩，作得賦，奏好清樂，理得好玉琴，能謳掌上之歌，善舞盤中之曲，紂王甚悅，紂王見他生得好，把一片聰明賢慧之心頓作個癡呆懞懵之漢，朝朝宴飲，夜夜酣歌，不聽諫諍，不理朝綱，焚炙忠良刳剖孕婦以酒爲池，以肉爲林。……

這裡張維說評話，有過去優孟衣冠的遺風，借由古事古人來進行諷諫。

3、蓮花落

《錦箋記》第十一齣〈詒婚〉：

（內叫介，淨丑應上，淨）：蓮花纔出口，白米要一斗。（丑）：老兒仔細些，裡面怕有狗，奶奶打蓮花麼？（小旦）：要打，你曉得甚麼？（淨）：三貞九烈，二十四孝，十二月花名（丑）：還有新編好姻緣惡姻緣。（旦）：就把新編的唱一唱。（淨丑）：嘎。

【蓮花落】（合）：**一年過了一年挨。**（介）：**日月如梭人老來。**（介）：**人生在世不幹得一些快活事。**（介）：**一旦無常空自哀。**（介）：**人生在世只有何事最快活。**（介）：**只有夫妻相得好開懷。**（介）：**聰明小**

姐嫁得文才士。（介）：婦隨夫唱勝秦臺。（介）：賞花酌酒都是尋常事。（介）：咏月吟風實快哉。（介）：盡日歡娛直到晚。（介）：閨門裡向有蓬萊。（介）：多少嬌娘喫子爹娘賺。（介）：嫁了村牛及俗胎。（介）：不要琴書不要畫。（介）：雙陸圍棋盡撇開。（介）：日圖三餐夜一宿。（介）：枕邊鼻息似轟雷。（介）：走到人前如木佛。（介）：開得牙關臭殺來。（介）：這樣村牛撞著子。（介）：一世爲人好苦哉。（介，旦）：叫人打發他罷。（小旦分付小生打發介，淨）：常捨常用。（丑）長福消災。

蓮花落的劇本有好幾套，這裡唱的還是其新編的曲子好姻緣、壞姻緣，正好扣合劇情，達到意在言外的妙趣。

4、雜　劇

《雙魚記》第二十六齣〈晤言〉：

（二丑、老旦、淨扮雜劇上）：出入鬼門道，扮演古人形，我每是揚州扮雜劇的。今日本州飲宴，特來承應（磕頭科，跳科）

【山花子】：喬粧怪粧，院本眞絕樣。有傳奇隊舞樁樁，見蒼鶻把磕瓜在傍，諕得他副淨倉皇。

（生）：老先生，打發那扮雜劇的去罷。（外）：你每且去，明日領賞。

（二丑、老旦、淨應科）：我笑別人人笑我，世情宜假不宜眞。

從這段雜劇的內容看來，演的就是宋雜劇的內容，有四個角色，形式如同參軍戲以打罵插科打諢，內容是逗鬧諧趣爲主，所以說「我笑別人人笑我，世情宜假不宜眞。」。

5、民間小曲

《投梭記》第十四齣〈出關〉：

（小丑背云）：何故老烏還不來，稍水哥，你把船纜好了，我到崖上去看看。（稍水小丑立看淨上稍水同上唱吳歌）：江東門，江東門，江東江水忒多情，自從大姑小姑跟則個彭郎去，至今流淚弗曾停。

《雙魚記》第十九齣〈泣歧〉：

（丑扮牧童唱吳歌上）：爭名奪利總徒勞，短笛聲中百事消，馬背不如牛背穩，雲臺難比釣臺高。好熱天，晒殺我也。

《女丈夫》第十一折〈公門縱妓〉：

【隨心歌】（丑）：君不見，君不見，東村有個李老娘，五十八歲養頭生。又不見，又不見，西村有個張阿媽，七十二歲不守寡。老娘今纔六十四，年紀雖然有一把，風月場中走過來，能舞能歌能笑耍，昨宵走到越公前，被他抱住咱腰胯，扯開襠袴要求懽。（末）：你那時便怎麼？（丑）：只好粧聾並做啞，他說紅拂丫頭我勝他，隔年老酒他鄉鮓，一時高興奉承咱，未必此言眞共假。（末）：不信有這等事。（丑）：還怕枯藤纏住好花枝，另向街頭尋俏傻，院公你若不嗔嫌，便去門房權入馬。（摟末介）

《博笑記》第十六齣：

【打棗杆】（淨、丑、小丑）：小官每第一來不要跟人串戲。（二丑）：小官每第一來須是跟人串戲。（淨）：有三兄和四弟費盡酒和食（二丑）：與三兄和四弟輪辦酒和食（淨）：擔不得輕，負不得重，一生狼狽。（二丑）：擔什麼輕，負什麼重，怕什麼狼狽？（淨）：從他學到老終是小官每劣氣質。（二丑）：從前學到老終成得小官每好氣質。（淨）：打壞了那蓬蓬也，且不要說他起。（二丑）：打慣了那蓬蓬也，都是學串戲時節起。（二丑）：呸，我每正近那粧小旦的門首，你卻句句說那串戲不好，不湊趣。

《青衫記》第十七齣〈茶客訪興〉：

（合前淨）：媽媽，我喫不得這啞酒，各飲一杯，說一個無滴，就要唱一曲。（丑）：既是這等，員外先請。（淨）：在下僭了。（唱弋陽腔介）無滴，如今該媽媽了。（丑唱打棗竿介）：無滴。

內容都有民間的小曲打棗竿，〔註 54〕用頂針的句法，如同對答一般，充滿了民間氣息，頗覺可愛。傳奇劇本中使用民歌，其實反應民歌在民間流行的狀況，沈德符《野獲編》中曾經記載民歌流行的狀況：

比年以來，又有打棗乾（竿）、掛枝兒二曲，其腔調約略相似；則不問南北，不問男女，不問老幼良賤，人人習之，亦人人喜聽之，以至刊布成帙，舉世傳誦，沁人心腑，其譜不知從何來，眞可駭歎。〔註 55〕

〔註 54〕王驥德《曲律》以爲：小曲掛枝兒，即打棗竿，是北人長技，南人每不能及。同註 3，頁 181。

〔註 55〕沈德符：《萬曆野獲編三十卷附補遺》，《中國野史集成》（成都：巴蜀書社，1993 年）第三十八冊，卷二十五「時尚小令條」，頁 428。

這些民歌到人人習之，人人傳誦的地步，放入傳奇之中，也就不足爲奇了。除此，也在崑山腔的劇本外，別具用心的用了別的聲腔來唱，如《鸞鎞記》第二十二齣〈廷獻〉生、小生、外都唱崑山腔，丑特別唱了弋陽腔來應景。

> （丑）：生員有了，只是異乎三子者之撰。（末）：卻怎麼？（丑）：他們都是崑山腔板，覺道冷靜。生員將《駐雲飛》帶些滾調在內，帶做帶唱何如？（末）：你且唸來看。（丑唱弋陽腔帶做介）
>
> 【駐雲飛】**懊恨兒天**，（末）怎麼兒天？（丑）：天者，夫也。**辜負我多情**（重唱）**鮑四絃**。孔聖人書云：傷人乎，不問馬。那朱文公解得好，說是貴人賤畜。如今我的官人將妾換馬，卻是貴畜賤人了。**他把論語來翻變，畜貴到將人賤**。嗏！**怪得你好心偏**，記得古人有言：槽邊生（牲）口枕邊妻，晝夜輪流一樣騎。若把這媽換那馬，怕君暗裡折便宜。**爲甚麼捨得嬋娟，換著金韉，要騎到三邊？掃盡胡羶，標寫在燕然，圖畫在凌烟。全不念一馬一鞍，一馬一鞍，曾發下深深願**。如今把馬牽到我家來，把我撞到他家去呵，**教我滿面羞慚怎向前？啐！且抱琵琶過別船**。（末笑介）：好一篇弋陽文字。雖欠大雅，倒也熱鬧可喜。左右開門，放舉子出去。

6、跳鬼面

《花筵賺》第十一齣〈宵覘〉：

> （丑、小生）：飽飯尋思午後茶，蜂針咂破紙窗紗，從教凡省行書案，問趁東風捉柳花。自家溜兩學生是也。俺仍仍（奶奶）留這溫先生在這裡教學，這個先生好，不教俺讀半句書，任憑俺跳鬼，扎朦、弄風箏耍子，連日有個姓謝的，學堂攪擾，先生對俺說溜兩官人，說你會頑，你就試一試看，我聽了這句話，可不抽著癢筋，且在此跳一個鬼，看看什麼人來。（袖出鬼面戴上跳介）

跳鬼面是民間的雜耍遊藝表演，《花筵賺》中丑、小生玩弄教師的劇情，特別安排一段，來增加劇情的熱鬧和活潑。

7、串　戲

不僅是上述的雜技曲藝表演，本期串戲的內容增多，甚而《鴛鴦絛》中以曲論作爲科考的考試題目。〔註 56〕這些串戲的內容很多，有雜劇，也有傳

〔註 56〕見第二十齣〈本色〉

（外）：眾舉子過來，聽我分付，往常頭巾試官，一場經書二三場論表策判，

奇和戲文。如《博笑記》第十六齣：

> （淨、小丑）：你方纔數的，都是南戲。怎麼倒把北曲唱他？（丑）：你每說差了。他雖是男，如今要他去扮女，正該北曲。（小旦）：列位要往那裡串戲麼？（眾各把小旦附耳低言介，小旦笑點頭曰）：幾時去呢？（眾）：就請你去，有生意的。（小旦）：是了，喫了茶去。（眾）：他那邊的茶好少阿？（淨）：只要你帶了丫髻、夾圈。（丑）：尋了女鞋膝褲。（小丑）：戲箱裡取一副女衣去。

《貞文記》第八齣〈競渡〉中扮王昭君和番：

> （丑）：你前日扮紅娘請客，姐妹拜月，何等的妙，怎麼說個不會？（小生）：周老師在此，門生也不敢。（淨）：咱蒙古以詞曲取士，唱戲是讀書人本等，如今便頑頑何妨？（小生）：既是老爺要唱戲，便請命題。（淨）：王大爺，姓王面貌標致，又像個昭君，便唱曲王昭君和番罷！（小生）：做昭君要馬夫。（丑）：若大爺做昭君，我便扮做馬夫。（淨）：阮師爺倒像個馬夫，也不消扮了。

第十六齣〈謀奪〉中，提到許多串戲的劇目：

> （小生）：老師爲甚來得恁遲，著我等得好不耐煩哩！（丑）：我到他家說親唱戲吃酒，自然要費這些工夫。（小生）：他家筵席，可齊整麼？（丑）：他家筵席，擺的有龍肝鳳髓，猩唇熊掌，鱉裙鯉尾，駞峰豹胎，件件齊整。（小生）：我白龍縣，那有這些物件，唱的甚麼戲？（丑）：唱的是伯喈西廂，金印荊釵，白兔拜月，牡丹嬌紅，色色完全。（小生）：怎麼做得許多，敢是唱些雜劇。（丑）：後來還唱一本靜棚記。（小生）：怎麼叫做靜棚記？（丑嘆介）：大爺你道怎麼叫做靜棚記，我到他家，茶也不見半杯，酒也不見半點，連你令岳影也不見半個，單被一個老蒼頭，狗弟子孩兒著寔（實）搶白了一場。（小生驚介）：怎麼搶白一場？（丑）：他家作怪粧么，說來實是蹊蹺一到把門關著，茶酒不見分毫，說我勢利小人，一味呵卵捧脬，罵你白墨公子，妄想要配多嬌。

《綠牡丹》第十二齣〈友謔〉則當場串起《千金記》的段子。

所以有傳遞束卷，分房、做號，割卷面，買字眼，許多弊竇，就是公道取出來的，也只是頭巾舉子，今年風流試官見樂府近來蕪穢，每深痛恨，舉子有能爲我備陳其妙者，即居上選。

（淨）：竟上場串串，何如？（丑）：絕妙，只是串那一出？（淨想介）：有了，做《千金記》上一出〈韓信胯下〉，你我做淮陰少年，顧兄，你便做韓信。（小生）：小弟從不曾串戲。（淨）：又來道學了，大家都在戲場中逢場作戲，這也何妨？……（丑）：我聞得好漢殺人不斬眼，你若眞是好漢，可把劍刺殺了我兄弟二人，纔見手段。若不敢刺，好好低了頭，在我們胯下扒過去。

吳梅原評：「妙在柳、車不以淮陰少年爲差，這樣場上串戲，也是古爲今用，但與詩文中的用典不同，它要考慮到舞台演出效果」這些戲中戲的內容，很多都來自於作者特意的安排。形成特殊的演出效果，也使劇場呈現更多樣化的樣貌。但也因本期作者經常使用，所以李漁也有生厭的批評。〔註 57〕這些豐富舞台效果的技藝主要都有淨丑來擔綱，〔註 58〕讓明傳奇的舞台更爲繽紛。

第三節　淨丑的發展

此時腳色扮演已然固定下來，淨丑一方面是插科打諢的要角，一方面也飾演劇中的破壞者，使得劇情得以轉折產生矛盾的要素。雖同飾破壞者，淨大奸大惡爲主謀，丑小奸小惡爲虎作倀。對劇情的衝擊性而言，顯然淨也大過丑。至於淨丑和末的關係，早在之前就已區分開來，本期更加明顯，除了

〔註 57〕李漁以爲：「戲中串戲，殊覺可厭，而優人慣增此種，其腔必效弋陽，幽閨曠野奇逢之酒保是也。」同註 46，「演習部」〈脫套第五〉，頁 112。

〔註 58〕《蕉帕記》第三齣〈下湖〉有雜耍的技藝表演

（中淨末扮乞兒，一弄蛇，一弄猴子作教化上各弄介）

【排歌】（淨）：**宛轉堤頭，葳蕤柳丫，青青漸可藏鴉**（作杭音介）：二兄，你看堤高處阿媽每好不標致，那一個不帶假角兒更妙。**誰家遊女鬢毿**（毶），**兩點丁香未破瓜**。（起叫介）：你是舍子人家的大娘姑娘也。（合）：**迴嬌盼，囑小娃，紅樓西去是奴家，通名誤，問姓差，一時羞澀臉邊花**。（中淨扮撮弄老旦扮打鑼女人持馬鈴刀彈弓鎗上，中淨）：列位相公在上，看小的做一會把戲討賞。（淨）：妙妙，你有什麼本事。（中淨帶做介）【北寄生草】（中淨）：**賣解單身控**。（生）：會走馬的了。（中淨）：**千鈞隻手拿**。（小生）：是有手力的了。（中淨）：**吞刀任把青鋒插**。（淨）：妙，怕人。（中淨）：**抛丸儘著流星打**。（淨）：看腦。（中淨）：**飛鎗直向雲端下**。（淨）：罷了，壞了眼。（中淨）：**有時百尺上竿頭，撒身慣使飛鷹怕**。（淨）：掉下來跌折了腰，妙妙，好手段。另外《南柯記》第七齣有回回舞的段落（婆羅門胡旋舞）、陳與郊《櫻桃夢》第二十二齣有項王的戲中戲；《鸚鵡洲》第七齣梨園子弟扮戲的段落，扮巫山神女一段，也是戲中戲的呈現。

少數劇本，末還負擔插科打諢的功能外，其餘大都是以良善腳色為多，也因末腳專飾良善腳色，也常見末腳擔任身分地位高的人物，〔註 59〕所以反而與外腳產生混淆。〔註 60〕基本上，淨丑和末在功能上已經區隔，因此，本節只探討淨丑之間的關係。

一、淨丑扮飾人物擴增

（一）飾演性格化的正面人物

淨丑飾演性格化的負面人物，如奸臣、敵將等，本期劇本依然時而得見，如《天書記》淨飾龐涓、侯參、小淨飾演董卓丑腳飾演獨孤陳，《三祝記》中丑飾演趙天昊、《紅拂記》中外飾虬髯客，到了馮夢龍改本《女丈夫》則是由淨來飾演，都是性格別樹一幟的人物。而淨丑在飾演這些人物時，也往往少了淨丑原有的詼諧風趣，一味逞奸鬥狠。本期比較特別的是淨丑飾演性格化的正面人物的例子多了起來，前期如哥舒翰，徐洪客，本期則更明顯，如《宵光劍》下卷淨飾鐵勒奴，《彩舟記》中淨飾龍王、丑飾白猿大聖、《桃符記》中淨飾包公，都是極特別的例子。第七齣〈包公謁廟〉：

> 【江兒水】（淨扮包公并手下上）：**帝鑒丹心古，人驚白髮明。趙張青史名不順，新做南衙傳威令。軍民相貌龍圖影，直與神明折證。一入神祠，萬鬼皆奔命。**

另外《靈寶刀》中以淨扮演李逵；《金蓮記》以丑扮演改邪歸正的鮑不平，《八義記》中丑扮靈輒、鉏麑，亦是正面腳色，《水滸記》中的副淨戴宗，丑腳劉唐在作者的筆下都非惡人，但都由淨行、丑行來飾演。第五齣〈發難〉：

> （丑赤髮虬髯便服上）：燕南壯士吳門豪，筑中置鉛魚隱刀，感君恩重許君死，泰山一擲輕鴻毛，自家劉唐的便是，赤髮纓冠，丹心向日，千秋游俠，無愧英雄，一味粗豪，不設城府，落魄無賴，跅跎不羈，

〔註 59〕如《雙魚記》中扮演范希文，《邯鄲記》中扮演裴光庭，《鸚鵡洲》中扮演元稹，《義烈記》中飾演孔文舉，《種玉記》中飾演霍去病，《鸞鎞記》中飾演韓愈，《玉鏡臺記》中扮演周顗等。

〔註 60〕《玉鏡臺記》在腳色行當的安排上，分成末、外、小外這三行，卻屢屢有混淆的現象，如原以末飾演的錢鳳，在第二十八齣變成了小外，之後又變回了末。小外劉琨在第二十四齣成了外，到了第二十七齣又成了小外。《天書記》中第十一齣末飾田忌，到了二十四齣成了外，到了三十一齣又變回末。《祝髮記》第十七齣末飾老管營，到了第二十七齣成了外，後再改回末。

> 近聞得蔡京生辰，年年有那生辰綱貢獻上京劫掠將來，到也是一主大錢，好供咱幾時賭博，只是兄一人幹不得這個勾當，欲待要勾引宋公明，我思量他身在公門，斷然不敢做這等勾當，那東村的晁保正爲人最直，義氣最高，不免勾合了他，同去劫這生辰綱也呵。

值得注意的是縱然本期丑腳擔任正面性格人物，但也只是腳色類型分化的過渡期，到了後來，以丑飾演的性格人物幾全改由淨行來演出，氣勢非凡的英雄人物已然成了淨行的另一種類型。〔註 61〕換句話說，淨腳飾演正面的性格腳色，是萬曆之後的一種趨勢，原因爲何呢？王安祈的解釋爲：

> 許多性格豪放或勇猛剛毅的正面英雄人物，如尉遲敬德、虬髯、焦贊、包公等，也漸歸入淨行。這些人物在北雜劇中，由於是一人主唱的關係，只要是全劇甚或一折中的主要人物，便都由正末扮演，……。蓋此類人物無論唱做都要求比較豪放，由外或末扮未免過於平和文細，於是便在淨行中有了新的分化。〔註 62〕

正面的英雄形象轉入淨腳，原因在於生，外，末行的腳色已定型，這三個行當主要飾演比較溫和文雅的腳色。腳色還有發揮空間的就屬淨和丑行，而淨和丑相較之下，淨常居主導位置，身分地位高，丑則幫襯淨，身份地位低卑。淨領導，丑跟隨，因此以淨來擔綱英雄人物更爲適合，由於淨也兼具正面英雄的形象，所以插科打諢的任務，就漸漸交由淨的分支副淨、小淨或由丑來擔綱。

（二）飾演正派的婦女

過去的傳統，以淨丑飾演女性腳色，這腳色多半帶有可惡或可笑的特質，如《琵琶記》中的蔡婆，以及爲數眾多由丑腳擔綱的老鴇及媒婆。淨丑飾演正派的婦人，幾乎未見。但本期有了不少例子，如《鸞鎞記》淨飾趙母、《彩舟記》中淨飾江母，《埋劍記》中丑扮永固妻，都是正經腳色，沒有嬉笑怒罵的情節。明傳奇中正派婦女的腳色通常派給老旦、或貼飾演，以淨腳飾演和以往淨給人的印象差異頗大，可能的解釋是搬演時腳色運用的考量，如《彩舟記》中老旦扮吳夫人，場次頗多，有一場與江母同場。不過《鸞鎞

〔註 61〕如全明傳奇中的《宵光劍》由於上下卷版本不一，因此，腳色行當就有了變化，其中鐵勒奴由外成了淨，鄭踮由淨成了付，便可知道腳色行當的類型慢慢發生改變。

〔註 62〕王安祈：《明代傳奇之劇場及其藝術》（台北：學生書局，1986 年），頁 232。

記》中無老旦一行，貼的戲份又不與趙母同場，卻由淨來飾演趙母，頗令人詑異。

二、淨丑混淆狀況減少

在前期的劇作之中，淨、丑混淆的狀況時而有之，本期這種狀況不多見，只有少數幾個例子，如《三祝記》中的趙元昊，第十一齣由丑扮演，到了第二十五齣則由淨扮演，《西園記》第四齣時，馬夫是丑扮，到了第五齣馬夫成了淨扮，到了第六齣又成了丑扮。《情郵記》第八齣報人本寫丑後又作淨，第十九齣李公差前寫淨，後寫丑。混淆現象減少之故，是否因淨丑性質漸趨分離，吾人不敢肯定，因爲以本期改編前期的劇作爲例，時而將淨行、丑行相互替代，如下表所示：

人　物	劇　本	行　當	改　本	行　當
牧　童	灌園記	丑	新灌園記	小淨
徐洪客	紅拂記	淨	女丈夫	小淨
龍　莽	邯鄲記	淨	邯鄲夢	小淨
石道姑	還魂記	淨	風流夢	丑
疙　童	還魂記	丑	風流夢	小淨

可知在本期淨丑的功能依然接近，可以相互取代。

淨、丑行混淆的現象少見，倒是淨行、丑行的分支，混淆的現象似乎也減少。如：

（一）淨與中淨混淆

《靈寶刀》第二十八齣之前的李逵都是由淨扮演，在第三十一齣因淨丑扮高俅父子，所以改由中淨扮李逵。中淨到了第十四齣就成了淨

（二）副淨與小淨混淆

《紅梨記》第三齣王黼是小淨，第十齣成了副淨飾演，到了第十八齣又換成了小淨飾演。

（三）淨與丑混淆

《三祝記》十一齣趙元昊以丑腳飾演，到了第二十五飾則裡淨飾演。

（四）丑與小丑混淆

《投梭記》第八齣小丑元鴇子變成了丑，後又成了小丑。

三、淨丑的功能依存

撇開淨丑性格化的腳色人物來看，我們可發現其實淨行、丑行的功能相當接近，而且腳色可以互相取代，我們從傳奇劇本裡腳色行當自道本相，就可以略知一二。

（一）丑就是副淨

丑就是副淨，早在《琵琶記》中便見到了，本期中有二個例證，其一《冬青記》第八齣：

> （丑）：汝既無所不能，樂府亦曾涉獵麼？（生）：又不在這里搬劇戲，怎說到音律去？（丑）：不搬劇戲，俺卻粧副淨？

其二，《博笑記》第六齣：

> （淨）：嗄，請老爹前廳請坐，家主穿了大衣服出來。（小丑）：曉得了，從容些。（坐介打盹介）（小丑）：我是尹字少半撇，他是也字少一豎，若逢副末拿磕瓜，兩個大家沒躲處，請了。

參軍戲副末打副淨，那麼丑就等同副淨

（二）小丑就是副淨

小丑就是副淨，出自《紅蕖記》第三十五齣：

> 【字字雙】（末、小丑扮皂隸上）（末）：**每庭前受波查、沒暇。今朝堂上未排衙，偷耍。**（小丑）：**竹批荊杖木丫叉，不怕。只愁副末有榼瓜。**（揖末科）：**哥，慢打。**

（三）淨就是副淨

淨等同副淨，有二個例子，可為說明。其一，《雙魚記》第九齣〈適館〉：

> （末）：呸，他問你父母，你卻說在牛羊身上去了，只該說：父母不幸已棄世久矣！（淨）：我的兒，你父親在此粧副淨，怎麼說我死了？（末）：哇，休得胡說。

其二，《紅蕖記》第十一齣：

> 【卜算子】：（小生上）：**莫怪人僝僽，自笑痴心守，守得功深，怎便丟，須要眞消受。**（淨）：消受，消受，看你一生，永無成就。（小生）：魏兄，忽發此語，莫非奚落小生。（淨）：小生，小生，也要留些正經，你是小生，難道我是副淨？

（四）中淨就是副淨

中淨等同副淨的說法，來自《桃符記》第三齣〈傳忠慶壽〉：

> 【麻婆子】（中淨王慶上）：古來古來參軍號，今稱傳淨名。頭戴頭戴烏紗帽，皮靴錦簇成。倚權托勢是營生，花花太歲咱名姓。只怕磕瓜影，唬得唬得腦門疼。

以上所引，我們可以推出丑＝副淨＝小丑，淨＝副淨＝中淨的結果，亦即說明淨行與丑行的關係根本就是分不開的，更大膽一些其實可以推出「淨就是丑」這樣的結論。當然，到了今日淨丑的功能已被區分開來，淨行的分支和丑行的分支在表演藝術上分工的很細緻。但至少在本期，淨丑的關係，還是很難區分開來。據以上所引，我們還可以找出淨丑的淵源，上溯唐參軍戲中的參軍，到了宋雜劇參軍成了副淨，到了南戲時，副淨再分化為淨丑，到了明代傳奇，淨丑再因劇本腳色人物的增加，淨行分化成副淨、中淨或小淨，丑再分化成小丑。二個行當的功能接近，彼此可相互取代，若強要分出功能，則此時淨丑的區別，大概只有主從性（淨為主，丑為從）、身份地位的區別（淨高丑低）是最明顯的差異了。

四、副淨特質凸顯

副淨這一行當至嘉隆時期誕生之後，功能就一直介於淨丑之間，有時邪惡如淨，有時又詼諧如丑；有時演出負面的性格人物，有時又擔任插科打諢的甘草人物，屬於自己的特色一直不明顯。到了本期，副淨仍有游離於淨丑行之間的現象，但從一些作品中，我們可發現，副淨有慢慢自成一格的端倪，尤其到了明末的劇本副淨，戲份足以與淨行相抗衡，不再只是淨的副腳，漸漸變成了重要的一個行當，同時結合了淨丑的特點，發展出集邪惡與詼諧於一身的腳色，已和後代做為冷二面的副淨形象相符。其中最有指標性的人物，就是阮大鋮創造的封其蔀、鮮于佶這二個腳色。首先就其戲份來說，《牟尼合》中的封其蔀場次有六場，淨腳麻叔謀有三場，而封的六場戲中，全是主場，麻叔謀則有二場，《燕子箋》中的鮮于佶，出場十二場，主場有九場，飾演淨的安祿山則只有二場，腳色的重要遠遜於鮮于佶，〔註 63〕另外在演唱的曲數也多，而在腳色性格的呈現上，有奸邪的一面，又有詼諧的一面，和只重奸

〔註 63〕場次及主場的統計，參考許子漢書，同註 53，頁 522、527。

邪的副淨如《投梭記》中的錢鳳及《鳴鳳記》中的嚴世蕃加入了詼諧可笑的一面。

五、丑行分化停滯

在副淨漸漸擺脫淨腳的附庸，形成自成一格的腳色之際，丑行這一行的發展，似乎停滯了，除了少數幾個作家之外，大多數的作家丑行都未有分化，就算另外分出小丑，小丑也都是幫襯的腳色，未能有特殊的塑造，更遑論有別於丑腳，發揮出小丑的特色來。這可能和劇作家個人的偏好有關，如沈璟重視小丑，小丑就較有發揮，馮夢龍重用小淨，小淨戲份就多，阮大鋮重副淨、雜行，〔註 64〕這兩個行當就格外有特色。總體看來，本期的作家似乎偏愛淨行，雖然仍有出色的丑腳人物，但相較於淨行，丑行的人物似乎遜色不少，影響所及，小丑這一行更被邊緣化了。

因此，我們看見本期淨丑的關係，在功能上，依然難以明確釐清，在分化上，副淨似乎另外殺出自己的道路，而丑腳的分化則未有進展，反而有消沈之感，丑行進一步的分化及表演藝術的提昇，到了清代才慢慢有一番新天地。

小　結

每一個時代，都有每一個時代的文學，明中葉以來，明代文學便是劇曲領風騷的時期，也由於大量文人投入創作，劇曲創作蓬勃，便出現了不同的戲曲流派，影響較大的是以沈璟爲代表的吳江派，和在湯顯祖影響下產生的臨川派。吳江派重視音韻、格律，臨江派重視個人才情及文詞的美感。在戲曲史上被視爲「吳江派——格律派」和「臨川派——文詞派」抗衡的一個時期，但實情則是「格律派」在強調格律與本色之際，並未忽視優美曲詞營造的藝術效果，而文詞派在重視文詞的同時，並沒有忘了格律的存在，更不是所有的腳色都是一味駢雅，而會視其身分地位安排妥當的文詞、賓白。也因此兩派的主張，只是著重點不同，其實目標都是一致。不過，文學的主張，是種理想，落實到創作來的時候，常有心有餘力不足之感。以丑腳的曲詞賓

〔註 64〕在丑、雜不同場的狀況下，阮大鋮的劇作，常把一些可以由丑腳充當的腳色派給了雜，如《牟尼合》中的吉力哨、回回、縴夫、老道人，《燕子箋》中的巡綽官；《雙金榜》中寶峰長老、番鬼等。

白來看，兩派都有不足之處，吳江也有駢雅之譏，臨川也有庸俗之弊，但整體而論，已較嘉隆時期，更能符合其在劇中的身分地位。

在淨丑功能上，淨丑仍是扮演劇中插科打諢、擔任劇中破壞腳色的要腳，但本期已將生旦變成諷刺對象，而對淨丑的嘲諷，更加尖銳，作者化暗喻爲明諷，常常出言譏誚。可知本期的作者，似乎找到一個管道大膽抒發心中的憤慨，過去優孟之風有「言之者無罪，聽之者足以諫」傳統，在舞台之上藉著劇中人物之口，說出心中的不滿，似乎是本期作者常見的一種作法。

插科打諢的手法上，本期丑腳給人最大的印象便是穢言穢語的現象不勝枚舉。而舞台表現上，夾白增多，以多種曲藝豐富舞台效果，並重視科介的描寫是本期的最大特徵。另外萬曆中葉之後，歌舞、雜技、戲中戲，已成爲傳奇表演藝術上的特色，劇本中加入各種曲藝、雜技的表演之風更爲盛行，如《望湖亭》中演出「柳下惠」故事，《貞文記》中演「女狀元辭凰得鳳」，《鴛鴦棒》中演出「舞鮑老」、「調柳翠」等小戲，其中又以阮大鋮的作品中最爲明顯，每部劇作中都安排了這些橋段，從「跳獅子」、「盤缸子」、「跳燈」、「滾燈」、「跳竹馬」等象徵民間活力的各種雜技表演幾乎都可以見到，各種曲藝加入戲劇的表演中，也使得舞台表演的內容更加生動，場面更加熱鬧。

在淨丑腳飾演的人物裡頭，本期淨丑腳除了典型的插科打諢的腳色外，偶有擔任性格化的正派腳色，當淨丑腳飾演性格化的人物時，爲配合其身分地位，往往就不擔任插科打諢的功能，插科打諢的任務，就交給副腳來執行。只是到了後來，丑腳飾演性格化人物的機會越來越少，反倒是淨腳有更多機會飾演性格化腳色，不管是正派、反派全部包攬。

在淨丑的關係上，淨和丑在劇中的功能仍是難以劃分開來的，大概只能就其地位高低及劇中主從性來區別，而淨丑相互混淆的狀況越來越少，反倒是淨丑與本行的分支，時而有混淆的現象，這也說明，在本時期，淨、副淨（中淨）、小淨，其實無法區分差異性來；丑和小丑的功能任務也十分接近。行當的使用，跟劇作家個人使用行當的習慣，及劇情的勾勒有關，但副淨與雜行的興起，若干程度衝擊了丑腳的空間，也是不爭的事實。

腳色行當的創製，在明傳奇作家風起雲湧的創作下，到了本期可說是成熟期，本期的行當可說是「腳腳出色」，每個行當都能產生極爲出色的人物來。尤其是晚明以後，淨丑越是被重視，因此張文珍以爲：

> 晚明以前，淨丑腳色帶有較大的隨意性，他們僅有賓白，動作又多

> 優人自為之，劇作家對之不太用心，在劇中地位相對次要。到晚明，這種狀況卻大為改觀，淨丑腳色備受青睞，頗有喧賓奪主之勢。劇作家加強對他們的描摹，誇張其形象、動作、語言，增加其戲的份量，淨丑因而成為二個異常活躍的行當，給晚明劇壇帶來濃郁的喜劇氣氛，這是晚明作家有意識追求劇場效果的反映。〔註65〕

腳色行當的形成，即是將人物的塑造偏向類型化，但在同中應有異，明傳奇劇本中丑腳，通常形象雷同，忽略共相之外的個別差異，忽略人物個性的發揮，又以丑腳為最，丑腳出現不是貪就是腐，不是愚就是痴，我們看到劇作家描寫丑腳時，大多強調他們共同性格的一面，比較忽略人物的個別差異，所以丑腳常是千人一口，一眼見底，丑腳宛如是複製人物一樣，一個個雷同的形象被製造出來，直到晚明傳奇，這種扁平型的丑腳，終於被揚棄，有著豐滿性格的丑腳形象慢慢被創造了出來。

〔註65〕張文珍：〈論晚明傳奇的喜劇品格〉（《齊魯學刊》1998年第四期），頁41～42。

第六章　結　論

從宋元南戲到明傳奇，丑腳的發展經過了漫長的三百多年，從插科打諢的任務，到做爲作家的良心，丑腳的演出內涵不斷在擴增。在《張協狀元》之中，丑腳以其詼諧逗趣取樂觀眾。在五大南戲中，丑腳除了逗笑觀眾外，還要飾演負面的人物，擔任劇中的破壞者。到了明傳奇時代，由於正值腳色行當初建立之時，對丑腳的界定還未明朗，所以丑腳形象出現了前後不符的矛盾現象。另外，這個時期由於劇本題材的關係，主要行當不敷使用劇中眾多嚴肅正經的腳色，性格化的丑腳因此應運而生。又因文人剛涉足劇壇，對以中下階層爲多的淨丑，其說話方式，思想以及行爲模式都未能掌握，所以選擇了最安全簡便的方式來進行插科打諢，即是套用模式。這種襲用的打諢段落，時而出現在劇作之中，直到明末都可見到跡影。

在作家累積了相當的創作經驗之後，逐漸走出自己的路子來，《浣紗記》之後，丑腳插科打諢的內容增添了更多文人的書卷氣，吟詩誦詞、出口成章，弔詭的出現在身分屬中下階層的丑腳口中；在此同時，世俗化的葷笑話也摻入了傳奇劇本之中；並且丑腳更自由的使用地方語言，丑腳的內涵增加了，就連創作丑腳的作者們，也不忘以丑腳作爲針砭時政的對象。

隨著大量劇作的誕生，劇論、曲論紛紛興起，文詞派、本色派繼而被劃分開來。傳奇作家們發現了丑腳身分不高，四六駢體、唐詩宋詞集句，卻時而在丑腳道白之中的突兀現象，主張應宜避免。但總是易知難行，不管是文詞派或本色派的作家，一方面，使用俏皮的口吻來描寫丑腳，卻又在不經意之中把文人的習氣帶入劇本之中，這種現象，持續到了明末的吳炳還能見到。

丑腳飾演的人物，身分高一些的就是貪官污吏，敵將番軍，身分低一些的便是家僮院子，媒婆老鴇，道士尼姑，這些人物形象歷來予人印象便不佳，不是粗莽、口無遮攔，便是好吃、貪小便宜、亂搞男女關係。但這種對丑腳片面式的扁平描寫，在明末終於獲得平反，明末劇本中的丑腳身分依舊不高，形象依然不佳，但作家們給予這些人物更公允的對待，丑腳被隱藏的個性或心聲，總算出現。

以下分幾個小節，從丑腳的功能，飾演的人物，舞台的表現以及淨丑的關係，綜合認識看到丑腳在明傳奇劇本中的表現，以了解自宋元南戲以來，丑腳這一行當的傳承與變遷。

第一節　丑腳功能的歸納

一、調　劑

簡而言之，明傳奇的丑腳最重要的任務就是插科打諢，透過插科打諢逗樂觀眾。正如《博笑記》第十六齣所揭櫫的：

> （小旦笑曰）：休儆是誰呢？（小丑）：《嗅經》麼，是我爛熟的。（小旦）：又來打諢。（小丑）：這是花臉的本等。

這裡小丑就把花臉（即淨丑）的功能，直接挑明了說就是插科打諢，而插科打諢在劇場達到的功能，則正如李漁在《閑情偶寄》中所宣稱的：

> 若是則科諢，乃看戲人之參湯，養精益神，使人不倦，全在於此，可作小道觀乎？〔註1〕

李漁以人參湯來形容科諢，可見科諢之寶貴，科諢正是用來濟冷熱，讓傳奇「能使人哭，能使人笑」。〔註2〕丑腳的戲分雖不重，常扮演劇中的開心果，把劇中沈悶的氣氛，變得開朗一些，達到調劑的效果。而王驥德十分看重淨丑插科打諢的功能，他以爲：

> 大略曲冷不鬧場處，得淨、丑間插一科，可博人哄堂，亦是劇戲眼目。〔註3〕

〔註1〕李漁：《閑情偶寄》（台北：長安出版社，1990年）「詞曲部」〈科諢第五〉，頁57。

〔註2〕同註1，「演習部」〈選劇第一〉，頁70。

〔註3〕王驥德：《曲律》《中國古典戲曲論著集成》（北京：中國戲劇出版社，1982年一版四刷）第四輯，頁141。

到了王國維亦言：「優人之言，無不以調戲爲主。」〔註 4〕總括而言，丑腳所擔綱的插科打諢的任務，即在調劑劇場冷熱，讓劇場在板滯之際活絡起來，在單調之時注入些生氣。我們也觀察到淨丑的插科打諢在戲曲之中，自成一系統，他是以娛樂觀眾爲第一選項，所以有屬於自己的邏輯系統。他常胡說八道，但這「胡說八道」正是淨丑在戲曲形成的一個特質，即如王國維於〈人間嗜好之研究〉一文所言：

> 常人對戲劇之嗜好亦由勢力之欲出先以喜劇（即滑稽劇）言之，夫能人者必其勢力強於被笑者也，故笑者實吾人一種勢力之發表。然人於實際之生活中，雖遇可笑之事，然非其人爲我所素狎者，或其位置遠在吾人之下者，則不敢笑，獨於滑稽劇中，以其非事實，故不獨使人能笑，而且使人敢笑，此即對喜劇之快樂之所存也。〔註 5〕

淨丑所言，雖是取材自生活，但卻又是超越現實的一種誇大和虛擬，讓觀眾明確知道，這是一種戲劇的表現手法，所笑之人之事並非事實，所以大可放心的開懷大笑。所以面對淨丑發言時，一定要跳脫以現實生活建構的價值系統和邏輯概念，區別現實與場上的不同，並且須知「戲曲丑角決不同於馬戲丑角，因爲前者演的是人物，表現的是蘊含一定社會意義的故事，簡言之，前者是藝，後者是技。」〔註 6〕如此，才能眞正欣賞淨丑插科打諢之美。《曇花記》第三十齣〈冥官迓聖〉有段賓白，頗能爲丑腳的插科打諢的功能下註解。

> （小丑）：冥府傳送官綽消丸，叩見大將軍。（小外）：怎麼叫做綽消丸？（小丑）：小子在冥府以口舌得官，花言巧語，能使眾生聞者消卻胸中鐵丸，以此得名。（小外）：胡說，爲人不做正人，話正話，怎麼花巧舌頭？（小丑）：是，大將軍舌頭會罵賊，小子舌頭會消丸，也爭不多哩！

這個綽消丸黃旛綽代表的便是所有丑腳的寫照，大將軍以舌頭罵人，而丑腳用花巧的舌頭，帶給眾生歡笑，消卻心中的煩悶，讓人保持心智的健全，進而達到《史記》所言的「談紛解繁」的功能。罵人損人不利已，而丑腳在動口不動手的輕鬆狀態下，解決衝突，付出的成本低，得到的效益卻高。難怪

〔註 4〕王國維：《宋元戲曲史》（台北：藝文印書館，1974 年）頁 6。

〔註 5〕王國維：《人間嗜好之研究》《王國維先生全集初編（五）》（台北：大通書局，1976 年），頁 1872。

〔註 6〕楊澤新：〈瑣議一代傳人與川丑藝術的發展〉，《四川戲劇》，2001 年第一期，頁 32。

這個綽消丸在安史之亂時，雖留在長安為安祿山表演，但當玄宗自蜀反長安，凡投降安祿山者多加罪，唯獨黃旛綽未嘗入罪。可知人人都愛幽默，人人都愛舌燦蓮花帶來的趣味。從南戲到傳奇，丑腳的插科打諢的功能一直被擺放在第一位。縱然有鈞天之樂、霓裳羽衣之舞，少了淨丑的插科打諢，則如對「泥人作揖，土佛談經」〔註 7〕單調至極，以致瞌睡連連了。

二、對比、陪襯

美與醜是透過比較而來，有了醜的襯托，美就能愈加動人。明傳奇中別善惡、分美醜、寓褒貶的人物造型原則，根因於儒家君子小人涇渭分明的價值觀。以負面人物凸顯正面人物，更能彰顯正面人物的價值。也因此做為劇中的配腳人物，淨丑常被用來襯托主要腳色的正直、美善。所以吳梅便說：「傳奇中之生旦淨丑，所以分別君子小人，使人一望而知賢不肖也。」〔註 8〕李漁在《閑情偶寄》卷一中總結歷代作家塑造人物形象的經驗時以為：

> 欲勸人為孝，則舉一孝子出名，但有一行可紀，則不必盡有其事。凡屬孝親所應有者，悉取而加之，亦猶紂之不善，不如是之甚也。一居下流，天下之惡皆歸焉，其餘表忠表節，與種種助人為善之劇，率同於此。〔註 9〕

「寫淨丑之醜、之奸、之惡，正所以加強生旦之美、之貞、之善。」〔註 10〕如《運甓記》第二十四齣〈手板擊鳳〉錢鳳才學不如人，惱羞成怒，到最後還因不肯受罰怒火中燒欲打人。

便以丑腳錢鳳的的無禮和無才來突顯小生溫嶠的才學出眾。甚至連丑腳的名字，也是用來表示嘲弄的意味。如《雙珠記》第三十二齣〈舉途鄉誼〉：

> （末）：請問列位高姓貴表？（丑）：小子姓錢名買的。（眾）：願聞命名之義。（丑笑介）：列位問及，不敢相瞞，先父早喪，沒有殯貲，先母將我賣與錢員外為子，得銀安葬先父，改名買的，長大讀書，考取進學，人都叫我做錢買的秀才。

《焚香記》第十三齣〈登程〉：

〔註 7〕同註 1，「詞曲部」〈科諢第五〉，頁 57。

〔註 8〕吳梅：《顧曲麈談》（北京：中國人民大學出版社，2004 年）頁 67。

〔註 9〕同註 1「詞曲部」〈結構第一〉，頁 16。

〔註 10〕張敬：〈論淨丑角色在我國古典戲曲中的重要〉《中國古典戲劇論集》（台北：幼獅出版社，1985 年），頁 93。

（衆）：尊兄高姓貴表？（丑）：學生姓田，字納履。（淨）：呀！怎麼尊兄的表字取得甚蹺蹊？到與我學生的有些暗合，請道出處是怎麼？（丑）：學生的表字，不是自己的主意，被人口稱熟了，如混名一般，就改不得了，那出處到不好說得。（衆）：未嘗有不可對人言者。（丑）：我這出處便是不可對人言哩。（淨）：這個一定，你說了，我也說。（丑）：我說了，你也說。這等我就說，只是呈醜了。（衆）：請教。（丑）：實不相瞞，學生前日一時苟且了，去偷人家的瓜，被那看瓜的人撞見了，自覺沒意思，只說道我這里納履，恰不是偷瓜。後來朋友們都曉得了，就呼爲田納履。（衆）：元來如此。

李整冠、田納履互問其名字的由來，作者著實嘲笑淨丑一番。用名字出處來插科打諢，也是明傳奇的套數，如《香囊記》中的鄭五花及呑三盃。將不肖之徒的不當之行套入姓名之中，明傳奇常以此來嘲諷劇中人物，以爲慣例。其他諸如笨秀才（《五倫記》）、賤裁（《精忠記》）、愚痴鬼、慳貪鬼（《修文記》）、羊毛（《易鞋記》）、飯裡屁（《義俠記》）、胡談（《鸞鎞記》）、番水牛（《宵光記》）、周傻角（《萬事足》）、烏有、夜叉婆（《貞文記》）、憨哥（《夢花酣》）、胡誇（《情郵記》）、醜婢（《療妒羹》），這些丑腳名字不是輕賤之物，就是將鄙視之意置入姓名之中，不然即是諷意十足，如《博笑記》第二十三齣：

（淨）：世人結交須黃金。（丑）：黃金不多交不深。（淨）：縱令然諾暫相許。（丑）：終是悠悠行路心，哥，我每兩個相厚得緊。（淨）：正是，人就起我兩個諢名，喚我是個賽範張。（丑）：喚我做勝管鮑。（淨）：我每拍肩設誓。（丑）：攘臂爲盟。（淨）：願同死生。（丑）：可通貧富。

淨丑雖名爲勝管鮑，賽範張，二人又是結盟，又是起誓，但背地裡的作爲，卻是彼此算計，爲了利益出賣對方，甚至做出陷害友人的勾當。

（淨背白）：我在家中時，已把毒藥放在酒壺裡了，不免斟一碗勸他，先把他斷送了罷！（丑背白）：我藏得一把解手刀在腰裡，待我先喫兩碗，助些氣力，殺了他罷！

明代傳奇文人化的一大特徵，即是創作戲曲的目的和動機常是用來自娛，而免不了在劇中增加了作家主體意識，也因此這種諷刺政治、社會的意味，從南戲至傳奇這種諷諭的特徵越來越明顯，內容也越來越尖銳深刻，從明代初期對下層官吏的諷刺，到明代中末期對時政、社會現象的不滿，都在劇中有著深刻的描繪，因此李漁又云：

> 筆之殺人較刀之殺人，其快其凶，更加百倍。……以殺止一刀，爲時不久，頭落而事畢矣。剮必數十百刀，爲時必經數刻，死而不死，痛而復痛，求爲頭落事畢而不可得者。只在久與暫之分耳，然則筆之殺人，其爲痛也，豈止數刻而已矣。〔註 11〕

一旦成爲劇作者嘲諷的對象時，「心之所喜者，處以生旦之位，意之所怒者，變以淨丑之形，且舉千百年未聞之醜行，幻設而加於一人之身，使梨園習而傳之，幾爲定案，雖有孝子慈孫，不能改也。」〔註 12〕這種以戲劇的反諷力量不僅使一人痛，而且使整個家族蒙羞，無怪乎明代傳奇的作者在宦場不順之際，常藉以創作傳奇，傳達內心的不滿，讓針砭的對象於劇場中出醜，或被觀眾唾棄，遺臭後代。王世貞的《鳴鳳記》、湯顯祖的《邯鄲記》、阮大鋮的《燕子箋》、路迪的《鴛鴦縧》其間對時局的嘲諷、對人性的批判不可謂不深。

三、劇情轉折的介質

安排劇情的波瀾，最好的方法即是出現破壞者，讓破壞者的行動掀起漫天波瀾，使得戲劇衝突達到飽和，戲劇行動產生高潮，在元雜劇或宋南戲莫不是如此。明傳奇之中也通常利用淨丑扮演破壞者，使劇情突如其來發生變化，其中又以淨丑扮演主要破壞者爲多。以淨所飾演的，如《精忠記》中的秦檜、《靈犀佩》中的尤效、《邯鄲記》中的宇文融、《天書記》中的龐涓等，丑腳亦不遑多讓，如《浣紗記》中的伯嚭、《鸞鎞記》中的胡談、《投梭記》中的元鴇子、《嬌紅記》中的帥公子、《量江記》中的弓洎、《療妬羹》中的苗氏都是扮演破壞者的腳色，甚或淨丑二者一主一從進行破壞行動，如《牟尼合》中的封其蔀、都于毫、《雙雄記》中的丹有我、留幫興、《綠牡丹》中的柳五柳、車尚高，這些都是主情節線的操作。但劇情的轉折和推進不見得要由反面人物來推進，有時也會安排甘草人物，由甘草人物來推進劇情，這其實是明傳奇中比較突出的發展，如《灌園記》中的牧童，無意間拾了箋，生旦的私情被揭露，第二十三齣〈朝英尋簪〉：

> 【香柳娘】（丑）：**在前村醉歸，在前村醉歸。**（小旦）：爲何大清早

〔註 11〕同註 1，「詞曲部」〈結構第一〉，頁 7。
〔註 12〕同註 1，「詞曲部」〈結構第一〉，頁 8。

> 起就醉了？（丑）：可喫了你的？**干伊甚事？須知卯酒令人醉。**（小旦）：你可曾見地下掉一隻簪兒麼？（丑）：**不曾見甚的，不曾見甚的。**（摟小旦介）：**此處少人知，與你從容且嬉戲。**（小旦怒科）：你這狗才，那裡喧了酒，這等放肆！我告訴老相公打你。（丑）：倒要告訴老相公，我曉得了，姐姐請息怒。你**何須怒起？**你**何須怒起？你東我西，各宜迴避。**罵便罵得好，卻是不還了。

牧童無意間撿到了旦腳遺失的簪子，以爲可以得到些好處，拿去和老爺換綿襖，不想引起軒然大波，差點害得生旦被沈入水裡，也使得二人的感情有了進展。又如《玉環記》第十一齣〈王簫寄眞〉：

> （貼）：春兒，韋相公那日分別時節，分付我畫一軸春容寄與他，就如見我一般。（丑）：正是，那癡心婦人負心漢，姐姐，你終朝記念他，他並不思想你，那男子漢猶如三月春光，一日一樣，你只管想他，他既想你，緣何書也不寄一封來與你。

丑腳所飾的丫鬟春兒一語驚醒夢中人，讓貼腳不再沈溺於自我幻想的情感中。另外像《雙烈記》中的賽多嬌熱心說項，終於成就梁紅玉和韓世忠的好事；《紅梨記》劇中的平頭，適時搭起生旦聯繫的橋梁，使二人的愛情得以實現，《水滸記》中的王媽媽基於義氣，讓宋江得以逃脫，才有了後來上梁山之舉；《燕子箋》中醉酒的裱背婆，偶然促成一對姻緣，這些丑腳雖無製造大波瀾之力，但穿針引線之功，成了劇情的火花，是最令人覺得可喜的部分。

以上是丑腳在劇本中扮演的功能，若放到實際的劇場中來看，則丑腳的功能除了調劑劇場氣氛，做爲對比、陪襯，以及穿針引線之用外，還可調劑人力，使正角得到體力的調節，不至於在長達數十齣的演出中，不堪負荷，這也是劇作家在創作劇本時便要設想的人力調度。

第二節　丑腳飾演的人物類型

在南戲的階段，丑腳人物的演出，大概都與本能欲望的滿足相關，不是貪吃貪喝，就是貪錢貪財，比較少有大奸大惡之徒，丑腳飾演陰險狡猾，費盡心思謀奪名利，則要從明傳奇看起。丑腳既是用來做爲逗樂觀眾及對比、襯托的用途，明傳奇之中丑腳最常飾演的人物，有以下幾類：

一、中下階層人物

這些中下階層的人物，以其笨拙可笑狀爲主要的描寫特徵，有老鴇、媒婆、醫生、卜卦者、船家、店小二、流氓、書僮、僧尼等爲代表，其中是以丑腳飾演僧尼，而且在劇中形象普遍不佳，與後代的僧尼形象差異最大。原因是明代僧尼形象的低落，帶給一般世人惡劣的印象。所以《精忠記》第十四齣〈說偈〉丑便道：「百姓們早間見了和尚，便叫厭物來了。」可見，一般人對僧人的印象不圭。明代僧人湛然圓澄曾在《慨古錄》中記載：

> 或爲打劫事露而爲僧者；或牢獄脫逃而爲僧者；或悖逆父母而爲僧者，或妻子鬥氣而爲僧者；或爲負債無還而爲僧者；或衣食所窘而爲僧者；或要爲僧而夭戴髮者；或夫爲僧而妻戴髮者，謂之雙脩；或夫妻皆削髮，而共住庵廟，稱爲住持者；或男女路遇而同住者。以至奸盜詐僞，技藝百工，皆有僧在焉！如此之輩，既不經於學問，則禮義廉恥皆不之顧，唯於人前裝假善知識、說大妄語，或言我已成佛，或言我知過去未來，反指學問之師謂是口頭三昧，杜撰謂是眞實脩行，哄誘男女，致生他事。〔註13〕

明代僧尼的來源不純，出家的動機不良，佛門淨地被污染，廟宇佛寺反成罪惡淵藪，奸盜詐僞，亂搞男女關係，都是明代僧侶寫下的社會實錄，當然被普遍的反映在劇本之中了。如《二胥記》第二十齣〈投菴〉：

> 【女冠子】（丑扮尼姑）：**湘廟在湘江上，看神女定作隻生楺，偏我孤寒，相無處裡去尋和尚，尼僧，尼僧作怪成精，和尚光光鑽入裩襠，偏我光頭，淫水橫流。**

曲詞即披露了僧尼不正常的關係。《靈寶刀》第三十五齣〈團圓旌獎〉中，尼姑是妓女出身，出家之後，六根不淨，表裡不一致，嘴裡唸佛，心裡頭卻胡思亂想，還亂搞男女關係。《鴛鴦絛》中淨丑廣謀、廣智飾演的僧侶，更爲典型。二人白天唸經，晚上花天酒地，遇見過往旅客，就搖身一變，成了下藥洗刮錢財的迷魂盜，洗劫過後，還一不做二不休殺人了事。和尙的身分是掩人耳目的障眼法，佛寺更成了賊人的庇護所。就連北宋有名的佛印禪師，到了明傳奇來，也身受其害，在《金蓮記》成了一個穢言穢語，吃女人豆腐的和尙，禪師佛印在明傳奇中形象況且如此，更遑提在傳奇劇本中處處可見的花和尙、俏尼姑了。

〔註13〕圓澄：《慨古錄》《大藏新纂卍續藏經》（台北：白馬精舍印經會，出版年不詳）第六十五冊，頁369～370。

二、貪官污吏

由於題材內容的緣故，南戲之中對貪官污吏的嘲諷及批判還不多見，但到了明傳奇作家的筆下，題材常以時事爲對象，所以極盡嘲諷之能事，其中又以對貪官污吏的諷刺最深刻。何以貪官污吏成爲最常見的丑腳人物呢？這就要從明代的宦風說起。官場盛行貪賄，一直是中國歷代政治的通病，到了明代，貪風更加熾盛，顧炎武以爲有兩個因素，其一，是官俸太薄。

> 今日貪取之風所以膠固於人心而不可去者，以俸給之薄而無以贍其家也。……今之制，祿不過唐人之什二三，彼無以自贍，焉得而不取諸民乎？〔註 14〕

其二是刑罰太輕：

> 于文定謂本朝姑息之政甚於宋世，敗軍之將可以不死，贓吏巨萬僅得罷官，而小小刑名反有凝脂之密，是輕重胥失之矣。蓋自永樂時，贓吏謫令戍邊，宣德中改爲運磚納米贖罪，浸至於寬，而不復究前朝之法也。嗚呼，法不立，誅不必，而欲爲吏者之毋貪，不可得也。而其所謂大臣者皆刀筆筐篋之徒，毛舉細故，以當天下之務，吏治何由而善哉？〔註 15〕

顧炎武以爲對於唐宋之際的貪官都是判死刑，特宥者則是流放，到了明代刑罰漸寬，從謫令戍邊，到運磚納米來贖罪。寬鬆的法律和微薄的官俸結合在一起，讓明代官場「禮義淪亡，盜竊竟作，苟爲後義而先利，不奪不饜」〔註 16〕貪婪和無恥之風彌漫，加上官吏素質差，其「誅求刻剝，猥迹萬狀，至優諢之言，多以令長爲笑。」〔註 17〕所以在明傳奇中直接將畸型的宦風，寫入了劇本之中，如《三祝記》第三十三齣：

> （從人）：老爹，你做官不肯清廉，犯法專圖僥倖，只怕你驛馬星不曾入官，官待星先來照會。（小丑）：我兒你不知，尅減是我的本心，欺瞞是我的舊性，做了二十年當該，已曾打的屁股鐵硬，拼著遠戍邊方，任搶倉糧，盜得乾淨。

打屁股已打得鐵硬，也已習慣了，出事最多也是充軍，反正性命尚保，留得

〔註 14〕顧炎武：《原抄顧亭林日知錄》（台北：文史哲出版社，1979 年）卷十六「俸祿」條，頁 344。

〔註 15〕同註 14，卷十七「除貪」條，頁 394。

〔註 16〕同註 14，卷十六「言利之臣」條，頁 344。

〔註 17〕同註 14，卷十三「知縣」條，頁 268。

青山在，不怕沒柴燒。正如顧炎武所言，刑罰太輕，貪贓舞弊頂多充軍，讓官吏們有恃無恐，也讓下層官吏紛紛起而效尤。又《回春記》第四折〈貪污傳心〉：

（丑粉臉上）：自家吳縣書手戚恩一是也，小子只是愛錢鈔，那管良心與天道，若還上司來刷卷，一家打得雞兒叫，莫要咲待咱，道做官人的個個都要，做百姓的個個怕敲，做皂隸的，錢兒是血，做外郎的酒兒也妙，只因官府要咱通手，吾於其中得些訣竅，也曾瞞天過海，也撞木鍾見効，官人要些銀子，定要向俺求教，薄薄攢些家私出門，騎馬坐轎，誰知兩個兒子嫖賭，三個媳婦欠妙！

一個小小書手因爲職務之便，在文書之中做手腳，透過瞞天過海的欺瞞，便養活一家子，便足以想像。書手之上的官吏們，又是如何伸出黑手，任意刮取了。傳奇作家們透過丑腳，揭露這些腐朽又可憎的對象，進而達到切中時弊，抨擊社會，以警醒世人，在嘲弄丑腳之餘，不免也發洩心中的憤懣與悲痛。

三、特殊性格的人物

這一類人物可以說是南戲所無，而由明傳奇新發展出來的丑腳類型，但明傳奇也並非憑空創造，元雜劇創作淨的經驗，也給予不少啓發，這類性格化的人物，多半具有強烈的個人色彩，並以其特殊的行事風格，讓人留下深刻的印象，大約又可分爲兩類：

（一）敵將奸臣

自明代前期傳奇《五倫記》開始，丑腳就有飾演敵將的例子，《雙忠記》中丑腳飾演撇喇虎，《精忠記》丑腳飾演万俟卨、胡朮、哈迷赤，《浣沙記》更以丑腳飾演伯嚭，到了張鳳翼的劇作，丑腳飾演敵將奸臣的情形更多，《虎符記》丑扮陳理、郜興，《竊符記》丑扮朱亥、《灌園記》中丑扮淖齒，《祝髮記》中丑扮侯景。萬曆中葉之後，這種現象依然存在，《種玉記》中丑扮渾邪王、《三祝記》中丑飾演趙天昊，以帝王之尊的形象出現，更是將性格化的丑腳推向最高峰，若飾演奸臣的話，則丑腳還有詼諧風趣的說白與可笑的科介，但敵將則無，以丑腳飾演這類的人物，代表忠奸不共存，漢賊不兩立，並且顯現出唾棄奸臣賊子，醜化敵人的褒貶義。明末以後，丑行除了續任性格猥鄙的奸相權臣外，敵軍叛將的腳色大都由淨行來取代。

（二）性格化的正面英雄

正面性格英雄大概可自《千金記》看起，丑腳飾演將軍樊噲、謀士程不識，《雙忠記》丑飾雷海青，這些例子極少見，其後的劇作便很少使用。到了萬曆中葉之後，才又有《金蓮記》中以丑扮演改邪歸正的鮑不平，《八義記》中丑扮靈輙、鉏霓，《水滸記》中丑腳扮劉唐，何以丑腳飾演性格化的正面英雄？可能因正色不足，需以丑腳相替，另一個原因則是這些人物在性格上都有缺憾，如樊噲莽撞，雷海青出身低，鮑不平曾為海賊有損志節，靈輙迂腐、鉏霓優柔寡斷、劉唐魯莽衝動，特以丑腳人物以為褒貶。不過，明末之後，丑腳幾乎不再飾演這類的人物，而漸漸被淨行所囊括。

第三節　舞台呈現及演出特色

表演技藝隨著藝人們的舞台實踐與日俱新，明傳奇的盛行證見了傳統戲曲蓬勃風光的時刻，舞台上技藝的增進也就可想而知。以宋元南戲與明傳奇做對照，丑腳在舞台上的呈現，豐富多彩不遑多讓。首先是虛擬的舞台動作，表現在更為豐富的科介說明之中，而由於文人執筆及劇本題材的關係，生旦在唱詞、賓白、科介的使用越來越雅化、精緻化，民間小戲的痕跡，漸漸消失。不過自萬曆中葉之後，作者們開始在劇中加入民間小曲、雜技歌舞的表演，使得這種民間小戲在日益雅化的明傳奇之中，以另一種面貌及形式出現。另外以人物作為砌末的現象，則隨著時代的演進，在明傳奇之中變得少見。以下分成幾個要點來說明傳奇中丑腳在舞台的呈現。

一、丑腳妝扮

南宋灌圃耐得翁《都城紀勝・瓦舍眾伎》：「忠奸者雕正貌，奸邪者與之醜貌，蓋亦寓褒貶於市俗之眼戲也。」〔註 18〕人物造型原則被元明清戲曲藝術所繼承，並且溶入了戲曲腳色行當之中。劇場中塗面化妝之始，不知始於何時，不過《淮南子・修務訓》：「籧篨戚施，雖粉白黛黑，弗能為美者，嫫母仳倠也。」高注：「籧篨：偃也；戚施：僂也，皆醜貌；嫫母、仳倠：古之

〔註 18〕耐得翁：《都城紀勝》王雲五主編《四庫全書》珍本第九集（台北：商務書局，1979 年）「瓦舍眾伎」條。

醜女。」，〔註 19〕董每戡以為後世戲劇中的丑角就是繼承了這個傳統，言談舉動滑稽外，還要臉上塗些白堊，以示狀貌醜陋。到了宋雜劇、金院本中塗面化妝有了進一步的發展，其本上也是以白粉塗臉的粉墨化妝，元雜劇的化妝也是如此，〔註 20〕到了南戲明傳奇的丑腳，以油墨塗臉的習慣，依舊不變。外表的長相和才情及忠奸本無關連，但在戲曲舞台上，常以扮相的美醜來分辨忠奸善惡。明傳奇中，才子佳人有美貌，奸險醜惡者醜形醜狀，似已成為人物描繪的特徵。所以《綠牡丹》第二十齣〈辨贗〉：

> （小丑笑介）：那兩個人都叫他做六五六尺上工，分明一隻笛曲兒，想是他的綽號，人物又醜陋得緊。（小旦）：只要才學罷了，那在人物？（小丑）：小姐，人物是極要緊的。自古宋玉窺墻，潘安擲果，那見有才的沒有貌來？

有才華不必然等同容貌光鮮，但戲劇之中習慣將才學與容貌做等同，甚而以容貌揶揄古人，所以使洛陽紙貴的才子左思，因其貌醜，在《金雀記》中竟以丑腳亮相，並穢言穢言，大談葷笑話。〔註 21〕

《南詞敘錄》中以為：「丑，以墨粉面，其形甚醜，今省文作丑。」〔註 22〕又李開先在《詞謔》有黃鶯兒三曲，其中〈題副淨〉：「粉嘴又鬍腮，墨和硃臉上排，戲衫加上香羅帶。破蘆席慢躧，皮爬掌緊擺，磕爪不離天靈蓋。打歪歪，

〔註 19〕劉安著、高誘注《淮南子》《新編諸子集成》（台北：世界書局，1974 年）第七冊，卷十九，頁 336。

〔註 20〕根據河南偃師出土的宋雜劇畫像磚和山西侯馬出土的金院本彩俑，可以了解當時基本的化妝形式。宋雜劇畫像磚拓本五個人物有三個是素面，只略施粉墨以描眉畫眼，另外二個人物即副淨和副末，則是花面。金院本彩俑中左起第一人，畫了兩個白眼圈，並用墨在臉的中央位置畫了一個蝴蝶圖案，右起第一人則以白粉在臉上塗了一大塊，並在腦門、臉頰、嘴角都畫墨，以誇張的線條和圖案來達到滑稽調笑的效果。另外，山西趙城廣勝寺明應王殿內「大行散樂忠都秀在此作場」的壁畫可看到元雜劇演出的面貌，十個人之中，只有二個人是塗粉墨，前排左二，後排左三的演員，以粗黑的眉毛，在眼部刷白粉來強調眼部的化妝，其餘的演員都是素面，頂多戴個假髯，由此可知雜劇的化妝，基本上也是承繼宋金雜劇而來的。

〔註 21〕《金雀記》第十齣〈守貞〉：

（丑）：自家左太沖是也。……（淨）：我們年少風流，此是青樓道路，今來梳籠成婚，請他上牀脫褲。（淨）：我的掛斗粟而不垂。（丑）：我的形如剝兔，只恐你姐姐喫虧，帶了這太醫調護。

〔註 22〕徐渭：《南詞敘錄》《中國古典戲曲論著集成》（北京：中國戲劇出版社 1982 年一版四刷）第十輯，頁 14。

攙科撒諢，笑口一齊開。」〔註23〕徐渭、李開先所描繪的丑腳，〔註24〕可能是當時舞台上的丑腳造型，是以「粉」、「墨」、「硃」勾勒的花臉，〔註25〕而明傳奇中的丑腳造型，也個個醜模醜樣。如：

《精忠記》第十八齣〈嚴刑〉：

（生）：我是統兵都元帥，怎麼跪你這樣鬼嘴。（丑）：你是統兵都元帥，我是耍戲官，請聖旨過來。

以丑腳的樣子爲「鬼嘴」。《三元記》第二十七齣〈應試〉：

（丑）這個秀才好醜陋。（淨）：學生的外貌雖陋，內才充足。（丑）：也罷，就把你外貌出一對與你對罷。麻而鬚，好以羊肚石倒栽蒲草。（淨）：學生也把大人尊容來對，歪脣白眼，猶如海螺杯斜嵌珍珠。

淨腳「麻而鬚」，丑腳「歪脣白眼」都是模樣醜陋。丑腳歪脣白眼，可見脣是誇大畫的，眼睛以白墨刷白。《金雀記》第十齣〈守貞〉也有相同的對白：

（丑）：他道我歪脣缺嘴，如海螺盃斜嵌珍珠。（淨）：他道我麻面鬍鬚，如羊肚石倒栽蒲草。

又《玉環記》中第四齣〈考試諸儒〉：

（丑）：不是三江水，怎養得這許多魚龍？（末）：好一位文墨老爺！（丑）：不信看我臉上都是墨。

《浣紗記》第三十九齣〈行成〉：

（丑上）：伯嚭參見主公，有何分付？（淨）：你這個花臉小人，油嘴老賊。

《綵毫記》第二十三齣〈海青死節〉：

（淨忙）：文武百官在此朝見，皇后怎好出來，你看花班班的面孔，像甚麼模樣？（丑）：我正要文武百官俱在此，告訴一場，這臊奴未做皇帝時……

〈紅蕖記〉第五齣：

（內云）：看你這嘴臉，誰愛你哩。（小丑）：雖然花嘴花臉，也是熬

〔註23〕李開先：《詞謔》《中國古典戲曲論著集成》（北京：中國戲劇出版社，1982年一版四刷）第三輯，頁282。

〔註24〕李開先描述的雖爲副淨，其實淨行與丑行的扮相相去無幾。見下節淨丑關係的說明。

〔註25〕《曇花記》第十四齣〈奸相造謀〉有（淨扮盧杞藍面上），在塗面顏色的應用，應該更爲豐富才是。

油生菜，如今年長多鬚，沒箇帽兒得戴，算該暴露天庭。

丑腳是花嘴花臉的醜八怪，除了鬍鬚多，打扮得也很奇怪。

（末揖科）：小哥，你打扮得古怪。（小丑）：你這人好沒道理，怎麼犯我的諱。〔註 26〕

以上是丑腳醜形醜樣的造形，所以《雙烈記》第三齣〈引狎〉丑腳直道：「看了我這嘴臉，那個不惡心翻胃呀！」以上是臉上的化妝，至於打扮上，依著人物做不同程度的變化，如《浣紗記》第十七齣〈效顰〉：

（丑扮東施做大肚上）……（淨）：你且聽我説，東施妹子好誇嘴，眉嘴間也有個塊壘，你道像些甚麼來，倒像閻羅王殿前增塑的山鬼。

《玉環記》第五齣〈玉簫嘆懷〉：

（丑）姐姐，春兒生得奇哉，模樣眼絆嘴歪，除卻金剛帽子，脱卻石人草鞋，三年接得個孤老，昨宵會合，今日分開。（貼）：春兒怎麼這等情懷？（丑）：姐姐，怪那子弟不得，看了我這般嘴臉，怎麼打動他的情懷？

《雙金榜》第三齣〈繡幡〉：

（丑）：娘打扮得好，你櫻桃過雨還風韻，只是奴家因你喚得忙，粉還搭不透，胭脂又擦得淡淡的，花也戴少了些，不好看像。（副淨）：也搭得勾了，滿頭花插得撲撲滿，怎麼説少。你花插丫頭滿面嬌。

這些醜丫頭胭脂塗得滿臉，頭上插滿花，是女丑的妝扮，其他的腳色，則依據其身分地位，而有不同的妝扮：

帝王：《三祝記》第十一齣〈倡亂〉（丑扮趙元昊金幞頭蟒衣玉帶）

官吏：《義烈記》第三齣〈附權〉（丑扮曹侍中冠帶從人執酒捧幣隨上）

武將：《水滸記》第五齣〈發難〉（丑扮劉唐赤髮虬髯便服上）

《天書記》第十六齣（丑戎裝引嘍囉上）

文官：《天書記》第十九齣（丑內官蟒龍玉帶從人導上）

平民：《三祝記》第三十一齣（淨丑晉巾青衣）

其他：《春燈謎》第二十四齣〈膚卜〉（丑扮喇嘛，紅毡衣、手執鈴錘上）

《金蓮記》第二十七齣〈焚券〉（丑扮鮑不平攜眾戎服上）鮑扮海賊。

基本上，丑腳的服飾是配合身分的，雖是花臉，但衣服穿著齊整。所以《嬌紅記》第四十四齣〈演喜〉丑腳便唱道：「臉上花花衣飾齊，人人道我風流婿。」

〔註 26〕小丑名爲古怪，用打扮的古怪來諧音。

表示其臉雖醜，但衣飾說來大致整齊。丑腳不管其身分地位，大致上都是以花臉示人，穿著打扮則和其他的腳色相同。〔註 27〕

二、丑腳科介

南戲丑腳的任務主要在插科打諢，內容也如同民間小戲一般，以誇張的動作，逗笑的言語，博取觀眾的歡心，在劇本之中，常見科介的描寫，讓觀眾「瞧見了」丑腳誇大的動作與身段。到了明代傳奇，丑腳的任務除了插科打諢外，被賦予更多的職能，而且劇作家創作劇本重在意旨的呈現，於是科介的說明反而少了，插科打諢常由演員在舞台上自由發揮，劇作家只作簡單的說明，但隨著明傳奇的發展，劇作家越來越重視舞台呈現的效果。大概從萬曆中葉之後，劇作家開始把插科打諢當作是整部劇作的有機部分，演員在舞台上的一科一介，都被計算在內，科介的說明，就越來越細膩。

以《偷甲記》第十五齣〈偷甲〉爲例，對丑腳科介的描寫，可說是細膩之至，丑的身段表演，隱然在文字中呈現。整齣戲敘述：時遷趁夜而走，由於心虛，連忙左右觀看（作左右探望諢介）、一看眼下無人，小心翼翼地不發出太大聲響（作輕身行諢介）、接著打更的人打了更鼓，不想沒預期的打更聲，讓心虛的時遷嚇了一跳（內打一更，丑作驚諢介），正想掩入徐家，一個不當心，門閂卻發出了如鈴的聲音，（作推門響，驚諢介），徐家裡頭的人被驚動了（內吆喝介，丑諢介），丑裝成小廝應付過了，接著越過牆垣，進到第一重門（作扒牆介）（落介）。此時已是三更天，更鼓的響聲，讓門內有了動靜，丑慌忙答應（丑慌諢介），一折騰已是四更天，時候不早了，再不早點行動，怕要天亮了，趕緊推門進入（作推門介），這推門的聲音，卻把女主人給驚動了，時遷急中生智假裝是老鼠，避過了危險（丑作鼠聲介），順利矇騙過關，

〔註 27〕但顯然在實際舞台上，卻不如此，如李漁就批評：

記予幼時觀場，凡遇秀才赴考，及謁見當塗貴人，所衣之服，皆青素圓領，未有著藍衫者。三十年來始見此服，近則藍衫與青衫並用，即以別君子小人，凡以正生小生及外末腳色而爲君子者，照舊衣青圓領，惟以淨丑腳色而爲小人者，則著藍衫，此例始於何人，殊不可解。夫青衿，朝廷之名器也，以賢愚而論，則爲聖人之徒者，始得衣之；以貴賤而論，則備縉紳之選者，始得衣之。名宦大賢，盡于此出，何所見而爲小人之服，必使淨丑衣之？此戲場惡習所當首革者也，或仍照舊例，止用青衫而不設藍衫，若照新例，則君子小人互用，萬勿獨歸花面而令士子蒙羞也。同註 1「演習部」〈脫套第五〉頁 108～109。

時遷竊喜在心（喜介）。總算到了置放雁翎甲的所在（作進房輕唱諢介），東摸西找（作四圍尋甲介），跳上屋梁，此時屋內傳來些許動靜，原來裡頭的人鼾聲大作（聽介），豎起耳朵聽著的時遷一不小心撞到了頭（作撞頭諢介），從屋樑上跌下（作上高跌介），這下不僅頭撞得流血，連腰也跌得痛疼。時候不早了，已經打了五更鼓了，雞叫了，爲怕爽約，趕緊衝到城門，將得手的雁翎甲交給湯隆、白勝。一路跑跑撞撞，差點壞了好事。（丑背負甲箱跑上，撞倒雜介下）已出城門，這下行動終於可以確保無虞，難掩興奮之情放聲地叫湯隆和白勝二人（叫介），一轉念怕又出事，事跡敗露，趕緊收口（輕叫介），最後順利把贓物交到湯、白二人手中完成任務。這一連串的行動，配合時遷的曲詞、道白，再加上精彩有加的科介，我們看到了躡手躡腳的時遷、動作敏捷的時遷、差點失手的時遷、急中生智的時遷、糊塗粗心的時遷、得意忘形的時遷，這一連串的行動高潮迭起，有緊張又有諧趣，觀眾的神經也跟著時遷的或繃緊或放鬆，到最後時遷自剖「我從來做賊，不甚心虛，爲何今日這等害怕？（介）：是了，是了，一向自在慣了，不覺手生了。」就在這樣幽默詼諧的道白之中，結束了偷甲的任務，觀劇人也鬆了一口氣。又如《綠牡丹》第十八齣〈簾試〉，講淨丑聯合作弊鬼鬼祟祟可笑的樣子。《夢磊記》第十七折〈中途換轎〉新娘被換成泥菩薩的生動描寫：

> （淨）：新人不肯下轎，不難，做新郎的只得自家去抱一抱。（丑）：這個當得。（作入轎抱介）：舅翁，怎麼小姐這等重得緊？（眾）：千金小姐，自然重的。（丑）：舅翁，做你不著，來幫一幫。（淨）：這個使得，我就幫你來，來，這怎麼說？（淨同丑做抱下轎，立不定放坐介，做揭蓋袱見泥神各驚介，丑）：舅翁，這是什麼東西？（淨作呆介，丑）：舅翁，這是什麼東西？（淨作呆介）：這個我不曉得，怎麼有這等奇怪的事？（丑）：唉！

馮夢龍對這段戲的評價是：「關目新甚，令當場絕倒」〔註28〕丑腳用不正當的手段迎娶新娘，沒想到轎子中途被換走，娶了一個泥菩薩，劇情的安排十分有趣，再加上淨丑傻楞楞的搬泥菩薩的科介動作，更是笑料百出。以上的幾個例子，都可見曲子、對白，科介相互配合，產生逼眞的舞台形象，劇作家心中已有個舞台，在劇本即勾勒其間的形象，因此，科介的說明既寫實又逼

〔註28〕馮夢龍：《墨憨齋重定夢磊記傳奇》《馮夢龍全集》（上海：上海古籍出版社，1993年）第十二冊，頁754。

眞。

三、丑腳曲白

在南戲的劇本中，丑腳獨唱的曲子很少，就算是獨唱也都以粗曲爲主，【縷縷金】、【普賢歌】、【趙皮鞋】、【光光乍】、【字字雙】、【吳小四】、【水底魚兒】、【窣地錦襠】等曲牌，是最常用來演唱的曲牌，隨著明傳奇中丑腳身分地位的改變、崑山腔的盛行、〔註29〕北曲曲牌廣泛應用在傳奇之中，加上腳色人物唱工的重視，淨丑演唱的曲數增加了，獨唱時，也演唱細曲，這種趨勢淨早於丑，丑腳大概要在萬曆中葉之後，格外明顯，一折戲演唱三、四首曲子的現象已見怪不怪，更有一折戲演唱七、八首曲子。重視淨丑唱工的結果，無形中也創造了後代淨丑主演折子戲的條件。

在說白上，南戲產生自民間，自然以民間語言爲主，而丑腳素來便以演出中下階層的小人物爲多，語言本色更不足爲怪。到了明傳奇之後，文人涉足傳奇，傳奇中的曲詞、賓白產生了質變，以四六駢雅的形式，曲詞雅緻爲其特徵，明代前期漸露其緒，到了嘉隆時期達到最高峰，甚至連飾演丫頭、長工的腳色都文謅謅，怪異的現象，堪稱一絕：

> 蓋傳奇初時本自教坊供應，此外止有上臺抅㒋，故曲白皆不爲深奧。其間用詼諧曰「俏語」，其妙出奇拗曰「俊語」。自成一家言，謂之「本色」，使上而御前、下而愚民，取其一聽而無不了然快意。今之曲既鬬靡，而白亦兢富。甚至尋常問答，亦不虛發閒語，必求排偶工切。是必廣記類書之山人、精熟策段之舉子，然後可以觀優戲，豈其然哉？又可笑者：花面丫頭，長腳髯奴，無不命詞博奧，子史淹通，何彼時比屋皆康成之婢、方回之奴也？總來不解本色二字之義，故流弊至此耳。〔註30〕

到了萬曆之後，則文詞派、本色派並陳，又有同一劇中駢雅、本色參雜俱現的怪異現象，顯現了作家知易行難的矛盾心態。其後，慢慢發展出以身分作判準，而不僅以行當作判別，混亂的現象，漸漸有了標準可依。而在賓白使

〔註29〕吳江潘耒的《南北音論》說：「律呂之道，僅存於度曲，今歙盛行於天下，而爲其譜者皆吳人，吳人之審音固其精也。」

〔註30〕凌濛初：《譚曲雜劄》《中國古典戲曲論著集成》（北京：中國戲劇出版社，1982年一版四刷）第四輯，頁259。

用的腔調上，丑腳似有吳語化的傾向，丑腳使用地方性的語彙，早從宋南戲中的《張協狀元》看出，《張協狀元》參雜了很多地方性的俗語和詞彙。到了《五倫記》，賓白的使用更加自由，連蒙古語也出現在劇本的賓白之中，其後的傳奇作品《鳴鳳記》則使用了慈谿地方的語言及蘇州話。越到了後來，語言的使用更加自由化，蠻邦的語言、外來語、喇嘛誦經語，全都出現在傳奇的劇本當中，甚至沈璟《四異記》淨丑都以蘇語來寫作。到了晚明，淨丑使用吳語更加普遍，甚至出現舞台上的演出，淨丑盡用吳語。這種現象使得明末清初的劇作家李漁深感不妥，在《閒情偶寄》中大加抨擊。李漁認為傳奇並非為吳越地人所設，應當用通用的語言，達到人人皆曉的境地。然而實際上淨丑講方言，非但不因李漁的主張而消弭，反而大盛。但這是舞台的實況，不代表劇本的創作也是如此。至於傳奇劇本淨丑全以吳語應對，可自《全明傳奇》中的《翠屏山》看起，但因今日所見的《翠屏山》為清初的刻本，應該是明末清初經過藝人加工的演出本，非沈自晉原始的版本，所以明傳奇的劇作家在創作淨丑付時，有沒有追隨舞台實際的演出，直接讓淨丑付盡皆使用吳語，答案恐怕是否定的。

四、科諢的方式

淨丑的插科打諢在戲曲之中，自成一系統，是以娛樂觀眾為第一選項，所以有屬於自己的邏輯系統。淨丑插科打諢的欣賞對象不是文士，而是一般的世俗大眾，如能達到雅俗共賞的地步，便是最好不過的。自宋南戲以來，觀眾在面對淨丑的表演時，也能區分的清楚，也因此，淨丑肆意混亂現實的現象，也才能夠經歷這麼久的一段歷史。

《文心雕・諧讔篇》中「諧之言皆也，辭淺會俗，皆悅笑也。」〔註 31〕恰可用來做為插科打諢的註解，插科打諢正是透過詼諧幽默、淺近通俗的話語達到引人開心發笑的目的。而好的插科打諢，則還要兼顧時機，最重要的是不露痕跡，恰到好處。「若略涉安排勉強，使人肌上生粟，不如安靜過去。」〔註 32〕

如果做得造作矯揉，還不如不要，安靜過去。李漁也以為插諢最重要的

〔註 31〕劉勰著、周振甫譯注《文心雕龍譯注》（台北：五南書局，1997 年初版二刷），頁 180。

〔註 32〕同註 3。

是自然：

> 科諢雖不可少，然非有意爲之。如必欲於某折之中，插入某科諢一段，或預設某科諢一段，插入某折之中，則是覓妓追歡，尋人賣笑，其爲笑也不真，其爲樂也，亦甚苦矣。妙在水到渠成，天機自露，我本無心說笑話，誰知笑話逼人來。〔註33〕

但插科打諢要讓觀眾覺得非有意爲之，而能達到渾然天成的境界，實在是一件極難爲的事情。所謂知易行難，對劇作家而言，劇本中的腳色，上至貴族文士，下至販夫走卒，以一人之筆，幻化各種不同的人生腳色，本就是件難事，其中淨丑的賓白更是難上加難。

> 淨丑曲文已倍難已生旦，而其賓白，則可謂難之又難。此所以淨丑曲白工之者少也。雖然，淨丑曲白，不作則已，作則勿畏其難，務求其肖。〔註34〕

作家要把握恰如其分的分寸，其實不容易。由於，淨丑插科打諢的賓白難作，所以作者就慣於以套用、襲用前人賓白的模式來敷衍了事。明代傳奇插科打諢最爲人詬病的地方，便是橋段相似，缺乏創新。李漁對這種現象厭惡的批評道：

> 插科打諢處，陋習更多，革之者不勝革，且見過即忘，不能悉記。略舉數則而已，如兩人相毆，一勝一敗，有人來勸，必被毆者走脫，而誤打勸解之人，《連環・擲戟》之董卓是也。主人偷香竊玉，館童吃醋拈酸，尋新不如守舊，說畢必以臀相向，如《玉簪》之進安，《西廂》之琴童是也。〔註35〕

除了李漁所批評的現象之外，丑腳出現的時機，也常常是有著同樣模式的打諢情節。諸如大將點軍，一定會來幾個本事全無的小軍插花；告官之際，也要穿插幾個告狀者胡謅一頓；媒婆、醜丫頭上場總不免誇耀自己的「美色」；內官、驛丞進場，不忘用大篇幅的賦體長篇舖敘景物；僧侶尼姑上場，多半自曝五根不淨；僮僕隨侍，經常炫耀與主人間不正常的性關係；算命先生卜卦，難免東拉西扯、胡言亂道；醫士看診，藥方亂開、矇混了事；僕役師爺個個愛財，苛刻人民無所不用其極。丑腳人物形象被窄化，插科打諢制式化，

〔註33〕同註1，「詞曲部」〈科諢第五〉，頁59。
〔註34〕同註8。
〔註35〕同註1，「演習部」〈脫套第五〉，頁112。

正是明傳奇劇本中丑腳被人詬病之處。

（一）承襲南戲的插科打諢方式

在明代傳奇插科打諢的手法，基本上是延續南戲而來，試舉以下諸例做爲說明：

1、相互扑擊

以相互扑擊的手段逗樂觀眾。如：《金印記》第七齣〈季子推命〉爲了搶主顧，起了衝突，撕打成一團。又《精忠記》第五齣〈爭裁〉：

> 【撲頭錢】（淨）：我怪你搶人主顧。（丑）：我怪你絕人道路。（淨）：我見你偷人段疋。（丑）：我見你賴人細布。（末）：且停嗔，休發怒。（淨）：踢殺你賤裁老賊。（丑）：打殺你貴裁老驢。（末）：這官差沒甚的，何須兩邊狠毒。（淨丑）：你忒煞欺負人，人欺負，大家拚死赴冥途。

貴裁與賤裁爲了淨主顧，演出全武行。《義俠記》第二十六齣〈再創〉：

> （丑脫衣上與淨對打介）
>
> 【二煞】（丑）：我是母夜叉，慣喫人，你是假門神，只謊鬼。打你個無端調戲良人配，打你個豪強占盡他人產。打你個狐媚公然假虎威，打你個衝齋會。（淨輸介，丑）：今日我與民除害，功德難及（淨跪介）【一煞】告娘行發善心，告娘行容懺悔，娘行持齋作福修行輩。（丑）：老娘打死了你這賊就是作福了。（淨亂跪揖介，丑趕打介，淨）：從今不敢來喧嚷，自往他鄉去寄食。（丑）：你若說謊便怎麼？（淨跪介）敢說那牙疼誓，他時遇見，打我如泥。

孫二娘與蔣門神打成一團。

2、俗　諺

利用俗諺來打諢，如《宵光記》第十七齣〈更計〉：

> （丑）：前日你許了我六十兩銀子，替你去行事，後來你賴了我二十兩，就說道你不用心，殺差了人，竟不知人便殺差，刀卻是眞的，自然定此人抵命，你這樣人，風過便沒浪，事辦就無情，什麼好人。

淨丑本是一夥，又爲了金錢擺不平。丑腳責備淨腳。「風過便沒浪，事辦就無情。」有兔死狗烹，船過了無痕的意味。又《易鞋記》第十二齣〈憶女〉：

> （丑）：寧做太平犬，莫作離亂人，俺便是白老爹船家，蒙他分付，

等胡人去後，依舊登舟而行，且喜今日平安，不免前到官亭，迎接相公家眷，一齊上船便了。

「寧做太平犬，莫作離亂人。」這是戰亂時候人民的無奈。《雙珠記》第十一齣〈遇淫持正〉、第十四齣〈協謀誣訟〉各有：

（丑）：王娘子，買乾魚放生，不知死活，你今日抗拒，我明日擺佈你。

（丑）：一字入公門，九牛拔不出。

《邯鄲記》第二十二齣〈備苦〉：

（丑）：虎來了，和哥哥前路等人去。誰知虎狼外，更有狼心人。

《運甓記》第二十五齣〈紨衣被賊〉：

（丑）：兄弟，不要說起，特來求救於孫將軍。（小丑）：爲何？（丑）兄弟，俗諺說個，錢會說話，米會擺鐸，若無兩樣，便做一丟。今日非別，只爲賭錢輸極了，特來投你，要尋些買賣翻本。

以上都是用日常生活中所見的俗諺，放入賓白之中，加強說明，或產生警世的效果。

3、諧　音

意即利用諧音來製造趣味，如《千金記》第十齣〈投闖〉：

（生上介）：長官。（丑）：是翦柳的。（生）：我特來投軍的。（丑）：纔扎起營，就來偷軍？（生）：投軍的。（丑）：頭巾到店中去買。

「投軍」諧成頭巾。又《紅拂記》第六齣〈英豪羈旅〉：

（丑）：敢是官人要看書麼？（生）：不是，要候見越公。（丑）：若官人往月宮裡，去千萬帶了我。作成我看看桫欏樹，與那搗藥的兔子。（生）：不是，是老司空。（丑）：若尋老師公，須在庵院寺觀裡去，如何到我民家來？（生）：我自要見楊司空老爺。你也不消絮煩閑說，只與我房兒便了。

「越公」諧月宮、「老司空」諧老師公。《明珠記》第十九齣〈宮怨〉：

（淨）：兀自口強哩，我且問你的老公是甚麼官？（老）：是尚書。（淨）：可知哩，元來你老公賭錢長輸，老婆女兒也輸與人丁，怎學我的丈夫，十遍賭九遍贏。（旦）：呸，是朝廷大臣，户部尚書。（丑）：正是糊塗長輸，若不糊塗，早是贏了。

將「戶部尚書」諧成「糊塗長輸」製造笑料。又《雙魚記》第四齣〈秣馬〉：

（末）：劉官人與石官人，同往大名府，去僱你挑行李。（丑）：這等說，一擔要十擔的價錢。(末)：爲何？(丑)：你說要擡石觀音哩。……

(丑)：大叔，行李是我挑，路程是你行。(末)：怎麼說？(丑)：你叫做邢成，難道倒不會行程。(末)：又來打諢。

「石官人」諧成石觀音。「邢成」諧成行程。這些都是利用諧音製造誤會的趣味。又如《嬌紅記》第十八齣〈密約〉：

(丑)：我和你悄悄打聽，看後來怎麼，促他個鵝兒。促他個鵝兒。

借鵝兒作鴨，又以鴨諧狹。

4、歇後語

利用歇後語來打諢，如《明珠記》第二十六齣〈橋會〉：

(丑)：你方才唱了許多曲子，小人也唱個山歌與你聽。(生)：怎的唱？(淨)：耳聽車子無回音，眼看嬌娘無處尋。(淨丑合)：灰挼豬尿脬，乾淘氣，法製麥門冬，空費心。

《錦箋記》第四齣〈訪姨〉

(淨見介)：雄雞生蛋，公子，公子。

第十五齣〈進香〉：

(抄介外)：常先生不要如此，你們大娘在這裡。(丑轉介)：呀，梔子抹屁股，黃孔，黃孔。果然是我渾家，換了妝飾，一時不認得了。

《琴心記》第十齣〈夜亡成都〉：

(貼)：我與小姐行不動了，要你馱去。(生)：教我一箇怎馱兩人，教青囊替了罷。(貼)：不去，不去。(丑)：待我來，待我來，正是和尚偷婦人，樂駝，樂駝。

《墜釵記》第十三齣〈僕偵〉：

(丑)：不要嘴硬，自然要搜。(生)：你去搜來。(丑)：我怕你哩。不搜？(生)：他此時不要來便好。(丑)：噲，是我在此，走出來。壞了，燒了湯，走了狗了。

5、反　語

利用反語來打諢，如《櫻桃夢》第二十七齣〈惡誚〉：

(末)：俺相公自宣武軍徵拜兵部尚書剛剛一月，觸忤中貴適宦遐方，屢屢左遷，這也是俺相公命運。(丑上)：只道再無前日，誰知又有今朝，可恨盧尚書家盧義這廝，十分無狀，到他家騙些酒食，便冷言相嘲，向別處借點名頭，又多方說破，如今降了，不是尚書了，且待我搶白他一場。（末見科）（丑）：恭禧，恭禧，你相公陞了。（末）：哎，你也來這等輕薄。（丑）：街坊上搖來擺去，今日也是大叔，明日也是大叔，如今把這大叔且折，折匾放在箱兒裡兩年著。（末）：我平日何曾使勢，今日怎便笑我失勢來。（丑）：你不曾使勢，騎了一匹馬，好不施爲來！

末腳的主人失勢了，故意講反話來譏諷嘲笑一番。又《貞文記》第十六齣〈謀奪〉：

（小生）：老師爲甚來得恁遲，著我等得好不耐煩哩！（丑）：我到他家說親唱戲吃酒，自然要費這些工夫。（小生）：他家筵席，可齊整麼？（丑）：他家筵席，擺的有龍肝鳳髓，猩唇熊掌，鱉裙鯉尾，駞峰豹胎，件件齊整。（小生）：我白龍縣，那有這些物件，唱的甚麼戲？（丑）：唱的是伯喈西廂，金印荊釵，白兔拜月，牡丹嬌紅，色色完全。（小生）：怎麼做得許多，敢是唱些雜劇。（丑）：後來還唱一本靜棚記。（小生）：怎麼叫做靜棚記？（丑嘆介）：大爺你道怎麼叫做靜棚記，我到他家，茶也不見半杯，酒也不見半點，連你令岳影也不見半個，單被一個老蒼頭，狗弟子孩兒著寔（實）搶白了一場。

分明講反話，言不由衷。又《珍珠記》第四齣〈施財〉：

（淨、丑云）：員外，非是我每不朝來，爭奈你沒有臉嘴見我。（外笑云）：是你沒有嘴臉見我。

淨丑剛好說了反話，明明是淨丑沒有臉見人，還說別人沒有臉嘴見人。

6、游離劇情

利用天外飛來一筆，超乎邏輯的方式來進行插科打諢。如《二胥記》第二十八齣〈王晤〉丑腳莫名其妙的陪著哭。《彩舟記》第十八齣〈發伏〉：

（小生對丑）：丫頭，去艙裡搜來。（丑應虛下）（手拽生髮上）（丑）：老爺請息怒，只這一個人，此外再無了。

在小姐的船艙中找到一個陌生人，是天大地大的新聞，丑扮傻丫頭竟然安慰的說，只找到一個人，此外再無了。又《玉環記》第十四齣〈韋皋延賓〉：

（外打虎介，生）：這虎是誰打死的？（外）：是小弟打死的。（生）：你打在那裡？就死了？（外）：被小弟一拳打在脇脊上就死了。（丑）：是小弟打死的。（末）：打在那裡？（丑）：打在他口裡，拿住他舌頭，就惡心死了。

丑腳無厘頭的瞎說，令人捧腹。《牡丹亭》第四十七齣〈圍釋〉：

（淨作惱介）：哎喲，俺有萬夫不當之勇，何懼南朝！（丑）：你眞是個楚霸王，不到烏江不止。（淨）：胡說！便作俺做楚霸王，要你做虞美人，定不把趙康王佔了你去。（丑）：罷，你也做楚霸王不成，奴家的虞美人也做不成。換了題目做。（淨）：什麼題目？（丑）：范蠡載西施。（淨）：五湖在那裏？——去作海賊便了。

二人已經準備投降，卻又來東拉西扯出一段無厘頭的插科打諢。

7、荒謬誇張

利用荒謬誇張的方式進行打諢，如《雙烈記》第四齣〈推詳〉：

（小生）：敢問先生高姓？（丑）：小子姓開，只因我精通命理，開口便靈，人呼我爲開口靈，小子便是。（生）：如何見你靈處？（丑）：官人聽我道來，我算那說言說語，必定是口，拿東西，必定是手，臂膊底下是骨肘，腿生兩腳定會走，麻面歪嘴必定醜，我算那白鬍子終些是老叟，注腰上釦兒知是鈕，蓮蓬的根兒定是藕，筵席上釃的知是酒，量米的東西我算他是個斗，房子倒塌必定有些兒朽，樓梯難上必定有些兒陡。我算那重陽節必定是九月九，咬人的汪汪必定是你這狗。（小生）：呀，這先生使口傷人。（丑）：休開口，咬人的狗不露齒。

《橘浦記》第八齣〈拯溺〉也有二個卜卦先生盡講些大家已知的事，不然就是歷史上發生過的事胡謅一場，自以爲神通，眞是荒謬至極。又如《玉簪記》第十四齣〈幽情〉：

（丑）：相公，前日有一位相公比你略老些兒，也來與我師父請話，想是調戲我的師父，你我師父夾臉噀了八百八十八口啐氣，抹乾十七八碗殘唾去了，你休得又蹈前轍，你惹我，我到不打緊，隨即奉承。（旦）：休得胡說，快進去。

誇大其來詞以表現趣味。又新《量江記》第二十九折〈謀拒王師〉：

（淨）：且問二位，可會飲酒？（小淨）：賤量不高，諢名喚做吸一罈。（丑）：賤量更小，也有箇諢名，叫做嗑百碗。（淨）：看尊號起來，都是大量。

也是誇大其詞。

8、順口溜、打油詩

利用順口溜、打油詩的方式來插科打諢。如《五倫記》第九齣〈爲國求賢〉：

（外）：別書讀不得，好歹，讀得個本經。（丑）：有本經，三字經。

（外）：打這廝出去。（丑）：我只說三字經，便要打，若說百中經，豈不打我一百。三場文章人爭去，六國饅頭我吃來。

「三場文章人爭去，六國饅頭我喫來」，以趣味的順口溜誇大其詞。又《焚香記》第十九齣〈羨德〉：

（外）：這婆子一訕亂道。成不成，我這裡不用你了。叫左右，與我著實打上四十，趕出去。（打介。諢介）快趕出！（丑走介）：其麼來頭？那些個滿頭花，一場辣麵；拖地錦，四十皮鞭。（丑下）

另《曇花記》第十六齣〈讎邪設謗〉：

（丑扮孟豕韋，外扮關眞君，丑上）：念我心非毒，讎人眼自憎，生來點白玉，死去做青蠅。

《錦箋記》第十六齣〈閱錄〉：

（丑持書上）：我做家人絕妙，挑灰担糞不要，殘羹汁水亂餔，捧著書兒閒跳（擺介，淨）：狗油，小姐在高處擺舍子。

都是以有趣的打油詩，做爲其上場詩、上場的曲文。

除了以上插科打諢的方式外，另如絆嘴、〔註36〕幽默、〔註37〕裝聾，〔註38〕也常出現於劇本之中。基本上到了明傳奇，丑腳的插科打諢方式，並沒有太大

〔註36〕《鮫綃記》第六齣〈渡江〉：

（丑）：王大哥你來了，（淨）：張大哥，我今日人來與你打平火。（丑）：你把什麼與我打平火。（淨）：我麼滿滿的一担柴在那里。（丑）：你那打柴如甕中捉鱉，值什麼緊？（淨）：你那打魚有什麼難？（丑）：我這打魚的步步踏寶，網網撈水，況我今日又魚又撈下，酒又沽下，火又有在船里，你那柴較配我不上。（淨）：你便有火在船里，若沒有的柴，你那魚和酒怎得熱，你只好看吃不得。（丑）：有了火怕不熟！（淨）：你有了火，沒有我的柴，有什麼用？（丑）：你那柴，沒有我的火，有什麼赶？（淨）：還是柴要緊。（丑）：還是火要緊。（淨）：嘮叨。（丑）：瑣碎。（淨）：古滯。（淨）：擂堆。（淨）：也不消爭得，你我不過是村夫俗子，那里曉得薪火之理，須尋個讀書人問他知明白。

〔註37〕《四喜記》第二十四齣〈冰壺重會〉：

（丑）：子野兄，我與你閒論一論，你有雲破月來花弄影之句，信是奇才，子京有紅杏枝頭春色鬧之句，亦是作家，公序詩全無奇特，爲何連中三元？（淨）：他有陰騭。（丑）：有何陰騭？（淨）：他曾編竹橋渡蟻。（丑）：說那裡話，編竹橋渡蟻，就中了三元，若是造石橋渡了牛，倒中十元。

〔註38〕《玉簪記》第六齣〈假宿〉：

（外）：香公，你多少年紀了？（淨作聾科，外）：多少年紀？（淨）：我八十三歲。（外）：在此幾多年？（淨）：在此三十餘年。

的不同。只是同中亦有異，小異源於文人參與創作傳奇所帶人的文人氣。因文人的創作，常會不自覺的帶入書卷氣，而使舖敘唸白的內容更加駢儷，賓白好用典故、好引用古籍；除此，明傳奇也受到時風的影響，喜用葷笑話，不管是文詞派或者本色派的作者，以葷笑話做爲插科打諢的內容比比皆是，這二大變異是明代傳奇插科打諢的特色。首先對文士們造成的文人作風作些探討。

（二）傳奇打諢的特色

1、好用典故，引用古籍

戲曲創作的觀賞者除了文士之外，還包括了不識字的市井小民，及未經世事的孺子，所以曲詞賓白理應力求淺顯，尤其忌諱掉書袋堆垛學問。因此李漁主張：

> 傳奇不比文章，文章做與讀書人看，故不怪其深。戲文做與讀書人與不讀書人同看，又與不讀書之婦人小兒同看，故貴淺不貴深。〔註39〕

但在明傳奇裡頭時而看到作家以創作文章的心態來寫劇本，若是曲詞以寫作詩詞的態度來寫，至少在賓白方面可以力求淺顯，但在明傳奇中常見丑腳插科打諢的內容都不免來一段文章，不是掉書袋，就是引用古籍，像是堆垛學問一般。以《曇花記》第十九齣〈遊戲傳書〉爲例，其中不僅形式駢雅，內容還用了諸多的典故。

> （丑扮遊戲神繡襖上）：小子生來伶俐，性情有些狡獪，輕鬆舌似絲綿，細滑身如油膩。少年場裡馳名，歌舞行中得意，慣能射覆藏鉤，又會折（拆）白道字，謳歌讓我祖師，蹴踘尊我把勢。也只對景逢場，不用陰謀設計。金銀到手不貪，花柳幫閒少睡。何常學問秀才，到底風流子弟。上帝説道此人佻健無甚大罪。酆都地獄虧他，蓬島仙鄉難去，特敕六部諸曹，署我半天遊戲。愈加好耍好頑，落得無拘無制。那問往北來東，頃刻上天下地。銀河偷覷天孫，蟾宮調弄月姐。曾陪方朔偷桃，又看麻姑擲米。太白無賴老兒，偷拐嫦娥侍婢。被我窣地拿姦，雙雙磕頭下跪。昨到東海遨遊，龍王留我一醉。戲將鼉鼓打穿，又把珊瑚擊碎。揶揄分水夜叉，稱贊織綃娘子。蝦將嫌他長鬚，鼈吏嘲他短尾。大王怪我無知龍女笑我有趣。也曾爬上天門，九關虎豹猛厲。銀瓜武士狼形，金甲將軍粗氣。被我兩語

〔註39〕同註1，詞曲部〈詞采第二〉，頁2。

三言，大笑絕倒無地，撞遇上帝弄臣，小可受他罵詈。

這一段至少用了「酆都」、「蓬島」、「天孫」、「蟾宮」「東方朔偷桃」、「麻姑」、「嫦娥」等諸多典故。又如《繡襦記》第二齣〈正學求君〉，書僮來興也是出口成章。

（外）：我且問你，大相公一向在學中，勤惰何如？（丑）：大相公一向奮志雲程鶚薦，埋頭雪案螢窗，手不釋卷，口不絕吟，筆落驚風雨，詩成泣鬼神，文章光焰，度量汪洋。

來興用了「雪案螢窗」的典故，並引用杜甫的詩句「筆落驚風雨，詩成泣鬼神」同一齣：

（外）：這三家村是個小去處，怎麼有好人，不可去請他。（丑）：老爹，十室之邑，必有忠信之人，三家之村，豈無文德之士焉？

「十室之邑，必有忠信」即是出自《論語》〈公治長篇〉「十室之邑，必有忠信如丘者焉，不如丘之好學也。」〔註40〕之典。又《鮫綃記》第六齣〈渡江〉：

（丑）：相公尊軀怎麼這樣重？（淨）：相公是千金之軀。（丑）：只怕小船不堪重載。（淨）：重倒弗要緊，只怕你的船有些偏。（丑）：這個不妨，君子居之，何陋之有。

船家亦是引經據典。到了明末《西園記》也不減其風。第十一齣：

（淨丑）：《論語》上說得好，可以作巫醫，不占而已矣，〔註41〕大叔只是不占了。

引用了《論語・子路篇》的例子。用典用事的例子，在明傳奇中可說不勝枚舉。除了訴諸權威，引用典故來插科打諢外，明傳奇插科打諢的例子，也常以曲解古籍來逗樂觀眾。如《三元記》第二十六齣〈講學〉：

（丑）：我看他不識文理，解差了，學生講與先生聽，德行顏淵閔子騫冉伯牛仲弓，言語宰我子貢，政事冉有季路，文學子游子夏。（末）：你念是這等念，你且解與我聽。（丑）：德行顏是一個人的姓名，那德行顏淵那閔子騫去冉伯家裡一隻牛，仲弓言語宰我，是那仲弓去說與宰我知道，子貢政事，那宰我不信，子貢證說道實是他牽去了，那冉有季路聞得這樁事，學子游的兒子說知道，夏，果然還是他牽去了，這等講。（末）：這畜生，都是胡說。

〔註40〕《論語》〈公治長第五〉。

〔註41〕子曰：南人有言曰：「人而無恒，不可以作巫醫。」善夫，「不恒其德，或承之羞。」子曰：不占而已矣。

將孔門七十弟子的名字做一番曲解，以爲取笑。《彩舟記》第三齣〈報政〉。

把「羔豚不餙價，男女別于途」另作曲解。又《天書記》第二十五齣〈計匿〉：

（淨扮貧男，丑扮貧婦爭上）（淨）：我是官人，該先進。（丑）：你雖是官人，還該讓寡人。（鬧介）（外）：是甚人爭鬧（末跪）：是官人與寡人爭鬧。（外）：快令進來。（末傳命）（淨丑隨入跪介）（外）：這般貧子，怎麼叫做官人。（淨）：老爺，豈不聞老而無妻曰鰥。……（外問丑）：你怎麼自稱寡人？（丑）：老爺，豈不聞老而無夫曰寡。

將「鰥寡」之意別作解釋。《女丈夫》第十七折〈擲家圖國〉：

（小淨）：俺家三郎拳頭重，略有些不是，一拳便打個倒栽蔥。而今換了這個官人，不知拳頭輕重如何，請先打一拳試試。（末）：怎的討打。（小淨）：《孟子》上說：權然後知輕重。（丑）：看那娘子嘴上抹油瓶，也不是好惹的。娘子，我若有非禮的勾當，饒我打，只把手中拂子一拂罷！（末）：這怎麼說？（末）：孔夫子有言：非禮拂動。

將《論語》《孟子》的句子按己意扭曲。

引用古籍、曲解古籍都以四書爲多，可能與明代科舉以四書爲科目，四書乃是士子們最熟悉的書籍，以這些倒背如流的文章做爲打諢的內容，容易收到共鳴的效果。

2、好用文字遊戲

在插科打諢中，也常出現文人們的文字遊戲，如行酒令。行酒令是古代宴會中，佐飲助興的遊戲。推一人爲令官，其餘的人聽其號令，輪流說詩詞或做其他遊戲，違令或輸的人飲酒。如《易鞋記》第二十六齣〈騙飲〉：

（淨）：兄弟且慢，大家不要飲這啞酒，說箇酒令。（丑）：如此卻好，把甚麼子爲題。（淨）：纔周店家說我兩箇皮毛二字輕賤之物，不免各人就把自家名字賤中有貴，說一箇酒令。（丑）：如此就請牛皮哥哥說起。（淨）：天下至賤是牛皮，鞔成一面樵樓皷，五更三點一聲雷，驚動滿朝文共武，可不是賤中有貴？（丑）：臨到我說了，天下至賤是羊毛，札成一管文峰筆，寫來錦綉好文章，中了狀元居第一，可不是賤中有貴。

而這種行酒令的形式，不一定在佐飲，只要有雅興時，都可推一個人當令官，行行令，如《金蓮記》第四齣〈郊遇〉：

（黃笑介）：禪師前敢道光字耶？（佛）：這也何妨。（章）：禪師既然不罪我，我要個上頭光。（黃）：削髮除煩惱，卻不是上頭光。（章）：我要個下頭光。（黃）：江邊赤腳僧，卻不是下頭光。（章）：我要個中間光。（黃）：裸體坐松風，卻不是中間光。（章）：我要個光打光。（黃）：諢不過三。

也常使用於打諢的時候，製造趣味的橋段。也有使用嵌字的方式來進行，如《邯鄲記》第十三齣〈望幸〉。

行酒令的形式也運用在長篇舖敘，近似相聲的段子中。如《玉玦記》第三齣〈博弈〉：

（末）：且說喫的。（丑）：包鼈膾鯉，嘉肴大具，熊掌雞　，猩脣燕髀，每食三萬般，猶云無下筯。（末）：好好，只怕你食而不知其味。（丑）：那裡得到口，每日街坊上遇著尚食監，賜飯與大官人家，打我身邊過，被我一嗅，都打從鼻子裡去，其實聞而知之。（末）：又道是風來餅裡香，穿的如何？（丑）：雉襦狐白，具文蛟梭，冰蠶獨繭，羔羊五紽，縞袂宜紈素，輕衫厭綺羅。（末）：好好，只怕你服之無斁。（丑）：那裡得上身，我的兄弟是個裁縫匠，每日出去，人家做了些綾羅錦繡，家來說長說短，都被我聽了，卻像是我的一般，這是耳熱於紈。（末）：又道如聞裂繒聲，用的如何？（丑）：大具南金，驪珠璞玉，玄龜象齒，朽貫府粟，鐘乳三千兩，胡椒八百斛。（末）好好，只怕你富不仁。（丑）：那裡得入手，我家對門開典庫的，但見了的便家來與妻兒說，至今還說不盡，這是開口見錢。

又《明珠記》第二十三齣〈巡陵〉，淨末丑三人眾口相聲，使用的便是近似行酒令的形式。《量江記》第二十四齣〈督造〉更是極至。將唐詩中有「船」的詩，放入了打諢的內容中。

（丑）：你說你是文官，把唐詩記兩句兒，就來降我，我便把唐人船字詩，盤你一盤。（淨）：悉憑。（丑）：我要個大船。（淨）：韋元旦詩云：中流簫鼓振樓船。（丑）：我要個小船。（淨）：杜工部詩云：城隅進小船。（丑）：我要個高船。（淨）：張喬詩云：春江樹杪船。（丑）：我要長船。（淨）：杜子美詩云：百丈內江船。（丑）：我要極精緻的船。（淨）：韓翃詩云：青絲纜引木蘭船。（丑）：我要極堅固的船。（淨）：杜牧詩云：徐孺亭前鐵軸船。（丑）：我要極多的船。（淨）：杜少陵詩云：清秋萬估船。(丑)：我要極少的船。(淨)：譚用之詩云：數莖紅蓼一漁船。(丑)：我要上水船。(淨)：竇常詩云：雲際離離上峽船。(丑)：我要下水船。(淨)：柳子厚詩云：楚人皆處下江船。(丑)：我要遠處船。(淨)：杜子美詩云：西江萬里船。(丑)：我要近處船。(淨)：杜拾遺詩云：佳人滿近船。(丑)：我要輕載船。(淨)：司空曙詩云：紅葉滿江船。(丑)：我要重載船。(淨)：杜子美詩云：連檣並米船。(丑)：我要獨住的船。(淨)：李頻詩云：留人獨上洞庭船。(丑)：我要婦人住的船。(淨)：杜詩云：青娥皓齒在樓船。(丑)：我要住家的船。(淨)：杜牧之詩云：雞犬圖書共一船。(丑)：我要暫住的船。(淨)：杜少陵詩云：東西卻渡船。(丑)：我要久住的船。(淨)：陸龜蒙詩云：三年閒上鄂君船。(丑)：我要不去的船。(淨)：杜甫詩云：依沙宿舸船。(丑)：我要不來的船。(淨)：杜少陵詩云：蝦菜忘歸范蠡船。(丑)：我要日裡的船。(淨)：韋莊詩云：落霞紅襯賈人船。(丑)：我要夜裡的船。(淨)：張繼詩云：夜半鐘聲到客船。(丑)：我要熱天的船。(淨)：司空曙詩云：楓陰楚客船。(丑)：我要冷天的船。(淨)：杜少陵詩云：兼懷雪中船。(丑)：我要使順風的船。(淨)：李白詩云：南風欲進船。(丑)：我要逆天的船。(淨)：李頻詩云：春江浪起船。(丑)：我要橫走的船。(淨)：趙嘏詩云：楊柳風橫笛弄船。(丑)：我要不見了的船。(淨)：許渾詩云：水暗蘆花失釣船。(丑)：我要海裡去的船。(淨)：李太白詩云：還浮入海船。(丑)：我要破船。(淨)：鄭巢詩云：秋萍滿敗船。(丑)：我要將翻的船。(淨)：柳宗元詩云：颶風偏驚旅客船。(丑)：我要翻了的船。(淨)：杜工部詩云：翻卻釣魚船。(丑)：我要翻了又起，起了又翻的船。(淨)：諢不過三，那有許多？(丑)：畢竟是我盤倒了

這雖然是文人賣弄才華的文字遊戲，但在索引工具不是那麼發達的時代中，要從卷帙浩繁的《全唐詩》中找到這麼多包含「船」的詩句，工夫不可謂不大。除了打油詩之外，連猜謎也放入了打諢的內容之中。如《五倫記》第十三齣〈感天明目〉一個廚下阿媽使用古籍和旦腳玩起猜謎語的遊戲。

(旦)：五般案酒有了未有？(丑)：有了。(旦)：你說我听。(丑)：一樣是鳴而起，一樣是川其舍，一樣是爾愛其，一樣是其兄生，一樣是我所欲。(旦)：你調文，我不曉得。(丑笑)：你枉做狀元的娘

子，論語、孟子云裡說話，你也曉不得了。(旦)：你解我听。(丑)：鳴而起是雞。(旦)：孟子云：雞鳴而起也。胡謅得是。(丑)：川其舍是豬。(旦)：論語云：山川其舍諸。豬同音。(丑)：爾愛其是羊。(旦)：論語云：爾愛其羊。也謅得是。(丑)：其兄生是鵝。(旦)：孟子曰：有饋其兄，生鵝者。也謅得是。(丑)：我所欲是魚。(旦)：孟子曰：魚，我所欲也。阿媽你調這文說得深了。(丑笑)：我是狀元家的老阿媽，這些書豈不會掉。

丑腳這般咬文嚼字連旦腳也忍不住抱怨「阿媽你調這文說得深了。」只見丑笑著回答「我是狀元家的老阿媽，這些書豈不會掉。」廚下阿媽以「耳濡目染」作爲調文的理由，不禁令人想起《鳴鳳記》第八齣〈仙遊祈夢〉那個愛調文的船家，也是用「浙江文獻之地，蝦蟆也是會讀子曰的，不要說我是詩禮船家了。」做爲藉口的，接著這位廚下的阿媽，不僅問酒菜以文謅謅的典故來應對，連果蔬也要以打謎的方式來插科打諢一番。另外像《嬌紅記》第十八齣〈密約〉：

(丑)：正是，小姐一向害的是木邊之目，心上之田，如今做的提燈就火了。(貼)：怎麼說？(丑笑介)：著手了。

木邊之目，指「相」；心上之田，指「思」，指相思。丑腳取笑小姐害的是相思病，不明說，還特地用字謎賣個關子。

早在宋元南戲時期，長篇舖敘的賦體，即已常見，內容都是以四六駢體，咏物敘景，有時以堆砌名物來舖敘，如藥名、馬名、菜名，而在明傳奇中，則依然有這些四六駢儷的賦體來歌詠景物，也會堆砌名物，惟明傳奇的作者，似乎特別偏好用曲牌舖敘。如《精忠記》第十三齣〈兆夢〉淨丑連用七十幾個曲牌，《鳴鳳記》第八齣《仙游祈夢》旦腳用了幾十個曲牌名祈福、第三十九齣〈林公理冤〉丑腳香柳娘，用了一連串的曲牌體，舖敘爲其狀詞。又《琴心記》第三齣〈文君新寡〉：

(丑)：山茶姐，我和你打掃已完了，倘那女娘公子到來，你卻奉承那一個？(淨)：我喜那似娘兒鬬百花，只見滿宮花、滿路花、一庭花、後庭花、錦上花、雨中花、一枝花、一叢花、金錢花、木蘭花、蝶戀花、解語花。花開多少懷春女，難道山茶不惜春？(丑)：好好，你春興發作了。(淨)：休取笑，你卻奉承那一箇？(丑)：我喜那醉公子惜餘春，只見錦堂春、漢宮春、月宮春、鳳樓春、玉樓春、武陵春、絳都春、沁園春、寒垣春、燕臺春、上林春。春來多少貪花漢，難道玉蘭不是花？（淨）：好好，我的春興發作，你的花心也動了。（內作鴉鳴介，丑淨驚介）

滿宮花、滿路花、一庭花、後庭花、錦上花、雨中花、一枝花、一叢花、金錢花、木蘭花、蝶戀花、解語花、惜餘春，只見錦堂春、漢宮春、月宮春、鳳樓春、玉樓春、武陵春、絳都春、沁園春、寒垣春、燕臺春、上林春都是詞牌的名字。

3、世俗化的插科打諢

在插科打諢雅化的同時，丑腳插科打諢的內容有另一個趨向即是世俗化，最顯著的特徵即是好用葷笑話。〔註 42〕中國的葷笑話，根據盧怡蓉的研究：「笑話書記載的葷笑話，目前可見最早出現於宋代《笑海叢珠》、《笑苑千金》二書，之後在明、清笑話書中才又出現。宋代笑話書葷笑話記錄很少，明代時大幅增加，清代葷笑話的記錄又比明代多。」〔註 43〕明代葷笑話的流行，根據汪志勇在《古代笑話的社會性》一文中的分析：〔註 44〕

第一，是民間文學的特點。男女情愛是民間文學最愛寫的題材，自宋之後的民間文學，諸宮調，話本小說，散曲，民歌，笑話，都逐漸增加了色慾的描寫。

第二，是對道學的反動。告子所謂「食、色，性也」，乃人倫之常，自宋代理學興，主張「滅人欲，存天理」把性看成是污穢的，要嚴守男女之防，壓抑太甚，春宮畫與色情小說卻大行其道，完全是針對道學的反動。

第三，是明代中葉之後，上自帝王荒淫好色，達官貴人以致庶民百姓，無不瀰漫這種貪淫好色的風氣，社會風氣如此，也帶動了葷笑話的流行。這種葷笑話的風氣使得明代的情色小說大行其道，如《金瓶梅》、《玉嬌麗》、《浪史》、《繡榻野史》、《濃情快史》、《昭陽趣史》、《肉蒲團》、《株林野史》等，

〔註 42〕萬曆本《金瓶梅詞話》第二十一回，王姑子要說笑話，潘金蓮便說：「俺每只好葷笑話，素的休要打發出來。」後來嫌她講得不好又說：「這個笑話不好，俺耳朵內不好聽素，只好聽葷的。」蘭陵笑笑生：《金瓶梅詞話》（九龍：香港太平書局，1982 年初版，1988 年六刷），頁 564～565。

〔註 43〕盧怡蓉：《中國古代葷笑話研究：以笑話書爲範疇》（清華大學：中語所碩士論文，1996 年）摘要。

〔註 44〕汪志勇：《談俗說戲》（台北：文史哲 1991 年 1 月）〈古代笑話的社會性〉頁 199～200。

連戲曲的作品也沾染了這種習氣。〔註45〕

另外羅麗容更將科諢中的葷笑話，歸於民間俗曲流行的影響。明代俗曲的流行為僵化的散曲找到新的出路，但內容中卻不乏有纖佻淫靡之作，〔註46〕這些作品大膽赤裸地描寫男女性事，所以也間接地影響到了明代科諢的內容。〔註47〕而明傳奇劇本中的葷笑話，按照分類有：

（1）對性器官調謔

如《投梭記》第十四齣〈出關〉：

（稍救介，淨丑）：稍水哥，一竟扶過船來。（稍救過船介）：打發小船去罷。（淨）：與你青蚨二十。（稍）：一個白虎番身，一個金蟬脫殼，雖然近得青蚨二十，也落得大姐奶兒一摸。

又如《玉環記》第十四齣〈韋皋延賓〉：

（丑）：小子自來生得饞，寅時喫酒喫到西，牙齒疼把來挫一挫，肚子脹將來扭一扭，充飢喫了三斗米飯，點心喫了一大缸酒，虧了此人未得酬，來世做隻看家狗，若有賊來掘地洞，把他陰囊咬一口。（末）：怎麼咬他陰囊？（丑）：見我的狗意，大哥拜揖。

（2）對性行為的描寫

如《懷香記》第十七齣〈赴約驚回〉：

〔註45〕其實這種葷笑話的賓白，不僅在傳奇中出現，在雜劇中也見到，如元末明初楊景賢創作的《西遊記》在〈尋女還裴〉一齣中，孫行者穿上裴小姐的衣服，坐在床帳中。八戒入閨房，上前一摸，不由得驚詫道：「呀，好粗腿。」悟空應聲唱道：「你想像赴高唐，我雲雨夢襄王，咱正是細棍逢粗棍，長槍對短槍。」〈女王逼配〉一齣中的尾聲，孫行者的賓白煞是粗鄙，行者云：「師父聽行者告訴一遍，小行被一箇婆娘按倒，凡心卻待起。不想頭上金箍兒緊將起來，渾身上下骨節疼痛，疼出幾般兒蔬菜名來，頭疼得髮蓬如韮菜，面色青似蓼芽，汗一似醬透的茄子，雞巴一似醃軟的黃瓜，他見我恰似燒蔥，恰甫能忍住了胡麻，他放了我，我上了火馬脊梁，直走粉墻左側。」曲詞的內容有著露骨的性暗示。

〔註46〕如〈掛枝兒山歌〉

姐兒生得眼睛鮮，鐵匠店無人奴把鉗，隨你後生家性發剛能介硬，經奴爐灶軟如綿。

結識私情沒要像個雨傘能，只圖雲雨弗圖晴，姐道郎呀，你對孔一直插，直掮來肩頭上，兩手撐開水直淋。

〔註47〕羅麗容：〈戲曲科諢之名稱、淵源、承傳及演變再探〉《東吳大學中文學報》第六期，2000年5月，頁217。

（丑）：不要信他，這是賒帳，我們只要現的。（貼）：身邊沒有東西。（丑）：不要你的，要韓官人身邊的。（生）：我也沒有。（丑）：方才你與春英用的。（生）：何物？（丑）：便是腰下這條短棍，也把我兩個弄一弄，快活快活，方便你去哩！

生與旦的好事，被丑和老旦撞見了，丑於是要求也依樣畫葫蘆。又如《珍珠記》第九齣〈較藝〉：

（淨叫云）：玄字號領題。（丑云）請肥肉。（外云）：這秀才語話不清。（丑云）：是福建。（外笑云）：且出一對你對：節屆清明，姑嫂廚下炊米粿，煎煎炒炒！（丑云）：有了，時當半夜，夫妻床上杵糍粑，唧唧嚼嚼。（外云）：太粗了。

內容將床第之私公然揭露，所以外腳直呼「太粗了」。

（3）對男風的描繪

男風亦寫作南風。狎男寵之風，可上溯春秋戰國，所謂龍陽之興、分桃之愛都是君王狎男寵產生的典故，好男色之風到了魏晉而大盛，《世說新語》中多所指涉。宋朝則因重道學，男風稍稍衰止，到了明代男風又復熾，是社會上普遍的風尚，上至帝王下至士人、一般人都有狎變童之風，北京城裡更有小唱，專供縉紳酒席之用。何以明代男風盛行呢？主要原因在明代社會經濟的發展，改變了明初的純樸之風，加上明中葉之後，強調個性解放，思想解放的文化思潮蔚爲流行，在社會經濟和思想文化變遷的大環境下，被壓抑的情色活動，有了更多伸展的空間。〔註 48〕於是法律上不禁忌男風，而且對妻室而言，男風對家庭倫理帶來的危機較小。明謝肇淛《五雜俎》中指出：「衣冠格於文網，龍陽之禁，寬於狹邪，士庶困於阿堵，斷袖之費，殺於纏頭。河東之吼，每末減於敝軒，桑中之遇，遂難諧於倚玉，此男寵之所以日盛也。」〔註 49〕這說明了三個原因：一是嫖男妓沒有抵觸明代的法律；二是嫖妓必須花較多的錢，並非一般儒生所能承擔；三是男人之間的親密行爲，妻子往往不加追究，有時也無權過問。男風之盛，時而反映於戲曲中的調笑戲謔：如《墜釵記》第十三齣〈僕偵〉：

（生）：可有甚麼搜出來？可惡。（丑）：官人，有也罷，沒也罷，什

〔註 48〕何志宏：《男色興盛與明清的社會文化》（清華大學：歷史所碩士論文，2001 年）頁 51～52。

〔註 49〕謝肇淛：《五雜俎》（台北：偉文出版社，1977 年）卷八，人部四，頁 185。

麼正經。我是取笑，你倒著起忙來。（生）：那個與你取笑？這等放肆。（丑）：不是嗄。今夜誠恐崔官人冷靜，特來與你相伴。（生）：那個冷靜，那個要你相伴？扯淡。（丑）：非但相伴，還有粗臀奉獻。（生）：咄？什麼規矩。還不走出去？（丑）：官人，可食的，不要見外。竟是這等就來。（生）：蠢才，羞也不羞。（作踢介，丑）：阿喲這一腳，屎也有在裡。（生）：狗才，這樣可惡。（丑）：可惜這個後生，此道全然不曉。

從丑腳「可惜這個後生，此道全然不曉。」可知當時男風已普遍流行。又《南西廂》第四齣〈應舉登途〉也有相同的內容。

（丑上）：琴童生得清標，每日街上擺擺搖搖。日間跟隨官人出入，夜間與官人撒腰。昨夜與官人同睡，渾身上下把我一澆。我只道葫蘆裡放出的水，官人原來是個老瓢。

《玉簪記》第二十八齣〈設計〉更是粗鄙的直書。

（淨作跪介）：老天，今日去請陳妙常得來，烏豬白羊拜謝。（丑暗上云）：我幫一隻鴨。（淨）：啐！你這小使，專會綽嘴。（丑）：若得爹爹討了陳道姑，省得終朝插我。（淨）：你休得胡說，快跟我到女貞觀去。

《灑雪堂傳奇》第二十八折〈書館傷離〉：

（丑應上）：六橋生得伶俐，頗有龍陽之意，頭髮自小不生，髫鬚長來又剃，日間老爺伏侍，夜間老爺捶背，若還捶到門前，正湊了老爺的寡趣。

對於這些層出不窮的葷笑話，李漁在《閑情偶記》中批評道：

戲文中花面插科，動及淫邪之事，有房中道不出口之話，公然道之戲場者，無論雅人塞耳，正士低頭，惟恐惡聲之污聽，且防男女同觀，共聞褻語，未必不開窺竊之門，鄭聲宜放，正爲此也，不知科諢之設，止爲發笑，人間戲語儘多，何必專談慾事，即談慾事，亦有善戲謔兮，不爲虐兮之法，何必以口代筆，畫出一幅春意圖，始爲善談慾事者哉？〔註 50〕

李漁認爲插科打諢是爲了讓觀眾發笑，那麼以葷笑話來令觀眾發笑，無寧是不妥當的，可以讓人發笑的方法有很多，不必要把那些房中之事，公然在公

〔註 50〕同註 1，「詞曲部」〈科諢第五〉，頁 57。

開場合裡頭，李漁這個說法代表文人的看法，不無道理。但由於劇場中觀戲的大眾居多，以葷笑話逗樂觀眾是最快速的方法，葷笑話讓人們產生突破道德禁忌的快感，卻是事實。時至今日，葷笑話依然充斥在日常生活之中，內容涉及色欲情色的著作，創作者也不乏其人，因爲有市場，容易引起話題。若是站在劇場形成的劇場效果來講，道德的尺度似乎可以放寬一些，如此，才能眞正欣賞淨丑插科打諢之美。明代時風如此，傳奇作品反映了明代人的品味，這些葷笑話只要尺度不太過，內容不要太粗鄙，不妨輕鬆視之。

第四節　淨丑發展的演進

自宋元南戲以迄明傳奇，淨丑一直是劇本裡頭的一對搭檔，或者爲非作歹，或者插科打諢，始終都是焦不離孟，孟不離焦的一組人馬。不過，綜觀明傳奇淨丑的發展，我們也看到了淨重丑輕的現象，除了少數幾個劇本之外，淨的戲分，主導劇情的關鍵性、人物的複雜度都遠較丑爲多，丑腳在明傳奇劇本中的精彩度，遠遜於淨腳。而二者的關係，可從幾個面向來說明：

一、丑與小丑的主從

明傳奇中，丑行分出了，丑及小丑，而丑與小丑的關係如何呢？以下將明傳奇中曾使用丑、小丑二個行當的劇本，大致統計如下：〔註 51〕

劇本	齣數	丑／主要人物	場次	小丑／主要人物	場次	說明
寶劍記	51	傅安、丫頭等	23	李大順（貼丑）	3	貼丑李大順爲過場人物
鮫綃記	30	李成、單慶等	19	解子、胡軍	2	丑較小丑重要
修文記	45	狐狸精、任伯駋等	14	四眼狗、家童	3	狐狸精與四眼狗在第五、八齣同場出現
彩毫記	41	永王、酪酥娘等	16	道童	1	永王位尊，道童爲襯腳
曇花記	54	半天遊戲神、楊再思	9	綽消丸、北幽太子	7	本劇丑與小丑的場次、地位與重要性相提並論
紅蕖記	39	曾婆、攔江虎	21	小童等	18	曾婆與小童的場次與重要性所差無幾
埋劍記	35	李蒙、吳妻	22	輕雲、探子等	21	小丑輕雲的戲份勝過丑

〔註 51〕本表統計的場次，除《鮫綃記》、《博笑記》、《投梭記》外，皆參考許子漢書（台北：台灣大學出版，1999 年），頁 163～167，唯《水滸記》中僅有丑腳，而無小丑，表載誤植爲小丑。

劇本	齣數	丑／主要人物	場次	小丑／主要人物	場次	說 明
義俠記	35	王婆、孫二娘	25	武大郎、鄆哥等	29	小丑飾演人物較丑腳更多，丑與小丑的重要性相提並論
博笑記	28	蒼頭、官吏、快手	18	趕腳人、小哥、官等	21	小丑的場次較多，丑與小丑的重要性相提並論
青衫記	29	老鴇、內臣	14	玲瓏、小富	15	小丑場次雖較丑腳多，但都是屬於陪襯的角色
麒麟罽	36	琨兒、劉正彥	11	？（不知名字）	1	丑較小丑重要
三祝記	33	里老、趙元昊、薛向	15	夏竦、酋長	5	趙元昊、夏竦均是地位尊貴
琴心記	43	青囊、呂監	35	張虎勢	1	小丑戲份與丑無法比擬
題紅記	36	書童、黃愧等	22	媒婆、韓興	11	丑與小丑戲份均不重，書童場次雖8場，但都是襯場
投梭記	31	王導、元鴇子	9	元鴇子	7	丑與小丑混淆
宵光記	29	魏明、番水牛、甯成	15	魏明、甯成	2	上下卷版本不同，丑與小丑飾演人物混淆
望湖亭	36	媒婆、高壽	17	丫鬟、掌禮	21	小丑場次雖多，但都爲陪襯人物
綠牡丹	29	車本高	14	梅香、小鳳	7	小丑的重要性遠遜於丑
療妒羹	31	苗氏	11	醜婢	13	苗氏與醜婢一搭一唱，聯手爲惡

由本表，我們可以發現，從《寶劍記》開始，丑分出了貼丑，之後到了屠隆的劇作，小丑這一行正式分出，但後繼者甚寡，直至沈璟才突顯了小丑的重要性，但直至明末，小丑這一行並不是廣泛於劇中出現。在丑與小丑的地位高低上，除了《療妒羹》的苗氏爲主人，醜婢爲下人之外，幾乎看不出明顯的差距；在角色重要性上，除了沈璟的劇作，偶或有小丑重要性勝於丑腳，有意突顯小丑這一行當外，其餘劇作，丑行都是比較重要的，其間也看到是丑和小丑被混淆使用，如《投梭記》及《宵光記》。也因此，我們或許可以得到一個結論：在明傳奇中的小丑一行，還是一個發展中的行當，無論是角色的重要性和功能性都較丑腳爲少，換句話說，明傳奇中，以丑爲主，小丑爲輔，小丑是丑腳的副腳。

二、淨與丑互相取代

因爲行當屬性相當，所以從明代前期到明末傳奇，淨丑都有混淆的現象發生。淨丑的功能一直很難釐清，明代傳奇這麼漫長的歷史，依然未能將之區分開來。所以《陶庵夢憶》「彭天錫串戲」條，便記載：「天錫多扮丑淨，千古之奸雄佞幸，經天錫之心肝而愈狠，借天錫之面目而愈刁，出天錫之口角而愈險。」〔註52〕可知在劇團中，淨丑也通常是可以互通的。

三、淨丑妝扮雷同

明傳奇中的淨丑妝扮幾無二致，都是醜模醜様，如《紅梅記》第三十二齣：

（中淨）：看這嘴臉兒花斑斑的，果然不稱些。（丑）：你的臉兒可也與俺差不多。

《博笑記》第十七齣：

（小丑）啐，你每要瞞我，我又不是聾來不是瞎，你每還不認得那三個人，花臉花嘴的兩個，叫做老孛相、小火囤，那粧婦人的，叫做小旦兒。

老孛相、小火囤由淨丑所飾演。又《紅蕖記》第二十齣：

（丑）：官人若看老妾上眼就罷了。（淨）：我和你一對花臉不好看。

《情郵記》第三齣〈選豔〉：

（丑）：你倒像戲臺上大淨哩！（淨）：我便像淨，恐怕你也像丑。（丑）：咗，怎麼老爺像丑！（淨）：大家都是花花面。

四、淨丑搭配表演

淨丑常一搭一唱或一主一輔的様態出現於劇本之中，有時是插科打諢如《紅蕖記》第三十一齣：

（淨）：不是我老魏誇口，我家裡赤的是金。（以下丑逐句亦念科）（淨）：白的是銀。（丑科）（淨）：圓是珠。（丑科）（淨）：方的是土。（丑科）（淨）：住的是高堂大廈。（丑科）（淨）：喫的是美味膏梁。（丑科）（淨）：可惜沒有人嫁，我若嫁我時，教他滿頭金玉，遍體綺羅，受用盡翠繞珠圓圍，那憂他米珠薪桂，且不要多說。（舉袖科）：你看，這是甚麼東西？（丑捏云）：魏官人，這是甚麼？（淨）：五十丙細絲仁祖。（丑）：銀子。（淨）：官話叫做仁祖。

有時是連手爲惡，如《博笑記》第四齣：

（淨持棍，小丑持燈上）

【字字雙】（淨）：**我在京師做窮民，光棍。**（小丑）**舖謀設計哄金銀，**

〔註52〕張岱：《陶庵夢憶》（台北：漢京出版社，1984年）卷六，頁52。

> 成囤。（淨）：老虎張牙慣喫人，最狠。（小丑）：哥，如今同去向誰門，先問。

你一搭，我一和，是彼此搭配，互為幫襯的好夥伴。以淨丑相比看二者在劇中的重要性，淨的戲份通常較丑腳為重，偶或有丑腳戲份為重的戲，畢竟為少數，二者在搭配上，也是淨為主，丑為輔，而且通常淨的身分地位較丑為高，如《運甓記》第十八齣〈杜弢定計〉：

> （淨）：吾意欲即日起兵，你的意下如何？（丑）：主帥，嘗聞行兵之道，貴在萬全，方今劉太尉虎視中朝，陶荊州鷹揚內地，祖刺史雄鎮豫章，智謀之士，鱗集江東，倘彼五合六聚，鞠旅陳師。則一隊孤軍，豈堪腹背受敵。

淨飾主帥杜弢，丑飾謀臣王貢。又如《浣紗記》中淨扮吳王，丑扮伯嚭，《虎符記》中淨扮陳友諒，丑扮陳理，《靈寶刀》中淨扮高俅，丑扮高朋，《埋劍記》中淨扮蠻將，丑扮蠻頭目等，在身分上淨都較丑為高。

五、淨丑分化細密

由於劇本人物增多，性格漸趨複雜，所需要的行當人數自然增加，宋南戲的腳色已不敷使用，各個行當紛紛孳乳，淨丑亦然。在明傳奇劇本中，曾經出現的淨的分化，有淨、副淨（付淨或付）、中淨、小淨、貼淨、淨旦，其中，以淨、副淨最常見，貼淨、淨旦只出現在明代前期的劇本《寶劍記》中，丑比較單純，有丑、小丑、貼丑等分化，貼丑只出現在《寶劍記》，所以看來淨的分支似乎較丑為豐富，但實際上副淨、中淨、小淨都可視為淨的分支，三個行當也沒有區分開來。小丑則是丑的副角，還未形成自己的行當特色，也因此，無法與丑腳明顯的劃分開來。

六、淨腳脫離陪襯腳色的發展

明代前期傳奇發展出淨丑新興的人物出來，即是性格化的腳色人物，但是這些人物卻始終以擔任負面腳色居多，大概從萬曆中葉之後，淨腳漸漸有轉向正面腳色的趨勢，如包公、龍王的腳色，其插科打諢的功能漸漸轉向副淨及丑腳，丑腳方面則一直保留插科打諢的功能，負面性格的淨腳一部份轉向副淨的腳色，因而副淨一方面承受了淨腳插科打諢的功能，一方面又擔任部分負面的性格化人物，就成了介於淨丑之間的一個行當。

小　結

丑腳是戲曲舞台上第一個出現在文獻中的角色，但過去在舞台上卻是不起眼的一個角色，儘管它不起眼，但自文獻上我們找到了丑角諸多的貢獻，或者因言犯上，或者取笑逗樂，位小權卑，卻總是引人注意。丑腳也是戲曲舞台上相當受人歡迎的一個角色，不管演的是正面或負面角色，總是帶給人們笑聲與歡樂。丑角的可親，代表了生活的眾生相；丑角的可愛，代表了人生的可愛；丑角的醜，不是眞醜，而是諷諭眞實的現象；丑角的笨，不是眞笨，而是透過自愚而娛人；丑角的可笑，不是眞可笑，可是藉由可笑，帶給人們省思自我。從丑角的形成我們發現因諷刺產生的道德之美，因機智臨場的反應產生的會心一笑，從它的樂觀精神找到了人生旺盛的生命力。它鬆弛緊張的情節帶來娛樂的效果，教人們苦中作樂，及時行樂。

從倡優的即興演出，參軍、蒼鶻的插科打諢，踏謠娘的醜扮、戲謔到了宋元南戲的副淨、副末，再到宋元南戲、明傳奇的丑角有了更爲豐富的內涵，不管是長篇的唸白，舖敘的賦體，丑腳以其伶牙俐齒得到觀眾齊聲的讚歎，幽默的賓白、生動的演出，緊緊抓住觀眾的心。相較於其他的腳色，丑腳被允許擁有靈動的自由揮灑空間，偶而脫出劇情，告訴你戲就是戲，或者巧妙將時事化於戲劇情節之中，或者直率地道出心中事，或者即時加入笑點逗樂取笑，甚至房中不便出口之語，丑腳亦大剌剌的發表。丑腳的鄉音土語，以親切的口吻，道出了人生的智慧與警語。時至今日，明代傳奇對丑腳的創造，我們依然可以在舞台上見到蹤跡，《明珠記》中機智的塞鴻、《浣紗》中卑鄙猥瑣的伯嚭、《鳴鳳記》中寡廉無恥的趙文華、《鮫綃記》中惺惺作態的賈主文、《繡襦記》中忠貞的來興，《義俠記》中五短身材的武大郎、《偷甲記》中妙手盜寶的時遷，《灌園記》中詼諧逗趣的臧兒、《還魂記》中搞笑耍寶的疙童等爲後代的舞台提供了豐富的表演素材。丑腳，這綠葉，這小草，是配角，是甘草人物，從明傳奇到今日的舞台，它從來都不是劇中最重要的腳色，卻一直都是劇中最眞實、最有血有肉的一個。俗云：「無丑不成戲」就代表了丑腳在戲劇舞臺上重要的位置。

附錄：本書引用劇本版本一覽表

宋元南戲		
劇　　名	作　者	引　用　版　本
張協狀元		《永樂大典戲文三種》本
新刻原本王狀元荊釵記	柯丹邱	汲古閣本；舊藏明姑蘇葉氏刻本（影鈔本）
白兔記		汲古閣本；明成化本
新刊重訂出相附釋標註拜月亭記	施惠	汲古閣本；明世德堂刊本
殺狗記	徐㽔	汲古閣刊本
新刊元本蔡伯喈琵琶記	高明	汲古閣本；陸貽典鈔校嘉靖二十七年刊本

明代前期（1465～1523）		
劇　　名	作　者	引　用　版　本
新刊重訂附釋標註出相伍倫全備忠孝記	邱濬	明世德堂刊本
重校金印記	蘇蘇復之	明萬曆間刊本
香囊記	邵璨	汲古閣本《六十種曲》
張巡許遠雙忠記	姚茂良	明富春堂刊本
精忠記	姚茂良	汲古閣刊本《六十種曲》
千金記	沈采	汲古閣本《六十種曲》
三元記定本	沈受先	汲古閣刊本《六十種曲》
斷髮記	李開先	明世德堂刊本
寶劍記	李開先	明嘉靖原刻本
南西廂	李日華	暖紅室刊本
明珠記	陸采	汲古閣刊本《六十種曲》
玉玦記	鄭若庸	汲古閣刊本《六十種曲》

嘉靖至萬曆中葉（1523～1598）		
劇　　名	作　者	引　用　版　本
浣紗記	梁辰魚	汲古閣刊本《六十種曲》
鳴鳳記	王世貞	汲古閣刊本《六十種曲》
繡襦記	薛近兗	汲古閣刊本《六十種曲》
譚友夏批點想當然傳奇	盧柟	明崇禎刊本
紅拂記	張鳳翼	明吳興凌氏校刻本
祝髮記	張鳳翼	明富春堂刊本
灌園記	張鳳翼	明富春堂刊本
竊符記	張鳳翼	繼志齋刻本
虎符記	張鳳翼	明富春堂刊本
易鞋記	沈鯨	明文林閣刊本
鮫綃記	沈鯨	清沈仁甫鈔本
雙珠記	沈鯨	汲古閣刊本《六十種曲》
雙烈記	張四維	汲古閣刊本《六十種曲》
修文記	屠隆	明萬曆刊本
綵毫記	屠隆	明萬曆刊本
曇花記	屠隆	汲古閣刊本《六十種曲》

萬曆中葉至明末（1598～1644）		
劇　　名	作　者	引　用　版　本
重校十無端巧合紅蕖記	沈璟	明繼志齋刊本
重校埋劍記	沈璟	明繼志齋刊本
重校雙魚記	沈璟	明繼志齋刊本
義俠記	沈璟	汲古閣刊本《六十種曲》
桃符記	沈璟	清精鈔本
博笑記	沈璟	明天啓間刊本
青衫記	顧大典	汲古閣刊本《六十種曲》
牡丹亭	湯顯祖	明懷德堂刊本
紫釵記	湯顯祖	汲古閣刊本《六十種曲》
邯鄲記	湯顯祖	汲古閣刊本《六十種曲》
南柯記	湯顯祖	汲古閣刊本《六十種曲》
鸚鵡洲	陳與郊	明萬曆原刊本
櫻桃夢	陳與郊	明海昌陳氏原刻本

麒麟罽	陳與郊	明海昌陳氏原刻本
靈寶刀	陳與郊	明海昌陳氏原刻本
獅吼記	汪廷訥	汲古閣刊本《六十種曲》
投桃記	汪廷訥	明環翠堂原刊本
三祝記	汪廷訥	明環翠堂原刊本
彩舟記	汪廷訥	明環翠堂原刊本
義烈記	汪廷訥	明環翠堂原刊本
天書記	汪廷訥	明環翠堂原刊本
鸞鎞記	葉憲祖	汲古閣刊本《六十種曲》
錦箋記	周履靖	汲古閣刊本《六十種曲》
冬青記	卜世臣	明萬曆間刊本
琴心記	孫柚	汲古閣刊本《六十種曲》
玉簪記	高濂	汲古閣刊本《六十種曲》
春蕪記	王錂	汲古閣刊本《六十種曲》
四喜記	謝讜	汲古閣刊本《六十種曲》
蕉帕記	單本	汲古閣刊本《六十種曲》
金蓮記	陳汝元	汲古閣刊本《六十種曲》
紅梨記	徐復祚	汲古閣刊本《六十種曲》
投梭記	徐復祚	汲古閣刊本《六十種曲》
新刻出相點板宵光記	徐復祚	明唐振吾刻本配飲流齋鈔錄本
八義記	徐元	汲古閣刊本《六十種曲》
王鏡臺記	朱鼎	汲古閣刊本《六十種曲》
新鐫量江記	余翹	明繼志齋刊本
水滸記	許自昌	汲古閣刊本《六十種曲》
橘浦記	許自昌	明萬曆刊本
靈犀佩	許自昌	過錄明天啓查味芹鈔本
節俠記	許自昌	汲古閣刊本《六十種曲》
種玉記	許自昌	汲古閣刊本《六十種曲》
焚香記	王玉峰	汲古閣刊本《六十種曲》
龍膏記	楊珽	汲古閣刊本《六十種曲》
飛丸記	張景	汲古閣刊本《六十種曲》
東郭記	孫鍾齡	汲古閣刊本《六十種曲》
墨憨齋重訂女丈夫傳奇	馮夢龍	明墨憨齋刊本
墨憨齋重訂三會親風流夢傳奇	馮夢龍	明墨憨齋刊本

墨憨齋重訂邯鄲夢傳奇	馮夢龍	明墨憨齋刊本
墨憨齋重訂新灌園傳奇	馮夢龍	明墨憨齋刊本
墨憨齋新訂灑雪堂傳奇	馮夢龍	明墨憨齋刊本
墨憨齋重訂量江記傳奇	馮夢龍	明墨憨齋刊本
墨憨齋訂定萬事足傳奇	馮夢龍	明墨憨齋刊本
墨憨齋重訂雙雄傳奇	馮夢龍	明墨憨齋刊本
二胥記	孟稱舜	影鈔崇禎刊本
貞文記	孟稱舜	明崇禎刊本
嬌紅記	孟稱舜	明崇禎刊本
花筵賺	范文若	明博山堂刊本
夢花酣	范文若	明博山堂刊本
鴛鴦棒	范文若	明博山堂刊本
翠屏山總綱	沈自晉	清雍正鈔本
新刻回春記	朱葵心	明崇禎刊本
鴛鴦縧	路迪	明崇禎刊本
牟尼合	阮大鋮	明刊本
春燈謎	阮大鋮	明刊本
燕子箋	阮大鋮	明刊本
雙金榜	阮大鋮	明刊本
西園記	吳炳	明兩衡堂原刊本
情郵記	吳炳	明崇禎間刊本
畫中人	吳炳	明兩衡堂原刊本
綠牡丹	吳炳	明兩衡堂原刊本
療妒羹	吳炳	明兩衡堂原刊本

不明時期作品		
劇　　名	作　者	引　用　版　本
金雀記	無心子	汲古閣《六十種曲》
偷甲記	秋堂和尚	清初刊本
詩賦盟	西湖居士	白雲樓五種曲本
運甓記	佚名	汲古閣《六十種曲》

參考書目

一、專　書

（一）工具書

1. 傅惜華：《明代傳奇全目》，北京：人民文學出版社，1959 年。
2. 莊一拂編：《古典戲曲存目彙考》，台北：木鐸出版社，1986 年。
3. 蔡毅編著：《中國古典戲曲序跋彙編》，濟南：齊魯出版社，1989 年一刷。
4. 徐培均、范民聲主編：《中國古典名劇鑒賞辭典》，上海：上海古籍出版社，1990 年一版一刷。
5. 李惠綿編著：《戲曲要籍解題》，台北：正中書局，1991 年初版。
6. 中國大百科全書出版社編輯部編：《中國大百科全書.戲曲曲藝卷》，北京：中國大百科全書出版社，1992 年一版三刷。
7. 徐朔方著：《晚明曲家年譜》，浙江：浙江古籍出版社，1993 年。
8. 洪惟助主編：《崑曲辭典》，宜蘭：國立傳統藝術中心，2002 年。

（二）劇　本

1. 毛晉編：《六十種曲》，北京：中華書局，1958 年。
2. 偉文出版社編輯部編：《明成化說唱詞話叢刊》，台北：偉文出版社，1979 年。
3. 長安出版社編輯部編：《永樂大典戲文三種、附錄二種》，台北：長安出版社。
4. 高明著：《詳注精校琵琶記》，台北：學海出版社，1980 年初版。
5. 錢南揚注：《永樂大典戲文三種校注》，台北：華正出版社，1980 年初版。
6. 陶湘輯：《元明清傳奇五種》，台北：廣文出版社，1983 年初版。

7. 湯顯祖著，徐朔方、楊校梅校注：《牡丹亭》，台北：里仁出版社，1984年。
8. 林侑蒔主編：《全明傳奇》，台北：天一出版社，1985年。
9. 沈璟著，徐朔方輯校：《沈璟集》，上海：上海古籍出版社，1991年。
10. 孔尚任：《桃花扇》，台北：里仁出版社，1991年。
11. 蔣松源、黃稟譯注：《中國十大古典喜劇集》，山東：齊魯書社，1991年。
12. 阮大鋮著，徐凌雲、胡金望點校：《阮大鋮戲曲四種》，合肥：黃山書社，1993年初版。
13. 馮夢龍：《墨憨齋訂定萬事足傳奇》《馮夢龍全集》，上海：上海古籍出版社，1993年初版。
14. 陸采、李日華著，張樹英點校：《明珠・南西廂記》，北京：中華，2000年。
15. 王廷信評注：《六十種曲評注》，長春：吉林人民出版社，2001年。

（三）戲曲史

1. 胡忌：《宋金雜劇考》，上海：中華書局，1959年二刷。
2. 青木正兒：《中國近世戲曲史》，台北：商務印書館，1965。
3. 王國維：《宋元戲曲史》，台北：藝文印書館，1974年。
4. 王國維：《王國維先生全集初編》，台北：大通書局，1976年。
5. 周貽白：《中國戲劇發展史綱要》，台南：僶勉出版社，1978年再版。
6. 盧冀野：《中國戲劇概論》，台北：莊嚴出版社，1981年初版。
7. 張庚、郭漢城：《中國戲曲通史》，台北：丹青出版社，1985年。
8. 周貽白：《中國戲劇史講座》，台北：木鐸出版社，1986年。
9. 顧篤璜：《崑劇史補論》，南京：江蘇古籍出版社，1987年一版一刷。
10. 胡忌、劉致中：《崑劇發展史》，北京：中國戲劇出版社，1989 年一版一刷。
11. 廖奔、劉彥君：《中國戲曲發展史》，太原：山西教育出版社，2000年初版1刷。
12. 陸萼庭：《崑劇演出史稿修定本》，台北：國家出版社，2002年初版。

（四）戲曲論著及相關研究

1. 李星可：《南洋與中國戲》，新加坡：南洋學會，1962年。
2. 王季烈：《螾廬曲談》，台北：商務，1971年。
3. 王國維：《論曲五種》，台北：藝文印書館，1975年。
4. 曾永義：《說俗文學》，台北：聯經出版社，1980年。

5. 段安節：《樂府雜錄》,《中國古典論著集成》第一輯，北京：中國戲劇出版社，1982 年一版四刷。
6. 周德清：《中原音韻》《中國古典戲曲論著集成》第一輯，北京：中國戲劇出版社，1982 年一版四刷。
7. 夏庭芝：《青樓集》,《中國古典論著集成》第二輯，北京：中國戲劇出版社，1982 年一版四刷。
8. 朱權：《太和正音譜》,《中國古典論著集成》第三輯，北京：中國戲劇出版社，1982 年一版四刷。
9. 徐渭：《南詞敘錄》,《中國古典論著集成》第三輯，北京：中國戲劇出版社，1982 年一版四刷。
10. 李開先：《詞謔》,《中國古典論著集成》第三輯，北京：中國戲劇出版社，1982 年一版四刷。
11. 何良俊：《曲論》,《中國古典論著集成》第四輯，北京：中國戲劇出版社，1982 年一版四刷。
12. 王驥德：《曲律》,《中國古典論著集成》第四輯，北京：中國戲劇出版社，1982 年一版四刷。
13. 沈德符：《顧曲雜言》,《中國古典論著集成》第四輯，北京：中國戲劇出版社，1982 年一版四刷。
14. 徐復祚：《曲論》,《中國古典論著集成》第四輯，北京：中國戲劇出版社，1982 年一版四刷。
15. 凌濛初：《譚曲雜劄》,《中國古典論著集成》第四輯，北京：中國戲劇出版社，1982 年一版四刷。
16. 沈寵綏：《度曲須知》,《中國古典論著集成》第五輯，北京：中國戲劇出版社，1982 年一版四刷。
17. 祁彪佳：《遠山堂曲品》,《中國古典論著集成》第六輯，北京：中國戲劇出版社，1982 年一版四刷。
18. 呂天成：《曲品》,《中國古典論著集成》第六輯，北京：中國戲劇出版社，1982 年一版四刷。
19. 黃周星：《制曲枝語》,《中國古典論著集成》第七輯，北京：中國戲劇出版社，1982 年一版四刷。
20. 徐大椿：《樂府傳聲》,《中國古典論著集成》第七輯，北京：中國戲劇出版社，1982 年一版四刷。
21. 李調元：《雨村曲話》,《中國古典論著集成》第八輯，北京：中國戲劇出版社，1982 年一版四刷。
22. 焦循：《劇說》,《中國古典論著集成》第八輯，北京：中國戲劇出版社，1982 年一版四刷。

23. 黃旛綽等著：《梨園原》，《中國古典論著集成》第九輯，北京：中國戲劇出版社，1982 年一版四刷。
24. 姚燮：《今樂考證》《中國古典論著集成》第十輯，北京：中國戲劇出版社，1982 年一版四刷。
25. 任二北編：《優語集》，上海市，上海文藝，1985 年。
26. 張敬：《明清傳奇導論》，台北：華正書局，1986 年。
27. 王安祈：《明代傳奇之劇場及其藝術》，台北：學生書局，1986 年。
28. 王傳淞口述，沈祖安、王德良整理：《丑中美——王傳淞談藝錄》，上海：文藝出版社，1987 年。
29. 朱承樸、曾慶全：《明清傳奇概說》，台北：龍泉書屋，1987 年。
30. 余秋雨：《中國戲劇文化史述》，台北：駱駝出版社，1987 年。
31. 李嘉球：《蘇州梨園》，福州：福建人民出版社，1998 年 4 月。
32. 徐朔方：《南戲論集》，北京：中國戲劇出版社，1988 年。
33. 俞爲民：《宋元四大戲文讀本》，南京：江蘇古籍出版社，1988 年。
34. 李漁：《閒情偶寄》，台北：長安出版社，1990 年。
35. 阿甲：《戲曲表演規律再探》，北京：中國戲劇出版社，1990 年。
36. 郭晉秀：《丑角生涯》，台北：采風出版社，1990 年。
37. 汪志勇：《談俗說戲》，台北：文史哲 1991 年 1 月。
38. 洛地：《戲曲與浙江》，杭州：浙江人民出版社，1991 年。
39. 郭英德：《明清文人傳奇》，文津出版社：台北，1992 年。
40. 黃克保：《戲曲表演研究》，北京：中國戲劇出版社，1992 年一版一刷。
41. 黃文暘：《曲海總目提要》，天津：天津古籍書店出版，1992 年。
42. 俞爲民：《宋元南戲考論》台北：商務印書館，1994 年初版。
43. 孫崇濤、徐宏圖：《戲曲優伶史》，北京：文化藝術出版社，1995 年。
44. 徐扶明：《元代雜劇藝術》，台北：學海出版社，1997 年。
45. 王璦玲：《明清傳奇名作人物刻劃之藝術性》，台北：臺灣書店，1998 年初版。
46. 李惠綿：《元明清戲曲搬演論研究——以曲牌體體戲曲爲範疇》，台北：文史哲出版社，1998 年初版。
47. 許子漢：《明傳奇排場三要素發展歷程之研究》，台北：臺灣大學出版，1999 年。
48. 溫州市文化局編：《南戲國際學術研討會論文集》，北京：中華書局出版，2001 年一版一刷。
49. 李殿魁：《傳統戲劇中的丑角》，台北：國立傳統藝術中心籌備處，2002

年初版二刷。
50. 涂沛主編：《中國戲曲表演史論》，北京：文化藝術出版社，2002 年一版一刷。
51. 郭偉廷：《元雜劇的插科打諢藝術》，北京：中國社會科學出版社，2002 年一版一刷。
52. 林鶴宜：《明清戲曲學辨疑》，台北：里仁出版社，2003 年。
53. 吳梅：《顧曲麈談》，北京：中國人民大學出版社，2004 年。

（五）其　他

1. 北宋司馬光著，胡三省注：《資治通鑑》，北京：中華書局，1956 年一版，1996 年六刷。
2. 胡應麟：《少室山房筆叢》，台北：世界書局，1963 年。
3. 李斗：《揚州畫舫錄》，台北：世界書局，1963 年 5 月初版。
4. 祝允明：《猥談》收錄於清陶珽纂《續說郛》，台北：新興書局，1964 年，卷四十六。
5. 陶宗儀：《輟耕錄》《四部叢刊續編》，台北：臺灣商務，1966 年。
6. 宋濂：《宋學士文集》，台北：臺灣商務，1965 年。
7. 南宋趙升：《朝野類要》，台北：商務書局，1966 年。
8. 朱光潛：《文藝心理學》，台北：開明書店，1969 年重一版，1994 年重四版。
9. 劉安著、高誘注：《淮南子》，《新編諸子集成》第七冊，台北：世界書局，1974。
10. 黃慶萱《修辭學》，台北：三民書局，1975 初版，1990 增訂五版。
11. 謝肇淛：《五雜俎》，台北：偉文出版社，1977 年。
12. 《老乞大諺解、朴通事諺解》，台北：聯經出版社，1978 年。
13. 孟森：《明代史》：台北：國立編譯館，1979 年三版。
14. 耐得翁：《都城紀勝》，台北：商務書局，1979 年，王雲五主編《四庫全書珍本第九集。
15. 顧炎武：《原抄顧亭林日知錄》，台北：文史哲出版社，1979 年。
16. 施耐庵：《水滸》，台北：華正書局，1980 年。
17. 徐珂：《清稗類鈔》，台北：臺灣商務，1983 年。
18. 吳自牧：《夢梁錄》，北京：中華書店，1985 年。
19. 蘭陵笑笑生：《金瓶梅詞話》，九龍：香港太平書局，1982 年初版，1988 年六刷。

20. 張岱：《陶庵夢憶》，台北：漢京出版社，1984年。
21. 謝冰瑩等編譯：《新譯四書讀本》，台北：三民書局，1987 年初版，1989年再版。
22. 劉一清：《錢塘遺事》，《中國野史集成》，成都：巴蜀書社，1993年初版。
23. 沈德符：《萬曆野獲編三十卷附補遺》，《中國野史集成》，成都：巴蜀書社，1993年初版。
24. 顧起元：《客座贅語》《四庫全書存目叢書》，台南：莊嚴出版社，1995年初版。
25. 張大復：《梅花草堂集筆談》，《四庫全書存目叢書》，台南：莊嚴出版社，1995年初版。
26. 張廷玉：《明史》，北京：中華書局，1997年。
27. 劉勰著、周振甫譯注《文心雕龍譯注》，台北：五南書局，1997初版二刷。
28. 淡江大學中文系編：《人物類型與中國市井文化》，台北：學生出版社，1995年。
29. 應檟《大明律釋義》，《續修四庫全書》，上海：上海古籍出版社，2002年。
30. 圓澄：《慨古錄》《大藏新纂卍續藏經》第六十五，台北：白馬精舍印經會，出版年不詳。

二、期刊論文

（一）學位論文

1. 于復華：《宋元南戲「張協狀元」之淨丑腳色研究》，文化大學／藝研所碩士論文，1980年。
2. 張啓超：《中國戲曲「喜劇傳統」之研究》，東吳大學／中文所博士論文，1992年。
3. 林瑋儀：《元雜劇和南戲之丑腳研究》，文化大學／藝研所碩士論文，1987年。
4. 鄭黛瓊：《中國戲劇之淨腳研究》，文化大學／藝研所碩士論文，1988年。
5. 盧怡蓉：《中國古代葷笑話研究：以笑話書爲範疇》，清華大學／中語所碩士論文，1996年。
6. 林黛琿：《中國古典戲曲之末腳與外腳研究》清華大學／中語所碩士論文，1998年。
7. 古嘉齡：《江湖十二腳色探》政治大學／中文所碩士論文，1998年。
8. 何志宏：《男色興盛與明清的社會文化》，清華大學／歷史所碩士論文，2001年。

9. 吳淑華：《從中國戲曲丑的歷代變遷看丑角表演的傳承與創新》逢甲大學／中研所碩士論文，2005 年。

（二）單篇論文

1. 張敬：〈論淨丑角色在我國古典戲曲中的重要〉，《中國古典戲劇論集》，台北：幼獅出版社，1985 年，頁 85～95。
2. 鍾傳幸：〈國劇中的甘草人物——丑〉，《文藝月刊》219 期 1987 年，頁 91～129。
3. 李元貞：〈中國古典戲劇的喜劇風格（上）（下）〉《民俗曲藝》第 49、50 期 1987 年。
4. 周傳瑛述、洛地整理：〈崑劇家門談〉，《崑劇生涯六十年》，上海：上海文藝出版社，1988 年 7 月第一版，頁 118～129。
5. 田井制：〈淺談丑角之美〉《戲劇、戲曲研究》，1994 年第一期，頁 52～54。
6. 沈鴻鑫：〈中國喜劇與丑角藝術〉《戲劇、戲曲研究》，1994 年第十期，頁 14～16。
7. 鄒元江：〈個體意志和丑角意識——戲曲丑角美學特徵的文化基因〉《戲劇.戲曲研究》1994 年第二期，頁 74～83。
8. 鄒元江：〈憂樂圓融・中庸・丑角意識〉，《哲學與文化》1996 年第二十三卷第十期，頁 3102～3109。
9. 鄒元江：〈論戲曲丑角的美學特徵〉，《文藝研究》1996 年第六期，頁 84～95。
10. 金生奎：〈試析中國古典戲曲中科諢之特質——兼論中西喜劇觀念的某些差異〉《六安師專學報》1997 年 12 月第四期，頁 39～42。
11. 郭英德：〈論元明清小說戲曲中的雷同人物形象〉，《明清小說研究》1997 年第四期，頁 41～59。
12. 王安祈：〈兼扮、雙演、代角、反串——關於演員、腳色和劇中人三者關係的幾點考察〉，《明清國際研討會論文集》，台北：中研院文哲所編，1998 年 8 月初版，2002 年 12 月二刷，頁 625～669。
13. 朱建明：〈也談明傳奇的界定〉，《藝術百家》1998 年第一期，頁 84～89。
14. 孫玫：〈關於南戲和傳奇歷史斷限問題的再認識〉收錄於《明清戲曲國際研討會論文集》，台北：中研院文哲所編，1998 年 8 月初版，2002 年 12 月二刷，頁 285～305。
15. 孫崇濤：〈明代改本戲文通論〉收錄於《明清戲曲國際研討會論文集》，台北：中研院文哲所籌備處，1998 年 8 月初版，2002 年 12 月二刷，頁 625～669。
16. 洪恩姬：〈試論宋雜劇對南戲的影響及其削弱——兼論早期南戲的發展過

程〉《復旦學報》1998 年第四期，頁 130～136。

17. 張文珍：〈論晚明傳奇的喜劇品格〉《齊魯學刊》1998 年第四期，頁 40～46。
18. 康保成：〈古劇腳色「丑」與儺神方相氏〉，《戲劇藝術》1999 年第四期，頁 98～108。
19. 朱万曙：〈《環翠堂樂府》與晚明文學精神〉，《藝術百家》1999 年第一期，頁 51～58。
20. 車泫定：〈吳炳《粲花齋五種》劇人物試析〉，《中國典籍與文化》1999 年第一期，頁 35～41。
21. 朱建明：〈崑劇中的副末行當〉，《戲曲藝術》1999 年第三期，38～41。
22. 周企旭：〈川劇丑角的主體精神〉，《四川戲劇》1999 年第六期，33～37。
23. 馬衍：〈毛晉與《六十種曲》〉，《徐州師範大學學報》第二十五卷第三期，1999 年 9 月。
24. 郭英德：〈論戲曲角色的文化內涵〉，《戲劇文學》1999 年第九期，頁 39～44。
25. 敖鳳翔：〈插科打諢〉，《臺灣戲專學刊》第二期，2000 年 9 月。
26. 戚世雋：〈明代雜劇界説〉，《文藝研究》2000 年第一期，頁 82～87。
27. 劉麗輝：〈論「醜」的審美價值功能〉，《雲南師範大學學報》第三十二卷第四期，2000 年 7 月，頁 43～45。
28. 劉曉明：〈「入末」新解與戲劇末腳的起源〉，《文學遺產》2000 年第三期，頁 70～76。
29. 羅麗容：〈戲曲科諢之名稱、淵源、承傳及演變再探〉《東吳大學中文學報》第六期 2000 年 5 月，頁 197～222。
30. 宋堅：〈化腐朽爲神奇——論藝術「化醜爲美」的審美功能〉，《廣西師範大學學報》第三十七卷第四期，2001 年 12 月，頁 16～20。
31. 胡雪崗：〈《張協狀元》三題〉，《溫州師範學院學報》第二十二卷第四期，2001 年 8 月，頁 26～30。
32. 張哲俊：〈中國古典戲曲的浪漫喜劇品性〉，《北方論叢》2001 年第一期，頁 91～95。
33. 黃南丁：〈吹弄漫談〉，《戲劇月刊》第一卷第十期收錄於《俗文學叢刊》（台北，新文豐出版社，2001 年）第十集。
34. 楊澤新：〈瑣議一代傳人與川丑藝術的發展（1）〉，《四川戲劇》2001 年第一期，頁 30～32。
35. 劉富民：〈戲曲丑角源流考〉，《當代戲劇》2001 年第六期，頁 53～54。
36. 蘇笑神：〈丑角表演「過」之論解〉，《山東藝術學院學報》2001 年第二期，頁 47～48。

37. 王建科：〈李漁的科諢理論及其小説戲曲的科諢藝術〉《東方人文學誌》第一卷第四期，2002 年 12 月，頁 122～147。
38. 呂靖波：〈「丑」與中國傳統喜劇觀念〉，《徐州教育學院學報》第十七卷第二期，2002 年 6 月，頁 26～28。
39. 俞爲民：〈論明代戲曲的文人化特徵（上）〉，《東南大學學報》第四卷第一期，2002 年 1 月，94～97。
40. 俞爲民：〈論明代戲曲的文人化特徵（下）〉，《東南大學學報》第四卷第二期，2002 年 3 月，79～84。
41. 俞爲民：〈南戲流變考述——兼談南戲與傳奇的界限〉，《藝術百家》2002 年第一期，頁 44～53。
42. 項裕榮：〈宋元南戲中的角色結構研究〉，《徐州教育學院學報》第十七卷第一期，頁 10～13。
43. 王建科：〈試論僧尼道姑情愛在中晚明戲曲小說中的文學表現〉，《渭南師範學院學報》第十八卷第一期，2003 年，頁 62～64。
44. 俞爲民：〈《張協狀元》與早期南戲的形式特徵〉，《上海戲劇學院學報》2003 年第四期，頁 63～78。
45. 黃永林：〈民間葷故事的功能價值及其文化意義〉，《華中師範大學學報》第四十二卷第三期，2003 年 6 月，頁 68～73。
46. 李雙芹：〈諧謔與游戲——試論宋元南戲諧謔表演的審美意義〉，《樂山師範學院學報》第十九卷第四期，2004 年 4 月，頁 1～5。
47. 柯凡：〈中晚明戲曲中僧尼世俗化現象論析〉，《中國戲曲學院學報》第二十五卷第一期，2004 年 2 月，頁 32～37。
48. 俞爲民：〈明代戲曲文化化的兩個方面——重評湯沈之爭〉，《東南大學學報》第六卷第一期，2004 年 1 月，頁 96～102。
49. 陳志勇、殷燕子：〈古代戲曲腳色理論述略〉，《咸寧學院學報》第 25 卷第一期，2005 年 2 月，頁 28～32。
50. 黃天驥：〈論「丑」和「副淨」——兼談南戲形態發展一條軌迹〉，第二屆中國小說與戲曲國際學術研討會，嘉義大學主辦，2005 年 4 月。
51. 丘慧瑩：〈風教與風情的左右傾斜——談明清文人對戲曲內容的品評標準〉第一屆明清文學與思想學術研討會，南華大學主辦，2005 年 4 月，頁 254～276。